O MUNDO À SOLTA

Felipe Fortuna

O MUNDO À SOLTA

POEMAS

Copyright © 2014 Felipe Fortuna

EDITOR
José Mario Pereira

EDITORA ASSISTENTE
Christine Ajuz

REVISÃO
Ludgero Barata

PRODUÇÃO
Mariângela Felix

CAPA
Miriam Lerner

ILUSTRAÇÕES
Mariza

DIAGRAMAÇÃO
Arte das Letras

CIP-BRASIL. CATALOGAÇÃO NA FONTE.
SINDICATO NACIONAL DOS EDITORES DE LIVROS, RJ.

F851m

Fortuna, Felipe
 O mundo à solta: poemas / Felipe Fortuna. – 1ª ed. – Rio de Janeiro: Topbooks, 2014.

 108 p.: il.; 23 cm.
 ISBN 978-85-7475-237-2

 1. Poesia brasileira. I. Título.

14-15064   CDD: 869.91
                                 CDU: 821.134.3(81)-1

TODOS OS DIREITOS RESERVADOS POR
Topbooks Editora e Distribuidora de Livros Ltda.
Rua Visconde de Inhaúma, 58 / gr. 203 – Centro
Rio de Janeiro – CEP: 20091-007
Telefax: (21) 2233-8718 e 2283-1039
topbooks@topbooks.com.br/www.topbooks.com.br
Estamos também no Facebook.

SUMÁRIO

SOBRECARREGADO

A esmo	11
Os meus respeitos	13
Morrer na rua	15
Com uma AK-47	17
CCTV	21
Panóptico	22
Essa ruína	25
Reduzir os desastres naturais	27
Os pássaros	28
O racismo	29
O terrorista em seu jardim	33
Caixas de Pandora	34
Guerras púnicas:	35
O fator guerra	36
Samir	38
A demanda e a oferta	40
Reduzir os orçamentos militares	42
Convenção	43
O drone	45
No espaço exterior	47
De fora da Terra	49
As nuvens derretidas	51
Outro sopro	53
A seleção natural	54
A zona de paz	55

Ilha na ilha 56
A faixa 58
Trabalho nas minas 60
Os senhores da paz 62
Na agenda 63
A fome fica 67
O cabaré das duas moças 68
À deriva 71
Made in poverty 73
O mundo gira 75
O mundo gira 76
O mundo gira 79

IDAS & VOLTAS A LONDRES

Bryanston Square 83
Jubilee Line 84
Greenwich 85
Mornington Crescent 86
London Overground 87

OS OUTROS ASSUNTOS

Fazer perguntas 91
Definição de flor 93
As portas se abriram 94
As letras dobradas 96
Paisagem e avião 98
Adeus ao papel 100
Meu irmão 102
O diplomata alerta 104
Essa é a canção 106

SOBRECARREGADO

A ESMO

Eles não sabem o que fazem:
    mas eu fico aqui
    sem saber sobre o rumo
    sem conhecer a saída
    e apalpo o vazio que intriga
    e um peso morto nos braços.

Vida dentro da vida, tão lógica
como o encaixe da peça
e sua engrenagem de inferno
que mói, que reduz, que incorpora.

Nós somos assim – morremos de medo.

E encenamos que sabemos que fingimos
sem faixa de pedestre, enquanto se aproxima
o muro.

Nós somos. A esmo.

A luz que sobe agora é de mentira?
O sangue que percorre é de verdade?
Nasce um sol à minha frente, que arrisca
uma viagem suicida, algo que segue

e morre à tarde, e ficamos
em susto e contemplação.
Onde está todo o clarão? Onde está a coragem
que me queimou toda a vida?

Assim mesmo. De arremedo.

OS MEUS RESPEITOS

Àquele que viu tudo
e por ter visto
tornou-se arquivo
não se esquivou
cravaram quinze tiros.

Àquela faxineira, andava
a pé, seguida
estuprada (blusa
curta decotada) dois rapazes
(um deles, mau hálito)
mas rumo ao trabalho
no mesmo horário.

Àquele bebê
pijama azul, menino
deitado no berço
chocalho ao lado
sem choro, sem vacina
ainda assim
bala perdida.

Àquele no ônibus
o jornal descreveu:
trabalhador, mas afoito
sem sentir o assalto
morreu no assento
no bolso uns trocados.

Àquele pedestre
passageiro sem hora
ponto fora da curva
agora defunto: atropelou-o
todo o coletivo
parador.

Àquele sem pressa
ao desapartar a briga
no meio da festa
facada:
a família o enterra
ou então o crema.

MORRER NA RUA

O morador de rua
morre incandescente
na rua:
    há quem pretenda
    alternativamente
    enterrá-lo vivo
    nas areias de Ipanema
(festa de sol,
uma calma de verão).
O morador de rua
futura tocha
mas agora preso à margem:
    decanta na sarjeta
    encosta no poste escorrega
    se cobre com a calçada
    completa o meio-fio
é atingido em cheio
deambulante
pela pedra portuguesa
pelo paralelepípedo.
Nunca marcou, por ironia,
encontro na esquina:
se entorpece ao sol dos bueiros
pisa pleno nas grades
do cruzamento.

Outra forma de ~~morar~~ morrer
é dormir ao relento.
Mas o dia termina e tem pressa
de vê-lo passar
rumo a outra rua, menos aqui
aqui se paga imposto.

COM UMA AK-47

No meio da cidade
como um poema em linha reta
os estampidos vêm
o foguetório começa
a derreter os carros até chegar aos céus.
Rajadas e dias de festa.
A favela numerosa ora apaga
ora acende:
um relógio que marca o segundo
com estrondo,
e silêncio depois. No meio
das vielas e becos, o fuzil
reflete toda a ladeira
como um susto, um assalto
sem intervalos.
Aqui há miragens
do Congo, do Chaco
da secessão que escorre rua abaixo
e fica empoçada no asfalto.
Vida de carabina,
os estilhaços não iluminam
e caem mosaicos na forma
de Guernica, de degolas, conforme
o tiro atinja um pedreiro

um assistente de cozinha, a faxineira
(estátua de barro coagulado,
seu olhar fixo
da cabeça aos pés).
Aqui no meio
varado ao meio, em cheio
o sibilo parece altíssimo
e as vozes concluem:
perdeu, perdeu.

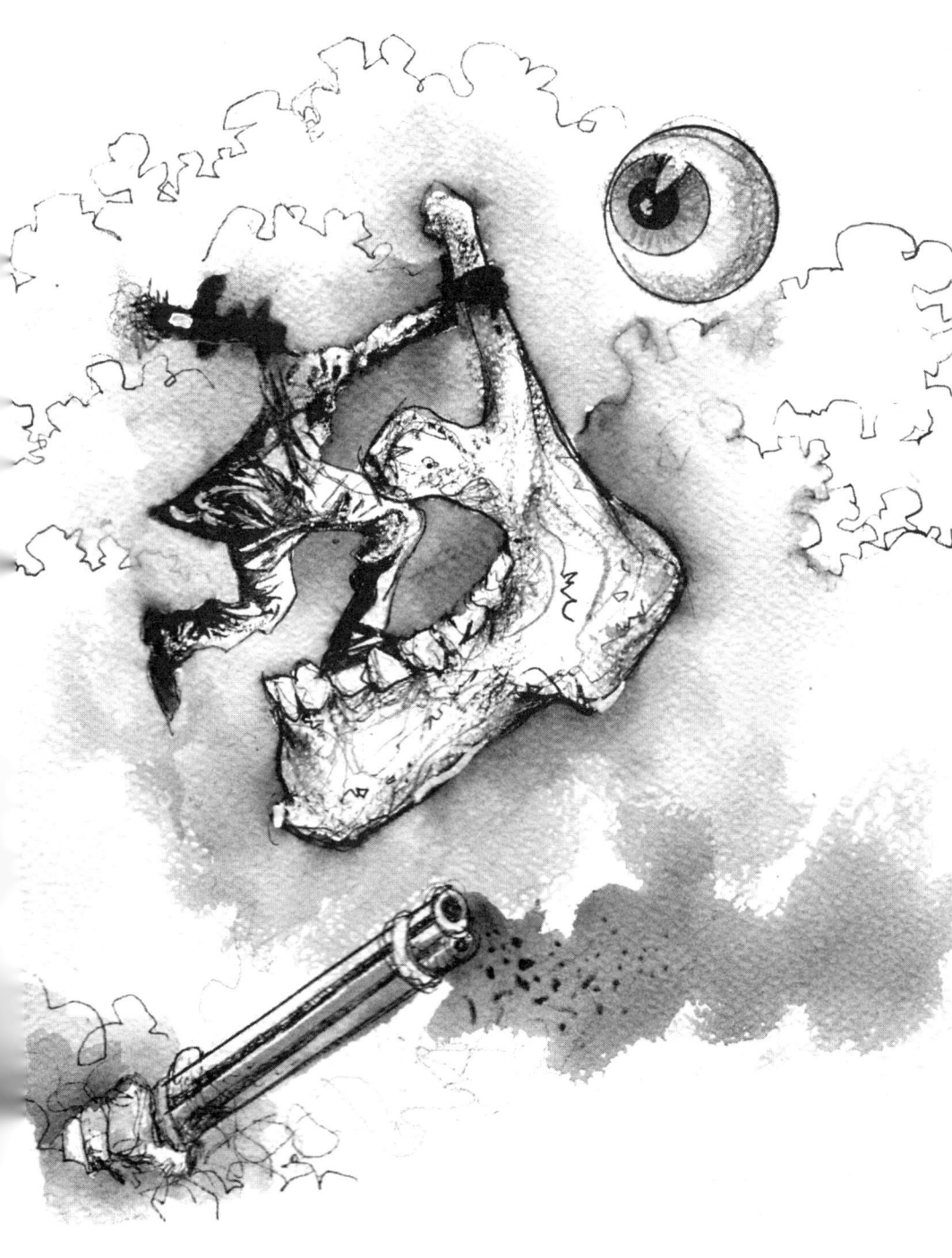

CCTV

Olhe agora para o lado:
eu ele você vigilantes

perscrutados
passados a limpo:
olhe agora o quanto eu sei

sobre o sorriso e a ereção
no período da manhã
antes mesmo de partir para o trabalho
ainda antes de decidir
fechar a torneira.

Uma das alegrias da vida:
ser visto, sentir-se investigado
na guerrilha dos olhos alheios
no *faux pas* em meio à calçada da fama
– e a sua vontade de não ser
ri de você, na multidão, um rosto

de Juno alerta olhando para dentro
feito arco e flecha.

PANÓPTICO

O mundo se vasculha me vasculha.
Não exagero.
Olho para o lado: faz horas
olham para mim
      lentamente e de repente
e me seguem pela rua
porque já sabem
como um cérebro
por onde entrei e saí.
Não tenho escolha.
Ontem foi assim.
Quando telefonei para quem
ficou registrado.
A seguir
o que disse e o que (sorrateiramente)
quis dizer. Na próxima viagem
vou receber a resposta
já na porta do avião.
Sabem tudo porque
      meu Rh meu colesterol
      minhas milhares de hemácias
      minha acidez meus leucócitos
      minhas milhas promocionais
      estão nesse aplicativo

     tão útil
     tão escancarado quanto um carro
     e na outra pista o farol alto.
Não há mais deuses secretos
seitas cifras tarôs.
Tudo ficou aberto.
Meu corpo uma ópera plena
que montam sem intervalo
no Passeio Público.
Por que sabem tanto
por que fazem de mim
corpo estendido em bits
um algoritmo saqueado
sou estuprado sim
socos e bytes
e o guarda sorri
sorri porque também o filmam
e quando atira
o gás lacrimogêneo.
Nesse país ninguém me esquece.

E agora
pressinto que só me alimento
quando a luz acende
e o apito soa. É porque
já não ando à toa
nem ao léu.
     No galinheiro
é assim. Nas ruas, ao menos,

as placas mostram autoridades
e por causa das placas
chegarão até onde estão
as minhas vitórias
(a maior delas, a mais festejada
seria me esconder,
se soubesse).

ESSA RUÍNA

Essa ruína é minha:
devolva essa ruína.
O meu país não pode ficar
sem essa ruína. Às vezes,
incandescente, seu mármore
desdobra um só desenho
que faz a memória.
Mas roubaram.
    Ficou calcinado,
está petrificado o meu olho
no cristal iridiado,
espero que me devolvam.
Perdi na guerra, quando chegaram
os tanques e dois soldados estupraram.
Há quem escreva sobre o trigo,
a queda na produção. Eu prefiro
que me devolvam a tinta do afresco
as maçanetas do pórtico, cada uma
de um século difícil.

E essa ruína pode resolver tudo.

Essa ruína parece um mapa
enquanto caminho.
Se paro e bebo
parece água. E quando toco
no pó que persiste
no rosto dilapidado
sou capaz de explicar
por que precisei voltar
por que ainda estou aqui.

REDUZIR OS DESASTRES NATURAIS

Morando no planeta
onde venta e o mar
se diz tormenta, um mantra
permeia: é necessário
reduzir os desastres naturais.

Por assim dizer: controlar
o terremoto que esmaga famílias
no povoado. Abrir acessos
para que respirem
para a luz explodir sobre seus corpos
em ressurreição.

Bloquear tsunamis. Não permitir
que varram corpos que varem fendas.
Avalanches também não.
Inundações que penetram
depois fazem flutuar: tudo morre
além da cabeceira
acima do nível do mar.

O planeta tem raiva.

OS PÁSSAROS

Azul e branco, cauda bifurcada,
mas o voo difícil: não pode
migrar
em revoada
o bicho hirundinídeo. Não sobra
sequer vento na paisagem, e o Sul e o Norte
se confundiram. Não pode partir
pelo ermo
– e assenta as asas sobre as pedras.
Triste-sina também para quem vê
o voo sem pouso
do bicho tiranídeo. Tudo sumiu,
e sem folha e sem arbusto e
sem tronco
o mundo abaixo. Quis o destino.
Agora é pouco pássaro
e a terra se fez mortalha:
a cambaxirra cata larvas,
mas lentamente,
como que esgravatando o que não vem
nem sai.

O RACISMO

Em casa, agora, sentado
como um poeta
e tentando versos
como quem faz pousar a ave,
é melhor pensar
em eliminar o racismo.
Digo: deixem o racista sobreviver,
não o linchem
não o enforquem.
Tampouco acendam
a coluna de pneus com seu corpo dentro.

Não o chamem
enquanto passa pela rua
o xenófobo! pega o xenófobo!
É melhor deixar
que ele leia o jornal
e emita uma opinião sem medo
sobre os costumes modernos.
O xenófobo nunca ri de si mesmo.
O xenófobo
prefere a poesia feita em família.

Ainda precisa ser visto
revisto e examinado
o intolerante,
o intolerante que mora ao lado.
É meu vizinho:
durmo com as portas fechadas,
eu, morador da fronteira,
ele, dos cabos elétricos.
Ele discrimina as raças,
chuta as latas, rosna em segredo
dorme bem tarde
mas antes
entende como se fabrica
um novo artefato explosivo.
Amanhã morrerá um homem
muito diferente do intolerante.

O TERRORISTA EM SEU JARDIM

Como se pensa na flor
seu pistilo ornado, arquitetônico
no fundo carmim iridescente
e pequenos estames feito fagulhas,
logo se pensa no terrorista
seu corpo encapsulado e sólido
a antera pronta para explodir
e o cinturão de fios e caixas pretas
para estilhaçar os ossos torácicos
e arrancar os braços em torno
na estação de metrô, no entra e sai
de quem precisava chegar.

Então se pensa no jardim
de nenhuma flor, de plantas apenas
que fazem cair pelas paredes serosas
com pelos para baixo, impossíveis de escalar,
ou plantas viscosas que tornam lentos
os batimentos e os passos,
ou ainda as que súbito sugam
e passam a digerir.
O terrorista renasce aqui
sem estátua, sem saudação
a imaginar o paraíso ou a vitória,
suas mãos dormentes, encarniçadas.

CAIXAS DE PANDORA

Nem tudo que reluz é avião. Mas
aquela forma alada fora da curva
apareceu aqui, sonâmbula e tonta,
como quem quis voltar à casa mais tarde
e palmilhou a rua sem saída, antes
de ler a placa de aço e vidro em alerta.
Tudo ocorreu às claras (mesmo a manhã
no parque em frente): a mão jamais hesitou
ou derramou a tinta, manchando o céu.

*

Como um provérbio, o tiro de outro avião
explodiu. Mas o fogo não se infiltrava
como em canaviais ou no alto verão:
se derramava em cera e regurgitava
esquadrias, pessoas, concreto, arquivos,
calendários e bruscos investimentos
no mercado futuro. Tudo se abriu,
tudo ficou aceso e surgiu um palco
e súbito sumiram as torres gêmeas.

GUERRAS PÚNICAS:

a que horas
terminaram? O chão ainda vibra
como se em riste
os cavalos passassem.
A que horas se completaram
as manobras no mar,
Marte e Afrodite e a mesma
gravura
fizeram sangue e espuma?
O sol em que posição
quando o último soldado
chegou dos Alpes
atravessado por lanças, pernas, diarreia?
E quando afinal (a que horas?)
salgou-se a terra
e nada sobrou à beira-mar?
Os soldados se disseram rutilantes
e a luz baixou
um colapso
ou eclipse, como queriam
os que só chegaram tarde
e repetiram, sem hesitar,
as cinzas e a destruição.

O FATOR GUERRA

Desde Canudos. Desde Guernica. Desde My Lai.
Ainda ontem.

O córrego turvo e coagulado.
Cabeças sobrepostas.

Ainda ontem.
Desde Alcácer-Quibir. Desde Ypres.

Tudo se amontoa, retorcido.
A natureza morta decomposta.

O soldado desconhecido
e o caminho de volta.

Novos cemitérios e muitos
animais sem medo das carcaças.

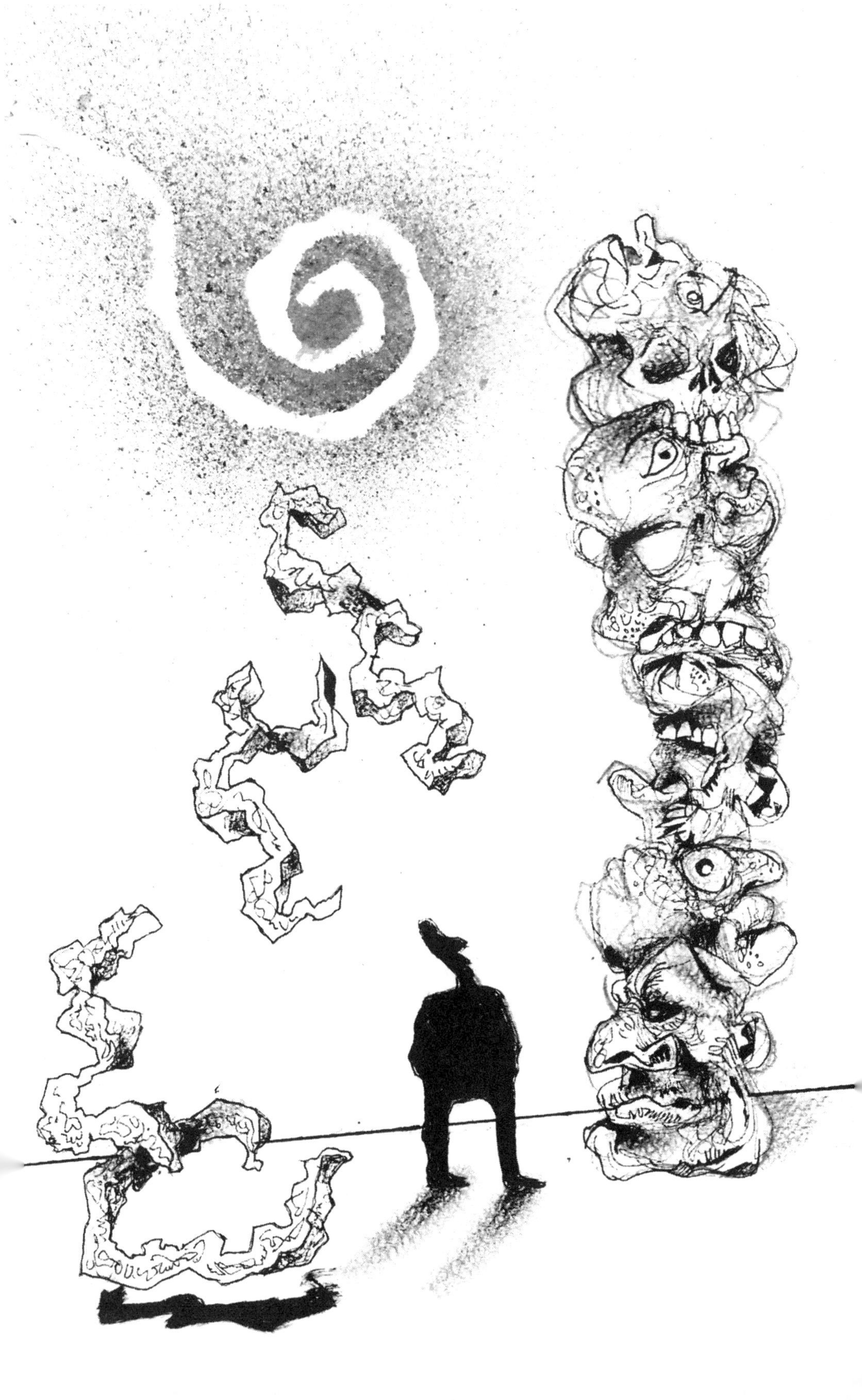

SAMIR

Aquele garoto que vê
o mercado ficar cheio
    se chama Samir. Ele crê
    em Deus de todas as maneiras:
como pássaro brilhante, como água
fresca entre pedras, como o assobio
do vento deserto.
Mas agora desmembrado
e a cabeça confundida aos estilhaços
Samir não vê.
    Sobre o mercado
a bomba apontou o inimigo
e levou quem mais podia:
      desenrolou-se um tapete até o meio
      subitamente a conversa cessou
      e os órgãos vitais se espalharam
      no bazar já tão repleto,
      peças em liquidação.
A mãe de Samir entra
entre ruínas e vê.
Vê fumaça, vê escombros
o apocalipse ali, louvado Alá,
aos gritos ela vê, e vê
que os corpos são dos outros
não são pedaços de Samir.

A perna de Samir
pode estar sob duas colunas
e a mãe não vê e grita
por isso também.
                        O filho
que corria no mercado
entre algibeiras guitarras narguilés
frutas panos joias e sedas
paralisou os negócios,
morreu junto com os outros
sem demanda e sem oferta
sem saber, em meio à guerra,
como e por que barganhar.

A DEMANDA E A OFERTA

Ninguém fala alto
no mercado diuturno
sobre vender granadas, fabricar
projéteis e calibres,
distribuir metralhadoras
como se fossem espelhos
(conhece-te a ti mesmo)
na praia onde estão os nativos.
A lua acompanha
o gás lacrimogêneo: sedas de fumaça
passam pela rua cheia.
Se o caos não inibe
nem mesmo os pisoteados,
a metralhadora
sim
traz milhares, traz todos
os toques de silêncio.
De porta em porta anunciam
armas completas: ninguém
fala alto diante dos descontos
cartuchos em barganha
miras e bazucas promocionais
lançadores, terremotos em oferta
o bônus míssil na forma obus

de um cartão de visitas. O comércio
tão cúmplice, tão ciente
dos apertos de mãos
em nada se assemelha
ao corpo crispado, tão grotesco
de quem foi à praça no sábado passado.

REDUZIR OS ORÇAMENTOS MILITARES

Por outro lado
sobre o planeta implantaram
objetivos militares: ressoa o hino
sobre os inimigos.
Mais armas *per capita* do que pernas e braços.
Mais explosivos para pulverizar
o que ao pó voltará.
Na televisão apareceu:
a bomba atômica
com novos seres, bocas mais nítidas
e cegueiras muito fundas
e visões impossíveis de rever
na mesma geração.
Tanto desastre também exige
reduzir os orçamentos militares, fazê-los
tão pequenos quanto uma continência
tão irrisórios quanto a insígnia
do combatente sem cabeça.
Pagar a guerra em parcelas.

CONVENÇÃO

Vender armas convencionais.
Pois há mortes convencionais.

Proibir ou restringir
as que sejam excessivas:

as que queimem demais
olhos já perfurados;

as que matem muito
corpos já carbúnculos

(e assine embaixo
da Convenção

qualquer cláusula
de exceção:

o sangue
e a tinta

logo
secam).

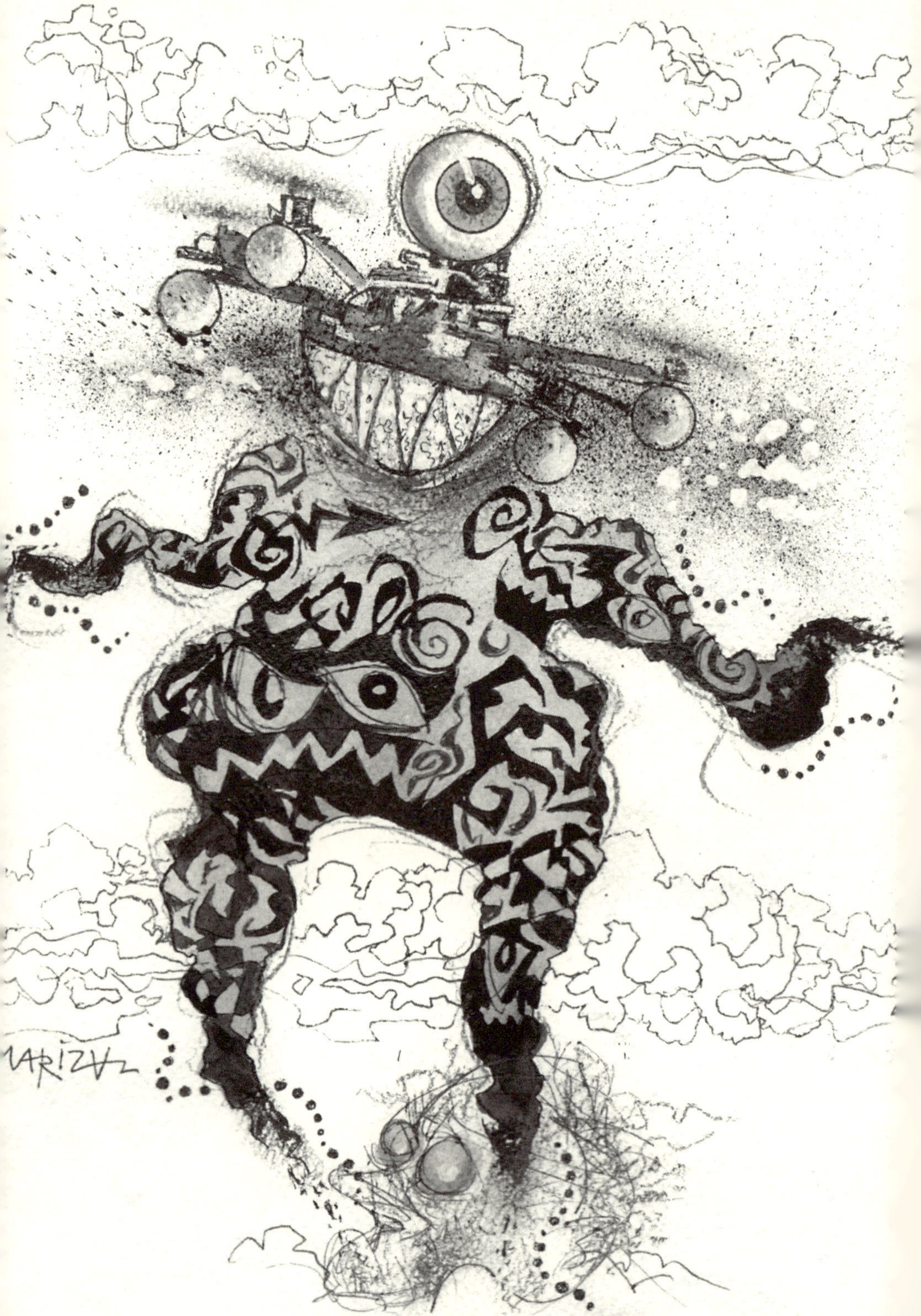

O DRONE

O drone chegou. Seu voo de silêncio (a
menos que atravesse
o céu escarlate) inverte o mundo:
não é a bomba cega
que pulveriza o prédio e a fuga
– é a máquina que acerta em cheio
e vai e volta a toda
com sua missão de rapina.
Avião crucificado. E voa sem sacrifício
      sem kamikaze
sem aguardar combustível
e sem mãos grudadas
aos batimentos cardíacos.
Seus olhos deslocam a vida.
Seus telescópios mergulham fundo
no corpo
que carbonizou: não houve nem silvo
nem ar.
O drone lança asfixia,
está por trás, está
por cima, está no filme assombrado
que o revela, na sala refrigerada.
E quem o comanda
      (sem turbulência

sem vento de cauda
e sem ascensão)
pode desligar os motores (findo
o expediente)
mas pode também
(igual ao drone)
sorrir em silêncio.

NO ESPAÇO EXTERIOR

O cosmos, tão disfarçado:
e é como somos, em expansão,
insondáveis, muito distantes,
e só se vê um ponto, um sinal
de quasar que não chegou quase.
E é preciso ir lá, como
um mergulho nas fossas
onde peixes cegos estão:
a pressão aumenta se subimos
ou descemos, e uma placa indica:
sai em outra direção.

E (se é como somos)
será possível
entrar no cosmos
(por exemplo) para fins pacíficos?
Somente longe, na vastidão
seríamos bem diferentes
e jamais ocorreria
decapitação tiro a esmo bomba
de nitrogênio gás paralisante e incendiário pânico?

O silêncio que dá seguimento
às perguntas

pode incomodar: mas
antes do bote, do golpe
há também silêncio
– você percebeu como somos
os mesmos?

DE FORA DA TERRA

1.
A corrida espacial (todos
sabem) é contra
o tempo de lançar lá de fora
onde o ar não entra nos poros
raios que caem sem gravidade
e se fincam sólidos
no planeta.
Uma corrida com a rotação da guerra.
Por que ir tão longe,
se não por ser mais fácil
acertar o alvo? (de perto,
haveria muitas testemunhas
sobreviventes à explosão).
De longe é melhor: mais a seco,
menos a esmo.

2.

Mesmo porque
o astronauta se sente
sideral. Como os pilotos
dos B-29 sobre as cidades
(onde plantaram, cada um,
seus maiores cemitérios).
O astronauta se sente
magistral ao avistar
ponto tão pequeno de luz
onde não há ruas
nem parques públicos
nem leitos nupciais: ali
o astronauta é bem maior
do que o azul que vê.
Ele aperta o botão
e a luz espelhada da explosão
o faz solitário para sempre.

AS NUVENS DERRETIDAS

Dia e noite, ou melhor, chova
ou faça sol, esses insetos
deixam de circular:
                    ovos e larvas
se petrificam na água.
                            Um vapor
interrompe o voo
e faz cair em estertor: o voo
paralítico, ou melhor, convulsivo
de asas metralhadas até o chão.

Fauna e flora são aspergidas:
herbicídio fungicídio biocídio
a ceia final dai-nos hoje
na forma de enorme alface
robusto tomate melões celebrados
romãs rubicundas
sem margens para a fome
a fome de matar.

Já se sabe que os deuses nos matam
por esporte, como se moscas
fôssemos. Contra nós as nuvens derretidas:
nuvens de mostarda nuvens de vácuo

e dentro delas a cor última e ofegante
da pele em úlceras.

Logo se abre a paisagem: gás cloro
gás cianídrico tabun napalm sarin
e descem os círculos
e anéis de asfixia e tremores
até que as crianças de Halabja
(seus rostos coagulados)
deixam de ver e falar.

OUTRO SOPRO

Aconteceu de novo:
lançaram gás.

Gás em Damasco
máscara mortuária
sobre o povo, agora no chão
onde não rastejam.

Se neurotóxico ou vesicante
se cianeto ou fosgênio
de fato nenhuma criança
consegue mais soletrar.

Os sufocados calam.

O que era volátil
agora tem cabeça,
errada cânfora
com troncos e membros:

vapor feito sólido
que, lento relâmpago,
aconteceu de novo.

A SELEÇÃO NATURAL

Num dia qualquer
sem zéfiro, sem solano
foi decidido onde enterrar
dejetos radioativos.
Os mananciais, os leitos
de todas as águas de um rio
foram logo separados:
e deu-se um nome
ao que se podia beber
e ao que podia circundar um corpo.
E ao que não mais podia
se fez silêncio e nenhuma chuva.

A munição para os dias e as noites
foi amparada, e logo defendida
do siroco e do harmatã.
Na outra manhã
foi decidido armazená-la.

Em seguida (antes
que fervilhassem as águas)
foi decidido produzir estrondosas
minas antipessoais
que serviram sob medida
às pernas musculosas, aos pés intactos
e assim foi concluída toda a obra.

A ZONA DE PAZ

Subitamente
(como o tsunami chegou)
finca-se a zona de paz:
um quisto benigno
um nódulo
cercado de tudo quanto há:
vapores de metal,
dejetos de plástico, cera quente
líquida, portas arrancadas
      e dúbias (sem entrada
e saída, sem placas).
Então se lê: zona de paz,
onde não se dorme
e um corpo penetra um corpo
com medo vibrante,
arranhando por onde toca.
A zona de paz
prostrada pelo pôr do sol
um nome ácido
um nome farpado
zona por assim dizer:
as notas agudas são as mais ouvidas
estão lotadas de taquicardias
– e para os que se levantam
a lua marejada,
a lua por um triz.

ILHA NA ILHA

Sei que o prisioneiro lentamente passa
perto das cercas.
              Não sei bem se ele caminha:
daqui, parece que vai empurrado
sob o sol mais forte, mais aparente
do que o seu uniforme.
Não importa: está vendado.
       Sei que está
aguilhoado, as pernas se tocam
mal se abrem
passo a passo.
Sei que está manietado
também, e os braços se juntam
com som de galhos secos.

Sei muito do que está acontecendo.

Mas não sei se há visões piores
dentro do sono ou durante o dia
sobre o que sei.
Pois enquanto queimo petróleo e desmato
e enxoto o ar para chegar noutra cidade,
existe Guantánamo, à beira
da praia paralítica.
            Posso estar

dirigindo, fumando ou exagerando
algumas proezas muito antigas
(as mais recentes são milagres a explicar)
e Guantánamo aguarda
com susto.

Nenhuma rotina adormece, e nem cabe
reclamar das dores faveladas
e dos acidentes.
                        Derrama-se a tinta
sobre um dia melhor, e sei
que Guantánamo escorre em todas as direções.

A FAIXA

Com arame farpado demarcaram.
Em vez de rios
de margens e de nascentes,
o metal torturante esticado
de lado a lado.
Não Ultrapasse.
País afastado de outro país:
onde morreu Tamin
e morreu seu filho Ahmad e sua nora Aisha morreu.
Não é mais linha imaginária.
Os guardas ciosos
acompanham as vacas e os cavalos
e não deixam que animais (por mais
humanos)
saltem de onde estão
sob qualquer pretexto olímpico – salto
triplo, de vara, ornamental
ou de propósito.
Todo sujeito
pode partir mais cedo
varado de holofotes e tiros
para o além, sem perguntar

aonde irá. Não Ultrapasse
é ficar onde está
e escolher entre dois martírios
o que mais permite
respirar.

TRABALHO NAS MINAS

Letsego vê brilhar:
         um rifle?
Lá longe, onde elefantes passam
um rifle?
         Um cano de aço
pronto com pólvora a zunir
o silvo na savana de outro metal?
Ele pergunta:
         um rifle?
Súbito o foco
some. Letsego caminha devagar
e bebe água
e o sol a pino. Uma zebra
o vê como um junco negro
um boneco nu
que o dia da caça flagrou.
Mas Letsego quer saber
se o brilho que viu
é uma arma no ar: um rifle
que pode em linha reta
(ainda que vente)
outro metal endereçar.

(Se não for rifle pode ser faca

pode ser lança alta
que atravessa. Letsego vê brilhar.)

Tudo aqui é mineral, Letsego
pensa: pode ser gás das pedras
ou fossa milenar onde ossos
e mandíbulas se abraçam.
Pode ser rocha escura, sepulcral
meus avós falavam nisso.
A seiva petrificada, o mais primitivo peixe
gravado quando aqui foi mar.
Letsego então caminha
náufrago tão calmo
a espreitar o que brilha:
esse carvão rombudo
mastigado pelas eras
que brota da escavação. Letsego
pega a pedra
que volta bêbada
e vê brilhar:
                diamante perfeito
que já o cegou por completo
que empurrou o seu corpo
para mais dentro.
Letsego morreu
                pela pedra
e agora empilhado
perfurado, calcinado
vem a ser só mineral
como os rapazes todos que trabalham.

OS SENHORES DA PAZ

Muito velhos (dizem que são
    profissionais e experientes)
estão prontos para assinar
o Tratado de paz (as palavras
mais importantes
são grafadas com maiúsculas).
Deles também dizem
    que, profissionais e experientes,
deveriam ir para os campos de batalha:
    suores noturnos e insônia
    avanços heroicos com bengalas
    vertigens, espasmos
a hipertensão.
Os muito jovens (dizem que são
    repletos de cabelos
    e dançam)
ficariam em casa
com seus talentos, seus corpos fortes.
Dizem que o mundo duraria mais
se assim fosse.
Dizem também
como é difícil decidir.
Chove muito
e o avô perdeu um braço
depois que a granada explodiu.
Mas foi na outra guerra
há tanto tempo.

NA AGENDA

É difícil é complexo
é até mesmo sentimentalmente preciso
erradicar a pobreza. O paraíso
se abre se acontecer
o milagre e o imprevisto, mas
o inadiável é necessário. Seria mais
rápido talvez telegráfico até
um analista diria instantâneo
combater a desertificação com todo
o poder das tempestades, e assim, imagine
tudo ser oásis o pão nosso tudo brotar
e o baobá crescer aos píncaros
seu tronco suportar elefantes em fuga.
Erradicar a pobreza demora. O item
na agenda perdura como se enforcado
ou carniça no quadro de Goya.
Paupérrimos nunca trafegarão
pelos *campi* lotados de monetaristas
pelo Sunset Boulevard pelo lado ensolarado
de King's Road pela Place Vendôme.
Mas eles mesmos
não querem contraste
dietas de farinha, esqueletos de bezerros
e corpos desidratados pelas estradas.

Eles querem também
combater a desertificação, mas veja
o zéfiro sopra resseca o tutano
o talo da planta se parte
o corpo
mínimo
murcho
seus olhos paralíticos
enquanto se aproxima a duna.

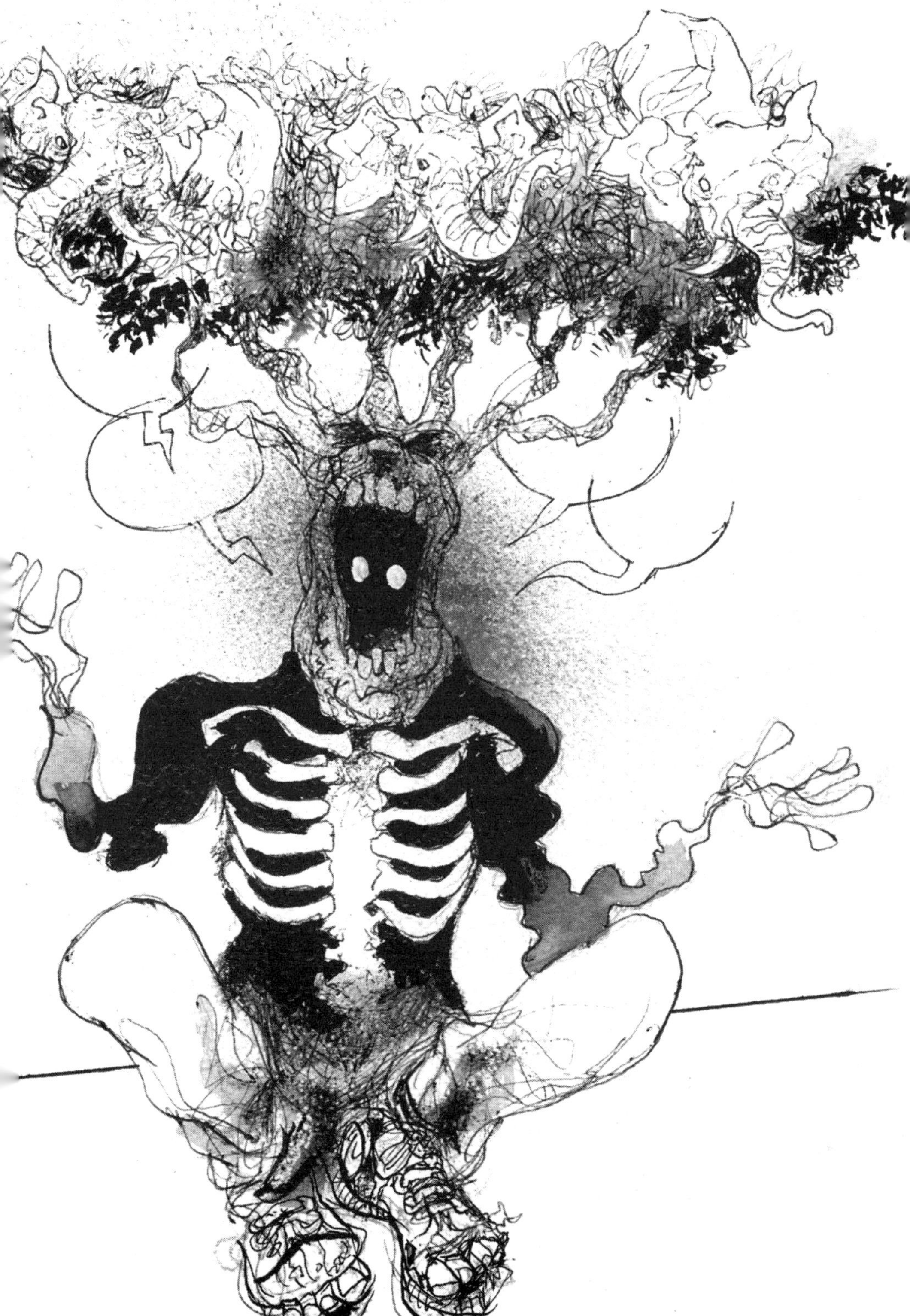

A FOME FICA

Acordar. A comida não dá.
Andar, andar sem comer.
O sol a pino e a visão ao redor
se enroscam famintos.
Não sabe se vai escapar:
se falta alimento, falta até o ar.
Mais tarde vai dormir, a morte dentro.
    Um tambor oco bate no corpo
    um tombo, um soco só
    um filete.
Amanhã abre os olhos
mas já foi despejado.
No pátio, vazio, ficou
sem móveis, o banheiro
trancado, os canos sem água:
os músculos nem se agarram
aos ossos,
os ossos podem até sobrar,
mas isso é tudo.
Não há mais.

O CABARÉ DAS DUAS MOÇAS

De um lado está Marina.
    Do outro, Marília, encostada
numa parede de preta camurça.
A música alta festeja
o que não se vê: luzes relâmpagos
flagram
a dança onde os braços nunca se entrelaçam.
Marina já sabe
como tudo acabará: vão passar-lhe
feito néctar
vodka na laranjada
e um comprimido
que amolece as mesas faz girar o teto
deixa as pessoas maiores
abocanha sorrisos, dá medo
e faz nascer mais batimentos.

    Marília está ofegante.
Seus vinte anos escorrem
à noite, entre novas pulsações.
    Em breve estará deitada
    ou olhará para o espelho
    e o corpo de quatro
    empalado.

Hoje ela chegou mais cedo.
Um dia ela disse não
e quase perdeu
    o lado esquerdo do rosto.
Agora aceita tudo:
    dedos dos pés penetram
    seus cabelos quase saem
    enquanto gritam por trás.
    Pendura-se em qualquer
    objeto mais firme, mais tenso
    do que as pernas diagonais
    com as quais entra no quarto.

Marina aos dezoito já sabe
onde veio parar.
Ainda não fala alemão
mas pode dizer
é muito bonito, o senhor.
Ninguém sabe de onde vieram
as duas irmãs missionárias.
    Se nasceram no Brasil,
    então está decidido:
visto L para elas, ou M ou N ou P
– por que suspender agora
a nua acrobática dança
por uma questão consular
nesse país pacato, tão
disciplinado, há séculos reformado?
Marília olha Marina

porque se abraçam de manhã
no quarto pequeno onde dormem.
Talvez os seus olhos
crescendo aflitos em luzes
verão a lua na franja
do rio que passa veloz:
irá o corpo de uma
flutuar, descer à foz. Mas
o da outra afundará.
Presa entre as pedras,
uma das irmãs sumirá
e por isso mesmo
(explica o guia turístico)
sem mais corpos à superfície
a paisagem se mostra tão bela.
Agora pode fotografar.

À DERIVA

Vêm da África.
Vêm aos montes.

Vêm à praia
se misturam
ao verão e
às barracas.

Vêm às centenas
negros milhares.
Vêm com fome
pele e osso – e olham
como se fossem ficar.

Vozes d'África que assombram
a praia matinal. A tribo
dos homens nus, das mulheres
que pariram em alto mar.
Vêm à praia vomitar.
Vêm com sede.
Vêm iminentes.

Vêm da África. Vêm aqui
antes que a morte aconteça
na sua terra natal. Vêm nas águas
afogados ou vivos, perfilados ou
torcidos pela Guarda Nacional.

Vêm quase todos.
Amanhã vêm mais.

MADE IN POVERTY

Camisa americana
feita para golfistas
54% algodão
46% poliéster
feita em Bangladesh.
Belo design.

Estou globalizado.

Calça francesa
corte inglês
bem casual, mas
para todas as ocasiões
100% lã penteada.
Feita no Paquistão.

O importado é bom.

Sapato espanhol
couro macio, à prova
das piores monções
que arrasam Índias
80% costurado à mão
por mãos da Argélia.

E fica mais em conta.

E como é suave
passear ao sol a pino
e fazer turismo
ser servido pelos garçons
desses longínquos países.
Se carregarem minha mala,

um dia eu chego lá.

O MUNDO GIRA

Excomungados, banidos.
Escravos e deportados.
Refugiados, sumidos,
expulsos, expatriados.

Colonos e perseguidos.
Emigrados, deslocados.
Imigrantes e detidos,
apátridas, exilados.

Nômades e transferidos:
papéis desaparecidos,
mãos e pés extraviados.

Todas as raças se exportam.
Todos os credos comportam
ofendidos e humilhados.

O MUNDO GIRA

Aqui não pode: é exclusivo.
Favor não pisar na grama.
Vem para o gueto: pode passar
pela entrada de serviço.

O turno é mais longo. Não pisque
entre as vigas de aço
que saem da fornalha. Morre mais
quem dorme no trabalho.

Quer progredir? Vá menos
ao banheiro. Comprar um
carro? Caminhe a pé e derreta
asfalto. Os prazos o adoram.

Repito:
o futuro está próximo.

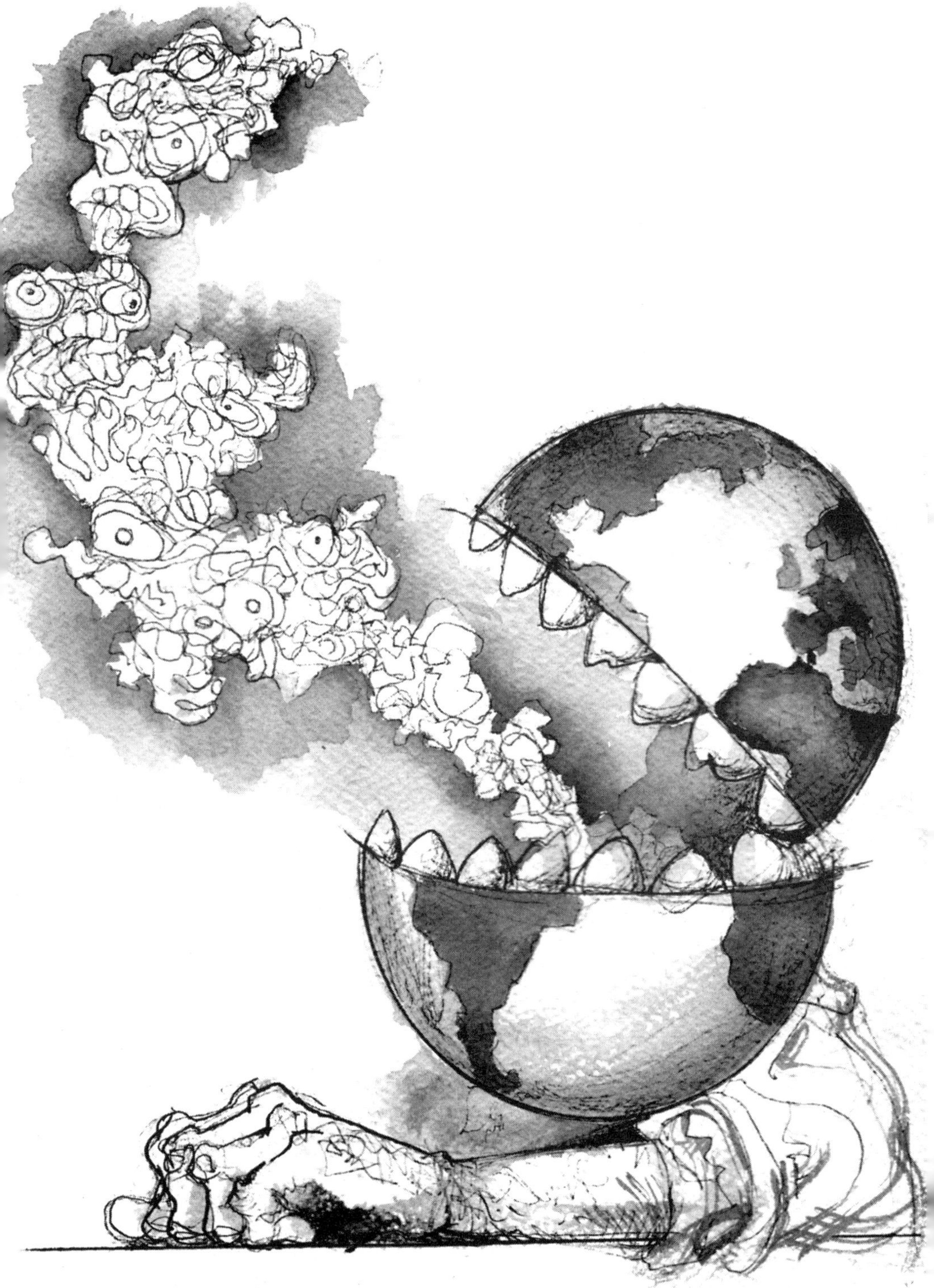

O MUNDO GIRA

Os franceses, não. Tampouco os suíços
que, como os belgas, tão logo se livram.
Os ingleses escapam. Alemães
têm tudo do que precisam. Austríacos

os imitam nisso. Mas canadenses
querem fazer melhor, e já conseguem.
Americanos se orgulham sem culpa.
Dinamarqueses, iguais. Finlandeses,

os mesmos. Holandeses e suecos
sabem sorrir. Todos sabem sorrir.

Idas & Voltas a Londres

BRYANSTON SQUARE

Palmo a palmo o jardim se fez.
Árvores altas e gramado
polido para as estações:
portões de ferro em tinta negra

trancados à chave e sereno.
Folhas secas que se combinam
no chão, no chão final, aos pares,
aos ramos ímpares torcidos.

Dentro, as cores verdes perduram,
e, como engrenagem, a praça
gira em torno de quem caminha,
até quando, subitamente,

ao Norte aparece uma igreja
cuja torre ereta, indizível,
busca um Deus que não quer oásis
e aponta alguma escuridão.

JUBILEE LINE

Passa perto.
Passa raspando.
Enquanto o mundo dá voltas
e vai direto. Passa rente.
A velocidade não é o pior:
o mais longe
é um mistério que chega rápido.
É deixar que o espanto
abra as portas como um vagão
e haja inspeção de todos os passageiros,
céleres leitores
das colunas de esporte. (O amanhã,
com suas estações, também anunciará
até onde vai).
E eu salto aqui.
Salto aqui pois já vi de tudo.

GREENWICH

A linha entre o ar e as águas.
Ou apenas a linha
já destituída das conquistas
e das torpezas
que atravessaram todos os mares.
Um horizonte povoado
de onde se olha para o alto
e depois se desce o rio
– e a ilha fica para trás.
O Tâmisa preenche as ruas
faz uma curva imensa
(uma curva grávida e lenta)
até os *pubs* fecharem.
Fantasmas de soslaio vêm por aqui
almirantes defuntos
vias férreas, telescópios
tudo sobe a colina.
O labirinto resoluto
finca muros no parque.

MORNINGTON CRESCENT

Ao caminhar, de manhã,
mas sem conhecer as regras,
sem ter como atravessar
a rua de orvalho e faixas,

ninguém vem, ninguém o ajuda:
ele mesmo aponta as placas
que o levam à contramão.
Os semáforos controlam

sua respiração. Vai
rumo à estação, que está,
segundo o mapa, a oeste
ou a leste do final:

no jogo em trânsito, sente-se
um áporo que respira
em sua própria armadilha,
encerrado no cadoz.

Não passa mais por aqui,
nenhum azulejo luz
os passos que seguem sem
sequer aguardar o prêmio.

LONDON OVERGROUND

Vai passando por trás das casas,
que parecem mais pobres.
Os quintais se imitam
em todas as velocidades
com grades quebradas
estilhaços de brinquedos
como se houvesse ali
na tarde ordinária
sumido uma criança.

Já se pode ir para casa
havendo ou não estação.
O rio perto do guindaste
– há uma luta de metais
e de brilhos
(não é mesmo possível vencer),
mas foi pendurado
foi prometido o dia seguinte
graças à paisagem industrial.

Os outros assuntos

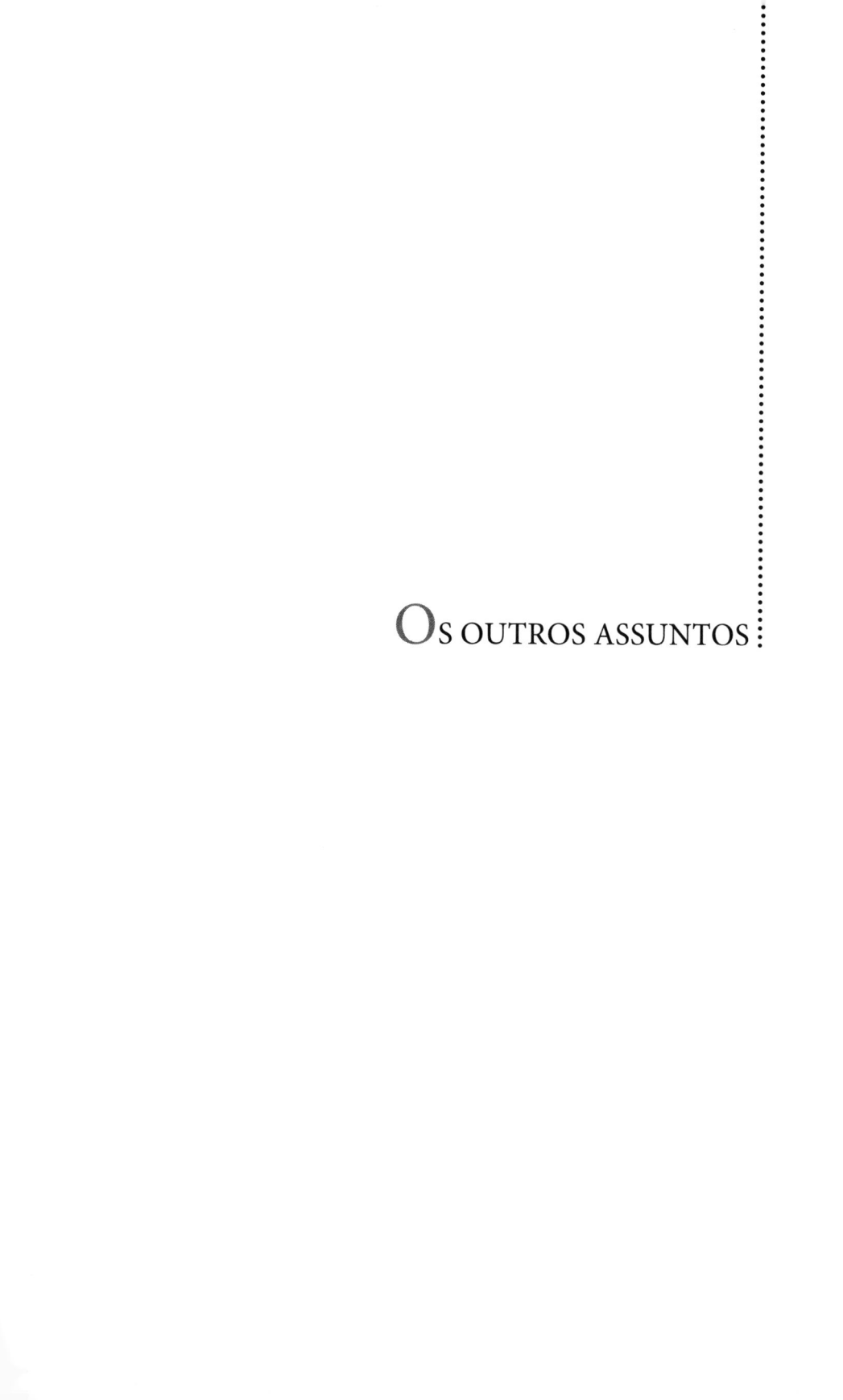

FAZER PERGUNTAS

Água-marinha teimará?
Ouriço perturbará?
Gambá correrá?
Boi atravessará?

Lua já volatilizou?
Hoje quem sou?
O país então brotou?
Nasceu, cresceu, melhorou?

Aos poucos dará certo?
Essa passou perto?
Não lhe parece muito aberto?
Oásis é só no deserto?

Já pagou o condomínio?
Discursou *ad infinitum*?
Usou camisa de linho?
São coisas que não atino?

Ao vê-lo, direi tudo bem?
Aceita essa imagem benta?
Quer meu dinheiro também?
O jardim – não é contundente?

Que importa se está nua?

DEFINIÇÃO DE FLOR

O seu rododendro, o seu loureiro rosa,
purpúrea ericácea, alva lança de elipse
e caule de escuro verde e rubro pelo,
cada filamento só, afunilado,
pétalas com nódoas; muitos estames
dilatam-se em rubras vagens masculinas,
filtram pelos poros os seus grãos de pólen.
Os ventos hirsutos amparam a curva
de um pau flexuoso e perene, unguiforme:
verdasca que bate e fura, acicular,
e jamais se iguala a um poema meu.

*

Mas o bogarim, a íris, o gladíolo,
a dália aristada, a glicínia bicorne
já brotam na escassa terra que percorro:
buscam a calcícola e espargem água
e transpiram forte quando vem a luz.
As formas crenadas logo se avolumam
e centenas delas se juntam em dobras
flabeladas contra o sopro e o glauco mar.
Os pistilos crescem, são vilosos, cabem
no espaço de um nó. Nesse caso, é certo
que todo o jardim parece meu poema.

AS PORTAS SE ABRIRAM

Ela aparece imediatamente
como se voltasse de um mergulho.
As portas se abriram
no meu andar – e estou estático.
Não chegou
o elevador subindo,
mas um outro
que foi direto ao térreo e ao precipício.
Foi ela
saída dessa concha de fórmica
com luzes que piscam defeituosas
(o adereço lá dentro,
um corpo de néon).
Apertou o botão
com a mão direita,
e o número correto
levou-a até ali, onde a esperava
meu corpo no corredor, sem desafios.
O perfume encerrado lá dentro
também subia e descia.
Quando apareceu,
deixaram de existir
outros transportes:
táxis que dobram esquinas

escadas rolantes que exibem corpos
aviões quase lotados,
pois nada imitará
o cubo exato que a trouxe.
Uma ascensão
– e tudo ficou perfilado
a ela, quando as portas
se abriram, e estou estático.

AS LETRAS DOBRADAS

Professor Pucciani – *E Kierkegaard, quando você o descobriu?*

Jean-Paul Sartre – *Entre 1939-1940. Antes, eu sabia que ele existia, mas não passava de um nome para mim, e este nome, não sei por quê, me era antipático. Por causa dos dois aa, eu creio... Isso me impedia de lê-lo.*

Entrevista concedida em maio de 1975.

Confio tanto no filósofo: ele diz
uma palavra certeira (sobre as coisas)
para durar. Não é como o poeta
que cria as coisas para durar (e sobre
elas surgem poetas e filósofos).

Agora, porém, descubro que nada
se salva: nome após nome, somos
feitos mesmo de palavras. Baal já foi
adorado, foi tempestuoso e fértil.

Soçobrou a crença, com a fé mortal
dos adoradores de palavras. Baal.
Veemência e astúcia: de nada adiantam
se as letras se dobram e empunham

a sua antipática aparência a quem
de tanto as conhecer já as despreza.
Está friíssimo fora do poema: nada
coopera para que surjam palavras

sobre palavras à espera. Nem o poeta
da caatinga severina sabia
do perigo estéril que existia:
não ser lido por quem antipatiza.

Tudo baixa imediato à geena
onde se queima cada verso e
cada fonema: ferve o iídiche e
morde-se o Laocoonte, que sabia

o que viria a acontecer em Troia.
Só me resta trabalhar: na meeira,
depois de colhido o primeiro algodão,
quem sabe a safra se renove e deixe

a palavra a salvo, pronta e reeleita?

PAISAGEM E AVIÃO

Bom mesmo é quando o avião ultrapassa
a branca, a escultura gasosa
e tudo se transforma
brilhante de nuvens.
Ali flutua, encarcerado, o meu corpo veloz,
como se nada houvesse.
Depois é descobrir losangos e cones abissais
que indicam como sumir.
Tudo é luz, a incendiar na chapa
as vontades mais nítidas.
A sorte está lançada ao viajante
no mundo que passa.
Nada virá lá de fora,
nem o pássaro (era azul e doido).
E é assim, contemplativo,
que se encontra a solução
para os dias infinitos que ainda falta conhecer.
Montanha alguma alcança
esse episódio a que assisto
com a visão em febre.
Em breve (é o que dizem)
vamos chegar a conhecer
as novas e as mesmas pessoas.
Mas eu me lembro, pela paisagem,

que nada aconteceu até aqui:
o ar lá fora é um dom
que me faz prosseguir.
Pouco a pouco, ao descer
por entre as bocas do espaço
pressinto a perda que existe
em aterrissar.

ADEUS AO PAPEL

Agora a palavra
acende outra luz.
  Ali estava suja de tinta
  e água-viva.
E meu amigo estendia
páginas de papel-jornal
no varal:
  a linha contínua
  do J'Accuse ao Watergate
  do Titanic ao Zeppelin
  de Hiroshima a Guantánamo.
Tudo tão rápido que
nem meio nem mensagem parariam
as rotativas.
  Consulte o relógio digital,
  marque seu pulso invisível
  no cristal raso e luminoso
  do texto que está buscando
  alcançar o seu néon inadiável
    (tudo isso
se transformou em poema a seu tempo).
Vá ver agora como fica a notícia
sem recorte.

Tente ler "O Retorno" de Ezra Pound
sem datilografia,
procure dobrar a carta que Mário de Andrade
bateu na manuela, e transforme etc. em hipertexto.
E se, amigo, nos juntássemos
(já que você não pode, sozinho, dinamitar a ilha de Manhattan)
para transformar todo o jornal
não numa explosão, mas
num tuíte?

MEU IRMÃO

Você ficou estranho:
como um rio que lentamente
preencheu todo o país,
não fala mais de peixes,
das margens e da navegação.
Não consigo imaginá-lo
(o sorriso parece descendente)
com palavras comuns: não sei
se você encontra sossego no quarto,
se sai às ruas
mas prefere voltar. Um pêndulo
que arrasta a luz do sol.
E assim o vejo: a silhueta
de quem perdeu acordes
e incendiou fotografias.
Não há telefonema nem hipótese
salva-vidas: escuta-se o náufrago
a gritar que o deixem só
(se bem me lembro, apenas em 1912
um caso assim existiu:
                        alguém nadou
entre nomes sem sentido
e subitamente a água fria o calou).
Passam os dias, que não existem

para nós. Ouvi um estalo
e depois a imagem sumiu.
Esses dias são distantes, mas feitos de combustível
e queimam espessamente
na mata já carbonizada
e perto do abismo.

O DIPLOMATA ALERTA

São quatro da manhã
(conheço o fuso horário)
em meu país.
Se algo aconteceu,
então saberei mais tarde.
No meu país se dorme tão pouco:
uma música vibra no sono.
É só um ensaio, os vizinhos
disseram. *É para que na hora
tudo dê certo.*
Olho a praça quieta
do lugar onde estou
horas à frente da cidade
onde nasci no tempo certo.
A vidraça quieta
não faz festa. As estações
são portas giratórias
que deixam sair e entrar
e cronometram.
Então fico aqui,
brasileiro, exposto a um relógio:
                    mais dia, menos dia

os números vão apontar
para essas lembranças,
como se estar acordado
fosse uma calculadora
cujas operações surgissem na tela
extraordinárias
memoráveis.

01:00   Essa é a canção
de última hora.
Canção que perfura o relógio
e o dia passa
à primeira página.
Essa é a canção
com a corda amarrada ao corpo
e o corpo escolhe a cremação.
Canção que vibra, transborda
e ganha nomes: te-déum,
Ave Maria, hora.
Essa é a canção
feita de improviso,
se você acreditar: há pouco
na voz dos estudantes,
mas súbito cavalgadas
pela ordem.
Canção com memória
e funda como um sol nos olhos.
Canção que é lamento
lamento de cão:
os animais
sabem do que estou falando.
Essa é a canção
sem última palavra:
badala num ponteiro, no número
digital que não se pega.
Ninguém morre se cantá-la.
Ninguém erra.   **00:00**

LIVROS DO AUTOR

POESIA
　Ou Vice-Versa (1986)
　Atrito (1992)
　Estante (1997)
　Em Seu Lugar (2005)
　A Mesma Coisa (2012)

CRÍTICA LITERÁRIA
　A Escola da Sedução (1991)
　A Próxima Leitura (2002)
　Esta Poesia e Mais Outra (2010)

ENSAIO
　Curvas, Ladeiras – Bairro de Santa Teresa (1998)
　Visibilidade (2000)

TRADUÇÃO
　Louise Labé – Amor e Loucura (1995)

Este livro foi impresso na Edigráfica.

A Ética de
Max
Scheler
e a Essência do Cuidar do Outro

Alan Dionizio Carneiro
Marconi José Pimentel Pequeno

A Ética de Max Scheler e a Essência do Cuidar do Outro

EDITORA
IDEIAS&
LETRAS

DIREÇÃO EDITORIAL
Edvaldo M. Araújo

CONSELHO EDITORIAL
Fábio E. R. Silva
Jonas Luiz de Pádua
Márcio Fabri dos Anjos
Marco Lucas Tomaz

PREPARAÇÃO E REVISÃO
Maria Ferreira da Conceição
Thalita de Paula

DIAGRAMAÇÃO
Airton Felix Silva Souza

CAPA
Bruno Olivoto

Todos os direitos em língua portuguesa, para o Brasil, reservados à Editora Ideias & Letras, 2021.

1ª impressão

EDITORA IDEIAS & LETRAS

Avenida São Gabriel, 495
Conjunto 42 - 4º andar
Jardim Paulista – São Paulo/SP
Cep: 01435-001
Televendas: 0800 777 6004
vendas@ideiaseletras.com.br
www.ideiaseletras.com.br

Dados Internacionais de Catalogação na Publicação (CIP) de acordo com ISBD

C289e   Carneiro, Alan Dionizio

A ética de Max Scheler e a essência do cuidar do outro / Alan Dionizio Carneiro, Marconi José Pimentel Pequeno. - São Paulo : Ideias & Letras, 2021.
320 p. ; 16cm x 23cm.

Inclui bibliografia
ISBN 978-65-87295-15-2

1. Ética. 2. Moral filosófica. 3. Max Scheler. I. Marconi José Pimentel. II. Título.

2021-1927   CDD 170
                             CDU 17

Elaborado por Vagner Rodolfo da Silva - CRB-8/9410
Índices para catálogo sistemático:
1. Ética 170
2. Ética 17

A Deus que, amando, fez de mim seu semelhante.
Aos meus pais, de quem eu aprendi que o amor não tem limites.
À Gilvânia S. N. Morais, minha esposa, cujo amor me faz saber que apenas sou inteiro quando me descubro como metade.
Aos meus filhos Juan (10 anos), José Lucas (3 anos), Isabela Maria (7 meses) e Ana Catarina (7 Meses), fonte de meu riso, sentido de cada amanhecer e certeza de que o amor ultrapassa todo pensar.

Alan

"O Bem se torna Belo no que se torna leve."
(Max Scheler, 2012, p. 24)

Sumário

AUTORES	11
APRESENTAÇÃO	13
INTRODUÇÃO	15
I. A NOÇÃO DE PESSOA EM MAX SCHELER	**19**
1.1 Antropologia filosófica e o problema do homem	24
1.2 O homem no fundamento da vida: Nietzsche, Dilthey e Bergson	33
1.3 A antropologia de Scheler: o homem total	43
1.4 O homem na tessitura da vida	55
1.5 Espírito e vida: a dialética do humano	64
1.6 Pessoa e ato	72
1.7 A disposição de ânimo e a ação humana	88
1.8 A inobjetividade da pessoa	94
1.9 Pessoa e corpo	100
1.10 Fenomenologia e metafísica da liberdade	108
1.11 A pessoa enquanto valor em si mesma	115
II. A AXIOLOGIA FENOMENOLÓGICA DE MAX SCHELER	**119**
2.1 O ser do valor	120
2.2 Do valor na ordem dos bens	125
2.3 Da natureza axiológica dos fins	131
2.4 Valor e dever ser	134
2.5 O conhecimento dos valores	143
2.6 O apriorismo emocional dos valores	148
2.7 Da essência dos valores	156
2.8 O reino dos valores	162

2.8.1 A ordem dos valores junto aos seus depositários	163
2.8.2 Hierarquia material *a priori* dos valores	167
2.9 Da ascese moral (e espiritual) da pessoa e do mundo: modelos e líderes	184
2.9.1 Arquétipos de pessoas valiosas	191
III. LINGUAGENS, EMOÇÕES E MORAL EM MAX SCHELER	**203**
3.1 Da fenomenologia das emoções ao caminho da linguagem	209
3.2 Da percepção sentimental [*Das Fühlen*]	215
3.3 Tessitura da vida afetiva	219
3.4 O fenômeno da simpatia	226
3.5 Da percepção do outro	240
3.6 A fenomenologia do amor: a pessoa e o *ordo amoris*	248
IV. DA ESSÊNCIA E DAS FORMAS DE CUIDAR	**257**
4.1 Da essência do cuidar	258
4.1.1 O cuidar como ação	261
4.1.2 O cuidar como valor	265
4.1.3 O cuidado como modo-de-ser	268
4.2 Das formas de cuidar	274
4.2.1 Cuidar como saber e tratamento humanizado do outro	275
4.2.2 Simpatia e amor no cuidar do outro	283
4.3 Do valor ético do cuidar	289
4.3.1 O cuidar do outro: uma abordagem onto-axiológica da pessoa	289
4.3.2 Da possibilidade de uma ética do cuidar	294
CONCLUSÃO	**299**
REFERÊNCIAS	**305**

Autores

ALAN DIONIZIO CARNEIRO

Enfermeiro. Mestre em Enfermagem pela Universidade Federal da Paraíba. Doutor em Filosofia pelo PPDIFIL/UFPB, UFRN e UFPE. Professor do curso de Graduação em Enfermagem da Universidade Federal de Campina Grande, atuando nas disciplinas de Metodologia da Pesquisa; Ética e Legislação em Enfermagem; Sociologia e Antropologia da Saúde e Educação em Saúde. Líder do Grupo de Estudos *Sapere aude* – Epistemologia, Direito Sanitário e Saberes Integrativos à Enfermagem. Pesquisador do Núcleo de Estudos em Bioética e Cuidados Paliativos da Paraíba.

MARCONI JOSÉ PIMENTEL PEQUENO

Graduação em Farmácia pela Universidade Federal da Paraíba. Mestre em Filosofia pela Universidade Federal da Paraíba. Doutorado em Filosofia pela Université de Strasbourg I, França. Pós-doutorado em Filosofia pelo Centre de Recherche en Éthique da Université de Montréal, Canadá (2007), onde lecionou disciplinas durante dois períodos letivos. Professor Associado IV na Universidade Federal da Paraíba. Docente de cursos de Graduação e Pós-graduação em Filosofia e em Direitos Humanos. Membro do Grupo de Pesquisa em Antropologia e Sociologia das Emoções – UFPB. Membro do Grupo de Estudos Cidadania e Direitos Humanos – UFPB.

APRESENTAÇÃO

A Ética, concebida ora como um campo de reflexão, ora como um instrumento axiológico para fins práticos, visa estabelecer os limites e as diretrizes acerca de como uma pessoa deve agir em sua relação com o outro.

A experiência ética alcança sua mais elevada finalidade quando, para além da reflexão acerca dos limites da ação moral, da boa conduta e da correta tomada de decisão, torna-se capaz de revelar o ser-pessoa em sua plena humanidade. Isto significa dizer que é próprio da Ética mostrar como as pessoas estão integradas e são afetadas umas pelas outras em suas formas de vida e convivência social.

Ao refletir sobre os conflitos e interações dos seres humanos, a Ética faz uso dos instrumentos e aparatos da razão, bem como das vivências e experiências sensoriais que marcam a vida afetiva do sujeito. É nesse equilíbrio entre o apuro racional e as motivações sensitivas que se forja o terreno onde viceja essa morada que habitamos: o *ethos*. Eis por que um estudo sobre o comportamento moral do sujeito não pode negligenciar aquilo que pertence à esfera do *pathos*: as emoções, afetos, sentimentos e paixões. O que fazemos e o modo como agimos não devem jamais estar apartados daquilo que sentimos. Essa evidência inelutável é reconhecida por um dos mais eminentes filósofos contemporâneos, Max Scheler.

A Ética de Scheler, ao repousar no terreno da fenomenologia, nos chama a atenção para o fato de que as convicções normativas necessitam, além do pensamento racional e do apuro intelectual do indivíduo, do concurso da experiência sensorial que marca o seu *viver-com-o-outro*. Por isso, as decisões éticas autênticas não estão imunes às circunstâncias do vivido e às emoções que vivenciamos e compartilhamos. O aperfeiçoamento moral da pessoa exige, igualmente, a reflexão sobre a sua maneira correta de agir e também sua capacidade de lidar com as experiências afetivas.

Nesse sentido, ao refletir acerca das implicações do pensamento de Scheler sobre a essência do cuidar do outro e de si mesmo, os autores do presente livro apresentam os fundamentos teóricos necessários à constituição de uma Ética do Cuidar. Esta se situa para além do simples dever ou da obrigação ancorada na razão e centra-se na valorização afetiva do outro, no reconhecimento da sua dignidade e no modo como ele se realiza no mundo por meio de suas relações sensoriais. O cuidar, mais do que uma ação terapêutica, se torna uma atitude ontológica, moral e estética, mediante a qual cada pessoa pode crescer espiritual e moralmente cultivando suas emoções, exercitando sua inteligência e aperfeiçoando sua capacidade de atribuir sentido ao mundo.

Trata-se, portanto, de um livro que ressalta a atualidade e o dinamismo do pensamento de Max Scheler, e que pode contribuir para inúmeros estudos em antropologia, filosofia, sociologia, psicologia, ciências da saúde, dentre outras áreas que se ocupam da condição e da conduta dos seres humanos e de como estes podem se tornar sujeitos do cuidar ou agentes de uma ética do cuidado.

Por fim, este trabalho tem um caráter de ineditismo no cenário acadêmico-intelectual brasileiro não apenas pela originalidade da temática, mas, sobretudo, pelas estratégias teóricas de abordagem da filosofia de Max Scheler e de como suas ideias influenciaram filósofos da magnitude de Edmund Husserl, Martin Heidegger, Edith Stein, Hans-Georg Gadamer, José Ortega y Gasset, Emmanuel Mounier, Jean-Paul Sartre, Nicolai Hartmann, Dietrich Hildebrand, Karol Wojtyla, Miguel Reale, Henrique Cláudio de Lima Vaz, entre outros. A abrangência de temas e questões e a profusão de citações e referências fazem com que este livro torne-se também uma excelente introdução ao pensamento de Max Scheler.

Introdução

A pessoa é o ser que vivencia a si mesmo ao tempo que forma sua personalidade, seu caráter, seu modo de ser. Sua existência é um constante ato de afirmação e de criação. Ela é a única responsável pelo mundo e pelo outro, a única capaz de amar e odiar o mundo a tal ponto de destruí-lo ou salvá-lo, de ser compassiva ou indiferente ao outro. A pessoa é um ser de decisão livre, mas o exercício de sua liberdade exige autodomínio, sensibilidade, aprendizado, maturidade, responsabilidade e coragem para alcançar a excelência na pessoa que se propõe a ser.

A conduta normativa do indivíduo precisa ser compreendida a partir da perspectiva emotivista. Para tanto, Scheler indica que toda moral deveria

> [...] aperfeiçoar-se no descobrimento das leis do amor e do ódio, que excedem as leis do preferir e as que existem entre as qualidades dos valores correspondentes no que diz respeito a seu grau de *absolutividade, aprioridade* e *primordialidade*.[1]

Nesse sentido, o aperfeiçoamento moral da pessoa e da sociedade decorre da maneira como as pessoas constroem sua concepção de mundo, e esta depende de sua forma de sentir e de valorar a realidade.

---

1 SCHELER, M. *Ética: Nuevo ensayo de fundamentación de un personalismo ético*. Madri: Caparrós, 2001, p. 365.

Segundo Scheler, os valores se colocam entre o indivíduo e o mundo social a partir de uma relação sentimental, afetiva. Para ele, não se trata de proceder a uma reorientação da ética clássica alicerçada na razão, mas de fazer jus ao próprio homem, até então fragmentado em seu próprio ser pela filosofia, pela história e pelas ciências, em tantas partes que é incapaz de reconhecer-se a si mesmo em sua vulnerabilidade e potencialidade.

A nossa hipótese de trabalho – examinada com ênfase nas suas três principais obras, *O formalismo na ética e a ética material dos valores*, *Essência e formas de simpatia* e *A posição do homem no cosmos*, além de outros opúsculos – parte do princípio de que o mundo moral não pode ser pensado desvinculado do nosso universo sensorial. Assim, encontramos em Scheler um dos mais eminentes representantes dessa proposta filosófica. De fato, a concepção fenomenológica da ética scheleriana é capaz de superar o formalismo racionalista de matriz kantiana, possibilitando a fundamentação de uma ética a partir da compreensão da expressão dos sentimentos da pessoa sem se reduzir a uma ética da simpatia ou de índole utilitarista. Ademais, acreditamos na atualidade do pensamento de Scheler, na sua capacidade de dialogar com outros saberes e de lançar luz sobre os problemas morais contemporâneos.

Consideramos, ainda, que a filosofia de Scheler possui uma trajetória linear de aprofundamento quanto aos temas por ele produzidos e, portanto, suas ideias apenas podem ser compreendidas fidedignamente através de um círculo hermenêutico em torno da interligação entre os conceitos principais de toda a sua obra, quais sejam: *pessoa*, *valor* e *emoção*. Estes tornam-se essenciais para a compreensão do seu sistema ético e análise fenomenológica das constituições do mundo moral. Com efeito, a partir dessas três noções, pretendemos elaborar elementos para uma ética do cuidar.

Por isso, nosso trabalho está estruturado em quatro capítulos tomando como pressuposto a articulação destes três conceitos citados, sem os quais o pensamento de Scheler pode se tornar obtuso, parcial e, quiçá, ininteligível.

Assim, no primeiro capítulo, centrando nossa atenção no conceito de *pessoa*, examinamos os fundamentos onto-antropológicos da filosofia scheleriana, ou seja, realizamos a descrição do homem como alicerce do mundo e da história, a partir da análise da natureza humana, capaz de diferenciar-se e elevar-se sobre todos os seres vivos e sobre sua constituição psicofísica (corpo-mente), em razão de seu *espírito* e que compreende o fundamento onto-axiológico da pessoa, enquanto ser marcado pela liberdade e transcendência.

A pessoa enquanto ser de atos apenas pode ser compreendida na sua execução, inobjetivável e indeterminada por seu agir, possuidora de uma essência própria individual que se desenvolve e de maneira única toca a pessoa divina, isto é, a pessoa das pessoas. A pessoa aparece, aqui, como um valor em si mesma.

No segundo capítulo, a ontologia da pessoa conduziu-nos a abordar a axiologia fenomenológica de Max Scheler, mostrando a importância dos valores na constituição do *ser-pessoa* e de como a ética pode oferecer uma compreensão do ser humano a partir do seu agir e dos valores da cultura.

Nesse sentido, investigamos a essência dos valores, diferenciando-os da natureza dos bens e dos fins, destacando, ainda, como uma ética dos valores é incompatível com uma ética deontológica, considerando ainda que os deveres não são guias confiáveis para a ação e que apenas o valor pode favorecer uma conduta virtuosa, inseparável da vivência.

A esta perspectiva material de Scheler, revela-se que os valores são estruturas *a priori*, e que são fenômenos essenciais no âmbito da vivência, mas que não seguem a lógica racional. Os valores se associam à *ordem* e à lógica do coração, são intuídos e apreendidos através de uma percepção sentimental, ou seja, um apriorismo emocional dos valores. Desse modo, Scheler afirma que, assim como a razão, a pessoa possui uma arquitetura emocional (*ordo amoris*) na qual ela gere, desenvolve sua vida emocional, e que possui uma correspondência com o mundo dos valores.

Para Scheler, afirmar que a pessoa está no mundo significa que ela é capaz de apreciá-lo, descobrir o valor de cada elemento do mundo, compreendido dentro de uma hierarquia material dos valores. Por um lado, é com base nessa valoração que a pessoa julga o mundo e dedica um sentido para si mesma e para o outro. Por outro lado, o aperfeiçoamento moral da pessoa implica afirmar que o mundo está delimitado pela pessoa e pelo ideal ético que ela persegue, por isso, o último tópico desse capítulo diz respeito a como os modelos e líderes podem influenciar na constituição moral da pessoa.

O terceiro capítulo consiste no estudo da fenomenologia das emoções em Max Scheler, no qual descrevemos o papel das emoções na vida moral da pessoa, e como tais sentimentos nos conectam com o mundo e nos permitem perceber e compreender o outro como valor.

As emoções, além de serem uma forma de engajamento da pessoa no mundo, possuem uma gramática própria, universal, de expressão que não se confunde com as alterações corporais provocadas pelas emoções. Estas variam conforme os hábitos, gestos e costumes estéticos. A gramática dos sentimentos, como diz Scheler, é o modo pelo qual as emoções fornecem acesso ao mundo dos valores, em especial, através do amor (*ordo amoris*) e da percepção sentimental.

Por fim, no último capítulo, dedicamo-nos à análise das repercussões do pensamento ético de Scheler sobre o mundo moral com base na tríade hermenêutica *pessoa, valor* e *emoção*, e, a partir daí, expomos os elementos necessários para uma ética do cuidar do outro. Com efeito, o cuidar é um fenômeno complexo que envolve ações, valores, deveres e emoções das pessoas em seu modo de se relacionar com o outro.

Em razão disso, o quarto capítulo se ocupa da descrição da essência do cuidar enquanto ato, valor e modo de ser da pessoa. Nessa parte, ainda, examinamos as formas de cuidar, destacando o cuidar do outro de forma humanizada no contexto da relação terapêutica entre profissional de saúde e pessoa cuidada, ressaltando ainda como emoções como a simpatia e o amor contribuem para um cuidado do outro.

Diante disso, foi-nos possível refletir sobre o valor ético do cuidar tanto na percepção das necessidades de cuidado do outro como no modo de cuidar, sem olvidar as razões do cuidar. Esse itinerário nos conduziu a verificar a possibilidade de uma ética do cuidar a partir dos pressupostos teóricos oferecidos pela filosofia de Scheler.

I. A NOÇÃO DE PESSOA EM MAX SCHELER

Pessoa, emoção e *valor* são categorias fundamentais do pensamento de Max Scheler. Tratam-se dos fundamentos ontológicos a partir dos quais se estrutura a sua Ética. Em Scheler, o "tornar-se pessoa" e o "ser ético" são processos dinâmicos e integrados, já que a construção da personalidade implica também, *pari passu*, a construção da eticidade. Ambas as expressões são, pois, constructos essenciais que, notadamente, exigem a conjugação da individualidade, dos ensinamentos, dos costumes e da tradição cultural de uma sociedade. O homem, pois, se constitui a partir dessas múltiplas determinações, porém, a formação do seu ser, enquanto pessoa, jamais pode se desvincular do mundo dos valores.

As experiências existenciais balizadas pelas variáveis do mundo sociocultural exigem o concurso não apenas da razão, mas, sobretudo, daquela instância fundamental à integração do homem no mundo e de sua interação com o outro: as emoções. Assim, as virtudes morais não podem ser dissociadas das experiências sensoriais de caráter emocional[1] que constituem a vida do indivíduo. As emoções, ademais, permitem ao sujeito elaborar juízos e discernir sobre o bem e o mal, o justo e o injusto.[2]

---

1 As experiências sensoriais são todo estado ou função reativa do corpo decorrente de algum estímulo interno ou externo. Estas nem sempre geram emoções, como, por exemplo, o calor ou o frio que toca a pele.

2 SOLOMON, R. C. *Fiéis às nossas emoções: O que elas realmente nos dizem*. Rio de Janeiro: Civilização Brasileira, 2015.

A dimensão ética do "ser-pessoa" envolve disposição de ânimo, vontade, deliberação e, notadamente, a capacidade de se colocar no lugar do outro. Tal sintonia, antes de ser produto da razão, é, na verdade, resultado da motivação de natureza sensorial que faz o indivíduo (o ser-pessoa) estabelecer uma interação empática com o outro. A ética, longe de ser uma emanação da vontade racional do sujeito que se guia pelo princípio formal do dever moral elaborado pela razão (Kant[3]), é algo que remonta à capacidade do indivíduo de se lançar, movido por sentimentos, em direção ao próximo.

É nesta perspectiva que Scheler empreende o seu esforço intelectual visando o desenvolvimento de sua ética, da teoria do conhecimento e da antropologia fenomenológica, fazendo, da mesma forma, uma nova modalidade de humanismo.

O homem é, segundo Scheler, ontologicamente um ser ético que não pode furtar-se ao encontro com o outro ou abdicar da "compaixão" e da "responsabilidade"[4] em sua condição de ser-no-mundo. Ser ético, com base no pensamento de Scheler, é o que nos faz pessoas humanas, bem como é o que, de modo mais autêntico, revela nossa vulnerabilidade, facticidade e potência criadora. Refletir sobre a ética convoca o homem a conhecer a si mesmo, posto que é sobre ele que repousam paixões e razões. É apenas na pessoa que reside a beleza do trágico,[5] a consciência de poder, o sentimento e o dever de verdade, a beleza, a justiça, a compaixão, a responsabilidade e a solidariedade. Mas o que significa a ideia de *pessoa*?

---

3 Refiro-me ao texto: KANT, I. *Fundamentação da metafísica dos costumes*. Lisboa: Edições 70, 2010.

4 O termo "compaixão", com-patir, é aqui utilizado no sentido de ser afetado ou de encantamento pelo mundo. Do mesmo modo, a palavra "responsabilidade" é utilizada aqui vinculada à sua raiz etimológica de *respondere*, que significa o ato de dar respostas. Nesta perspectiva, o homem estimula-se com o mundo ao mesmo tempo em que é provocado a assumi-lo e a responder às suas demandas a fim de transformá-lo. Desse modo, o homem nunca assume uma condição passiva diante do mundo.

5 O trágico designa aqui a insubstituível capacidade do homem de assumir o mundo, fazendo alusão ao mito grego de Atlas em cujos ombros repousam o peso do mundo, a fim de assegurar sua estabilidade e sustentação.

Numa definição breve, Scheler afirma que "a pessoa está dada sempre como a realizadora de atos intencionais que estão ligados por uma unidade de sentido".[6] A pessoa é um ser dinâmico que fornece a razão de ser dos atos intencionais, ao mesmo tempo em que afirma-se a si mesma enquanto unidade de sentido. Sem estar determinada pelos atos que realiza, a pessoa, antes, os determina. E como unidade de sentido, a pessoa é o ponto de convergência concreto dos atos, o que implica uma direção do próprio ser pessoal, que poderíamos considerar por ser seu *telos*.

A *pessoa* constitui-se na essencialidade do homem (ser humano), e, portanto, aparece como o conceito fundamental de toda e qualquer antropologia filosófica. Segundo Vaz,[7] o conceito de *pessoa* (*prósopon, persona*) tem origem histórica complexa por ter passado por vários horizontes semânticos. Entretanto, sua provável raiz origina-se na linguagem teatral grega[8] e, embora possa remontar até a *psyché* socrática, é na filosofia cristã inspiradora da teologia medieval que a noção de *pessoa* obtém sua maior riqueza ao adquirir fundamentação metafísica. No cenário medieval, o conceito de *pessoa* se desenvolve a partir do encontro entre o *logos* grego e o *logos* cristão.

Na modernidade, este conceito é apropriado por algumas disciplinas, como a psicologia, a sociologia, o direito e a filosofia. De Descartes a Kant, passando por Hobbes a Hume, o conceito de *pessoa* define-se entre o paradoxo de ter consciência de si e, ao mesmo tempo,

---

6 SCHELER, 2001, p. 623. Cf.: *Id. Der Formalismus in der Ethik und die materiale Wertethik*. Bonn: Bouvier Verlag, 2000, p. 471.

7 VAZ, Henrique Claudio de Lima. *Antropologia filosófica*. Vol. 2. São Paulo: Loyola, 2013, p. 189.

8 As palavras *prósopon* (grego) e *persona* (latim) referiam-se à máscara utilizada pelos atores em representação dos papéis humanos. A personagem refletia por seus atos uma personalidade diferente da do ator. A máscara utilizada pelo ator tornava-o uma referência a um tipo de homem, assim a máscara tornava o ator um "ser em referência". (Cf. COSTA, Débora Duarte. "O conceito de pessoa". *Helleniká – Revista Cultural*, Curitiba, 1 (1): 21-38, jan./dez. 2019.; MAUSS, Marcel. "Uma categoria do espírito humano: a noção de pessoa, a de 'eu'". *Sociologia e antropologia*. São Paulo: Cosac & Naify, 2003, p. 383 e 385).

a pluralidade das representações do Eu, mediante as quais a pessoa torna-se objeto. Kant, por exemplo, elevou a pessoa, enquanto sujeito autônomo, ao centro do universo moral e a anunciou, através de seu imperativo categórico, como um fim em si mesma, como um valor absoluto, que não pode ser tomada como um meio ou reduzida ao valor relativo das coisas (preço).[9]

Com efeito, parte significativa da filosofia moderna, inspirada em Descartes e Kant, enaltece a faculdade da razão como a sua principal característica, de modo que o sujeito ético se confunde com o sujeito lógico. Nesse sentido, salienta Scheler, a pessoa se afigura como um ser determinado pelas leis da razão, na medida em que sua ação moral segue os ditames de sua condição racional.[10] Na perspectiva adotada pelo formalismo kantiano, o sujeito-pessoa deve submeter-se às leis da razão. Porém, segundo Scheler, tal formalismo não é capaz de fundamentar uma ética, posto que o homem não pode somente ser reduzido à sua condição racional.[11]

Na filosofia pós-kantiana, o conceito de *pessoa* integrará ainda os círculos da filosofia dialética e da fenomenologia, em que a pessoa, através de sua autoexpressividade, incorpora as noções de *essência* e de *existência*, de modo que

> A *essência*, portanto, é pensada aqui como o momento de manifestação do que o ser-homem é nos seus constitutivos ontológicos fundamentais, ou seja, na sua estrutura e nas suas

---

9 VAZ, Henrique Claudio de Lima. *Antropologia filosófica*. Vol. 1. São Paulo: Loyola, 2014.

10 Lembrando Descartes, no *Discurso do método*, se "a razão é igual em todos os homens", como as pessoas se diferenciam em suas ações? (DESCARTES, René. *Discurso do método*. São Paulo: Martins Fontes, 2009). Segundo Scheler, a individualidade, a criatividade e a autenticidade não existiriam como elementos a permitir a diferenciação entre as pessoas. Se considerar que a resposta deve ser "o percurso do método" ou o procedimento utilizado pelo sujeito racional cognoscente, a própria razão universal figuraria frágil enquanto fundamento do homem, posto que a individualidade da pessoa residiria apenas nos exercícios da razão (método) para alcançar a verdade (conteúdo fruto da razão). A razão restringiria a si mesma num movimento tautológico, porquanto, incapaz e indiferente àquilo que existe fora das leis da lógica.

11 "Nem sequer poderia 'obedecer' a pessoa a lei moral, se fora criada – por assim dizer – unicamente graças a essa lei – como sua realizadora. Pois o ser pessoa é também o fundamento de toda obediência" (SCHELER, 2001, p. 500). Cf.: *Id.*, 2000, p. 371.

relações. A *existência* é o momento da manifestação do que o ser-homem efetivamente se torna na sua realização. Esses dois roteiros de leitura percorrem uma ordem de inteligibilidade *para-nós*, na medida em que partem da mais elementar manifestação do nosso ser, qual seja o *estar-no-mundo* pelo corpo próprio, e avançam em direção à unidade final da complexidade ontológica que se desdobra desde aquele momento inicial. Ora, essa unidade final aparece seja como a suprassunção de toda a série das categorias, seja como a síntese entre a *essência* e a *existência* ou entre o ser que é e o ser que *se torna* ele mesmo (*ipse*) pela realização ativa *in actu secundo* ou o *perfectum*, do que ele é *in actu primo* ou o *perficiendum*. A categoria da pessoa é a expressão dessa unidade final.[12]

A pessoa, integrando a tensão máxima do homem entre sua essência e os caminhos de sua existência,[13] se coloca como categoria essencial e via de compreensão de toda ética possível. Em seu artigo *Renovação como problema ético-individual* (1924), Husserl apresenta-nos o homem como ser pessoal e livre cujas características definidoras, *ceteris paribus*, são consoantes ao pensamento de Scheler e congregam as linhas fundamentais para compreensão do ser pessoa. Sobre isso, diz Husserl:

> Como ponto de partida, tomamos a capacidade, que pertence à essência do homem, de autoconsciência, no sentido pleno do autoexame (*inspectio sui*), e a capacidade, nela fundada, de tomar posição retrorreferindo-se reflexivamente à sua vida e, correspondentemente, aos atos pessoais: **o autoconhecimento, a autovalorização e a autodeterminação prática** (o querer próprio e a autoformação). Na autovalorização, o homem a si próprio se ajuíza enquanto bom ou mau, enquanto valioso ou sem valor. Ele valora, com isso, os seus atos, os seus motivos, os meios e fins, até chegar a seus fins últimos. Não valora apenas seus atos, motivos e metas efetivos, mas também seus atos, motivos e metas possíveis, em um conspecto do domínio de conjunto das suas possibilidades práticas: por fim, valora também o seu próprio 'caráter' prático e as suas propriedades particulares de caráter, toda a espécie de disposições, aptidões, habilidades, na medida em que determinam o tipo e a direção da sua práxis possível, precedam elas, de resto, toda e qualquer atividade, enquanto hábitos anímicos originários, ou tenham elas próprias nascido através do exercício ou, eventualmente, do treino de atos (grifos nossos).[14]

---

12 VAZ, 2013, p. 190.

13 A tensão entre essência e existência exige a coerência moral entre quem a pessoa é para si, para o outro e quem deseja se tornar.

14 HUSSERL, E. "Renovação como problema ético-individual". *Europa: Crise e renovação*. Rio de Janeiro: Forense Universitária, 2014, p. 27.

Assim, partindo da concepção scheleriana de pessoa, passa-se à análise da estrutura onto-antropológica do seu sistema ético, a qual consiste no exame da descrição do homem como fundamento do mundo e da história. A partir da análise da natureza humana (antropologia), torna-se possível vislumbrar o princípio unificador de toda vida, ao qual os gregos chamavam de *espírito* e que compreende o fundamento ontológico da pessoa, o qual é marcado pela liberdade e transcendência.

Dessa maneira, para entendermos a amplitude do conceito de *pessoa* no pensamento de Scheler, faz-se necessário indicar como este conceito integra e supera o conceito de *ser homem* na expressão de sua humanidade (o seu si-mesmo). O alcance do problema do homem no conjunto das obras de Scheler consiste no primeiro desafio para se constituir a ideia de homem como sujeito moral.

Esse pressuposto nos conduz às seguintes questões: como elaborar uma visão sobre o homem capaz de ultrapassar o olhar compartimentado dos diversos saberes? Quem é o homem na concepção de Scheler? Como ele pode reconhecer seu papel no mundo? Finalmente, qual o limite do conhecimento sobre o homem e seu agir? Para responder a estes questionamentos, precisamos colocar em evidência a antropologia filosófica de Scheler.

1.1 ANTROPOLOGIA FILOSÓFICA E O PROBLEMA DO HOMEM

O percurso intelectual de Scheler consiste numa harmonia entre as ideias de ética e de antropologia filosófica. Assim, sua antropologia serve para a compreensão do homem como centro de orientação do mundo e do universo, enquanto a ética se ocupa do agir do homem, das suas formas de organização social e das suas relações com o mundo.[15]

---

15 A ética, enquanto filosofia moral, é o caminho mais fecundo para se compreender a questão fundamental de toda filosofia, talvez, a máxima *"epoché"* do fenômeno humano, qual seja, "o que é o homem?". Essa pergunta é, de certo, o questionamento sobre o qual se debruça todo o pensamento scheleriano e nela encontra toda tentativa de sistematização de seu pensamento antropológico, ontológico, sociológico,

É possível, inclusive, perceber claramente uma confluência entre os temas da ética e da antropologia nos escritos de Scheler, em especial entre 1913-1929. De fato, nos anos de 1913/1916, ele publica os dois volumes de sua *Ética* e, igualmente, lança os *Ensaios de uma filosofia da vida* (1913) e *Essência e formas de simpatia* (1916). Em um segundo momento, no ano de 1927, Scheler publica uma nova edição ampliada de sua Ética, período este em que se encontra a maior parte dos escritos, nos quais ele esboça as bases de sua antropologia filosófica em breves textos como: *O homem e a história* (1926), *O futuro do homem* (1927), *O homem na era da conciliação* (1927), *Visão filosófica do mundo* (1928) e, finalmente, *A posição do homem no cosmos* (1928).

Em tais textos, Scheler denuncia que há uma crise na visão de homem do seu tempo. Assim, embora a questão "o que é o homem?" tenha perpassado toda a história da filosofia desde os gregos, e tenha se estendido a outros ramos do saber, em especial às diversas ciências que tentam dar conta do fenômeno humano,[16] tais como a biologia e a psicologia, não há um consenso sobre o que significa o homem, e isso promove uma alienação do homem sobre si mesmo, pois ele não sabe quem é nem em que deve se tornar.

Entretanto, Scheler considera que, ao longo da história, e creio que esta reflexão seja ainda válida para os dias atuais, nunca houve tanta discordância sobre o que é o homem e sua posição no cosmos. Ainda sobre isso, diz ele:

> Refiro-me a uma ciência fundamental da essência e da estrutura essencial do homem; da relação com os reinos da natureza (o inorgânico, o vegetal, o animal), bem como com o fundamento de todas

---

gnosiológico, ético e metafísico. É, a partir da ação humana, inserida em seus mais diversos contextos, que Scheler se propõe a investigar o homem (ontologia), desde a sua natureza (antropologia) até sua capacidade de transcendência (metafísica).

16 "Tenho a satisfação de constatar que os problemas de uma antropologia filosófica ganharam hoje o ponto de toda a problemática filosófica na Alemanha e que, muito para além do círculo dos especialistas em filosofia, há biólogos, médicos, psicólogos e sociólogos trabalhando em uma nova imagem da constituição essencial do homem" (SCHELER, M. "Prefácio à 1ª edição". *A posição do homem no cosmos (1929)*. Rio de Janeiro: Forense Universitária, 2003b, p. 3).

as coisas; da origem metafísica da sua essência, como do seu início físico, psíquico e espiritual no mundo; das forças e dos poderes que movem o homem e que por ele são movidos; das tendências e leis fundamentais do seu desenvolvimento biológico, psíquico, espiritual e social, tanto no que diz respeito às suas possibilidades essenciais quanto às suas realidades. É nesta ciência que residem o problema psicofísico do corpo e da alma e o problema noético-vital.[17]

Scheler identifica uma crise no saber acumulado sobre o homem. Em uma clara alusão ao método analítico-cartesiano, ele afirma que o homem fora tão fragmentado e separado do mundo que torna-se difícil conciliar as partes para se compreender o todo. Scheler, então, considera que esse conhecimento foi obscurecido pelas diversas visões sobre o homem, as quais, inclusive, conjugam conceitos inconciliáveis entre si, sejam eles originados das ciências ou mesmo da tradição filosófica. Considera ainda o filósofo que "o homem tornou-se total e completamente 'problemático' para si mesmo; ele não sabe mais o que é, mas, ao mesmo tempo, ele também sabe que não o sabe".[18]

Scheler destaca a necessidade de uma investigação filosófica que seja capaz de fazer uma conciliação entre as diversas formas de saber sobre o homem (antropologia/ontologia), tomando como fonte de pesquisa os diversos ramos do saber: "as ciências naturais e médicas, as pré-históricas, históricas e sociais, a psicologia normal e a do desenvolvimento, bem como a caracterologia".[19]

Em seu opúsculo *O homem e a história* (1926), um dos escritos preparatórios para sua obra *Antropologia filosófica*, e que nunca chegou a ser concluída em razão de seu falecimento precoce, Scheler aponta cinco ideias do homem na história do pensamento que distanciaram a compreensão do sentimento de unidade do homem com tudo que é vital.

Expressa o próprio Scheler:

---

17 SCHELER, M. "O homem e a história" (1926). *Visão filosófica do mundo*. São Paulo: Perspectiva, 1989b, p. 73.

18 *Ibid.*, p. 74.

19 *Ibid., loc. cit.* Por caracterologia entende-se o estudo do caráter ou toda investigação sobre a personalidade.

1. O homem, portanto, possui em si um agente divino que toda a natureza não contém subjetivamente. 2. Este agente é ontologicamente, ou pelo menos de acordo com o seu princípio, o mesmo que aquele que eternamente transforma o mundo e dá-lhe a forma de mundo (que racionaliza o caos, a 'matéria', até se tornarem cosmos); portanto este agente é verdadeiramente adequado para o conhecimento do mundo. 3. Este agente, enquanto λóγος (reino das *formae substantiales* em Aristóteles) e enquanto razão humana, tem o poder e a força de realizar seus conteúdos ideais ('poder do espírito', 'poder próprio da ideia') também sem o instinto e a sensibilidade comuns ao homem e ao animal (percepção, μνήμη etc.) 4. Este agente é absolutamente constante na história, nos povos e nas classes.[20]

Estes quatro pilares fundamentaram a ideia de *Homo sapiens*, perpassaram a Idade Média e desaguaram no Iluminismo. O cristianismo fortaleceu ainda mais o pedestal do homem proposto pelos gregos ao vinculá-lo à ideia do Deus-homem e homem-filho de Deus, cuja posição cósmica ou metacósmica ultrapassa a concepção grega. Ademais, mesmo a Modernidade, ao arrefecer o antropomorfismo cristão-medieval, não diminui a posição do homem, como se observa nos escritos de Giordano Bruno e Spinoza. Assim, de acordo com Scheler:

> Giordano Bruno, o maior missionário e filósofo da nova imagem astronômica do mundo, exprime o sentimento oposto: Copérnico apenas descobriu no céu uma nova estrela – a Terra. 'Nós já estamos no céu', crê poder exclamar com júbilo Bruno, e portanto não precisamos do céu da Igreja. Deus não é o mundo, antes o próprio mundo é Deus – esta é a nova tese do panteísmo acosmístico de um Bruno ou de um Spinoza; é falsa a concepção medieval de um mundo que existe na dependência de deus, de uma criação do mundo e da alma. Este – e não o rebaixar de Deus em direção ao mundo – é o sentido da nova mentalidade. É verdade que o homem reconhece ser apenas um habitante de um pequeno satélite do sol; entretanto, que sua razão possua a força de penetrar dentro da aparência natural dos sentidos e de invertê-la – é justamente o que aumenta notavelmente a sua consciência de si.[21]

Scheler identifica na "Introdução" à obra *Filosofia da história* de Hegel uma breve ruptura dessas ideias sobre o homem, na medida em que,

---

20 SCHELER, 1989b, p. 80.

21 *Ibid.*, p. 75.

para Hegel "é somente num processo de devir que o homem atinge e ao mesmo tempo o homem deve atingir a crescente consciência daquilo que ele é, desde sempre, de acordo com a sua ideia: a consciência de sua liberdade, superior ao instinto e à natureza". Para Hegel, portanto, a razão não pode ser estática, constante, mas exige um progresso que é dado na história do espírito humano para além da história biológica na qual as paixões e os instintos estão submetidos aos objetivos do *logos*.

O homem, em Hegel, torna-se isento de liberdade pessoal e de liderança ativa, sendo apenas um porta-voz do espírito universal. A concepção de Hegel, ápice de uma antropologia do *Homo sapiens*, se inscreve no âmbito da invenção grega da "razão" como atributo superior do homem. No outro polo da ideia de *Homo sapiens* encontra-se o "homem dionisíaco", em quem a razão aparece como uma enfermidade que distancia o homem do "poder criativo da vida e da natureza".[22]

Há ainda uma teoria antropológica que concebe o homem como *Homo faber* e que não compreende a razão como uma faculdade particular ao homem, subsistindo apenas uma diferença de grau entre o homem e o animal. Portanto, o homem estaria submetido aos "mesmos elementos, forças e leis que atuam sobre todos os seres vivos – só que com consequências mais complexas. Isto é verdadeiro no sentido físico, psíquico e, *soi-disant*, no 'noético'".[23] Assim, a razão, segundo a concepção do *Homo faber*, é, em primeiro lugar, uma faculdade instintiva; ela é apenas uma extensão da inteligência já existente em outros primatas.[24]

Em sua obra *Sociologia do saber*, Scheler entende que a razão/espírito nada mais seria que uma ferramenta em prol da adaptação evolutiva do *Homo faber*, como se pode perceber no comentário a seguir:

---

22 *Ibid.*, p. 83.
23 *Ibid.*, p. 83.
24 Para Scheler, foram influenciados por esta corrente antropológica do *Homo faber* vários pensadores, como, por exemplo: Bacon, Hume, Mill, Comte, Spencer, Darwin, Lamarck, Hobbes, Maquiavel, L. Feuerbach, Schopenhauer, Nietzsche, S. Freud, A. Adler e Franz Oppenheimer. Cf. *Ibid.*, p. 83-85.

Se realmente fosse o 'trabalho' a raiz de toda cultura e ciência (Marx no manifesto comunista), estaria provado de fato pelo menos uma parte considerável a tese marxista. O homem já não seria 'animal rationale', senão 'homo faber', não teria mãos e polegares opositores por ser racional, senão que haveria chegado a ser racional por ter mãos e por haver sabido prolongar estes órgãos seus em instrumentos, até eliminá-los o possível da produção; por ter acertado, além disso, a poupar graças aos signos e suas relações com as intuições sensíveis e as operações da imaginação, graças às máquinas a energia humana da vontade e a energia vital do movimento, este último a custa, primeiro, das energias orgânicas da natureza infra-humana (agricultura doméstica de animais, criação de gado, forno de lenha), e por fim e preponderantemente das energias inorgânicas (calor solar, energia elétrica e forças hidráulicas etc.).[25]

A concepção antropológica naturalista de *Homo faber* sugere que há um desenvolvimento genético do espírito a partir dos instintos, dentre os quais destaca os três primordiais: os instintos de reprodução (instinto sexual, cuidado da prole e libido); os instintos de crescimento e de potência; e os instintos de alimentação.[26] Para Scheler, essas forças instintivas conduzem a uma concepção naturalista do homem histórico que pode ser identificada do seguinte modo:

1. Na histórica econômica marxista, em que os instintos de nutrição são a base para os acontecimentos coletivos, considerando toda manifestação do espírito como epifenômenos apenas, e a sociedade histórica, ainda que mutável, insere-se num ciclo de satisfação do instinto de nutrição.

2. Na perspectiva histórico-naturalista, seguida por Schopenhauer e Freud, que se centra nos processos de miscigenação e de purificação do sangue, focados nos instintos de reprodução e que acreditam que estes seriam responsáveis por modificações quantitativas e qualitativas no curso da história.

3. Nas teorias naturalistas da história sobre o poder político presentes em Hobbes e Maquiavel, em que as lutas de classes e grupos

---

25 *Ibid.*, p. 90.
26 PENNA, A. G. "A antropologia filosófica e a contribuição de Max Scheler". *Introdução à antropologia filosófica*. Rio de Janeiro: Imago, 2004, p. 33-42.

políticos dentro do Estado são os fatores que determinam os caminhos dos acontecimentos econômico, espiritual e cultural.

As teorias antropológicas naturalistas da história humana, pautadas na ideia do *Homo faber*, guardam em comum a imagem de uma história na qual a sociedade evolui gradativamente e de forma ascendente sempre para melhor. Schopenhauer, segundo Scheler, em razão do lema *Sempre idem, sed aliter*, é o único que apresenta um pensamento divergente.

Uma perspectiva antropológica diferente da naturalista diz respeito a uma concepção pessimista ou negativa do homem. Essa visão antropológica identifica o homem dotado de razão com o mal, uma doença da vida, segundo a qual, ressalta Scheler,

> [..] o homem é o desertor da vida, dos seus valores fundamentais, suas leis, seu sagrado sentido cósmico; ele vive numa doentia exaltação do seu próprio ser, valendo-se de simples substitutos (linguagem, utensílios etc.) das autênticas qualidades e atitudes vitais passíveis de desenvolvimento.[27]

A antropologia pessimista pressupõe que a razão do homem é uma força negativa que o retira da vida natural, ou seja, é uma doença da vida que cria instrumentos como a linguagem, a arte, o Estado, a ciência e a poesia com o intuito de afastá-lo de uma vida que não pode mais se desenvolver a partir de seus próprios mecanismos, quais sejam, o impulso, o instinto e a intuição. O homem, de posse da razão, deixa de ser um barco à deriva que segue o curso do rio da evolução da vida. Dessa potência do espírito surge a impotência da vida no homem. A razão cria ficções vitais para que o homem não perceba a fragilidade de sua animalidade, de modo que cria uma ilusão na e da vida, como se pode ver na citação a seguir:

> Por que, para que faz ele todos estes saltos e rodeios? 'Cogito ergo sum', diz de forma orgulhosa e soberana Descartes. Mas, Descartes, por que pensas? Por que queres? Pensas, porque nem o instinto, nem a inteligência técnica determinada pelos instintos, que permanece nos moldes das tuas tarefas instintivas naturais, te segredam diretamente

---

27 SCHELER, 1989b, p. 90.

o que deves fazer ou deixar de fazer! E tu não pensas – como crês – para elevar-te acima do animal em novas zonas do ser ou do valor, para ser 'mais animal do que qualquer animal'![28]

Scheler considera que vários pensadores foram influenciados por esta teoria antropológica pessimista, desde Savigny e Heidelberg, passando por Schopenhauer e sua metafísica intuitiva da vontade, Nietzsche com seu pessimismo dionisíaco, Henry Bergson e, até mesmo, inúmeros pesquisadores como Ludwig Klages, Edgar Dacqué, Leo Frobenius, Theodor Lessing e Hans Vaihinger. Observe-se ainda que esta teoria une-se à antropologia racional no sentido de reconhecer e preservar a dicotomia entre espírito e vida, o que seria inconcebível na antropologia naturalista. Assim, o espírito é de ordem metafísica e não empírica.

Resta, ainda, para Scheler, uma visão de mundo antropológica que fez eco em seu tempo, derivada da obra *Assim falou Zaratustra* de Nietzsche, que consiste na ideia do "super-homem" incapaz de suportar ou de se conciliar com a ideia de Deus. Essa ideia de homem é levada a termo por D. H. Kerler e N. Hartmann, e é denominada por Scheler de "Ateísmo postulante da seriedade e da responsabilidade", e que se expressa do seguinte modo:

> O que significa isto? Em todo ateísmo conhecido até agora (no sentido mais alto), dos materialistas, dos positivistas etc., a existência de um Deus era em si considerada desejável, mas ou indemonstrável ou inatingível pela compreensão direta ou indireta, ou então era refutável pelo curso do mundo. Kant, que acreditava ter refutado a existência de um objeto correspondente à ideia racional de 'Deus' como um 'postulado universalmente válido da razão prática'. Pelo contrário, esta nova teoria reza: talvez seja possível que exista, num sentido teórico, algo como um fundamento do mundo, um *ens a se* – seja este X teísta ou panteísta, racional ou irracional –, em todo caso nada sabemos a seu respeito. Mas, independentemente do que saibamos ou deixemos de saber, o decisivo é: um Deus não pode e não deve existir, em vista da responsabilidade, da liberdade, da missão – em vista do sentido da existência humana.[29]

---

28 *Ibid.*, p. 91.
29 *Ibid.*, p. 97.

Na ótica de N. Hartmann, no capítulo XXI de sua *Ética*, esse pressuposto é levado a termo em um mundo mecânico ou sem fins determinados no qual um ser moral como o homem tem a possibilidade de existir, de modo que um mundo criado dentro de um plano divino de salvação o impediria de ser livre, incapaz de decidir sobre seu futuro e assumir a responsabilidade por seus atos. Nessa visão do homem, a negação de Deus não se propõe a diminuir a soberania ou a responsabilidade do sujeito, mas de conduzi-lo até os extremos da sua humanidade. Scheler entende que a expressão de Nietzsche "Deus está morto", significa que "ele apenas pode estar morto se o super-homem vive".[30]

Não estando subordinado a uma divindade, a pessoa, porquanto seu pensamento e sua vontade, não deve se apoiar em nada para dar significado, direção e sentido ao curso do mundo. É na sua solidão que ela assume tal tarefa e missão. Ao mesmo tempo, nessa visão antropológica, afirma Scheler: "a história torna-se por si própria uma exposição monumental da 'figura espiritual' dos heróis e dos gênios, ou, falando como Nietzsche, dos 'mais altos exemplares' da espécie humana".[31]

Isto implica afirmar que o homem não pode ser concebido como um mero produto passivo na e diante da vida. Ademais, uma teoria sobre o homem (antropologia) não pode eximir-se de expressar quem é este ser dentre os demais seres da natureza e o que ele revela sobre a vida e seu progresso na história dos viventes e no desenvolvimento biológico e social do homem.

Nesse sentido, Nietzsche, Dilthey e Bergson são, segundo Scheler, os grandes pensadores que se dedicaram a estudar e a explorar, a partir da ideia de homem, como o fenômeno da vida o alcançou e o distinguiu dos demais seres.

---

30 *Ibid.*, p. 99.
31 *Ibid.*, p. 100.

1.2 O HOMEM NO FUNDAMENTO DA VIDA: NIETZSCHE, DILTHEY E BERGSON

Por ocasião da publicação de seu *Ensaios sobre uma filosofia da vida* (1913), Scheler compreende que, para se elaborar uma antropologia filosófica, faz-se necessário recolocar o homem no centro da vida e em contato com toda a possibilidade de mundo, a fim de que aflore da plenitude da vida e do viver.[32]

É importante ressaltar que Scheler não pretende elaborar uma filosofia da vida para dar suporte à biologia moderna. Sua questão essencial consiste em compreender a origem e o desenvolvimento desta *dynamis* enquanto força, potência, que é a própria vida e que se apresenta em sua multiplicidade de formas, dentre as quais aquela aparentemente mais desafiadora: o homem.

Nietzsche, embora não tenha desenvolvido uma filosofia da vida, foi, segundo Scheler, quem mais exaltou na história da filosofia a palavra "vida", dando-lhe um sentido diverso ao que até então se vinculava essa ideia. A vida, no pensamento de Nietzsche, liga-se ao incomensurável donde surgem os mundos e as leis. A vida, enquanto vontade de potência da natureza, é sempre ascendente e insaciável, como ele próprio descreve em dois aforismos de sua obra *A vontade de poder*:

> A vida mesma não é nenhum algo; ela é a expressão de formas de crescimento do poder. [33]
> Em todo vivente pode mostrar-se claramente que ele tudo faz para não se conservar, mas sim se tornar mais...[34]

A vida aqui perde sua opacidade e ilusão estática. Acerca do pensamento de Nietzsche sobre a "vida", afirma Scheler:

---

32 SCHELER, M. "Ensayos de uma filosofía de la vida (Nietzche, Dilthey, Bergson)". *Metafísica de la libertad*. Buenos Aires: Editorial Nova, 1960c, p. 235-276.
33 NIETZSCHE, F. *A vontade de poder*. Rio de Janeiro: Contraponto, 2008, p. 356, §706.
34 *Ibid.*, p. 349, §688.

> [Nietzsche] anunciava a vida, por exemplo, do seguinte modo: 'Em teus olhos mirei há pouco, oh vida!'. A 'vida' já não é aqui um processo em formas espacialmente delimitadas dos organismos; já não é – como o fora anteriormente para ele mesmo – um 'pequeno movimento' sobre um dos planetas menores. A vida se encontra nas profundidades: e dessa profundidade enigmática surgem mundos, sistemas de leis, sistemas de valores, que oferecem apenas um olhar morto da imagem de algo composto absolutamente fixo e eterno. Porém, de fato, também eles voltam a ser absorvidos pela vida.[35]

A vida, para além do determinismo e da conservação do biológico, cresce em intensidade e potência. Nietzsche, ademais, constitui-se como um crítico das perspectivas de Darwin, Lamarck e Spencer, que consideravam a vida como reação adaptativa dos seres ao meio, confundindo, com isso, vida e atividade. Inserida na perspectiva evolucionista de uma biologia mecanicista, a vida se encontra num movimento uniforme e sem força em si, limitando-se a ser apenas epifenômeno do processo de conservação do útil.

Todavia, ao reduzir as formas de vida da natureza à própria vida, a ciência encontra no processo de reformulação ou "evolução" da vida um evento mecânico e casual. Contudo, esta é apenas uma maneira pela qual a vida optou por seu dinamismo, por reformular a si mesma. Com efeito, Nietzsche denuncia o erro grosseiro e fundamental da ciência, como ilustra a passagem seguinte:

> Erros fundamentais dos biólogos até agora: não se trata da espécie, mas sim de indivíduos que são mais fortemente atuantes. (Os muitos são apenas meios.) A vida não é adaptação de condições internas a externas, mas sim vontade de poder, a qual, a partir de dentro, submete a si e incorpora cada vez mais 'exterior'.[36]

A vida do homem, vista por essa interpretação da ciência, aparece como o produto de um processo mecânico e previamente estabelecido do qual ele não é capaz de escapar, reduzindo, assim, sua humanidade ao *status* de um animal evoluído no curso da vida, de modo que o

---

35 SCHELER, 1989b, p. 238.
36 NIETZSCHE, 2008, p. 344, §681.

próprio mundo e a atuação do homem nele são balizados pelo princípio ascendente de conservação, adaptação e existência.

A ideia de "vida" em Nietzsche é assim traduzida nas palavras de Scheler:

> 'Vida' chega a ser, para Nietzsche, no menor e no maior, algo como um empreendimento arriscado, uma 'aventura' metafísica, um avanço audacioso nas 'possibilidades' do ser, que apenas quando logra êxito, se torna ser; toma a forma daquilo que logo observam as diversas 'ciências'. A vida é o lugar anterior à existência, no qual 'decide-se' meramente a existência e a inexistência.[37]

A vida precede a existência e não pode ser compreendida como um mecanismo de autoconservação ou autopreservação. Enquanto tendência, a vida incrementa e recria a si mesma e, por tal característica, pode elevar-se ou fundir-se, crescer ou regredir. Todavia, diante de sua mutabilidade e multiplicidade de formas, a vida torna-se aparentemente incognoscível. É sob este ponto de vista que Dilthey pode ser considerado como um marco para uma filosofia da vida.

Além disso, ele estuda a história para além da descrição fria e objetiva da ciência. Sua concepção consistia em, primeiramente, "re-viver a história" e conhecer o homem fundindo-o a ela, compreendendo-a a partir daquilo que os homens viveram, desejaram, amaram ou odiaram e deixando-se guiar plenamente por ela, sem julgá-la antecipadamente.

Fundamentando, desse modo, as ciências do espírito e da compreensão do mundo histórico na totalidade da vida, Dilthey defende que a própria inserção do homem no mundo já é um posicionar-se diante dele, ou seja, já significa um compreender e um 're-viver'. Contudo, essas formas de conhecimento não pressupõem nenhum contato anterior ou qualquer noção sobre este mundo e, tampouco, esse conhecimento requer uma intervenção sobre o mundo natural.

> A natureza poderá ser descrita e explicada. Porém, ela é o 'incompreensível'. E o que é esta compreensão? É um 'conviver-apreendendo'

---

37 SCHELER, 1960c, p. 239.

(*Mitherausleben*) dos homens, de sua 'totalidade vital', suas vidas, suas ações, seus atos que formam a história.[38]

Assim, em face da história, enquanto sequência de acontecimentos causais, Dilthey se interessa pela relação entre a pessoa e a ação. São as ações que emanam da estrutura vital de homens concretos históricos e que tornam a vontade possível enquanto acontecimento ou mundo. Nesse aspecto, Dilthey introduz a compreensão do que se denominará posteriormente de "visão de mundo". Para ele, o sujeito atual não é capaz de compreender integralmente o passado histórico dos homens, pois, ao fazê-lo, seu juízo estará demarcado conforme sua estrutura de vida atual, e o anacronismo se torna inevitável.

Dilthey considera que a forma objetiva de selecionar acontecimentos, representações, sentimentos, em face de um complexo evento histórico nada mais é do que o produto parcial da visão mecanicista do mundo moderno, mediante a qual o sujeito cognoscente, por meio do cartesianismo ou da mecânica newtoniana, deseja dominar a natureza mediante a disciplina e a educação. Dilthey mostra que a crença na objetividade do homem sobre a história reside na segregação dos processos anímicos, dos processos fisiológicos, para compartimentalizá-los em disciplinas. Ele, então, propõe justamente o oposto, uma dependência entre os processos anímicos e os processos fisiológicos, fazendo uma crítica contundente à psicologia que se utilizava de métodos similares aos das ciências da natureza. Esta crítica abriu uma perspectiva para o desenvolvimento de uma psicologia descritiva e analítica capaz de se debruçar sobre as vivências e suas conexões.[39]

A vida, em Dilthey, aparece como uma totalidade, um contínuo entre o micro e o macrocosmos, entre o homem e o mundo, cujas estruturas devemos identificar a partir das criações humanas, desde seus registros históricos, obras de arte, monumentos, enquanto construções do espírito. Essa perspectiva se faz presente em Bergson.

---

38 SCHELER, 1960c, p. 246.
39 Nessa nova perspectiva, a psicologia descritiva é o fundamento das ciências do espírito por tratar das relações entre o homem e o mundo.

De fato, contemporâneo a Scheler, o filósofo francês Henri Bergson foi um dos estudiosos que mais contribuíram para inaugurar uma visão antropológica do homem para além da cultura moderna, em razão do modo como posiciona o homem frente ao mundo e à alma. Em Bergson, diz Scheler,

> O que anima cada pensamento não é a vontade de 'domínio', de 'organização', de 'determinação unívoca' e de fixação, mas sim o impulso da simpatia, da afirmação da existência, da saudação ao aumento da plenitude na qual a mirada apaixonadamente cognoscitiva pode observar como os conteúdos do mundo evadem eternamente o ser, captados pela razão humana. É certo que o mundo verdadeiro não é mais simples que o mundo de nossa intuição natural. É mais variado e mais rico![40]

Bergson, diferentemente de Descartes e Kant, estabelece o *a priori* emocional como pressuposto do movimento do espírito até a totalidade do ser. Este argumento permite a Bergson denunciar que a ciência, por sua vontade de compreensão e dominação do mundo, baseia-se em relações e esquemas estáveis prefixados. A filosofia de Bergson, no entanto, ao destacar o amor e a intuição, volta-se para o "dado puro", o conhecimento essencial e integrativo do indivíduo diante do mundo.

A oposição entre ciência e filosofia é representada, de acordo com Bergson, pela distinção entre "razão" e "espírito". Segundo Scheler, uma das hipóteses centrais de Bergson consiste na ideia de que a razão é um sistema de fatores seletivos formados pela vida e pelo seu desenvolvimento. Da mesma forma, a atitude espiritual procura refletir não a partir das estruturas, mas acerca delas e de suas transformações, permitindo-se desvencilhar dos prejulgamentos da razão e deixar-se orientar pela própria vivência desde seu impulso afetivo.

A razão/ciência precisa de critérios para delimitar a realidade ou a autenticidade das vivências do ser, enquanto a intuição emocional prescinde deles para chegar ao verdadeiro. Scheler expõe essa ideia de Bergson através da seguinte analogia:

---

40 SCHELER, 1960c, p. 254.

> Aquele que está acordado sabe que o está e sabe, mesmo assim, que às vezes sonha e que sonha; seu mundo abarca o mundo do sonho. Apenas o que sonha não sabe que sonha e crê achar-se desperto. Seu mundo não abarca o mundo da vigília. Unicamente o que sonha necessitaria de um critério para distinguir sonho e vigília, porém não o que está desperto.[41]

Com efeito, Scheler afirma que Bergson propõe uma nova perspectiva para o problema da percepção e da transcendência, a partir da qual a percepção pura estaria na base da percepção normal. Com isso, o modo de conhecer não se refere à maneira como a consciência alcança a realidade, mas sim como os objetos (conteúdos) são dados à consciência na multiplicidade de atos de intuição.

A percepção, conforme indica Bergson em sua obra *Matéria e memória*, tem por tarefa destacar determinados aspectos do mundo que tenham importância para uma resposta do corpo. Ademais, ele sustenta que o sistema nervoso oferece inúmeros conteúdos para o posicionamento deste homem no mundo, contudo, ele é incapaz de criar por si mesmo os conteúdos da percepção.[42]

Assim, compete à percepção estabelecer os estímulos que vinculam o homem ao mundo, através de seu corpo, a fim de que ele possa agir em determinada direção, o que implica dizer que a percepção intuitiva é seletiva e atua sobre os campos de possibilidade de ação. Isso faz com que a percepção mais simples já esteja conectada a um movimento motriz instintivo em face da coisa percebida. Entretanto, esse percurso de Bergson demonstra uma dependência do espírito em relação à vida, posto que a percepção, embora ativa, visa no organismo como um todo uma reação frente ao seu meio, isto é, à vida.[43]

---

41 SCHELER, 1960c, p. 261.

42 BERGSON, H. *Memória e vida: Textos escolhidos por Gilles Deleuze*. São Paulo: Martins Fontes, 2006.

43 "Segundo Bergson, quando alguém percebe uma árvore, não se agrega temporalmente ao fim do processo-estímulo sensorial no cérebro, uma 'estrutura psíquica' determinada pelo processo cerebral; ao contrário, converte-se o processo estimulante guiado pelos nervos, em um impulso motriz, ao mesmo tempo que uma vista

Isso é justamente o que chama a atenção no pensamento de Bergson, posto que o homem possui um "excedente livre" de espírito que o coloca à frente de suas necessidades vitais. Portanto, trata-se de uma inversão da relação entre o espírito e a vida e que se prolonga na história em face das diversas formas de viver desse homem.

Ademais, o indivíduo anímico é o senhor de suas vivências, de sua vida, posto que como Scheler destaca ao se referir a Bergson:

> O indivíduo anímico é o ponto final do percurso para o qual se dirige a compenetração dinâmica mais plena de todas as suas vivências, tal como se acha, por exemplo, antes de um ato decisivo, quando se produz a 'concentração' mais rigorosa. Nessa compenetração de suas vivências que perpassam diversos níveis de tensão, o homem é 'livre'; é 'livre' ao vivenciar pois a si mesmo; e apenas nessa compenetração é também 'criador'.[44]

Nessas expressões encontram-se a liberdade do espírito do homem que consegue se desvincular de qualquer determinismo vital e a própria natureza perde seu caráter existencial independentemente do ser. Apesar de todo avanço, Bergson, segundo Scheler, comete alguns enganos (próprios de seu tempo), ao conceber nos atos do espírito um hiato entre fenômenos psíquicos e físicos, isto é, ao considerar os fatos psíquicos como imediatamente dados e ainda ao distinguir vivências do passado e do futuro.

A razão, portanto, não pode ser, como preconizava Spencer, um mecanismo adaptativo da natureza que visa sua própria conservação. Desse modo, em sua obra *A evolução criadora*, Bergson discorre sobre este princípio unificador de toda a vida que ele denominou de "*elã vital*",[45] o qual consiste em uma

---

parcial qualquer da árvore 'se ilumina', destacando-se do mundo circundante, que com sua existência acompanha a percepção em todo momento, e em todos os graus possíveis de obscuridade e claridade; e que obtém um caráter de um 'valor anímico' acima de zero, sem o qual não há 'percepção' consciente" (SCHELER, 1960c, p. 268).

44 SCHELER, 1960c, p. 270.

45 Scheler considera que aquilo que era apenas um tema casual de estudo realizado por Nietzsche toma forma e estrutura em Bergson, pois, segundo este pensador, os

> [...] intuição dessa força motriz, una e indivisível do fluxo dinâmico sensível e observável, que por intermédio dos organismos desenvolvidos desde o elo que os une ao que representa o embrião, atravessa de geração a geração, se subdivide sem cessar, e ao se despedaçar contra o morto, retorna constantemente em novas criações de espécies; que algumas vezes se apresenta e parece, por assim dizer, vacilar como que perdido no meio ambiente e hipnotizado por aquele que ele mesmo há recortado da plenitude da matéria, na forma do 'ambiente momentâneo'; e outras vezes, correndo para novas conquistas e revelações do universo, cresce e cria com seu fluir e volta a reunir novamente todo criado, para criar algo novo. Nenhum 'plano' ou 'finalidade' – categorias que apenas radicam na forma de trabalho e raciocínios humanos – porém, tampouco nenhum mecanismo jamais conseguirá tornar compreensíveis a atitude e o agir do filho gigantesco, ingênuo e brincalhão, que aqui é a 'vida'.[46]

Bergson considera que é possível observar esse princípio vital na filogênese e na embriogênese do desenvolvimento dos animais, em razão das similitudes dos seres vivos, contudo, isso não é suficiente para prevermos o próximo passo evolutivo da natureza. Esta, diz ele, é por demais criativa e surpreendente. Ademais, afirma ele:

> [Partimos da ideia de] um elã original da vida, passando de uma geração de germes à geração seguinte de germes por intermédio dos organismos desenvolvidos que funcionam como traço-de-união entre os germes. Esse elã, conservando-se nas linhas da evolução entre as quais se divide, é a causa profunda das variações, pelo menos daquelas que se transmitem regularmente, que se somam, que criam espécies novas. Em geral, quando as espécies começam a divergir a partir de um tronco comum, elas acentuam sua divergência à medida que avançam em sua evolução.[47]

Observa-se ainda que, em Bergson, a teoria do conhecimento estará sempre direcionada para a vida com o intuito de esclarecer suas manifestações e como ela se desenvolve na multiplicidade de suas formas. Afinal, cada modo de vida, em certa medida, absorve seu passado

---

problemas da biologia devem ser abordados a partir do significado da vida e da origem vital da razão (*Ibid.*, p. 271).

46 *Ibid.*, p. 274.

47 BERGSON, H. "Vida, consciência, humanidade". *Memória e vida: Textos escolhidos por Gilles Deleuze*. São Paulo: Martins Fontes, 2006, p. 106.

e antecipa seu futuro, o que implica dizer que o ser existente é sempre um elo entre a forma de vida que lhe antecedeu e que ele guarda, em sua raiz biológica estes traços, sendo o homem o projeto, até então, de maior sucesso da vida. Como efeito,

> Cada um à sua maneira expressa o sucesso único, excepcional, que a vida obteve num determinado momento de sua evolução. Traduz a diferença de natureza, e não só de grau, que separa o homem do resto da animalidade. Deixa adivinhar que se, na ponta do longo trampolim sobre o qual a vida tomara impulso, todos os outros desceram, por considerar a corda estendida alta demais, só o homem saltou o obstáculo.[48]

O homem, como produto mais distante desse elã original da vida, torna-se um elemento-chave para a compreensão desse princípio pelo qual a vida constantemente deseja superar-se. Contudo, o homem, a partir de seu espírito, é capaz de sobrelevar-se a tal imanência, superando as determinações da natureza.

Scheler defende uma tese contrária aos principais postulados da biologia e da antropologia de seu tempo que colocavam o homem no centro da vida, ou da natureza, sem preocupar-se com o seu devir biológico. Usando de argumentos similares às das ciências biológicas, Scheler alicerça sua tese na ideia de que, pelas leis biológicas, quanto maior o grau de evolução de um ser ou de seus órgãos, menor é seu poder de regeneração. Logo, considerando o cérebro humano, a evolução será improvável para o homem. A partir de uma perspectiva paleontológica, Scheler destaca outra lei formal da evolução, a de que a variabilidade e a durabilidade das espécies são inversamente proporcionais ao processo de evolução do cérebro. Noutros termos, as espécies ancestrais do *Homo sapiens*, à medida que evoluíam, aumentavam sua duração no tempo, assim como a complexidade do seu cérebro.

A evolução do espírito humano e da inteligência, observando-se a cultura e o processo civilizatório, indicam uma sublimação do espírito

---

[48] *Id.* "Diferenciação e teoria da evolução". *Memória e vida: Textos escolhidos por Gilles Deleuze.* São Paulo: Martins Fontes, 2006, p. 135.

para além do determinismo da natureza e, de forma positiva, progrediu ainda que o homem não tenha, enquanto espécie, organismo. E mais, o espírito humano evoluiu independentemente do organismo, pois o saber adquirido no desenvolvimento do espírito (saber cultural),[49] ao longo do tempo, não pode ser transmitido hereditariamente, como defendia H. Spencer.

Por meio desses argumentos, Scheler coloca o homem num ponto específico na história evolutiva. Ao mesmo tempo em que o toma como ponto de convergência do percurso da vida, ele é o caminho gnosiológico mais transparente para compreensão de toda a vida e de seu desenvolvimento. Ele assevera que o homem não se reconhece como parte, mas como um todo no mundo. Assim, pode-se afirmar que o homem é um microcosmo – "um mundo em miniatura" –, logo, conhecer suas raízes significa apreender o fundamento da própria vida e do próprio homem. Para o filósofo,

> Todas as formas do ser dependem do ser do homem. Todo o mundo concreto e todas as suas formas do ser não são um 'ser em si' mas somente um contrapeso próprio a toda organização espiritual e física do homem e um 'segmento' deste ser em si. É somente a partir da imagem da essência do homem, pesquisada pela 'antropologia filosófica', que é possível chegar a uma conclusão quanto aos verdadeiros atributos do fundamento supremo de todas as coisas, conclusão que é um prolongamento inverso do ato do espírito que teve sua origem no centro do homem.[50]

Essa compreensão de Scheler sobre o homem pode parecer pessimista, por não recorrer, *ab initio*, a uma causa metafísica. Entretanto, ele reorienta a discussão para o homem ao invés de buscar sua resposta num devir biológico. O filósofo conhece a essência do homem levando em conta seu progresso histórico-cultural enquanto possibilidade de ser.

---

49 Para Scheler, o estatuto biológico do *Homo sapiens* não sofreu grandes variações orgânicas ao longo do tempo, por outro lado, o seu espírito desenvolveu-se como mostra o desenvolvimento cultural do homem através da arte, da técnica, da ciência e da política.

50 SCHELER, M. "Visão filosófica do mundo (1928)". *Visão filosófica do mundo*. São Paulo: Perspectiva, 1989d, p. 15.

Scheler desenvolve sua visão antropológica sobre o que ele denomina de *homem total*, acerca da qual passamos a discorrer na seção seguinte. Para ele, eis a verdadeira ou principal tarefa de uma antropologia: reconciliar o homem consigo mesmo; fazê-lo voltar para si mesmo e compreender sua incomensurabilidade para, então, assumir sua responsabilidade sobre o mundo.

1.3 A ANTROPOLOGIA DE SCHELER: *O HOMEM TOTAL*

Ao tratar do tema da antropologia, em sua conferência *Homem na era da conciliação* (1927), Scheler propõe uma filosofia que não exclua nenhuma das facetas originárias do homem. É preciso que a filosofia seja capaz de destacar seu instinto e sua vontade, sua disposição de ânimo e seu agir, seu corpo e sua mente, suas emoções e sua razão, sua potência para o bem e para o mal, a individualidade e o contexto social, a ciência, a história e a metafísica.[51]

Scheler não entende o homem fora da vida e do viver, isto é, sua compreensão não tem uma tessitura metafísica, nem, tampouco, elabora uma ideia preconcebida sobre ele, a exemplo do homem como *ens rationale*. Com efeito, é na relação homem-mundo, na reflexão sobre a experiência vivida, que se pode descobrir o ser do homem em sua unidade e diversidade.[52]

No ano de 1928, o filósofo publicou o texto intitulado *Visão filosófica do mundo*, no qual destacou a importância de uma antropologia filosófica. Sob este enfoque, ele defende que a filosofia serve como instrumento para resolução de problemas relacionados à questão "o que é o homem?", considerando ainda que, em razão do seu "olhar" universal, a antropologia filosófica é a única disciplina capaz de

---

51 SCHELER, M. "O homem na era da conciliação (1927)". *Visão filosófica do mundo*. São Paulo: Perspectiva, 1989c, p. 101-129.

52 É a partir do contato com o método fenomenológico que Scheler conjuga as bases para a compreensão e religação do homem com o mundo.

descortinar o papel do homem no mundo e convidá-lo a assumir uma responsabilidade perante o mundo.

> O homem possui certamente também os legítimos *meios de conhecimento* para conhecer, de uma maneira cuidadosa e exaustiva, com limites nitidamente definíveis, o fundamento de todas as coisas – é verdade que de uma forma sempre incompleta, mas verdadeira e plena de entendimento. E ele possui igualmente a capacidade de conquistar no núcleo de sua própria pessoa uma *participação viva* no fundamento das coisas.[53]

Com base nisso, o filósofo assegura que o homem é a medida de compreensão do universo, tanto pela posição que ocupa no cosmos quanto por sua capacidade reflexiva e de vinculação com o mundo. Obviamente que, inspirado na fenomenologia,[54] Scheler visa a essência do homem, fundamento sob o qual a consciência, o mundo e a própria existência alcançam significado e se revelam enquanto possibilidade de ser. Por isso, uma antropologia fenomenológica permite acesso ao homem em suas diversas facetas e características.

Heidegger, em sua *Ontologia*, critica a posição antropológica de Scheler afirmando que sua pretensão já estava fadada ao fracasso por não perceber que é o próprio homem que elabora tal interrogação, e ele o faz colocando-se numa posição diferenciada, devendo o mesmo prescindir de toda antropologia e voltar-se para a questão fundamental: o Ser.[55] Heidegger, na mesma obra, considera que a questão do Ser sempre estará relacionada ao Homem, de modo que uma ontologia pressupõe uma antropologia. Scheler percorre o caminho inverso (da antropologia para ontologia) e, como será mostrado adiante, não é alheio à posição que o homem ocupou ao longo da tradição filosófica.

---

53 *Id.*, 1989d, p. 9.

54 Scheler não compreende a fenomenologia como um método rigoroso tal qual compreendia Husserl. Para Scheler, a palavra "método" (*caminho para*), por sua etimologia, designa uma indução prévia do fim que se deseja alcançar. De forma mais livre, Scheler compreende a fenomenologia como um "enfoque", isto é, uma atenção ou um ato de concentração da consciência sobre o mundo.

55 HEIDEGGER, M. *Ontologia: Hermenêutica da facticidade*. Rio de Janeiro: Vozes, 2012, p.34.

Entretanto, compreender o homem a partir de uma ontologia exigiria inicialmente um pressuposto fundamental ideal, quiçá metafísico, capaz de assegurar uma visão ampla do homem e de sua potencialidade. Ao recorrer à antropologia, Scheler parte da relação homem e mundo, da experiência de ser do homem na vida real para lançar luzes sobre a ontologia.

Não obstante, a declaração de Scheler parece resgatar, *mutatis mutandis*, o eco da frase do dramaturgo romano Terêncio: "Sou humano: nada do que é humano me é estranho".[56] Noutros termos, em Scheler, o homem, sob a perspectiva da conciliação, deve ser capaz de integrar em si mesmo desde seus atos mais sublimes aos mais grosseiros, posto que a história nos apresenta tanto o homem como produtor de elevada cultura, quanto o ser capaz de inúmeras barbáries, a exemplo das atrocidades das guerras. Portanto, uma teoria realista que seja capaz de compreender o homem a partir de seu cotidiano deve levar em conta os elementos dialéticos do humano.

O *homem da conciliação* ou o *homem total*, para ser mais fiel às palavras de Scheler, não é o homem da conformação, isto é, o da padronização, da uniformização, mas, antes, o homem da tensão máxima, ou seja, é o ser no qual a razão e a paixão, o espírito e a vida, o pensamento e a ação coexistem dialeticamente.

Em duas obras que antecederam *A posição do homem no cosmos* (1929), quais sejam, *O futuro do homem* (1927) e *O homem na era da conciliação* (1927),[57] Scheler apresenta as exigências conciliatórias necessárias a uma teoria sobre o homem. A primeira atitude conciliatória que uma teoria do *homem total* deve realizar consiste na união entre o homem apolíneo e o homem dionisíaco, o que se constitui na integração entre as faculdades da razão e do sentimento.

---

56 Terêncio *apud* MELO, A. M. M. "Terêncio, Africano, um poeta para jovens". *In*: PEREIRA, V. S.; CURADO, A. L. *A antiguidade clássica e nós: Herança e identidade cultural*. Braga: Universidade do Minho, 2006.
57 Vale ressaltar que alguns dos caminhos apontados nestes manuscritos são ampliados no seu texto "*Visão filosófica do mundo (1928)*" (SCHELER, 1989d).

Scheler percebe que arrefecer o papel das paixões na alma humana e seus desdobramentos é uma ilusão perigosa que gera problemas morais,[58] pois deixa o homem alheio a si mesmo e aos seus impulsos. Scheler identifica traços do homem dionisíaco nas motivações e manifestações coletivas, a exemplo dos movimentos políticos e nacionalistas que ganharam força em sua época, por exemplo:

> A República soviética apoiada num romântico e anti-intelectual paneslavismo que é o fogo que a nutre, e, por sua vez atua como teoria no marxismo que menospreza as ideias. O fascismo é eminentemente vitalista e ativista. Seus representantes depreciam o científico e o homem com cérebro. [...] Se prestamos atenção ao formidável movimento desportivo de todos os países; nos movimentos das juventudes de todas as partes, com seu novo 'sentimento de corpo' e sua nova valorização do corpo; no movimento eugenético da América e dos novos costumes eróticos; no grande movimento da psicanálise e da moderna psicologia dos instintos; no furor mundial pela dança; nas novas doutrinas panvitalistas surgidas depois de Nietzsche e de Bergson; na bizarra inclinação para a mística obscura e o infantil desdém à ciência em benefício de ideologias baseadas em 'ordens' e 'círculos'; no crescente menosprezo aos sábios, aos artistas e ao teatro; nos quase míticos tipos de herói de nosso tempo (Chaplin tal Esquilo; Valentino tal Romeo, Breitensträter tal Hércules... devo ser discreto e não seguir adiante); na febre pela 'força', pela 'beleza' e pela 'juventude'; na nova consideração da infância como valor próprio; no prazer que se encontra na mentalidade, na arte e na maneira espiritual dos primitivos (o expressionismo apenas significa aqui uma degradação); na 'contracolonização da Europa' (Bonn); todas estas coisas e outras mil revelam mais uma, eu diria, sistemática rebelião dos instintos contra a unilateral espiritualidade e intelectualidade de nossos pais, contra o asceticismo durante séculos praticado, contra as técnicas de sublimação já automatizadas, no qual até agora foi formado o homem ocidental. Dionísio parece subir ao poder para uns tantos séculos.[59]

Sob este enfoque, Scheler ressalta a dinâmica das paixões que, inclusive, sobressai-se ante a razão. Para ele, os movimentos político-culturais cuja força maior não reside na razão dos argumentos encontram seu vigor no apelo às paixões e aos sentimentos mais instintivos do homem. A insurgência do feminismo reitera que, sob a égide do *homem*

---

58 SCHELER, 2001.

59 SCHELER, M. "El porvenir del hombre (1927)". *Metafísica de la libertad*. Buenos Aires: Editorial Nova, 1960b, p. 119.

total, o feminino e suas dimensões também fazem parte e são reflexos da integralidade deste *homem total*, por admitir, em igual dignidade, homens e mulheres. Afinal, apesar de suas diferenças biológicas, ambos são necessários à sobrevivência, constituindo, pois, uma única espécie. Ainda que possam desenvolver comportamentos sociais distintos, ambos, homens e mulheres, são responsáveis pela ordem social.[60]

Para o *homem total*, a união entre o masculino e o feminino ultrapassa os limites do biológico e do social. A unidade inserida no horizonte do *homem total* acolhe os signos do masculino e do feminino na constituição psicológica e ontológica deste ser. As qualidades, como racionalidade e força, próprias dos arquétipos masculinos, bem como sensibilidade e fragilidade, relacionadas ao feminino, não são rígidas e fixas para homens e mulheres. Trata-se de compreender que essas qualidades dizem respeito ao *homem total*, porquanto a qualquer ser humano.

Uma outra conciliação que compete à teoria do *homem total* diz respeito à união entre corpo e alma, cuja cisão faz parte da história clássica do homem. Sob este aspecto, em favor da união entre o corpo e a alma, deve-se considerar que os problemas do corpo, como uma doença orgânica, provoca sofrimento também na alma; e os problemas psicológicos também podem fazer o corpo padecer. Isto implica dizer que a saúde do homem, seja ela sob o enfoque de um problema físico ou mental, exige um olhar integral a fim de que se cumpra o provérbio *Mens sana in corpore sano*.[61]

Para Scheler, uma teoria do *homem total* tem por tarefa modificar a forma de compreender e lidar com o homem, de modo que, para cuidar

---

60 Scheler, em sua obra *A posição do homem no cosmos* (1929), critica o feminismo que almeja o reconhecimento de uma igualdade natural, no sentido biológico entre homens e mulheres, equiparando comportamentos e vigor físico, pois esta igualdade tornaria o ser humano incompleto, a mulher seria um ser diferente do animal e continuaria diferente do ser masculino. Para Scheler, então, as diferenças de sexo não são impedimentos para o reconhecimento da igualdade entre homens e mulheres (SCHELER, 2003a).

61 Uma simples dor de cabeça (corpo) é capaz de deixar a pessoa ansiosa e irritada (alma). O estresse do trabalho (alma) pode retirar o apetite e provocar a fadiga (corpo). Não obstante, *mens sana in corpore sano* é também uma sentença que aparece em uma oração do romano Juvenal: Satyra X.

integralmente do homem, faz-se necessário cuidar de sua alma e de seu corpo conjuntamente, exigindo uma medicina do corpo e da alma que seja capaz de agregar as duas dimensões.

Assim, uma união desses dois hemisférios implica uma transformação do conhecimento da cultura na qual estejam interligadas as diversas formas de conhecimento do *homem total*. A ciência e a técnica tornam o homem mais informado e apto a dominar a natureza, pois, segundo Scheler, "o saber enobrece o homem e torna-o feliz".[62] O saber permite ao homem compreender-se como ser vinculado ao mundo. O saber, portanto, provém do interior do homem, do movimento de contemplação do mundo. Ele gera um sentimento de unidade com a natureza, despertando, inclusive, um novo amor por ela. O *homem total* procura conhecer mais perfeitamente a natureza, dominá-la, mas sem perder sobre ela sua reverência, isto é, o encantamento sobre o "véu de Ísis".[63]

Uma teoria que se proponha a compreender o *homem total* deve levar em conta a sua individualidade, o seu microcosmos até o limite da história desse coletivo chamado "humanidade", sem que sua singularidade se perca por completo no conjunto. Isto implica dizer que a própria história compõe o microcosmo do homem, de modo que ele a constrói a partir de suas decisões, mas também do fluxo de seu pensamento que é irrigado pela ótica do seu tempo. Com efeito, dois aspectos são importantes para se conceber o *homem total*. Primeiro, ele deve suportar a conciliação entre as imagens do herói e do sábio; em segundo, ele deve promover uma reconciliação das ideias políticas do seu tempo.

No que concerne às imagens do herói (ocidental) e do sábio (oriental), afirma-se que o *homem total* reúne a atitude reflexiva sobre o mundo e, ao mesmo tempo, a capacidade de agir sobre ele. O *homem*

---

62 *Id.*, 1989c, p. 121.

63 Véu de Ísis é uma expressão usada como sinônimo da natureza a ser sempre contemplada, desvelada. Ísis, deusa egípcia, ou Ártemis, para os gregos, representa a Natureza, sendo representada como uma mulher com um véu em seu rosto, denotando que a natureza é sempre acompanhada por uma verdade oculta ou a ser desencoberta. Cf.: HADOT, P. *O véu de Ísis: Ensaio sobre a ideia de natureza*. São Paulo: Loyola, 2006.

total é dirigido pelo pensamento e pela ação; ele contempla o mundo, mas também o modifica, agindo conforme lhe aprouver.

O sábio é caracterizado pela capacidade de suportar o sofrimento, absorvê-lo, resistir às respostas automáticas dos instintos, sobrelevar-se ao mundo, contemplá-lo e, então, pacientemente, decidir conforme seu espírito. A arte do sábio volta-se para o interior e não para as causas exteriores que influenciam o seu agir. Nesse sentido, a atitude do sábio aumenta o alcance da ação do herói, pois amplia o horizonte de possibilidade de sua conduta.

Outrossim, uma teoria do *homem total* trata também do modo como se forma a coletividade e atinge a solidariedade mediante a qual o homem sai de sua solidão, de seu individualismo e se integra à comunidade por meio de uma relação essencial com os outros homens e com o mundo. Por isso, Scheler afirma que:

> O homem tem que aprender novamente a compreender a grande e invisível solidariedade de todos os seres vivos entre si na vida total, a solidariedade de todos os espíritos no espírito eterno e, ao mesmo tempo, a solidariedade do processo do mundo com o destino da evolução do seu fundamento supremo e a solidariedade deste fundamento com o processo do mundo. E o homem deve aceitar esta inter--relação do mundo não como uma simples teoria, mas compreendê--la de uma forma viva e praticá-la e exercitá-la internamente. Na sua essência, Deus é tampouco o 'senhor' do mundo quanto o homem é o 'senhor e rei' da criação. Mas ambos são, antes de tudo, companheiros de destino, sofrendo e superando – um dia talvez vencendo.[64]

A solidariedade faz parte de um movimento tanto interno como externo. Assim, internamente, ela diz respeito à aspiração do homem de ligar-se a um todo, formando uma unidade; externamente, trata-se de um movimento de saída que impele o homem para além de si mesmo. Ademais, a história mostra que, no processo civilizatório, as relações sociais se tornaram mais complexas, e a sociedade, apesar de alguns contraexemplos, tende a ser mais integrativa, tolerante à diversidade dos homens e de suas formas de vida, da mesma maneira que se torna mais indignada diante das ofensas aos direitos do homem.

---

64 SCHELER, 1989c, p. 120.

A tensão entre o pensamento e a ação no *homem total* nos conduz à questão política, espaço em que o pensamento e a ação atingem a coletividade. Scheler considera que uma teoria antropológica do *homem total* deve levar em conta as concepções políticas materialistas e idealistas, incorporando-as numa interpretação uníssona.

As concepções materialistas e idealistas, isoladamente, oferecem uma visão parcial e errada do homem, na medida em que retiram a autonomia do homem, inserindo-o, no dizer de Scheler, numa guerra de classes, no caso do materialismo, ou concebem o homem como uma entidade espiritual alheia à sua própria história concreta (a exemplo do idealismo). De acordo com ele,

> Há duas maneiras de encararmos a história: a concepção da história como um acontecimento predominantemente coletivo ou como a obra de grandes personalidades; a história vista como um processo dialético ou como uma soma de eventos nos 'limites' de uma 'ordem divina' estável e teleológica; a apologia dos 'bons velhos tempos', ligada ao medo do futuro, ou a esperança escatológica e a expectativa de algum ideal utópico em conjunto com uma veemente crítica do passado; as concepções da história mais materialistas ou mais ideológicas –, nenhuma delas se fundamenta nas próprias coisas. Trata-se de categorias lógicas, de ideologias, determinadas unilateralmente por mitos de classes – aqueles que querem ter uma visão política clara devem abandonar ambas as concepções.[65]

Para Scheler, essas concepções apenas retratam uma segregação no modo de se conceber o homem. Essas visões, por serem díspares, nunca serão capazes de integrar a humanidade no curso da história universal, pois basta visualizar suas fontes de decepção para se perceber como são falsas, incompletas e fantasiosas.

A situação política do *homem total* na história pode ser traduzida, segundo Scheler, por exemplo, pelo respeito à diversidade de povos, na conciliação racial e miscigenação dos homens e da cultura.[66] Seu

---

65 *Ibid.*, p. 126.
66 Scheler, portanto, não é defensor e faz críticas à perspectiva do arianismo, movimento que afirmava o povo germânico como a raça superior aos demais povos e que deveria manter-se pura, ou seja, sem mistura genética com outros povos. Tal movimento começa a crescer no final da década de 1920, período em que a Alemanha tenta reconstruir sua unidade e estima após a derrota na 1ª Guerra Mundial.

pensamento democrático baseia-se no respeito aos pequenos "círculos de cultura" e no reconhecimento de sua legitimidade participativa no exercício da política. Scheler destaca a importância de se fazer política sem o recurso à violência, a exemplo da política pacifista realizada pelos hindus e maometanos guiados por Mahatma Gandhi na luta pela independência da Índia.

Uma política de conciliação deve ser capaz de lançar mão das armas, caso contrário, ela será de curta e frágil duração. Nesse contexto está uma das razões do erro do homem em guerrear, compreensão extensiva a todos os eventos e atos de violência no mundo. Entretanto, por exemplo, mesmo as atrocidades da 1ª Guerra Mundial, para Scheler, não poderiam significar o fracasso do homem, pois elas, ainda que por caminhos repudiáveis quanto ao uso da força e da dominação, demonstram o desejo do homem de se unir, isto é, o desejo por um projeto de civilização mundial ou de ser uma única comunidade, e, assim, de estabelecer e de propagar uma paz universal. De todos os modos, a Guerra Mundial conciliou, isto é, integrou e afetou todos os homens. As lições da guerra deveriam apontar para novos princípios, novos caminhos capazes de assegurar a harmonia entre todos os homens.[67]

Para Scheler, o *homem total* no âmbito da política é marcado pelo pluralismo de ideias, pela liberdade e pela igualdade, ainda que reconhecidas suas diferenças. O direito à igualdade[68] entre os homens deve pressupor o reconhecimento das diferenças e da individualidade de cada homem em sua cultura. Nesse sentido, convém recordar que o *homem total* é o homem da tensão máxima. Esta dinâmica dialética faz

---

O arianismo seria uma das principais bandeiras do nazismo na 2ª Guerra Mundial. Ainda, segundo Scheler, Kant já havia mencionado a impossibilidade de um mundo sem miscigenação racial.

67 Cf.: SCHELER, M. *O homem na era da conciliação* (1927); *Visão filosófica do mundo* (1928); *O homem e a história* (1926); *Sociologia do saber* (1926); *A ideia de paz e o pacifismo* (1926). Todas estas obras após a 1ª Guerra Mundial, na qual Scheler teve de participar realizando atividades administrativas, revelam o filósofo contrário à guerra, mas incentivador de um soerguimento do sentimento de esperança no homem.

68 Para o filósofo, os homens não são iguais por sua essência ou existência, mas estão unidos pela dignidade própria de ser pessoa (SCHELER, M. *Da reviravolta dos valores*. Rio de Janeiro: Vozes, 2012a).

parte de sua constituição, que será sempre marcada pela criatividade das suas formas de pensar e de viver.

Uma integração política e social requer também uma reconciliação das ideias metafísicas e religiosas, as quais tratam da essência e dos valores do homem e promovem sua autocompreensão e sua posição no cosmos. Scheler considera que a união das ideias metafísicas e religiosas apenas pode ocorrer mediante o cenário no qual uma metafísica abarque uma visão de mundo integrada sobre o homem, o mundo e Deus. Nesse contexto, o filósofo afirma que investigar o *homem total* significa compreender o homem como fundamento do mundo e modificar o enfoque da metafísica de uma cosmologia para uma meta--antropologia e uma metafísica da ação, isto é, a metafísica não deve conceber a essência humana a partir da essência divina idealizada.

Segundo Scheler, uma metafísica do homem evidencia que, ao perscrutar a essência do indivíduo, não é possível reduzir ou limitar sua essência a uma imanência. Ele será um ser de transcendência, impossível de ser plenamente conhecido por sua natureza ou por seus atos.[69]

Enquanto ser de transcendência, o homem é, para Scheler, a primeira forma de acesso à ideia de Deus, porquanto não é necessário recorrer a uma metafísica para se conhecer o homem, ainda que todo homem carecerá sempre de uma metafísica. Em seu texto *O futuro do homem*, Scheler expressa a unidade das ideias de homem e de Deus.

> A ideia do homem e a ideia de Deus em nosso tempo – que apenas juntas podem caminhar – estão na realidade, de tal modo constituídas que não correspondem mais à concepção histórica do ser e da estrutura social da humanidade. Teimam em colocar o homem em uma relação com o fundamento do mundo, que não pode ser ajustada a uma humanidade já maior de idade, tampouco pode ser adequada a círculos de cultura que tendem a igualdade e a unificação. Por isso, temos que revisar consideravelmente o problema da especial posição metafísica do homem no Cosmos, sobre o fundamento do mundo e resolvê-lo na medida de nossas forças.[70]

---

69 Cf.: SCHELER, 1989d; *Id.*, 1960b.
70 *Id.*, 1960b, p. 131.

Obviamente, Scheler não parte de uma metafísica de cunho religioso, já que ele entende que a religião aprisiona o sujeito ao impor seus dogmas e parâmetros rigorosos. Apenas liberado da religião se é capaz de compreender a liberdade necessária para salvaguardá-la das contingências do ser e de seu destino.

Para Scheler, o Ocidente, sob a égide do cristianismo e das ciências, abdicou do cultivo de uma unidade metafísica. Este "esquecimento" provocou a fragmentação do homem, a perda do referencial, do fundamento sobre si mesmo, como destaca o filósofo no fragmento a seguir:

> Isolar o homem e separá-lo de seu imediato contato da essência e existência com o fundamento de todas as coisas é uma redução do homem tão temível como o é seu falso isolamento e incomunicação com a natureza; é diretamente privar o ar de sua vida interior. Três venerações – disse Goethe – se fazem necessárias ao homem: veneração pelo que está sobre ele, abaixo dele e junto a ele.[71]

Dessa aproximação das ideias de homem e Deus, Scheler ressalta o *homem total* como um ser de reconciliação, um centro de reorientação do universo para o qual converge o mundo e a partir do qual emana toda abertura da vida, o que faz do homem um "fazedor de mundo", um recriador da realidade, um poeta da vida. Assim, diz ele, "é somente num processo de devir que o homem atinge e ao mesmo tempo o homem deve atingir a crescente consciência daquilo que ele é".[72] O homem enxerga sempre diante de si o desafio de sua humanidade, seu destino, seu *deitas*: homem, torna-te aquilo que és.[73]

Portanto, a antropologia é o fundamento da metafísica scheleriana do *homem total*. Esta unificação dá-se no palco da vida e da história, pois, como afirma Scheler,

> [...] luz e sombra, o espírito e a força demoníaca do instinto de existência e de vida que determina os destinos – concepção que arraiga

---

71 *Ibid.*, p. 129.

72 *Id.*, 1989b, p. 81.

73 A relação do homem para com Deus é sempre um movimento do homem em direção ao seu devir.

o homem, tanto como ser espiritual quanto como ser instintivo, no primitivo fundamento divino. Esta concepção aceita a dependência geral e total que a vida e a natureza têm do espírito e a dependência que o espírito tem da vida e da natureza, e os reúne na ideia do fundamento do mundo que se eleva como substância acima de ambas as posições, mas em que a unificação do espírito e da vida, da ideia e do poder, se realiza somente no curso da história universal e não independentemente da ação humana.[74]

O *homem total* traduz as ambiguidades do espírito humano, bem como contém em si todas as possibilidades de ser. Trata-se de um ser "cuja própria essência é ainda uma decisão aberta – o que ele quer ser e o que quer se tornar."[75] Portanto, o *homem total* não pode ser limitado por determinações biológicas ou pela história, posto que ele significa a própria essência do mundo. É certo que, em cada época histórica, este *homem total* se traduz "no máximo da humanidade total que lhe é acessível, um máximo relativo de participação de todas as formas supremas da existência humana".[76]

O *homem total* seria o destino inevitável do homem. Mas também ele, em sua relatividade histórica, constitui-se como uma realidade a ser conquistada, como uma janela aberta de seu espírito para fazê-lo crescer integralmente em sua vida interior e, externamente, na apreciação e contemplação do mundo que o toca.

Scheler concebe o *homem total* em suas luzes e sombras, ou seja, os contrários do corpo e da alma, do real e do ideal, da percepção da imanência e da capacidade de transcendência, enfim, do espírito e da vida. Em sua obra *A posição do homem no cosmos* (1929), o filósofo também apresenta uma parte de sua teoria do *homem total*, dessa vez no contexto de uma filosofia da vida, de modo que se o homem é considerado a forma de vida mais desenvolvida, ele guarda ainda uma vinculação com todas as outras expressões de vida que lhe antecederam. Ao inserir a estrutura da vida na história natural e ao buscar o princípio de toda a vida, Scheler acredita que é possível identificar (no sentido de

---

74 *Id.*, 1989c, p. 126-127. Conferir também: *Id.*, 1960b, p. 130.
75 *Id.*, 1989c, p. 108.
76 *Ibid.*, p. 109.

sentir-se partícipe) uma "gramática de expressão" no homem que abarca o mundo e a natureza inteira.⁷⁷

A morfologia e a sintaxe da vida não se reduzem a um processo evolutivo como propunham Darwin, Lamarck, Spencer e outros, mas isto não significa que a vida não possua suas próprias regras e um sentido para o seu desenvolvimento. Sendo o homem o "discurso extremo" da vida, ele carrega consigo a tarefa hermenêutica de tornar cognoscível a força, a beleza e as leis que regem toda vida. É com base neste aspecto que desenvolveremos o ponto seguinte de nosso trabalho.

1.4 O HOMEM NA TESSITURA DA VIDA

Ao estabelecer as bases antropológicas que demonstram essa peculiar posição do homem no cosmos, Scheler analisa a gradação de estados psicofísicos que acontecem no curso do processo vital dos seres viventes. Vale ressaltar que o filósofo prefere o termo *gradação* a *evolução* para se referir ao processo adaptativo dos seres vivos, por considerar que o segundo termo envolve a superação pela eliminação do estado anterior, enquanto que *gradação* transmite a ideia de uma sequência ascendente em que os estados mais primitivos são incorporados pelo novo.

Em sua obra *A posição do homem no Cosmos* (1929), Scheler discorre sobre os pressupostos que tentam explicar os seres viventes em geral para distinguir a posição peculiar do homem na natureza. O primeiro elemento consiste na convergência entre o mundo psíquico e o ser vivo.⁷⁸ Dentre as características que demonstram essa gradação de

---

77 SCHELER, 1960b, p. 127. Scheler considera que S. Francisco de Assis e, em seu tempo, Fabre, tiveram essa aguçada percepção de que o homem pode estar em comunhão com a natureza, ser capaz de contemplá-la. Essa ideia é transmitida por Francisco de Assis inclusive pelo tratamento dado à natureza, chamando-a de "irmã"; com isto quer mudar a natureza da relação de "serva do homem" para parceira.

78 Segundo Marco Antônio Casanova – tradutor para o português da obra em questão –, as doutrinas que consideravam que o mundo psíquico se iniciava com a memória associativa ou se restringiam aos animais ou ao homem já haviam sido consideradas falsas. E como atribuir um fundamento psíquico ao ser inorgânico

forma geral da vida são citadas pelo filósofo: a intimidade, a autonomia e o automovimento. A partir dessas qualidades, Scheler considera ser possível estabelecer uma hierarquia primária na medida em que ela permite compreender a atuação desses seres vivos. Estes são capazes de se autodiferenciar enquanto espécie (comunidade), e sua individuação exige deles uma intimidade (um ser-para-si e um ser íntimo).[79]

O homem não ocupa um *locus* privilegiado no cosmos por ser essencialmente biológico, mas por ser portador do valor e do sentido da vida. De modo particular na natureza, tal faculdade lhe é garantida pela consciência; é ela que lhe confere a apreensão da experiência vivida.[80]

Estas características presentes nos seres viventes, e, em particular, no homem, são a chave para descoberta do princípio vital. A construção do mundo psíquico remonta ao fundamento que origina a própria vida, o qual está presente no mundo enquanto evento desta gradação evolutiva. O mundo psíquico compreende quatro estados que vão se sobrepondo e que nunca são plenamente sublimados: **impulso afetivo**, **instinto**, **memória associativa** e **inteligência prática**. Eis, a seguir, as suas características fundamentais:

a) O **impulso afetivo** (*Gefühlsdrang*) é percebido de forma mais aparente nas plantas, sendo desprovido de consciência, de sensação e de representação. O impulso afetivo refere-se ao mais primitivo estado da condição natural: significa estar vinculado a um mundo físico, a um ambiente.

Na planta, tal vinculação traduz-se pela subordinação, uma vez que esse ser vivo é plenamente dependente e afetado pelo meio onde habita. Noutras palavras, uma vez inserida em um meio ambiente favorável em termos de condições de luminosidade, alimentação e de reprodução, a planta "reage" seguindo o impulso de crescer em direção à luz, alimentar-se ou reproduzir-se.

---

seria arbitrário, Scheler prefere começar seu trabalho pelas plantas. Ver.: SCHELER, 2003a, p. 8, N. T. n. 8.

79 *Ibid.*, p. 8.

80 *Ibid.*, p. 8.

Nesse sentido, Scheler compreende que a planta experimenta uma sensação (satisfação), já que o seu impulso afetivo é *e-kstático*, pois não há uma resposta ativa do seu estado orgânico. Partindo desse pressuposto, o impulso afetivo segue que o princípio da vida não é uma "vontade de potência", como propunha Nietszche.[81]

A "vontade de potência" como vida implicaria, segundo Nietzsche, que todo ser vivente desejasse um aumento de poder, destinado a garantir sua existência. Eis o que ele diz:

> Em todo ser vivente pode mostrar-se claramente que ele tudo faz para não se conservar, mas sim se tornar mais...[82]
> A vida como caso isolado: a partir daí, essa hipótese se estende sobre o caráter total da existência –: a vida anseia por um sentimento maximal de poder –: é essencial um ansiar por mais poder –: ansiar nada mais é do que ansiar por poder –: essa vontade permanece o mais elementar e interior: mecânica é meramente uma semiótica das consequências.[83]

Entretanto, no exemplo da planta, se a semente não cair em terra fértil, ela não germinará, não crescerá, não dará frutos, tampouco procurará meios para modificar o meio ao seu redor, sequer mudará de lugar. Não haverá, portanto, nenhuma adaptação deste ser vivente ao meio.

Essa perspectiva, por conseguinte, também anula a ideia das teorias evolucionistas, segundo as quais a vida, observando um princípio cujo lema é "o mais adaptado sobrevive", passaria por sucessivas adaptações ou evoluções desde o ser mais primitivo até chegar inevitavelmente ao homem. A vida da planta não possui forma e autonomia suficientes para eclodir em um ambiente que não lhe seja favorável.

A dependência e a fragilidade da planta em relação ao ambiente, apontadas por Scheler, revelam que o fenômeno da vida é um impulso afetivo dirigido para fora, mas não significa dizer que o ser age primeiramente sobre o meio. O ser vivente precisa se vincular a algo fora de si para crescer, expandir-se e durar.

---

81 SCHELER, 2003a, p. 9-14.
82 NIETZSCHE, 2008, p. 349, §688.
83 *Ibid.*, p. 350, §689.

O impulso afetivo, por sua característica, constitui-se, ainda que de forma elementar, na capacidade do ser vivente estar ligado e situado frente ao mundo, ainda que, na planta, ele só tenha força para agir quando o meio lhe for propício. Uma abordagem fenomenológica do impulso afetivo, diz Scheler, é capaz de identificar a presença dessa esfera psíquica também nos animais e no homem, como esfera mais básica e íntima, tal como destaca o autor a seguir:

> Não há nenhuma sensação, nenhuma percepção, nenhuma representação por detrás das quais já não estivesse o impulso obscuro e que este impulso *não* alimentasse com seu fogo, o fogo que atravessa continuamente os tempos de sono e de vigília – mesmo a mais simples sensação nunca é meramente uma consequência do estímulo, mas sempre também função de uma *atenção pulsional*.[84]

O estímulo, por si só, não seria suficiente para despertar o ser, caso o impulso afetivo já não existisse nele enquanto "tendência para". Scheler evidencia ainda o impulso afetivo no homem durante os períodos de sono e de vigília,[85] sendo este impulso também a base de constituição das sensações e emoções humanas. O homem não é capaz de estar no mundo sem sentir este mundo.

As sensações e emoções são, antes de tudo, uma vinculação do homem ao mundo e uma forma de situar-se diante dele. É esta vinculação especial do impulso afetivo com o meio que produz a ideia de realidade enquanto vivência/sensação persistente e efetiva no homem. Com isso, pode-se considerar o impulso em toda vivência primária de resistência, isto é, a "imanência" da realidade, ou melhor, o modo como a realidade está dada à consciência.

b) O instinto (*Instinkt*) é o segundo estado da constituição do mundo psíquico, descrito por Scheler. Ele é inexistente no reino vegetal e está presente de forma mais aparente nos animais. Inicialmente,

---

84 SCHELER, 2003a, p. 13.

85 O sono e a vigília (estados vegetativos) são momentos em que o organismo naturalmente procura, no repouso, poupar mais energia. Ao mesmo tempo, o organismo se encontra latente, inerte e mais distante do meio.

deve-se compreender o instinto como um comportamento próprio do ser vivo que pode ser objeto de uma observação exterior e de uma descrição possível.

O instinto concerne à sobrevivência do ser e às suas necessidades de alimentação e de reprodução. Ademais, ele não é determinado pelo *habitus*, ou seja, por comportamentos adestrados ou formas de aprendizagem repetidas. Segundo Scheler,

> [...] uma característica muito importante do instinto é ele apresentar um comportamento independente do *número* de tentativas que um animal empreende para fazer frente a uma situação: neste sentido, ele pode ser designado desde o princípio como *pronto*.[86]

Em sua finalidade, o instinto não diz respeito primeiramente ao indivíduo, mas à espécie, não sendo possível, como vimos, determiná-lo como decorrência do "autoadestramento" ou do aprendizado com base na "tentativa" e no "erro". O instinto é um comportamento rígido e reativo dos membros da espécie. O instinto não organiza modos de comportamento, como o faz a inteligência, e o fato de o mesmo ser inato e hereditário não significa que o comportamento que ele engendra surja de forma imediata com o nascimento do ser.

O processo de individuação do animal no seio da espécie revela, segundo Scheler, que "o processo fundamental do desenvolvimento psíquico é a *dissociação criativa*, não a associação ou a 'síntese' (*Wundt*) de realidades ou fatos singulares".[87] É nesse sentido que o processo originário da vida exige a ultrapassagem do instinto, ou melhor, as resistências (isentas de representações, de imagens e do próprio pensamento) que o atraem ou o repelem.

c) A **memória associativa** (*Assoziatives gedächtnis*) ou o comportamento habitual é a terceira forma psíquica descrita por Scheler. Nela se interliga o fenômeno da associação e do reflexo condicionado. Assim, diz ele:

---

86 SCHELER, 2003a, p. 17.
87 *Ibid.*, p. 20.

> Nós precisamos atribuí-la a todo e qualquer ser vivo, cujo comportamento se *modifica lenta e constantemente*, em razão de um comportamento anterior do mesmo tipo, de uma maneira útil à vida, e, portanto, plena de sentido; isto é, de um modo tal que a medida na qual seu comportamento se torna mais significativo se encontra em rigorosa dependência da *quantidade de tentativas* ou dos assim chamados movimentos de prova.[88]

O comportamento habitual desenvolve-se a partir do exercício e da aquisição de hábitos, ou seja, da adoção de respostas ao meio. Contudo, para o filósofo, o fato de os animais realizarem movimentos de prova[89] não reside na busca de prazer ou desprazer, nem na memória em si, mas numa pulsão inata à repetição (instinto).

A memória associativa é construída a partir do comportamento denominado de "reflexo condicionado" que se vincula às leis de associação, contiguidade e semelhança. Ademais, não são necessários todos os elementos de uma experiência anterior para desencadear os estímulos e pulsões que conduzem a uma resposta ou a um comportamento habitual no ser vivo.[90] Convém indicar que "toda e qualquer sensação é sempre uma função do estímulo e da atenção pulsional".[91]

O comportamento habitual, por sua vez, é um fenômeno contrário à criatividade, pois sua meta é o enrijecimento da conduta. Nesse sentido, a vida psíquica, ao se desenvolver, promove um maior número de complexos e de representações que se associam ao hábito. Levando-se em consideração o ser humano, o fenômeno da "recordação" e da "tradição"[92] alia-se à memória associativa.

---

88 *Ibid.*, p. 22.

89 Movimentos de prova são considerados os comportamentos de ajustamento que o animal realiza com base na tentativa e no erro.

90 "Segundo esta lei [lei associativa], a vivência de um complexo conjunto de representações tende a se reproduzir e a completar os elos que faltam quando uma parte deste complexo, por exemplo, uma parte do meio ambiente, é vivenciada uma vez mais de maneira sensorial ou motora" (SCHELER, 2003a, p. 23).

91 *Ibid.*, p. 24.

92 Scheler diferencia a tradição da recordação apenas no sentido de que o comportamento aprendido e recordado advém da espécie, em especial, na vivência em grupo

A recordação ou lembrança permite tornar presente o passado, cujos conteúdos objetivos são dados como atuais na vivência, o que permite à pessoa liberar-se da conduta orientada e fazer novas descobertas no âmbito da experiência vivida.[93] A memória associativa permite-lhe se desvencilhar da rigidez do instinto, gerando uma individualização da ação. Para o instinto, a memória associativa consiste numa liberação, enquanto que, para a inteligência prática, trata-se de um princípio conservador.[94]

A memória associativa sobreleva-se ao instinto, permitindo que o mundo psíquico se descortine em novas possibilidades como as pulsões (impulsos), sentimentos e afetos. Scheler demonstra seu argumento do seguinte modo: alguns animais superiores (macacos e cachorros, cita ele) desenvolvem comportamentos sexuais (onanismo) fora do período do cio, distanciando o impulso sexual dos instintos de reprodução e, com isto, emancipando o sentimento de prazer e vinculando-o a outros comportamentos (memória associativa). Aqui, o princípio de prazer se torna secundário ou, como declara Scheler, revela "somente

---

ou comunidade. São próprias de animais que formam alcateias, rebanhos etc. No homem, é exclusiva a tradição por meio de documentos, sinais e outras fontes de saber histórico. Entretanto, assim como a lembrança, a tradição é um recurso ao passado.

93 Dois aspectos são importantes destacar: 1) "O passado nos sugere mais na tradição do que o que sabemos sobre ele". Esta expressão faz recordar a força da tradição descrita por Nietzsche na sua parábola "Fala o martelo" (NIETZSCHE, F. *Crepúsculo dos ídolos*. São Paulo: Companhia das Letras, 2006, p. 137). 2) "A pressão que a tradição exerce sobre nosso comportamento de maneira pré-consciente diminui gradualmente na história através do progresso da ciência histórica" (SCHELER, 2003a, p. 27).

94 Embora Scheler não faça referência a Platão na descrição sobre a memória associativa, é possível se perceber uma relação com a teoria platônica da reminiscência. Esta teoria concebia que todo conhecimento atual vinculava-se a um conhecimento anterior e efetivo sobre a coisa. Cf.: SANTOS, J. G. T. *Platão: A construção do conhecimento*. São Paulo: Paulus, 2012; PLATÃO. *Fédon*. Trad. Carlos Alberto Nunes. 3. ed. Belém: Ed. UFPA, 2011a (72e; 74a-76a). A memória associativa em Scheler parece inicialmente corroborar com tal olhar, todavia, a memória associativa mais fortemente no homem pode recordar o passado, mas o homem pode lançar de volta a recordação para o passado e abrir-se a novas descobertas independente dele.

a consequência de uma inteligência associativa elevada",[95] isto é, não surge daí uma nova estrutura psíquica.

d) A quarta forma essencial da vida psíquica, para Scheler, é denominada de **inteligência prática** (*Praktische intelligenz*) e está presente *no ser vivo dotado de memória associativa*. Diferentemente da memória associativa que se vincula à repetição/reprodução, a inteligência prática está voltada estritamente para a capacidade de escolha, à ação seletiva, isto é, concerne à nossa faculdade de escolher e de estabelecer preferência.

Ademais, um comportamento pode ser dito inteligente quando um determinado organismo, diante de uma situação nunca experimentada por ele ou pela espécie, consegue empreender meios para, de forma nova, tentar enfrentar uma situação atípica. Obviamente que, para caracterizar tal comportamento, não é preciso, em princípio, medir sua eficácia.

A inteligência prática tem por finalidade atenuar um conjunto de necessidades através de um agir. Scheler ainda acrescenta que "podemos definir a inteligência prática como a *intelecção* repentinamente emergente de um *estado de coisas* e de um *nexo valorativo* concatenados no interior do mundo circundante".[96]

Portanto, no mundo psíquico, a inteligência prática avalia a situação emergente inusitada para o animal: ela produz uma representação abstrata antecipada capaz de despertar na experiência que o indivíduo está vivenciando como nova uma solução (resposta) antes de tornar sua ação efetiva.[97]

A inteligência prática representa uma vivência inteiramente nova para a espécie e para o indivíduo, posto que reflete uma capacidade de antecipação e, porquanto, uma ação produtiva (e não apenas reprodutiva). Assim, a conduta inteligente possui um caráter instrumental, de

---

95 SCHELER, 2003a, p. 28.

96 *Ibid.*, p. 29.

97 É possível exemplificar da seguinte forma: um macaco que encontra uma fruta fora de seu alcance e com fins de atender à meta pulsional, faz uso de objetos em derredor diferentes dos habitualmente utilizados por ele como um graveto e os usa como instrumentos (valor funcional). Cf.: *Ibid.*, p. 31.

modo que o animal reconhece o seu meio e o (re)estrutura tal como as coisas lhe são percebidas. Acerca disso, diz Scheler:

> Certamente, a reestruturação descrita não tem lugar junto ao animal através de uma atividade consciente, reflexiva, mas através de uma espécie de reorganização *intuitiva* do que é dado no meio ambiente. No entanto, isto envolve uma inteligência autêntica, invenção, e não apenas instinto e hábito.[98]

Na inteligência prática, não há uma conduta de adequação do animal ao meio, posto que o animal, nesse caso, não se conforma ao espaço no qual se insere. O animal, então, adota um processo inverso quando ele, por estratégia da inteligência prática, modifica as condições do meio para atender à sua necessidade. Contudo, o animal não consegue, em razão da sua natureza, posicionar-se fora dos limites do meio e da força de suas pulsões.[99]

Sem a capacidade reflexiva, o indivíduo não estabelece uma hierarquia entre os valores, nem determina preferências acerca do que é útil ou agradável. Sem esta peculiaridade, o homem não poderia se diferenciar dos outros animais. No homem, a inteligência prática pode superar a astúcia que existe na relação animal e ambiente, e desenvolver atividades espirituais.

Desse modo, a vida, sob a ótica do mundo psíquico, revela uma gradação em suas diversas formas de expressão. Neste sentido, a natureza aprimora suas relações avançando sem deixar de incorporar e renovar cada estágio anterior. A história da vida dos seres é sempre um saber acumulado no curso de suas transformações.

De acordo com Scheler, a distância entre o homem e o animal, muito para além do processo de cerebralização dos mamíferos superiores,

---

98 SCHELER, 2003a, p. 32.
99 O animal continuará procurando por seu comportamento inteligente satisfazer suas necessidades impulsivas de alimentação e de reprodução. E, caso o meio não lhe seja favorável, migrará para outro ambiente ou empreenderá através de um mecanismo inteligente para poder encontrar novas soluções para conviver em um ambiente adverso.

encontra-se numa faculdade superior à inteligência prática: o espírito. Ademais, é na relação entre o espírito e a vida – que abordaremos a seguir – que reside a fronteira entre o homem e todos os outros seres vivos.

1.5 Espírito e vida: a dialética do humano

Como vimos até o momento, Scheler é contrário a todas as posições filosóficas que identificam o homem como *Homo sapiens*, *Homo faber* ou que reduzam o homem a uma característica como o homem apolíneo ou dionisíaco, ou que o coloquem circunscrito às esferas do psíquico e do vital. O filósofo procura integrar e superar essas limitações que, segundo ele, foram prejudiciais ao estudo do homem, pois, diz Scheler:

> Eu sustento que a essência do homem e isto que se pode chamar a sua 'posição peculiar' encontram-se muito para além do que se denomina inteligência e capacidade de escolha, e que elas tampouco seriam alcançadas se se representasse esta inteligência e capacidade de escolha de uma maneira quantitativa qualquer, sim, projetada até o infinito.[100]

Scheler, inspirando-se em Husserl,[101] trata o homem a partir de sua essência e de suas facetas (modos de apresentação) para demonstrar a sua incomensurabilidade, ou seja, suas possibilidades de ser. O homem é um projeto infinito. Todavia, a escolha pela primazia da essência sobre a existência impõe o desafio a Scheler de demonstrar a efetividade desse princípio fundamental que sustenta o homem em face da natureza e da história.

O que distingue o homem dos outros seres vivos é um princípio novo pelo qual ele pode se situar no mundo e compreender a vida. Assim, ele não está confinado no estado biológico, preso às amarras de sua condição natural, nem está submetido ao rigor das leis da natureza, às pulsões ou aos instintos. Assim, diz Scheler:

---

100 SCHELER, 2003a, p. 35.

101 Nesse sentido, Scheler se aproxima da fenomenologia do Husserl apenas das *Investigações lógicas* em que o filósofo estrutura a redução fenomenológica em torno da essência. Scheler não concorda com a tese da redução transcendental desenvolvida posteriormente, sobretudo na obra *Ideias*.

Os gregos já afirmavam um tal princípio e chamavam-no 'razão'. Nós preferimos usar uma palavra mais abrangente para aquele X, uma palavra que certamente abarca concomitantemente o conceito de 'razão', mas que, ao lado do 'pensamento de ideias', também abarca concomitantemente um determinado tipo de 'intuição', a intuição dos fenômenos originários ou dos conteúdos essenciais, e, mais além, uma determinada classe de atos volitivos e emocionais tais como a bondade, o amor, o remorso, a veneração, a ferida espiritual, a bem-aventurança e o desespero, a decisão livre: a palavra 'espírito'.[102]

Por meio do espírito, o homem torna-se uma nova criatura na natureza, constituindo-se como pessoa. Trata-se, pois, de um centro ativo no qual o espírito aparece em movimento nas esferas do ser. O espírito, em razão da liberdade que lhe é inerente, pode desprender a pessoa de seu centro existencial, elevando o homem em sua relação com o meio ambiente ou fazendo-o ir além dos seus próprios instintos. O espírito permite que a pessoa apreenda o modo de ser do mundo objetivo sem se deixar confinar pelos centros de resistência.[103]

O homem é um "ser aberto a", pois nem sua essência nem seu ser estão previamente determinados. Com efeito "o homem é o *X que pode se comportar 'abertamente para o mundo' em uma medida ilimitada. A gênese do homem é a elevação até a abertura do mundo por força do espírito*".[104]

Por meio de seu espírito, a pessoa pode conhecer o meio ambiente e também apreender a sua própria constituição psicofísica e suas vivências, ser autoconsciente e também capaz de tecer livremente os fios

---

102 *Ibid.*, p. 35. "Schon die Griechen behaupteten ein solches Prinzip und nannten es «Vernunft1». Wir wollen lieber ein umfassenderes Wort für jenes X gebrauchen, ein Wort, das wohl den Begriff «Vernunft» mitumfaßt, aber neben dem «/deendenkerr» auch eine bestimmte Art der «-4nschardung», die von Urphänomenen oder Wesensgehalten, ferner eine bestimmte Klasse volitiver und emotionaler Akte wie Güte, Liebe, Reue, Ehrfurcht, geistige Verwunderung, Seligkeit und Verzweiflung, die freie Entscheidung mitumfaßt -: das Wort <<Geist" (SCHELER, M. *Die Darstellung des Menschen im Kosmos*. Bonn: Bouvier Verlag, 1991a, p. 38).
103 Por centros de resistência podemos entender toda "realidade" que circunda o sujeito no mundo. O homem está vinculado ao mundo, mas não preso a ele. Por sua consciência de poder, o homem pode dizer "não" à realidade, ou seja, ele é capaz de recriar suas possibilidades de ser-no-mundo.
104 SCHELER, 2003a, p. 38.

de sua vida: "o *homem é aquele* 'que pode dizer não', ele é o 'asceta da vida', aquele que protesta eternamente contra toda mera realidade".[105]

Ora, o espírito constitui-se como um princípio "desrealizador" da vida na medida em que pode não se conformar à realidade[106] e oferecer um sentido novo aos objetos do universo. Todavia, Scheler admite uma espécie de impotência do espírito diante da vida.

> O espírito no sentido subjetivo e objetivo, como espírito seja individual ou coletivo, determina pura e exclusivamente a essência dos conteúdos da cultura, os quais podem, enquanto assim determinados, chegar a ser. Porém o espírito como tal não tem originariamente em si ou por sua natureza o menor princípio de 'força' ou de 'eficiência causal' para dar a existência aqueles seus conteúdos. O espírito é um 'fator de determinação', mas não um 'fator de realização' do possível curso da cultura. Fatores de realização negativos ou fatores reais de seleção do âmbito objetivo do possível, por obra de uma motivação espiritual inteligível, são sempre as relações reais da vida, condicionada por impulsos, isto é, a peculiar combinação dos fatores reais, das relações de poder, dos fatores econômicos da produção e das relações qualitativas e quantitativas da população, acrescida dos fatores geográficos e geopolíticos correspondentes. Quanto mais 'puro' é o espírito, tanto mais impotente no sentido de uma ação dinâmica sobre a sociedade e sobre a história.[107]

Alguns estudiosos do pensamento de Scheler denunciam uma contradição nessa sua concepção, pois o filósofo, nos escritos próximos à sua obra *Ética*, defende a ideia de um ativismo do espírito. Assim, ele destaca um atributo fundamental do espírito, qual seja, a sua inobjetividade, ressaltando que o espírito é pura atualidade que só existe na pessoa e na livre realização de seus atos.

Porém, outros autores, a exemplo de Ramos, compreenderam que essa contradição é apenas aparente e que tais afirmações são complementares no conjunto das obras de Scheler. Nesse caso, o espírito impotente perante a vida não muda os seus mecanismos de ação, sendo

---

105 *Ibid.*, p. 53.
106 A realidade, nesse contexto, é entendida por Scheler como resistência.
107 SCHELER, M. *Sociologia del saber* (1926). Buenos Aires: Leviatán, 1991b, p. 14.

ele incapaz de criar novas formas de vida.[108] Contudo, ele possui a capacidade de idear o mundo e, por meio da reflexão, tornar o homem consciente de si mesmo e do mundo, podendo lhe dar uma nova configuração de sentido, para além da sua natureza.[109]

Ademais, com um breve olhar sobre a cultura já percebemos como o espírito recria constantemente o mundo e não aceita os limites que a natureza impõe ao homem. Mounier, por exemplo, expressa bem essa característica do espírito humano ao declarar em sua obra *O personalismo*:

> O homem não é encerrado no seu destino pelo determinismo. Se nos mantermos concretamente ligados a numerosos e estreitos determinismos, cada novo determinismo que os sábios descobrem é mais uma nota na gama da nossa liberdade. Enquanto se desconheceram as leis da aerodinâmica, os homens sonhavam voar; quando o seu sonho se inseriu num feixe de necessidades, voaram. Sete notas são pequeno registro: séculos de invenção musical se estabeleceram.[110]

O espírito, sendo saber essencial *a priori*, permite ao homem pensar as coisas a partir de seu modo de ser e não como uma realidade em si. O espírito se torna, então, um canal de funcionalização da essência,[111]

---

108 As obras espirituais da cultura, do Estado e suas formas de governo, e da religião prescindem de qualquer subordinação ao valor vital (RAMOS, 1978). Essa hierarquia dos valores será tratada no capítulo seguinte.

109 "Por força de seu espírito, o ser que denominamos 'homem' não consegue apenas ampliar o meio ambiente até o interior da dimensão da mundaneidade e objetivar resistências, mas ele também consegue – e isto é o mais espantoso – objetivar uma vez mais a sua própria constituição fisiológica e psíquica e cada vivência singular psíquica, cada uma de suas funções vitais mesmas. Apenas por isto ele pode modelar livremente a sua vida" (SCHELER, 2003a, p. 39).

110 MOUNIER, E. *O personalismo* (1950). São Paulo: Martins Fontes, 1964, p. 44. Emmanuel Mounier pode ser considerado um dos filósofos que mais difundiram o personalismo ético, influenciado especialmente pelo pensamento de Scheler.

111 "É preciso explicitar de maneira mais exata aquilo que compreendo por 'funcionalização' da visão das essências. 1. Ver a essência enquanto essência é algo diverso de conhecer (perceber, julgar etc.) fatos contingentes de acordo com a condução e a direção por meio de essências anteriormente vislumbradas. Nesta última ação, não chegamos a uma consciência particular das essências. O saber das essências funciona aqui apenas – e, em verdade, como procedimento seletivo, não como fazer sintético, não como ligação, articulação –, sem ser dado a nós mesmos. Ele torna tudo aquilo, que

capaz de apreender as possibilidades de existência das essências através dos processos de ideação e reflexão no homem. Entretanto, para que o espírito consiga realizar seus atos, ele necessita da energia da vida.

Por isso, o mecanismo pelo qual o espírito entra na vida e na história requer que ele seja capaz de permitir que o homem conceba o mundo de outra forma, eliminando ou sublimando os impulsos que antes estavam presentes nele e redirecionando essa energia pulsional para alcançar suas finalidades. Observe-se que o espírito não se insere na vida sem a participação desta. "O 'espírito' não é inimigo da vida e da alma. Provoca feridas sim; mas também as cura".[112]

Scheler considera, em sua obra *Sociologia do saber*, que não bastam ideias e sonhos para mudar a direção e o sentido da história do homem no mundo. É preciso pessoas determinadas que ultrapassem suas pulsões vitais e que possam orientar sua energia para o mundo da vida.[113]

Pessoa e ato, espírito e vida, enquanto princípios originários, são indissociáveis e formam uma conexão essencial. Por sua vez, "somente

---

concorda com a essência vislumbrada, supraliminar para o conhecimento da existência contingente, fazendo, respectivamente, com que se mostre como um caso possível de aplicação para os nexos essenciais e as estruturas essenciais. O *a priori* ontológico originário transforma-se por meio daí em um *a priori* subjetivo, o pensado se torna 'forma' do pensar, o amado se torna 'forma' e modo do amar" (SCHELER, M. "Problemas da religião (1922)". *Do eterno no homem*. Rio de Janeiro: Vozes, 2015b, p. 279).

"Was ich unter »Funktionalisierung« von Wesensschau verstehe, sei noch genauer erläutert. I. Wesen als Wesen zu schauen ist etwas anderes als zufällige Tatsachen zu erkennen (wahrzunehmen, zu beurteilen usw.) gemäß der Führung und Leitung durch zuvor erschaute Wesen. In letzterem Tun kommt uns das Wesen nicht zu gesondertem Bewußtsein. Das Wesenswissen funktioniert hier nur und zwar als Ausleseverfahren (nicht als synthetisches Tun, nicht als Verbinden, Verknüpfen), ohne uns selbst gegeben zu sein. Es macht für die Erkenntnis des zufälligen Daseins überschwellig all das, was mit dem erschauten Wesen zusammenstimmt, resp. für die Wesenszusammenhänge und die Wesensstrukturen ein möglicherAnwendungsfall ist. Dasursprüng liehe Seinsaprion wird hierdurch subjektives Apriori, Gedachtes wird »Form« des Denkens, Geliebtes wird Form und Art des Liebens" (SCHELER, M. *Vom ewigen im menschen*. Leipzig: Der Neue Geist Verlag, 1921, p. 463).

112 *Id.*, 1960b, p. 113.
113 *Id.*, 1991b, p. 16.

a vida consegue colocar o espírito em atividade e realizá-lo desde a sua mais simples mobilização para a ação até a consecução de uma obra".[114]

É por meio dessa coordenação entre espírito e vida que se dá o processo de formação contínua da pessoa através de seus atos, o que evidencia sua essência ontológica: *um ser-aberto-a*. Scheler, com efeito, concebe o ser humano como um ser total, biológico e espiritual, cujo crescimento parte do cultivo da vida interior para alcançar a transcendência. Eis o que ele diz:

> Assim, a intenção do homem acima de si e de toda vida é, justamente, o que constitui seu próprio *ser*. Este é precisamente o conceito autêntico de ser do 'homem': uma coisa que *se transcende a si mesma, transcende de sua vida e de toda vida*. Seu núcleo essencial – prescindindo de toda particular organização – é aquele movimento, aquele ato espiritual do transcender-se.[115]

Nesse sentido, o espírito é um aliado da vida, pois não aceita o determinismo das leis da natureza. O espírito eleva e idealiza a vida nas suas inúmeras possibilidades e configurações ao atingir todos os modos-de-ser do viver.[116] A capacidade de transcendência do espírito permite ao homem se comportar asceticamente perante a vida. Visto desde a sua essência, o homem contém em si infinitas possibilidades de existência, pois é ele mesmo um projeto infinito a ser descortinado.

Scheler, portanto, critica as doutrinas anteriores sobre o homem que o concebiam apenas como um ponto fixo da evolução e bem abaixo da ideia de Deus.

---

114 *Id.*, 2003a, p. 78.

115 SCHELER, 2001, p. 398; *Id.*, 2000, p. 293.

116 No diálogo *O banquete*, Sócrates é apresentado por Alcebíades como a imagem do homem espiritualizado, aquele que se coloca acima dos instintos e das paixões ao realizar seus exercícios espirituais de contemplação do mundo, permanece estático e, aos olhos dos observadores, inerte diante da vida, das tempestades, sendo capaz de ficar horas sem se mover independentemente das condições climáticas ou de seu físico. Sócrates, em verdade, tomado por seu próprio espírito, pensa a vida em sua totalidade e, assim fazendo, é quem melhor apreende lições da vida, perfazendo com ela um diálogo constante (PLATÃO. *O banquete*. Trad. Carlos Alberto Nunes. 3. ed. Belém: Ed. UFPA, 2011).

> O erro das doutrinas do homem até aqui consistiu no fato de que ainda se pretendia introduzir entre a "vida" e "Deus" uma estação fixa, algo definível como essência: o "homem". No entanto, esta estação não existe: justamente a indefinibilidade pertence à essência do homem. Ele é apenas um "entre", um "limite", uma "travessia", uma "manifestação de Deus" na corrente da vida e um eterno "para além" de si mesmo intrínseco à vida.[117]

A ideia de *Deus* se torna um convite para o homem desenvolver cada vez mais a sua essência, sua meta: "Deus é o mar; os homens são os rios. E, desde sua origem, os rios já sentem de antemão o mar para onde correm".[118]

A ideia de *Deus* seria inseparável da ideia de homem, e tal ideia promove no homem a responsabilidade de aperfeiçoar a si mesmo e realizar este espírito "divino" em seus atos. Assim, acerca da história do mundo e do progresso da cultura diz o filósofo:

> Que de fato o animal humano, pela sua própria cultura, transforma-se sempre de novo em um homem relacionado com Deus e com o espírito, e que se torne, cada vez mais, no curso de uma história do 'mundo', aquilo que ele já em germe na sua essência – no sentido de 'torna-te aquilo que és' de Píndaro –; [...] que o homem realize e encarne esta sua ideia espiritual até as pontas dos seus dedos e o sorrir de seus lábios – tudo isto não é nem um simples meio para realizações ponderáveis, um chamado 'progresso cultural', nem é um subproduto da história. É antes o sentido da Terra, o sentido do próprio Universo.[119]

Para Scheler, o homem no cosmos carrega sobre seus ombros o mundo e demonstra que o sentido da vida e do universo é uma constante expansão para além do simplesmente dado. Com efeito, o ser humano não está determinado pela sua condição biológica, mas por sua essência espiritual. Ele, enquanto espírito, concilia todas as coisas.

A antropologia de Scheler conduz a uma ontologia da pessoa, de modo que, a partir do processo formativo da vida, que culminou com

---

117 SCHELER, 2003a, p. 110.
118 *Ibid.*, p. 110.
119 SCHELER, M. "As formas do saber e a cultura (1925)". *A visão filosófica do mundo*. São Paulo: Perspectiva, 1989a, p. 38.

a inserção do homem na história,[120] é possível afirmar que "o mundo evoluiu *realiter* até alcançar o homem; e, agora o homem deve evoluir *idealiter* até alcançar o mundo!".[121]

Em sua constituição natural, o homem se revela em sua complexidade e pode ser objetivado em suas dimensões psíquica, somática e espiritual em face do seu "estar-no-mundo" e do seu "estar-com-o-outro". Eis um aspecto de sua abertura para a transcendência. Contudo, a essência do homem está no processo dialético entre o ser e o seu devir, no movimento em que recria a expressão do seu ser, pois, como esclarece Vaz,

> O homem é o artífice ou o artista de si mesmo e sua primeira obra de arte que, para a imensa maioria é a única – aquela cuja feitura se prolonga para cada um ao longo de toda a vida – é a sua própria existência como homem. O homem, portanto, não existe como dado, mas como expressão.[122]

O homem, como ser natural, já está acabado. Portanto, é preciso compreender a força de seu espírito que o torna um *ser-aberto-a* (pessoa). Desse modo, a realidade espiritual fornece a identidade e a unidade referencial de ser segundo a qual a pessoa em seu agir sobreleva-se à esfera da vida. Nesse sentido, diz Scheler:

> Se toda essência e existência ou o conhecimento delas fosse 'relativo' (existencial ou cognoscitivamente) à vida, seria incognoscível a vida mesma. Porém, justamente a esfera da atualidade espiritual

---

120 "De fato, considerado dentro do conjunto das espécies orgânicas, o homem é o *relativo 'asceta da vida'* – correspondendo integralmente ao fim e ao beco sem saída do desenvolvimento vital na terra que, como vimos, ele representa" (SCHELER, 1989d, p. 37).

121 *Ibid.*, p. 26.
"*Die Welt hat sich realiter zum Menschen emporgebildet, der Mens sol es idealiter zur Welt!*" (SCHELER, M. *Philosophische Weltanschauung*. Munique: Francke Verlag, 1968, p. 22).
Com base na citação acima, Scheler destaca que o mundo natural permitiu o desenvolvimento de diversas formas de vida até sua forma mais elevada que é o homem. Entretanto, o filósofo esclarece que o homem não possui um lugar estático na natureza e que este deve progredir espiritualmente em direção à sua totalidade de ser.

122 VAZ, 2013, p. 217.

é rigorosamente pessoal, substancial e tem em si mesma uma organização individual que chega ao mesmo Deus como pessoa de todas as pessoas.[123]

A pessoa se afirma como a categoria fundamental do fenômeno humano, que se expressa por meio de seus atos no mundo. Acerca da interação entre a pessoa e o seu agir sobre o mundo, convém indagar: qual a conexão entre a pessoa e o ato? É possível conhecer o modo-de-ser da pessoa através de seus atos? Estes questionamentos nos conduzem ao exame da relação entre pessoa e ato, da qual trataremos na parte seguinte.

1.6 Pessoa e ato

Enquanto animal, o ser humano pode ser compreendido como um organismo vivo, um conglomerado funcional de células, podendo ser facilmente fragmentado e decomposto em tantas partes quanto forem as ciências e os olhares que dele se ocupem. Entretanto, enquanto pessoa, o ser humano é um agente, como afirmava Heidegger, "fazedor de mundo",[124] isto é, transformador da realidade. Mas, de posse desses pressupostos, como, então, reconhecer e definir a pessoa?

Scheler considera que a pessoa apenas pode ser apreendida a partir de seus atos. Assim, para além de sua aparência ou constituição física e psicológica, ou seja, de sua individualidade, apenas pode-se afirmar algo sobre a pessoa a partir de seus atos manifestos na experiência do viver. Esta ideia se associa ao que pensa Mounier ao considerar que "uma teoria da ação não é, pois, um apêndice ao personalismo; é seu capítulo central".[125]

---

123 SCHELER, M. *Esencia y formas de la simpatia* (1913-1922). Buenos Aires: Losada, 2004b, p. 101. Cf.: *Id. Wesen und formen der sympathie*. Munique: Francke Verlag, 1974, p. 86. O tópico seguinte tratará da concepção de pessoa enquanto ato e substância no pensamento de Scheler.
124 HEIDEGGER, M. *Os conceitos fundamentais da metafísica: Mundo, Finitude, Solidão*. Rio de Janeiro: Forense Universitária, 2011, (§42), p. 228-231.
125 MOUNIER, 1964, p. 151.

A ação é notadamente fundamental à formação moral da pessoa. A pessoa, cuja essência é o espírito (*nous*), se exprime e realiza sua própria existência como discurso (*logos*) de si mesma no mundo. A pessoa assume-se como sujeito, afirmando seu próprio ser num contínuo "eu sou" que diz algo de si mesma (interioridade) e que nela se encontra com a inteligibilidade do "para-nós" (exterioridade). Como movimento de autoexpressividade, a pessoa, em sua vida espiritual, manifesta em seus atos sua interioridade e exterioridade. Sobre essa relação entre a pessoa e o espírito, Scheler acrescenta:

> Reclamamos para a esfera íntegra dos atos (de acordo com nosso proceder de muitos anos) o termo '*espírito*', chamando assim a tudo o que possui a essência de ato, da intencionalidade e da implementação de sentido – esteja onde estiver –. De tudo o que vá dito segue-se, sem mais, que todo espírito, necessária e essencialmente, é '*pessoal*', e que a ideia de um '*espírito impessoal*' é '*absurda*'. Mas de modo algum pertence a essência do espírito um 'eu'; nem tampouco, consequentemente, uma distinção do '*eu* e do *mundo exterior*'. Antes bem, a *pessoa* é a forma de existência única, essencial e necessária do espírito, enquanto se trate do espírito concreto.[126]

A pessoa é medida por suas ações, e estas envolvem palavras, emoções, comportamentos, virtudes e pensamentos que se realizam por meio de tais atos.[127] Não se trata de reduzir a constituição ontológica do ser da pessoa à execução de seus atos, mas destacar que é apenas por meio deles que se pode ter acesso à condição do ser pessoa e à sua inserção no mundo.[128] Scheler ainda ressalta que o ato mais elevado é o

---

126 SCHELER, 2001, p. 520. Cf.: Id., 2000, p. 388.

127 Refiro-me à relação pessoa e ato descrita por Edmund Husserl ao tratar da relação entre matéria e qualidade do ato, afirmando que: "Obter a maior claridade possível sobre a essência desta relação é, porém, de interesse gnosiológico 'fundamental', tendo em conta que **é por atos que todo o pensamento se realiza**" [grifos nossos]. (HUSSERL, E. *Investigações lógicas* (1900-1901): *Investigações para a Fenomenologia e a Teoria do Conhecimento*. Tomo II, parte I. Lisboa: Centro de Filosofia da Universidade de Lisboa, 2007, p. 464).

128 Cf.: DARTIGUES, André. "O cosmos ético de Max Scheler". *O que é a Fenomenologia?* São Paulo: Centauro, 2008a, p. 123-134.

ato de amor,[129] que está orientado para a integralidade da pessoa, seu *Ordo Amoris*.[130]

Na sexta seção de seu livro *Ética*, ainda no capítulo I, Scheler dedica especial atenção ao problema da relação entre pessoa e ato, iniciando sua reflexão tomando distância do pensamento de Kant, para o qual o ser humano é compreendido como um sujeito lógico, senhor de seus atos e dotado da capacidade de saber. Se aceitássemos tal perspectiva kantiana, afirma Scheler, o problema da pessoa desapareceria. De igual modo, desaparecia o problema da ética posto que todas as ações humanas estariam sob o domínio de um saber teórico, lógico, previsível, fazendo com que a ética se transformasse numa espécie de etologia.[131]

---

[129] A ideia de "amor" em Scheler envolve algo para além de um sentimento ou emoção (obra *Essência e formas de simpatia*); ele é o fundamento da intencionalidade presente no perceber sentimental (obra *Ordo amoris* e *O formalismo na ética e a ética material dos valores*) e um princípio antropológico (obra *A posição do homem no cosmos*). É, com isto, o conceito-guia, a força motriz pela qual se descortina e engendra sua ética material dos valores, ou melhor, seu personalismo ético (BARBER, Michael D. *Guardian of dialogue: Max Scheler's phenomenology, sociology of knowledge and philosophy of love*. Pensilvânia: Universidade de Bucknell, 1993).

[130] *Ordo amoris* é a expressão usada por Scheler para se referir à tessitura emocional que se constitui na pessoa a partir de sua relação com o mundo da vida; é o modo de existência da pessoa, a forma como ela ama, significa e interpreta todas as suas vivências emocionais no curso da história pessoal (ser pessoa), o que possibilita uma linguagem de expressão ou gramática dos sentimentos.

[131] Disciplina do ramo da biologia que se preocupa em estudar os comportamentos instintivos e habituais dos seres vivos. Mesmo sendo um arauto da lógica e da linguagem, Wittgenstein, em seu texto *Conferência sobre ética*, de 1929, reconhece as limitações de qualquer tratado lógico sobre ética: "E agora devo dizer que, se considerasse o que a Ética realmente teria de ser, se existisse uma tal ciência, o resultado parece-me bastante óbvio. Parece-me óbvio que nada do que alguma vez seríamos capazes de pensar ou dizer pode ser a coisa [em causa]. [Parece-me óbvio] que não podemos escrever um livro científico cujo assunto pudesse ser intrinsecamente sublime e superior a todos os restantes assuntos. Só posso descrever o meu sentimento por meio da seguinte metáfora: se um homem pudesse escrever um livro de Ética, que fosse realmente um livro de Ética, este livro destruiria, com uma explosão, todos os outros livros do mundo. As nossas palavras, usadas como as usamos na ciência, são recipientes capazes apenas de conter e transmitir significado e sentido, significado e sentido naturais. A Ética, a ser alguma coisa, é sobrenatural e as nossas palavras somente expressarão fatos; tal como uma chávena de chá conterá apenas uma-chávena-cheia de água, ainda que Eu despeje nela um galão. Disse que, no que diz respeito a fatos e

Ademais, como poderia um sujeito lógico agir sem o alicerce de uma vivência intuitiva que o determinasse? Além disso, como poderia, então, habitar no sujeito lógico, o novo, a diversidade da ação e a abertura do ser? Para tal sujeito, seriam indiferentes suas experiências vividas, as condições do mundo e suas emoções, posto que seu ser estaria determinado plenamente na ação por meio de um saber teórico.

Torna-se, portanto, ingênua uma concepção de pessoa humana cujos atos racionais determinariam plenamente o seu ser, pois isto acabaria por destruir a sua humanidade.[132] A pessoa, diz Scheler, "é justamente aquela unidade que existe para atos de todas as possíveis *diversidades essenciais* – enquanto que esses atos são pensados como realizados".[133] Nesta concepção, um sujeito lógico poderia apenas existir numa unidade de forma.

A compreensão do ser pessoa, para Scheler, exige que o enfoque fenomenológico situe-se no vivenciar (ato concreto) e não nas vivências presas nas dimensões de tempo e espaço.[134] Um viver pode ser fragmentado em vários atos como, por exemplo, representar, querer, amar, odiar, perceber, preferir. Contudo, a pessoa não é o somatório de tais atos. De acordo com Scheler: "A pessoa é a unidade imediatamente co-vivenciada do vivenciar, mas não é uma coisa simplesmente pensada fora e atrás do imediatamente vivido".[135]

---

proposições, só há valor relativo e bom relativo, certo relativo etc." (WITTGENSTEIN, L. *Uma conferência sobre ética*. Coimbra: Universidade de Coimbra, 2015, p. 49).

132 A pessoa é o sujeito moral da ação porque a realiza, sente, decide por ela e é capaz de refletir e de responder por seus atos. Entretanto, estas características não definem, para Scheler, a pessoa finita como um indivíduo e, porquanto ela não pode estar limitada a ser um "sujeito de atos de razão submetidos a uma certa legalidade" (SCHELER, 2001, p. 500). Cf.: *Id.*, 2000, p. 371.

133 *Id.*, 2001, p. 512. "Denn Person ist eben gerade diejenige Einheit, die für akte aller möglichen Verschiedenheiten im Wesen besteht – sofern diese Akte als vollzogen gedacht werden" (*Id.*, 2000, p. 382).

134 Além das categorias de tempo e espaço, as vivências podem conduzir a uma visão casuística ou substancialista da pessoa.

135 *Id.*, 2001, p. 499. Cf.: "Person ist vielmehr die unmittelbar miterlebte *Einheit* des Er-lebens – nicht ein nur gedachtes Ding hinter und außer dem unmittelbar Erlebten" (*Id.*, 2000, p. 371).

Ora, no contexto da experiência fenomenológica, o ato constitui-se como uma unidade em si mesmo e mantém uma relação de pertença com a pessoa que o executa. O ato, então, difere de uma sequência casual de fatos, pois envolve um conjunto de elementos necessários, quais sejam:

> 1) A situação atual e o objeto da ação; 2) o conteúdo que há de ser realizado mediante esta; 3) o querer esse conteúdo e seus graus, que, a partir da disposição de ânimo, desenvolve-se através da intenção, da reflexão e do propósito até a decisão; 4) os grupos de atividades enfocadas para o organismo que levam ao movimento dos membros (o 'querer-fazer'); 5), os estados de sensações e de sentimentos relativos com essas atividades; 6) a realização vivida do conteúdo mesmo (a 'execução'); 7) os estados e sentimentos causados pelo conteúdo realizado.[136]

Vale ressaltar que Scheler antecipa-se em esclarecer que as consequências do ato não integram a realização do ato *per si*, sendo equivocado pensar a ética ou o conhecimento da ação moral como uma sequência ininterrupta de eventos e fatos sequenciais com o objetivo de um fim específico ou afirmar algo sobre a disposição de ânimo da pessoa em vista das consequências de seus atos. A implicação é óbvia: a pessoa poderia querer atingir com sua ação um resultado diferente daquele pretendido inicialmente.[137]

Assim, o ser da pessoa estaria estritamente vinculado, *per si*, à sua capacidade de fazer e de realizar algo sem a necessidade de uma intenção precedente. Se assim fosse, os atos seriam essências concretas e independentes da pessoa. A pessoa estaria sempre condicionada servilmente pelas ações e seria apenas o ponto de partida destas, o que, como vimos, vai de encontro à perspectiva scheleriana.[138]

---

136 *Id.*, 2001, p. 195. Cf.: *Id.*, 2000, p. 137.
137 SCHELER, 2001, p. 514. Cf.: *Id.*, 2000, p. 382.
138 "A pessoa não pode nunca reduzir-se à incógnita de um simples 'ponto de partida' de atos, nem a qualquer espécie de 'conexão' ou tecido de atos, como costumava expressar certo tipo de concepção chamada 'atualista' da pessoa, que pretende compreender o ser da pessoa por seu agir (*ex operari sequitur esse*)" (*Id.*, 2001, p. 51). Cf.: *Id.*, 2000, p. 383.

A concepção atualista, além de realizar uma despersonalização, conduz a um relativismo ético, uma vez que as ações da pessoa respondem exclusivamente à estrutura casual do "mundo". Noutras palavras, toda ação seria ordenada para um fim, e isso implicaria que os fins justificariam os meios empreendidos pela pessoa. A ação seria apenas uma resposta adaptativa da pessoa às circunstâncias casuais determinadas na ocasião do ato para alcançar certos resultados.

Portanto, Scheler compreende que o ato em si não pode ser fragmentado ou separado de seus elementos, a começar pela disposição de ânimo, formando uma unidade no viver cujos fins são dados apenas como tendência e se vinculam à pessoa como consciência de poder. Assim, afirma o filósofo,

> Aquilo que chamamos por 'ação' em sentido estrito é a vivência da realização dessa coisa no fazer; isto é, essa vivência peculiar que se mantém como unidade fenomênica, em absoluta independência seja de todos os processos objetivos casuais a ela pertencentes seja das consequências da ação.[139]

Ademais, sem uma fundamentação ontológica essencial como se poderia assegurar a unidade da ação e a passagem de uma potência (ato abstrato) para um ato concreto? Como é possível estabelecer o elo entre o ato da vontade e o elemento objetivo da referência do ato? Sobre isso, Scheler considera dois aspectos fundamentais do ato:

> Chegamos ao claro convencimento de que todo 'objeto prático' neste sentido: 1) está, em geral, fundado por um objeto de valor; e, 2) além disso, por um objeto que corresponde a matéria de valor da disposição de ânimo no querer-fazer.[140]

A intencionalidade do ato, enquanto percepção sentimental, não está direcionada para as coisas em si, mas para o valor desse algo representado ou percebido na coisa de valor. Fundado sob o valor da coisa, o querer de um conteúdo da vontade não se move pelo sentimento e sim

---

139 *Id.*, 2001, p. 202.
140 *Ibid.*, p. 209.

pelo objeto valioso dado na percepção sentimental (intencionalidade do ato). Desse modo, os objetos já estão dados à consciência (à pessoa) como objetos possíveis de conteúdos de valor.[141]

O universo prático da pessoa está estruturado mediante a constituição axiológica do sujeito, ou seja, o querer-fazer da pessoa ajusta-se à relação do valor presente na disposição de ânimo e no curso do desenvolvimento da ação.[142] Scheler, preservando a unidade e a coerência da ação, apresenta o mundo como uma relação de valor, o que possibilita afirmar que, junto a todo conhecimento do mundo, existe uma condição moral *a priori* para este.[143]

Com efeito, Scheler afirma que "corresponde à pessoa (como essência) um mundo (como essência)".[144] Scheler aprofunda tal compreensão ao destacar que a pessoa estrutura o mundo das essências objetivas e torna esse mundo real e possível, isto é, concreto. Assim, diz ele:

> Cada mundo é, ao mesmo tempo, um mundo concreto somente e exclusivamente como o *mundo* de uma *pessoa*. Por muitos domínios de objetos que possamos distinguir: objetos do mundo interior, do mundo exterior, da corporeidade orgânica (e com ele todo o possível domínio da vida), domínios dos objetos ideais, domínio dos valores, todos eles, não obstante, tem apenas uma objetividade abstrata.

---

141 Diferencie-se o objeto dos conteúdos de valor, pois como entende Scheler, bens e valores são diferentes.

142 Certos estados de valor podem muito bem opor-se aos estados de valor "dados" (ou também coincidir com eles). Unicamente, as qualidades de valor são em um e no outro caso idênticas (SCHELER, 2001, p. 210).

143 Baseando-se na redução fenomenológica, a intencionalidade é o fundamento epistemológico do ser conforme o qual ele pode estabelecer a constituição do mundo que, para Scheler, é igualmente um fundamento (condição) moral que vincula o homem ao mundo. Diz ele que "Conhecer é um saber de algo como algo. Conhecer quer dizer introduzir uma imagem em uma esfera de significação (conceito, juízo, inferência)" (*Id. Idealismo – Realismo (1927)*. Buenos Aires: Editorial Nova: 1962, p. 31). Desse modo, considerando a filosofia como o conhecimento originário, isto é, das essências, o qual é "*a priori*", afirma Scheler que "é uma atitude moral que se mostra como pré-condição essencialmente necessária para o tipo particular de conhecimento chamado conhecimento filosófico" (*Id.* "Sobre a essência da filosofia e a condição moral do conhecimento filosófico". *Do eterno no homem*. Rio de Janeiro: Vozes, 2015c, p. 103).

144 *Id.*, 2001, p. 511.

> Somente se tornam concretos por inteiro como partes de um mundo, do mundo da pessoa. Unicamente a *pessoa* não é nunca uma 'parte', senão sempre o *correlato* de um 'mundo': do mundo em que ela vive.[145]

Como se percebe, a unidade e a centralidade do ato estão na pessoa desde o seu mais íntimo despertar para a ação. E apesar de os atos tocarem o ser da pessoa, Scheler adverte que é errado pressupor que por meio dessa relação essencial seja possível conhecer. Conforme indica Scheler, "nenhum conhecimento da essência do amor ou do juízo, por exemplo, permite-nos conhecer, nem no menor de seus traços, como a pessoa A ou a pessoa B ama ou julga".[146] Ademais, cada ato concreto contém todas as essências abstratas dos atos que podem ser destacados pela investigação fenomenológica.

A existência da pessoa precede todas as diferenças essenciais dos atos ao mesmo tempo em que fundamenta todos eles enquanto uma unidade concreta.[147] Eis o que ele afirma:

> A pessoa não é um vazio 'ponto de partida' de atos, senão que é o ser concreto sem o qual, quando se fala de atos, não se alcança nunca o modo de ser pleno e adequado de um ato, senão apenas uma essência abstrata: os atos se concretizam, deixando de ser essências abstratas para passar a ser essências concretas, graças unicamente a sua pertença à essência desta ou daquela pessoa.[148]

A conexão entre ato e pessoa é apenas uma conexão de essências abstratas, o que implica dizer que os atos não são capazes de determinar empiricamente o ser da pessoa.[149] A concretude dos atos na experiência fenomenológica reside, pois, na referência destes à plenitude intuitiva

---

145 *Ibid.*, p. 524.
146 SCHELER, 2001, p. 517. A despeito da incognoscibilidade da pessoa ou do ato, Scheler esclarece que "a mirada da pessoa mesma e a sua essência nos permite atribuir em seguida a cada ato que sabemos que ela realiza algo peculiar em conteúdo; como também o conhecimento de seu 'mundo' a respeito a cada um de seus conteúdos." (*Ibid.*, p. 517).
147 *Ibid.*, p. 512-513.
148 *Ibid.*, p. 514.
149 Este argumento será abordado no tópico sobre a inobjetividade da pessoa.

da pessoa, a sua essência contida na realização do ato – ela não se confunde com o fenômeno; ou como explica Munarriz, todo ato leva necessariamente à pergunta sobre seu executor.[150]

A pessoa é uma unidade de ser concreta e essencial de atos.[151] Scheler afirma que "certamente a pessoa *existe* e vive unicamente como ser *realizador de atos*, e de nenhum modo se acha 'atrás destes' ou 'sobre eles', nem é tampouco algo que, como um ponto em repouso, estivesse 'por cima' da realização e do curso de seus atos".[152] No entanto, ele reconhece que a transformação da pessoa e a construção de sua personalidade através dos atos se daria numa sequência temporal de eventos, de maneira que tal contexto apontaria para uma substancialização da pessoa a fim de assegurar sua identidade individual.[153]

As ideias de Scheler sobre a pessoa podem se resumir em duas asserções: "a pessoa existe e vive unicamente como ser realizador de atos intencionais"[154] e "a pessoa realiza sua existência precisamente ao viver suas possíveis vivências".[155] A pessoa apenas pode fazer aparecer sua existência e descortinar seu ser através de seus atos, incluindo-se aí um aspecto mais profundo que é a própria possibilidade do ato ou da vivência.

Nestes termos, a pessoa está integralmente em cada ato concreto, preenchendo-o com sua singularidade. Ela é o ente que confere sentido a todo e qualquer ato, mas sem, com isso, se reduzir aos mesmos ou estar dada como causa da ação por ela efetuada. Scheler, como vimos, procura afastar-se tanto da visão atualista da pessoa, como também

---

150 MUNARRIZ, L. A. "Persona y substancia en la filosofia de Max Scheler". *Anuário Filosófico: Revista da Universidade de Navarra*, 10 (1): 9-26, 1977 (Pamplona/ES). Cf.: SCHELER, 2001, p. 635.

151 *Ibid.*, p. 513. Scheler exemplifica que o número "3" é uma existência única e concreta, porém ideal quando representa o resultado de equações matemáticas, portanto, não se referindo a uma quantidade ou sequência de objetos.

152 *Ibid.*, p. 515.

153 *Ibid.*, p. 515.

154 SCHELER, 2001, p. 521.

155 *Ibid.*, p. 515-516.

não se associa a uma visão "substancialista"[156] acerca da relação entre pessoa e ato.

De fato, a visão substancialista entende a pessoa como uma coisa ou uma substância cuja função seria realizar atos. Scheler ressalta que a visão substancialista da pessoa pensada desde Aristóteles e que fora recepcionada por Descartes já havia sido criticada por Spinoza, para quem em tal concepção não haveria espaço para a liberdade da pessoa.[157] "Segundo isto, cada qual levaria consigo a mesma 'substância', que – sobretudo porque falta nesse caso toda sorte de diversidade, como tempo, espaço, número, quantidade – não poderia ser, em geral, distinta em uns e outros".[158]

No substancialismo, a pessoa estaria, segundo Scheler, por trás dos atos e não como realizadora dos mesmos. Tal concepção conduz a um reducionismo configurando também um determinismo da pessoa pela causalidade, pois ela não é um ser substancial,[159] ou seja, a pessoa é determinada pelas propriedades de sua substância no sentido mecânico e é influenciada pelas leis da natureza, não podendo, com isso, haver uma diferenciação entre as pessoas em razão de suas essências.[160]

---

156 "Substancialismo. Doutrina que afirma a existência de uma substância ou realidade autônoma composta de substâncias, independente de nossa percepção ou conhecimento. Oposto a fenomenismo" (JAPIASSÚ, H.; MARCONDES, D. *Dicionário Básico de Filosofia*. 5. ed. Rio de Janeiro: Zahar, 2008, p. 260).
157 SCHELER, 2001, p. 515, nota 19.
158 *Ibid.*, p. 514.
159 PEREIRA, R. M. B. *O sistema ético-filosófico dos valores de Max Scheler*. Porto Alegre: EST Edições, 2000.
160 MUNARRIZ, 1977. Para Rodriguez, a perspectiva de Scheler não se diferencia da encontrada na *Metafísica* de Aristóteles, na qual a categoria de coisa ou substância é explicada a partir da percepção humana e que nela estariam inclusos elementos da matéria e da forma do ser. Assim, um objeto pode ser afirmado em sua materialidade dada pelo ato perceptivo. Nisto, a substância passa a ser a categoria que fornece o centro de consistência das coisas e daquilo que percebemos. Nestes termos, a categoria de *substância* estaria de acordo com a ideia de pessoa inserida na esfera dos atos, com destaque para sua máxima e pura intencionalidade. Com base nesse argumento, para Rodriguez, o conceito de substância do ser pessoa não seria avesso ao pensamento scheleriano. Entretanto, como Scheler não escreveu

Sobre isso, Heidegger destaca que "A pessoa não é um ser substancial, nos moldes de uma coisa. [...] A pessoa não é uma coisa, uma substância, um objeto".[161] Essa reflexão heideggeriana critica a posição de Scheler em sua obra *Essência e formas de simpatia*, na qual ele retoma a questão da substancialidade da pessoa, aparentemente revisando e modificando seu posicionamento inicial contido em sua *Ética*, como mostra o fragmento a seguir: "Pessoa é a substância unitária de todos os atos que leva a cabo um ser, substância ignota, que jamais pode dar-se no 'saber', senão que é vivida individualmente; portanto, não é nenhum 'objeto', nem muito menos uma 'coisa'".[162]

A noção de substância em Scheler, coerente com sua concepção fenomenológica, não está regida pelas leis de causalidade. Ainda que a contradição seja aqui apenas aparente,[163] ela refere-se à fundamentação essencial da pessoa assegurada em sua interioridade e abertura espiritual ilimitada para o mundo. Scheler reconhece que a pessoa, sendo muito mais que um ponto vazio ou um ponto de repouso donde os atos brotariam, possui uma essência que modela a si mesma e que se revela através de seus atos concretos. Assim, para o referido filósofo, a pessoa se constitui em "uma ordenação arquitetônica, intemporal

---

nenhuma ontologia, deixando a cargo de sua ética esclarecer os problemas da pessoa, entendemos que, ao abordar a pessoa como substância, Scheler não dialoga com a tradição aristotélica, mas sim com a de Descartes, Averróis e Kant (RODRIGUEZ, J. S. B. "Esquela a la antropologia fenomenológica de Max Scheler". *Universitas philosophica*, 54: 55-84, jun. 2010 (Bogotá/CO).

161 HEIDEGGER, M. *Ser e tempo*. Rio de Janeiro: Vozes, 2002, p. 92 (§10).

Já em 1916, Heidegger, em seus *Prolegômenos para uma história do conceito de tempo*, uma obra muito próxima à primeira edição do *Formalismo na ética e a ética material dos valores* de Scheler, enfatizava que a pessoa não poderia ser uma coisa ou objeto, posto que toda pessoa é indivíduo por ser pessoa e não por seu conteúdo vivencial (HEIDEGGER, M. *Prolegómenos para una historia del concepto de tempo*. Madri: Alianza, 2007, p. 161).

162 SCHELER, 2004b, p. 215. Significado de *ignoto*: (adj.) sobre o qual nada se sabe; que está oculto ou indeterminado; desconhecido.

163 Apesar de afirmar que a pessoa é uma substância, Scheler, mesmo em sua obra *Essência e formas de simpatia*, continua a considerar que a pessoa é um ser de atos.

e inespacial de atos, cuja totalidade faz variar cada ato particular ou como eu costumo dizer a pessoa é uma substância – feita – de atos".[164]

A substância, para Scheler, está vinculada à noção de individualidade, ao caráter e ao valor, sendo únicos da pessoa e totalmente independentes de seus atos. A pessoa encerrada em si mesma é ela própria seu princípio originário que se autodetermina (autorrealização). A noção de *substância* deve ser compreendida no sentido de *ser-aí* ou de *ser-autônomo*.[165] Para ele, a pessoa é uma unidade puramente espiritual, uma essência original, isto é, uma essência genuína, o que implica afirmar que cada pessoa individual possui sua própria essência individual, sendo, ela mesma, um absoluto.[166]

Assim, Scheler também se distancia da posição de São Tomás de Aquino, para quem a substância (*hipóstase*) seria apenas uma singularidade, isto é, uma manifestação específica da natureza de um ente individual e indeterminado em sua essência. Para ele, é justamente o inverso: é a condição única da essência que caracteriza a individualidade de cada ser pessoal e, com isto, permanece a incognoscibilidade da pessoa e sua substância ignota. Assim, afirma o filósofo: "As pessoas apenas são enquanto tais 'distintas' pessoas *porque* são pessoas 'individuais'. Apenas pela diversidade de sua essência podem formar em geral uma 'pluralidade'".[167] E, dada a conexão essencial entre a pessoa e o mundo, "o conteúdo de ser do mundo é distinto para cada pessoa".[168]

Portanto, se, por um lado, ao destacar que a pessoa apenas realiza seu ser na execução de seus atos, Scheler coloca a noção de substância contida na pessoa sobre o terreno frágil dos atos, tornando a essência (o ser) da pessoa instável e variável e, com isso, correndo o risco de cair no atualismo convencional que combatia, por outro, ao considerar a

---

164 *Ibid.*, 2004b, p. 284.
165 *Id.*, 2001, p. 515. Cf.: MUNARRIZ, 1977.
166 SCHELER, 2004b, p. 157 e 89.
167 *Ibid.*, p. 188, nota 62.
168 *Id.*, 2001, p. 526.

pessoa como uma substância (no sentido clássico), poderia aprisioná-la em uma substância indeterminada que estabeleceria uma uniformidade e os caminhos predeterminados de sua existência. Para evitar tal contradição, o filósofo elaborou o que Ramos[169] definiu como "atualismo fenomenológico", sendo esta uma posição intermediária entre as concepções do atualismo e do substancialismo clássico.

A substância do ser pessoa é, portanto, um elo entre a essência e a existência: "Se toda essência e existência ou o conhecimento delas fosse 'relativo' (existencial ou cognoscitivamente) à 'vida', a vida mesma seria incognoscível".[170] Em face disto, prossegue Scheler em seu comentário: "porém, justamente a esfera da atualidade espiritual é rigorosamente pessoal, substancial e detém em si mesma uma organização individual que chega ao mesmo Deus, enquanto pessoa de todas as pessoas".[171]

Assim, sem a referência substancial, não seria possível falar em unidade da vida ou no reconhecimento da pessoa. Não obstante, a individualidade do ser pessoal não requer a existência de um ser permanente sob a qual fundamente sua essência individual.[172] Por isso, afirma Scheler:

> As substâncias-pessoas espirituais ou as substâncias-atos são, pois, as únicas substâncias que possuem uma genuína essência individual e sua existência distinta se segue em primeiro lugar desta sua essência individuada em si. Em razão desta essência tem também cada substância espiritual seu 'destino' individual, frente ao qual o ser humano cujo centro ocupa tal substância pode apartar-se ativa e voluntariamente em qualquer medida – pode abandonar inclusive seu destino –, isto é, na forma de inserir sua substância espiritual dentro da constelação do mundo vital, histórico e mecânico: muito mais que, então, no querer e no fazer do chamado livre arbítrio, co-determinado já pelo destino.[173]

---

169 RAMOS, A. P. *El humanismo de Max Scheler: Estudio de su antropologia filosófica*. Madri: Editorial Catolica, 1978.
170 SCHELER, 2004b, p. 101.
171 *Ibid.*, p. 101.
172 *Id.*, 2001, p. 515.
173 *Id.*, 2004b, p. 160.

O conceito de *substância* de Scheler o permitiu conciliar a unidade do ser pessoal com a diversidade de atos. Entretanto, como compreender a diversidade de pessoas, preservando sua identidade (sendo elas transinteligíveis[174]), e a busca por um ideal moral que pode ser traduzido como um progresso moral para o bem?

A ontologia da liberdade que marca o ser pessoal reside na dialética do poder-ser ou do poder-não-ser, de tal modo que "em cada ato plenamente concreto se acha a pessoa inteira e 'varia' também toda a pessoa em e por cada ato, sem que seu ser se esgote em qualquer de seus atos ou 'mude' como uma coisa no tempo".[175] Com base nessa compreensão, a pessoa não muda em razão de seus atos no tempo. Seus atos apenas revelam o fenômeno da mudança, ou seja, o fato de que a pessoa "tornou-se outro" e, por consequência, mudar também o fundamento de seus atos. Como em cada vivência a pessoa e seus atos podem modificar-se, "a identidade [pessoal] reside exclusivamente na direção qualitativa desse puro tornar-se outro".[176]

Considerando que 1.) Na pessoa, por sua essência individual, cada substância espiritual individual descortina seu próprio destino; e 2.) A identidade pessoal se reconhece por sua direção qualitativa, isto é, na direção de valor no sentido de um crescimento no mundo dos valores e no aprofundamento do valor do próprio ser; então, com base nestas duas premissas, tem-se que, embora as substâncias-pessoas sejam indefiníveis, pode-se vislumbrar seu horizonte onto-axiológico na ideia da pessoa divina, isto é, na "pessoa de todas as pessoas". Reafirma-se o aforismo scheleriano segundo o qual "Deus é o mar; os homens são os rios. E, desde sua origem, os rios já sentem de antemão o mar para onde correm".[177]

Scheler, nesse contexto, recupera as ideias agostinianas sobre o caráter essencial da pessoa e sua tendência para o divino, pois, "inquieto

---

174 *Ibid.*, p. 91.
175 *Id.*, 2001, p. 515.
176 *Ibid.*, p. 515.
177 SCHELER, 2003a, p. 110.

está nosso coração enquanto não repousa em ti".[178] A pessoa possui uma tendência *a priori* que aponta para o divino, que faz do homem um buscador de Deus, bem como, para compreender o ser da pessoa, é preciso reconciliar-se com essa ideia do divino. Scheler, diferentemente de Sto. Agostinho, não reconhece a existência da pessoa divina como uma substância real, mas que "ao querer encontrar o ser do homem, não é a ideia de Deus, no sentido de uma realidade determinada existente positivamente, senão como a pura qualidade do divino ou da qualidade do santo, que se nos oferece em uma plenitude infinita".[179]

Cada pessoa humana contém em si, por sua essência individual, uma ideia, uma qualidade positiva de valor do (e para o) divino que comportam as ideias de ser e de valores mais elevados para o bem. Por essa característica essencial, é possível compreender o ser-pessoa e entrever a unidade das pessoas individuais, por mais diversas que sejam suas essências. E em cada ato a pessoa tem a possibilidade de ser uma face do Eterno que não é estranha ao "si mesma". Nesse sentido, Scheler afirma:

> Temos que dar a toda genuína essência um lugar no reino das essências, cujo sujeito pessoal é o princípio mesmo espiritual e pessoal do mundo, toda alma espiritual representa por sua essência e quididade uma eterna ideia de Deus. Mais ainda: é por sua quididade e pelo conteúdo do destino que se segue dela, o conteúdo mesmo desta ideia divina, de modo algum é uma 'imagem' dela. A alma espiritual 'descansa' – não por sua existência, porém, sim, por sua essência eternamente em Deus.[180]

Com efeito, é na atualidade espiritual, ou seja, no movimento do espírito de transformar-se, transcendendo-se a si mesmo, que a pessoa subsiste em seus atos e aos quais encontra sua substancialidade. Scheler não deseja com isso igualar a essência divina à humana. A pessoa

---

178 *Id. Ordo Amoris (1916)*. Madri: Caparrós, 1998b, p. 51. Tal citação remonta ao fragmento de Santo Agostinho nas *Confissões*: "Vós o incitais a que se deleite nos vossos louvores, porque nos criastes para Vós e o nosso coração vive inquieto, enquanto não repousar em Vós" (AGOSTINHO. *Confissões*. São Paulo: Vozes, 2012, p. 27).

179 SCHELER, 2001, p. 402.

180 *Id.*, 2004b, p. 160.

divina, então, é posta como ente espiritual que detém todas as possibilidades de existência do ser pessoa, ou seja, ele procura compreender o *eterno* no homem.

Diferentemente da ideia de *Deus*, Scheler concebe a pessoa como "uma estrutura monarquicamente ordenada de atos espirituais que representa todas às vezes uma autoconcentração única e individual deste *espírito* infinito, um e sempre o mesmo, em que está enraizada a estrutura essencial do mundo *objetivo*".[181]

A dimensão metafísica do ser da pessoa é apreendida não com base em uma substância divina que nela reside. Trata-se justamente do contrário: no percurso da ação em que a pessoa age sobre o mundo, ela torna-se autoconsciente e transforma-se a si mesma, e une o dinamismo do espírito que aponta para o ilimitado ou a infinitude do ser contida claramente na ideia de Deus.

A pessoa é um ser espiritual cuja estabilidade substancial reside na substância divina (espírito infinito), o que torna a essência do ser pessoa fixa e estável. Esta acepção permite perceber a constituição da pessoa como um ser-aí em busca de seu pleno desenvolvimento até alcançar sua própria divindade.[182] Acerca disso, Mounier afirma que:

> A aspiração transcendente da pessoa não é agitação, mas negação de nós próprios como mundo fechado, suficiente, isolado sobre seu próprio brotar. A pessoa não é o ser, é movimento do ser para o ser, e não é consistente senão no ser que visa. Sem esta aspiração dispersar-se-ia (*Müller-Frienfelds*) em 'sujeitos momentâneos'.[183]

---

181 SCHELER, 1989d, p. 17. Observe-se que a aproximação entre as pessoas humanas e divinas dá-se por força de seus atributos espirituais, porém, enquanto ser, guardam suas próprias individualidades e não se fala de um mesmo espírito que se reparte e age igualmente nos homens como num panteísmo.

182 "Se toda essência e existência ou o conhecimento delas fosse 'relativo' (existencial ou cognoscitivamente) à vida, seria incognoscível a vida mesma. Porém justamente a esfera da atualidade espiritual é rigorosamente pessoal, substancial e tem em si mesma uma organização individual que chega ao mesmo Deus como pessoa de todas as pessoas" (*Id.* 2004b, p. 101).

183 MOUNIER, 1964, p. 128.

Scheler, ao defender o atualismo fenomenológico, apresenta uma posição intermediária entre as visões atualistas e substancialistas de sua época e, com isto, asserções contidas nas obras *Ética* e *Essência e formas de simpatia* não são opostas, mas complementares. As reflexões do filósofo revelam, além de uma relação essencial entre a pessoa e o ato, um processo formativo e de crescimento na execução de seus atos sobre quem deseja tornar-se. Consoante a este posicionamento, Scheler afirma que "a pessoa apenas pode ser-nos dada 'coexecutando' seus atos – cognoscitivamente, no 'compreender' e no 'viver o mesmo' – moralmente, no 'seguir o exemplo'".[184]

Nesse sentido, a ação promove o autoaperfeiçoamento da pessoa ou, com base no pensamento aristotélico,[185] cada ato (enquanto possibilidade) contém em si, na tomada de consciência de poder da pessoa, o compromisso com a excelência humana (*Areté*). Esse aperfeiçoamento moral circunscrito ao ato intencional prefigura uma relação essencial entre a disposição de ânimo que desperta a pessoa para execução do ato concreto e a possibilidade de seu crescimento moral.

Todavia, convém indagar: a disposição de ânimo é capaz de nos direcionar para a reflexão sobre o poder-fazer, ou ainda, ela promove necessariamente o querer-fazer (vontade)? É possível uma educação moral eficaz que alcance a pessoalidade da disposição de ânimo e seja eficiente para desenvolver indivíduos virtuosos? Com intuito de responder a esses questionamentos, o próximo tópico visa compreender a relação entre a disposição de ânimo, o ato e a pessoa.

1.7 A DISPOSIÇÃO DE ÂNIMO E A AÇÃO HUMANA

A ação nunca pode ser compreendida como algo distante ou exterior à pessoa que a executa. Ela envolve a identificação entre o valor

---

184 SCHELER, 2004b, p. 216.
185 Refiro-me à obra *Ética a Nicômaco* do filósofo de Estagira, em especial, os livros II, III e VI, que tratam da natureza das virtudes (ARISTÓTELES. *Ética a Nicômaco*. São Paulo: Edipro, 2008).

contido na disposição de ânimo (*die gesinnung*) com a matéria presente no objeto intencionado, a fim de que a ação possa integrá-los no projeto existencial da pessoa com vistas à excelência moral.

Todo o esforço pessoal da existência humana é, para Scheler, uma busca constante por aperfeiçoar suas relações com o mundo, com o outro e consigo mesmo. Consequentemente, o virtuoso só pode ser conhecido à medida que ela, a pessoa, pratica, no "momento oportuno",[186] os atos valiosos.

Segundo Scheler, a disposição de ânimo, tal como concebida por Kant, é apenas uma diretriz formal delimitada pela conformidade com o dever ditado pela razão. Isso posto, uma disposição de ânimo legal ou ilegal refere-se a uma respectiva intenção legal ou ilegal.[187]

Contudo, Scheler percebe a necessidade de examinar a disposição de ânimo na estrutura da ação e da pessoa, pois "não há boa ação sem uma boa disposição de ânimo".[188] A disposição de ânimo é fonte do querer, desperta a consciência de poder (poder-fazer), e, como tal, precede a intenção. Para Scheler, ela é mais do que um modo ou forma de tendência

---

186 A expressão "momento oportuno" é aqui empregada no sentido do termo grego *kairós*, não no sentido de uma experiência empírica casual.

187 Cf.: SCHELER, 2001, p. 185.
Para Sérgio Migallón, Scheler contrapõe-se à noção de "disposição de ânimo" proposta por Kant com base numa visão parcial de seus trabalhos. Afirma Migallón: "Merece destacar-se como, em um recente trabalho, sustenta-se que Scheler observou apenas um aspecto da noção de disposição de ânimo em Kant concebida na *Fundamentação da metafísica dos costumes* (1785) e na *Crítica da razão prática* (1788), porém não em atenção aos escritos kantianos tardios como na *Religião nos limites da simples razão* (1793) e na *Metafísica dos costumes* (1797). A diferença estaria, segundo este autor, em que naquele primeiro período, Kant tem uma ideia formal da disposição de ânimo sobre a base do dualismo entre autonomia e liberdade da vontade (*Wille*) e a heteronomia do arbítrio (*Willkür*); enquanto que no período tardio se amplia essa concepção com conteúdo já material e experimentável, em razão da nova ideia de liberdade e autonomia do arbítrio." (MIGALLÓN, S. S. *La persona humana e su formación em Max Scheler*. Pamplona: EUNSA, 2006, p. 22). Em nosso estudo, limitamo-nos às palavras de Scheler sobre Kant. Cf.: fonte citada por Sanchez-Migallon: S.-Ch. Lai, *Gesinnung und Normenbegründung*. Neuried: Ars Uma, 1998, p. 12-55. Conferir também: *A religião nos limites da simples razão*, Ak VI 23-25; e na *Metafísica dos costumes*, Ak VI 213-214, 226.

188 SCHELER, 2001, p. 186.

presente na ação. A característica inicial da disposição de ânimo consiste no fato de ela estar direcionada para determinados valores, por isso toda disposição de ânimo possui conteúdos axiológicos materiais.[189]

Com base nessa premissa, a pessoa não se deixa apenas conduzir pelo ato em direção ao objeto visado. A disposição de ânimo mostra que a pessoa é capaz de valorar, o que significa ser capaz de reconhecer os valores de modo *a priori*. A pessoa determina seus próprios fins com base nos valores que toma por mais importantes. Por isso, afirma Scheler:

> Assim, pois, o que se chama fim da vontade supõe já a *representação* de um *objetivo*. Nada pode chegar a ser fim sem ser antes objetivo. O fim está fundado sobre o objetivo. Os objetivos podem estar dados *sem* fins, porém nunca os fins podem estar dados sem objetivos precedentes. Não podemos criar do nada um fim, nem tampouco 'propô-lo' sem uma 'tendência para algo' que o preceda.[190]

Enquanto tendência (objetivo), a disposição de ânimo não exige nem pressupõe conhecer a especificação última de seu desdobramento, ou seja, um fim prévio, nem a matéria de valor correspondente. Mesmo assim, a disposição de ânimo é uma direção clara de valor axiologicamente determinada. Sanchez-Migallón oferece um exemplo que pode bem ilustrar esse postulado scheleriano:

> Quando dom Quixote sai em busca de aventuras dignas de um cavaleiro, sabe muito bem o que busca, ainda sem ter a mais remota ideia figurativa de quais concretas situações cumpririam seu anseio, e, portanto, identificará em seguida as injustiças que se sente chamado a resolver e descartará os que não respondam a seu nobre ideal.[191]

Com efeito, a disposição de ânimo faz parte da experiência fenomenológica, sendo *a priori* à formação e à condução da ação e já está dada na intenção (querer-fazer). A disposição de ânimo constitui-se como um elemento da ação independentemente dos desdobramentos

---

189 *Ibid.*, p. 209.
190 *Ibid.*, p. 90.
191 MIGALLÓN, 2006, p. 23.

da vontade e dos resultados da ação, o que implica que a disposição de ânimo não é por eles determinada.

Este fato nos permite vincular, no âmbito das vivências, as disposições relacionadas a uma comunidade ou círculo de pessoas sem recorrer à ideia prévia de obrigação ou à noção de *contrato social*.[192] Cada profissão, por exemplo, possui pessoas nas quais predominam certas disposições de ânimo oriundas de tais ocupações. Dito de outro modo, um dever pode impedir uma vontade ou assegurar o resultado da ação, porém não obriga nem modifica a disposição de ânimo da pessoa.

Além disso, a disposição de ânimo, enquanto móvel da vontade, pode configurar inicialmente as possibilidades de valor como objetivos. Entretanto, posteriormente ela defronta-se com os objetos valiosos do mundo e reconhece aqueles que lhes são alvo. Enquanto sinônimo de "reflexão moral", a disposição de ânimo consiste em "penetrar e examinar interior e sentimentalmente as possíveis intenções e seus valores".[193] Este dado fenomenológico conduz Scheler à afirmação do desejo – força e sentimento – como signo da disposição de ânimo.

Em face desta propriedade, o filósofo afirma que a disposição de ânimo pode determinar a formação de intenções (tendências). Assim, por sua intimidade com o ser da pessoa, é da essência da disposição de ânimo durar, mesmo que as intenções sobre as coisas se modifiquem independentemente dessa disposição. Todavia, alerta Scheler, "uma variação na disposição de ânimo dá uma nova orientação a toda a vida".[194]

---

192 SCHELER, *op. cit.*, p. 185. A independência da disposição de ânimo da vontade e do resultado ainda é descrita desta forma pelo filósofo: "A disposição de ânimo, quer dizer, aquela faculdade de dirigir-se a vontade para o valor mais alto (ou mais baixo) em cada caso e para sua matéria, inclui em si uma matéria de valor independente do resultado e também de todos os graus ulteriores do ato volitivo" (*Ibid.*, p. 187). Tal independência é importante no sistema ético scheleriano por evidenciar o espaço aberto, ou como diz o filósofo, "a livre margem de material apriórico" em que são formadas as possíveis intenções, propósitos e ações que culminarão na intenção motriz e reguladora imediata de toda a ação (PEREIRA, 2000, p. 110).

193 SCHELER, 2001, p. 188.

194 *Ibid.*, p. 189.

A disposição de ânimo, anterior à ação concreta, demonstra que, desde a sua origem, o mundo da vida está iluminado, impregnado de valor e de sentido. Ademais, por sua base axiológica, a disposição de ânimo vivifica o "puro querer" e impulsiona a pessoa para atuar no mundo. Com isso, diz Scheler,

> [...] o 'universo' prático em que se insere o puro querer com a intenção de realizar estados de valor tem já a característica, o aspecto, a *estrutura estimativa* da 'disposição de ânimo' do realizador dessa vontade. Nada tem que ver com isto o 'estado sentimental' modificável de tal realizador frente a esse 'universo'. Portanto, o 'universo' em que 'quer' *realizar* determinados *estados de valor* e seu *querer* destes *'se adaptam'* sempre, em certo sentido, um a outro, posto que dependem *duplamente* dos valores contidos na 'disposição de ânimo' e de sua 'ordenação hierárquica'.[195]

O filósofo destaca ainda o papel modelador da disposição de ânimo no mundo da vida e da ação, bem como evidencia sua característica formadora da pessoa. A fim de evitar a possibilidade de objetivação da pessoa, isto é, o conhecimento da pessoa remontando dos seus atos até a sua disposição de ânimo, Scheler chama a atenção para o fenômeno vivido da "verificação" da disposição de ânimo com o intuito de assegurar a autenticidade da disposição, pois, apesar de estar dada de forma evidente, a qualidade desta disposição não está incólume ao erro e ao engano.

O fenômeno da verificação deve ser entendido como distinto e próprio da percepção da disposição de ânimo, porquanto não substitui a evidência desta. A ação de verificação não constitui o elo entre a ação e a disposição de ânimo. A finalidade da verificação é apenas constatar a autenticidade ou inautenticidade da ação, isto é, se "a ação é vivida como confirmadora da disposição de ânimo em uma vivência de cumprimento prática e peculiar".[196]

A disposição de ânimo é ainda distinta daquilo que se designa por caráter de uma pessoa, posto que o caráter envolve a admissão hipotética de algo com base na indução do modo de ser dado na ação

---

195 *Ibid.*, p. 210.
196 SCHELER, 2001, p. 194.

com vistas à constituição do ser da pessoa, o que seria uma inversão lógica do processo de construção moral da pessoa: as pessoas não são boas e por isso praticam ações boas, mas é praticando o bem que elas têm a oportunidade de se tornarem boas pessoas.

Disto surge um outro aspecto da disposição de ânimo que consiste na sua relação com a ação educativa, ou seja, com a possibilidade de se educar, de formar e transformar uma disposição de ânimo a partir de um outro. Sobre isso, afirma Scheler:

> A disposição de ânimo não apenas abarca o querer, mas também todo conhecer ético de valores, o preferir, o amar e odiar, que fundamentam qualquer classe de querer e escolher. Em especial, a mudança da disposição de ânimo é um processo moral ao qual não se pode determinar nunca a ordem (nem sequer ainda a ordem de um mesmo, caso existisse), nem ao menos a instrução pedagógica (que não alcança a disposição de ânimo), nem tampouco o conselho e o assessoramento, senão unicamente o seguir a um protótipo. Essa alteração e mudança na disposição de ânimo (que é coisa bem distinta de sua variação) se realiza primariamente com respeito a uma alteração da direção do amor e no conviver o amor do exemplar prototípico.[197]

Com efeito, a disposição de ânimo não se deixa penetrar pela ação do educar, ou seja, ela não pode de nenhum modo ser educada. Scheler enfatiza que o educador não é capaz de alcançá-la. Tal afirmação é perceptível no mundo da vida quando nos damos conta dos anseios, frustrações e surpresas do educador em sua tarefa de partilhar conhecimentos, experiências, e que nem sempre é correspondida por seus aprendizes.

O fato de a instrução não alcançar a disposição de ânimo do educando é, em princípio, um reconhecimento da autonomia e individualidade dos mesmos, mas isso não deve esmorecer o professor em seu ofício de ensinar, pois, como adverte Scheler:

> Os educadores hão de fato ressaltar acertadamente que se há de tender a aumentar nos alunos a consciência de poder e submetê-la, por assim dizer, a um cultivo independente. Às vezes dormem no homem muitas forças que não chegam nunca à sua realização porque aquele

---

[197] *Ibid.*, p. 741.

não possui a exata consciência do poder, a consciência do poderio de sua vontade.[198]

A reflexão moral sobre a disposição de ânimo pode conduzir à falsa ideia[199] de que, como pensa Montiel, a disposição leva à compreensão fenomenológica de si, e que, enquanto autocompreensão, promove a transformação moral da pessoa. Esta ressalva é apontada por Scheler e melhor explanada por Wojtyla:[200] se "querer o bem" significa "querer perceber afetivamente o bem", esta perspectiva incorre em farisaísmo, pois a vontade se dilui no intuicionismo emocional. Por outro lado, se querer o bem está direcionado para a perfeição moral, aqui não há farisaísmo, inclusive porque a disposição de ânimo não contém a consciência do seu desdobramento último. O fato é que a reflexão sobre a disposição de ânimo nos leva à consideração de que a moralidade da ação revela a moralidade do ser.

Tendo demonstrado a unidade entre o ato e a pessoa no pensamento scheleriano, desde a sua disposição de ânimo, outro problema decorrente desta relação se apresenta: a inobjetividade da pessoa. Dado que a pessoa é irredutível ao ato e se caracteriza por sua capacidade de transcendência, a inobjetividade da pessoa se afigura como um problema gnosiológico. Dessa forma, ainda que seja possível afirmar que a pessoa aperfeiçoe-se através de seus atos, como é possível a ela evidenciar seu progresso moral se é incapaz de objetivar a si mesma? Este assunto será tratado no próximo tópico.

1.8 A INOBJETIVIDADE DA PESSOA

A relação entre pessoa e ato é marcada por um hiato gnosiológico[201] em que, embora ambos estejam correlacionados, posto que a pessoa é

---

198 *Ibid.*, p. 330.
199 MONTIEL, René Pérez. "'La disposición de ánimo (o de espíritu)'" em Max Scheler: Elementos para la orientación filosófica". HASER: *Revista Internacional de Filosofia Aplicada*, 1: 67-89, 2010 (Sevilla, ES).
200 WOJTYLA, Karol. *Max Scheler e a ética cristã*. Curitiba: Champagnat, 1993, p. 97.
201 MUNARRIZ, 1977.

a única capaz de realizar atos intencionais, não é possível apreender a plenitude do sentido da *pessoa* através de seus atos.

Scheler considera absurda a ideia de captar a integralidade da pessoa por meio de suas vivências ou as razões de seus atos. Nesse aspecto, o filósofo é imperativo: "Se um ato nunca é objeto, com maior razão não o será a pessoa que vive em sua realização de atos".[202]

Esta tese scheleriana fora brevemente apresentada em seção anterior quando destacamos que a pessoa não poderia ser uma substância capaz de predeterminar seu modo de ser, tampouco a pessoa pode ser objeto do seu ato.[203] Para Scheler, a pessoa vive na realização de atos porquanto estes são o seu modo único e exclusivo de dar-se, de lançar-se no mundo. Entretanto, uma característica da pessoa é a sua capacidade de reconhecer sua posição no mundo – o que exige que ela reflita sobre si mesma –, na medida em que se autoafirma, se autoexpressa.

Em sua capacidade autorreflexiva, a pessoa poderia confundir-se com o "Eu" ou o "si-mesmo" (*self*), uma vez que estas instâncias tanto são caracterizadoras da pessoa como também revelam seus próprios pensamentos e sentimentos. Scheler reafirma a inobjetividade da pessoa ao esclarecer que:

> A pessoa é, por sua parte, <<ser>> *sobreconsciente* na realização de seus atos. Nunca é objeto, da mesma forma que o Eu é e, em especial, o si-mesmo. O si mesmo é, desde o início ele mesmo, todavia enquanto conteúdo dado na percepção interna. A pessoa *domina o si-mesmo*: é autodomínio; porém ela também o desenvolve, o deixa crescer: é autodesenvolvimento.[204]

---

202 SCHELER, 2001, p. 517.

203 *Id*., 2004b, p. 215.

204 *Id*. "Persona y sí mesmo, conciencia de sí mesmo, orgullo, vanidad, modéstia, humildad". *Sobre el pudor y el sentimiento de vergüenza (1913)*. Salamanca: Ediciones Sígueme, 2004d, p. 151.
O si-mesmo ou *self* refere-se à identidade central da pessoa, sua personalidade a partir de sua percepção interior. Compreende 3 experiências básicas: 1) a consciência reflexiva, que é o conhecimento sobre si próprio e a capacidade de ter consciência de si; 2) a interpessoalidade dos relacionamentos humanos, através dos quais o indivíduo recebe informações sobre si; 3) a capacidade do ser humano de agir.

Ao evidenciar que a pessoa é um ser sobreconsciente, Scheler entende que ela não se move apenas por atos exclusivos da percepção interior que estão imbricados nas instâncias psicológicas do "Eu" e do "si-mesmo". É possível ainda identificar um "Eu" e objetivá-lo como o faz a psicologia ou quando a pessoa reflete sobre seus próprios pensamentos e sentimentos.

Note-se que nesta interrogação sobre si não há a exigência da consciência desses atos como próprios. O "Eu" é apenas aqui descrito como oposição a um "tu" ou a qualquer ato exterior. O si-mesmo, por sua vez, exige o concurso da consciência sobre si mesmo, isto é, requer que o sujeito assuma estes pensamentos ou sentimentos como próprios. Nessa interioridade, é possível ocorrer enganos, uma vez que este sentimento incorporado como próprio pode ser oriundo de outrem, como também de uma tradição, e internalizado como próprio.[205] A pessoa e o ato da percepção permanecerão transcendentes.[206]

Mediante a ideia de integralidade e de totalidade, o conceito de *pessoa* ultrapassa, inclusive, a noção de *Eu consciente* ou de *self*. Com efeito, pode-se dizer que uma pessoa trabalha, passeia, discursa, o que não é possível a um "Eu".[207] A pessoa, por sua vez, pode perceber seu "Eu", seu corpo e seu mundo, sobrelevando-se a estes, porém, adverte Scheler que "é impossível em absoluto que a pessoa se converta em objeto da representação ou percepção executada por ela mesma ou por algum outro".[208]

Scheler compreende que no simples ato de refletir sobre si mesma, a pessoa não permanece a mesma que era pouco antes, ela já se encontra a caminho de transformar-se. Com isso, pode-se afirmar que a essência da pessoa vive e existe unicamente na esfera dos atos

---

205 *Ibid.*, p. 151.

206 *Id.*, 2001, p. 517-518.

207 MAY, Rollo. *A arte do aconselhamento psicológico (1939)*. Rio de Janeiro: Vozes, 2013. O psicólogo existencialista May explica que o Eu (entendido como personalidade do sujeito) não pode ser objetivado através da autorreflexão, tanto que torna salutar o acompanhamento profissional a fim de descortinar esta estrutura psicológica.

208 SCHELER, 2001, p. 521.

intencionais. Todavia, a pessoa é a única realidade, a essência irrevogável que se faz sempre presente a si mesma (autoconsciência) e ao mundo, como indica Mounier:

> A pessoa não é o mais maravilhoso objeto do mundo, objeto que conhecêssemos de fora, como todos os outros. É a única realidade que conhecemos e que, simultaneamente, construímos de dentro. Sempre presente, nunca se nos oferece. Não nos precipitemos, contudo, arrumando-a no reino do indizível. Uma experiência rica, que no mundo se insere, exprime-se por incessante criação de situações, de regras, de instituições. Mas sendo os recursos da pessoa indefinidos, nada do que a exprime a esgota, nada do que a condiciona a escraviza.[209]

A inobjetividade, antes entendida como incognoscibilidade, deve ser interpretada como um parâmetro gnoseológico da compreensão ontológica da pessoa autora da experiência vivida, de modo que a inobjetividade não significa banir a pessoa para o reino do indizível, do ininteligível.

Para tanto, ele cita dois aspectos gnosiológicos importantes: 1. Mirar a pessoa mesma e a sua essência na execução de atos permite saber que ela atua no conteúdo (*intentionalia*) do mundo; 2. É possível o conhecimento do mundo da pessoa em cada conteúdo, isto é, o mundo como correlato objetivo da pessoa.[210]

Pelo primeiro critério, como *ens intentionale*, a pessoa está presente no mundo, existe e atua sobre ele de diversos modos.[211] O segundo critério é o correlato essencial da pessoa, que é o mundo que ela constrói, revela e descortina.

O mundo (*quod intentionalitas*) é o horizonte invariável de possibilidade de aparição do ser pessoa. Assim, diz Husserl: "o mundo é

---

209 MOUNIER, 1964, p. 19.
210 SCHELER, 2001, p. 517, 524.
211 O *cogito* cartesiano reduziu o sujeito à consciência. Descartes considerou a dúvida (via negativa) como instrumento da razão para afirmar a verdade. Scheler, em sua obra *Idealismo-Realismo* (1927), por sua vez, entende que, anterior à dúvida cartesiana, está o princípio afirmativo da existência segundo o qual as coisas são ou poderiam ser (*Id.*, 1962).

o campo universal para onde estão dirigidos todos os nossos atos de experiência, de conhecimento ou de ação. Dele provêm, a partir dos objetos em cada caso já dados, todas as afecções, que se transformam, a cada vez, em ações".[212]

Como a cada ato corresponde uma pessoa, para cada pessoa há um objeto/mundo. Por maior que seja a diversidade de objetos intencionados, eles refletem apenas domínios, fragmentos do mundo no qual a pessoa vive. Um simples ato concreto abarca em si todas as possíveis essências de atos e, por conseguinte, seu correlato objetivo contém todos os fatores essenciais do mundo, isto é, no objeto ou intencionado figura uma estrutura constitutiva e fixa do mundo da pessoa que a permite realizar-se.

Ao reduzir tudo o que é "dado" a uma pessoa na experiência vivida a uma essência fenomênica, a um dado puro em si mesmo, ela deságua no domínio da coisa em si. Neste sentido, concomitante ao mundo da pessoa individual, existe um mundo dado em si mesmo que lhe é distinto.

Para Scheler, o mundo e a pessoa são seres de existência absoluta e concreta que estão em mútua relação, ainda que ambos sejam transcendentes, existindo para além do ato intencional.[213] A partir da ideia de um mundo concreto, único e idêntico, torna-se possível conhecer/ conceber a estrutura do mundo e suas facetas, isto é, suas formas de aparição no fenômeno.

Logo, todo mundo possível individual pode ser concebido como um microcosmos se considerarmos a existência de um mundo único possível ao qual todas as pessoas miram, de modo que estes mundos pessoais/

---

212 HUSSERL, E. *A crise das ciências europeias e a fenomenologia transcendental: Uma introdução à filosofia fenomenológica (1936)*. Rio de Janeiro: Forense Universitária, 2012, p. 117, §38. O conceito de "mundo" pensado por Scheler é congruente com a proposta de Husserl de "mundo-da-vida" (*Lebenswelt*), embora esta última definição tenha sido elaborada em 1936, portanto, Scheler não chegou a conhecer tal criação de Husserl. Ademais, em Scheler, a concepção de mundo não abarca a perspectiva do sujeito transcendental, porquanto cada mundo é único em cada pessoa.

213 No âmbito da experiência fenomenológica, a pessoa e o mundo são correlatos essenciais e irrevogáveis (absolutos) pela relação de intencionalidade. Ao mesmo tempo, a pessoa e os objetos do mundo existem enquanto realidades concretas para além daquilo que está vinculado pela intencionalidade, portanto, são transcendentes.

individuais são partícipes do mundo único (macrocosmo). Mas como a relação com o mundo pressupõe uma pessoa, apenas a ideia de um Deus é que pode congregar a unidade, totalidade e unicidade do mundo.[214]

Dessa forma, a unicidade e a unidade do mundo estão fundadas numa comunidade (pluralidade) de pessoas subsumidas na pessoa divina, ou seja, na "pessoa das pessoas". Assim, para Scheler, a unidade do mundo se dá apenas na comunhão com Deus. Parafraseando Santo Agostinho, o filósofo assevera que "Todo *amare, contemplare, cogitare, velle*, está enraizado intencionalmente, pois, *a um mundo concreto*, ao macrocosmos, apenas no sentido de um *amare, contemplare, cogitare* e *velle 'in Deo'*".[215]

Com isto, todo saber é, em sua essência, metafísico e pressupõe uma relação entre pessoa e ser, quer dizer, uma participação do ser-aí no ser que fundamenta e ilumina o mundo. O saber em sua relação congrega as formas ontológicas do todo e das partes, do macro e do microcosmo; e, desta maneira, o modo de ser do ente que sabe torna-se um *ens intencionale*, cujos impulsos permitem à pessoa transcender a si própria e ao seu ser.[216]

A inobjetividade da pessoa visa assegurar os princípios onto-antropológicos da totalidade da pessoa e de ilimitação de seu ser. Entretanto, a existência da pessoa humana é marcada por contingências naturais tal como seu próprio corpo.[217] Scheler, então, entende que a pessoa humana como ser existente não pode encerrar o corpo como fenômeno estritamente biológico, pois isso distancia a pessoa da vida. Assim, o corpo faz parte do projeto infinito de ser pessoa, o que também significa que, enquanto partícipe desta dimensão totalizante da pessoa, as categorias "corpo" e "alma" estão integradas.

O corpo fenomenológico, seja sob o aspecto físico ou de morada de um "Eu", é a ponte para compreensão do processo biológico sob o qual se estruturam os modos da intencionalidade. Assim, uma abordagem

---

214 SCHELER, 2001, p. 528.

215 *Ibid.*, p. 530.

216 *Id.*, 1989a, p. 48-50.

217 Essa realidade do corpo próprio não pertence à pessoa divina compreendida como puro espírito ou "pessoa das pessoas".

fenomenológica relacionada ao corpo permite perceber que o homem não está restrito à sua natureza física ou psíquica. Portanto, a essência da pessoa não encerra sua existência em seu corpo e este não é uma barreira ao desenvolvimento do homem imposta pela vida "natural".

A fim de compreender o problema do corpo ou o corpo como o concebe Scheler tanto na experiência fenomenológica como no contexto da experiência existencial da pessoa humana, dedicaremos nossa atenção a este tema na próxima seção.

1.9 Pessoa e Corpo

A pessoa humana está em contato com o mundo a partir de seu corpo. Isto é um fato e um dado essencial. O corpo é um traço biológico do humano e também define os caracteres físicos do ser pessoa, porquanto integra a sua individualidade.

Com base nessa evidência, a fenomenologia do corpo pensada por Scheler envolve três aspectos: 1) o corpo enquanto depositário biológico (valor vital) da pessoa; 2) o corpo enquanto função perceptiva (intencionalidade); 3) o corpo próprio e sua relação com o "Eu".

Segundo Scheler, a pessoa é capaz de sobrepor-se ao corpo sem repudiá-lo ou inferiorizá-lo, e sempre mantendo-se ligada a ele. A evidência do corpo se afigura inelutável, contudo, é a pessoa que lhe confere um valor vital. Somente a pessoa que vive plenamente seu corpo pode fazer dele uma expressão de seu ser e do seu contato com o mundo.

> É, de imediato, seguro que o *corpo não* pertence nem a *esfera da pessoa nem a do ato*, senão à esfera objetiva de toda 'consciência de algo' e de suas classes e modos. Seu modo fenomênico de estar dado e a fundamentação de seu ser dado são, com certeza, essencialmente diversas das do Eu e de seus estados e vivências.[218]

Partindo desse pressuposto, o corpo não se confunde com a pessoa, posto que o corpo é, por si só, um fenômeno distinto do psíquico.

---

218 *Id.*, 2001, p. 530.

Considerando que, na experiência fenomenológica, o fenômeno é aquilo que está dado como evidente, o corpo é também expressão, manifestação e modo de expressão do ser pessoa no mundo.

Disso também decorre a distância axiológica do corpo em relação à pessoa, de modo que se pode afirmar que a dignidade da pessoa não está vinculada à dignidade do corpo, bem como o valor do corpo (valor vital) não pode estar acima do valor da pessoa.[219] É possível, por exemplo, que a pessoa modifique o próprio corpo desde a sua aparência sem perder sua dignidade.

Em relação ao ser pessoa, o corpo é um valor relativo, pois em face do avanço tecnológico, que possibilita a pessoa humana intervir ou modificar o seu corpo, este não é mais um determinante para conhecimento da sua identidade pessoal. A pessoa é capaz de, por meio de produtos químicos, alterar sua percepção e humor, por próteses que ampliam as suas capacidades físicas, ou ainda criar uma nova identidade pessoal para seu corpo, sem deixar de considerar a realidade virtual (cibernética) na qual o corpo pode se tornar apenas um rascunho.[220] Com efeito, o corpo não mais precisa ser vivido como um valor próprio.

---

219 *Ibid.*, p. 168, 173.
220 Cf.: BRETON, David Le. *Adeus ao corpo*. São Paulo: Papirus, 2009: "Ao mudar o corpo, o indivíduo pretende mudar sua vida, modificar seu sentimento de identidade. [...] Dispensando um corpo antigo mal-amado, a pessoa goza antecipadamente de um novo nascimento, de um novo estado civil" (p. 30). "Um grande número de próteses técnicas visa reduzir ainda mais o uso de um corpo transformado em vestígio: escadas rolantes, esteiras rolantes etc. [...] O corpo é uma carga tanto penosa de assumir quanto seus usos se atrofiam" (p. 20-21). Outros autores corroboram a concepção de que o corpo na contemporaneidade tem cada vez mais um valor secundário para determinação da identidade pessoal, como, por exemplo: LIPOVETSKY, G. *A sociedade pós-moralista: O crepúsculo do dever e a ética indolor dos novos tempos democráticos*. São Paulo: Manole, 2005; KEMP, Kênia. *Corpo modificado, corpo livre?* São Paulo: Paulus, 2005; ORTEGA, Francisco; ZORZANELLI, Rafaela. *Corpo em evidência: A ciência e a redefinição do humano*. Rio de Janeiro: Civilização Brasileira, 2010; HABERMAS, Jürgen. *O futuro da natureza humana*. São Paulo: Martins Fontes, 2004.

Por outro lado, retomando a fenomenologia do corpo de Scheler, "ser um corpo" para a pessoa humana significa assumi-lo de tal modo que não lhe é possível expressar-se e afirmar-se diante do mundo fático sem ser através de um corpo biológico (organismo/soma). Assim, diz o filósofo, "'Viver no organismo' não quer dizer tê-lo 'como objeto'; isto é, o que mais precisamente permanece excluído. 'Viver no organismo' quer dizer 'estar nele' na íntima vivência, pensar-se nele".[221]

Entender que a pessoa humana, com referência à condição biológica, está situada em um corpo, ainda que distinta deste, impõe à pessoa, por seu corpo/organismo, um comprometimento evidente com a vida e com o sentido da existência, de forma que a pessoa-sujeito não pode prescindir dos limites do corpo. Tal descrição nos remete à ideia de Michel Henry que, ao formular uma fenomenologia do corpo, considera que "a subjetividade não é esse espírito puro encerrado em seu próprio nada, e incapaz de descer a determinação da vida, ela é essa vida mesma. Que a subjetividade seja a vida, esta é a seriedade da existência".[222]

Assim, na perspectiva scheleriana, isto significa dizer que a vida e o corpo estão integrados intimamente no viver e fazem parte da consciência do sujeito cognoscente. Portanto, a pessoa é responsável por seu corpo e pelas atitudes que toma em relação a ele, pois governa a si mesma primeiramente na experiência do corpo, na apreensão e domínio das sensações e das paixões, de acordo com sua disposição de ânimo e sua vontade.

Ademais, o corpo é também um problema moral para a pessoa, pois como indica Henry:

> Os corpos serão julgados. Quando se reduziu os desejos a inclinações inatas, ou quando se faz deles o simples correlato de modificações orgânicas, retirou-se da existência humana tanto seu conteúdo efetivo e concreto quanto a qualificação própria que ela assume num

---

221 SCHELER, 2001, p. 557.
222 HENRY, Michel. *Filosofia e fenomenologia do corpo*. São Paulo: É Realizações, 2012, p. 241. É oportuno destacar que Henry, apesar de vinculado à fenomenologia, não formula seu pensamento inspirando-se em Max Scheler ou mesmo Merleau--Ponty.

modo definido de sua intencionalidade e de sua vida. Não é no plano das ideias abstratas, é no das necessidades que se desenrola realmente nossa existência. Eis porque a satisfação ou não de nossas necessidades e, mais profundamente, a maneira pela qual se realiza ou não essa satisfação tem tanta importância na vida de cada indivíduo quanto na dos grupos humanos.[223]

Deixar de assumir seu próprio corpo[224] significa arriscar-se a perder a sua própria humanidade, pois aqui a pessoa não mais se reconhece em si mesma como um ser que se realiza através de um corpo. É fato que a pessoa nem sempre se apercebe em cada ação como um corpo animado. Assim, por exemplo, não penso em meu corpo antes de segurar um alimento nas mãos ou quando caminho, tampouco duvido de sua existência. A expressão de Scheler "Viver no organismo" significa conceber o corpo no movimento da integralidade do ser pessoa, ou seja, significa compreender o corpo próprio como um modo-de-ser da pessoa que se exprime no mundo em um contínuo "Eu sou".

Dessa forma, convém examinar o corpo com base na interação da pessoa com o mundo. Nesse sentido, o corpo conduz a intuição interna até a esfera de uma percepção possível, seja esta interna ou externa. Em sua obra *Essência e Formas de Simpatia*, Scheler afirma que "assim é o corpo em conjunto, apenas um analisador tanto do dar-se no mundo exterior e do que se 'destaca' dele, como da corrente psíquica que tende constantemente a transbordar seus limites".[225]

O corpo, para Scheler, é uma função ou um modo de percepção/intencionalidade, ou seja, é um instrumento de ligação da pessoa com o mundo e não apenas um objeto dado à consciência.[226]

---

223 *Ibid.*, p. 268.
224 A palavra assumir está aqui empregada no sentido de reconhecimento como próprio. Não se trata de aceitação das circunstâncias biológicas do corpo impostas pela natureza. O desenvolvimento da pessoa agrega o aperfeiçoamento do corpo e aquilo que ele expressa, tal como o aumento da liberdade e autonomia da pessoa sobre si mesma, sem que, com isto, tenha de negar sua realidade corporal.
225 SCHELER, 2004b, p. 319.
226 O corpo é, para Scheler, também a condição da percepção no sentido de que suas estruturas orgânicas, como o cérebro e o sistema nervoso, são imprescindíveis

> A *'somaticidade'* constitui um peculiar modo de ser dado material de essências (para a intuição pura fenomenológica) que funciona em toda percepção fática do corpo (soma) como forma da percepção [...]. Isto implica a impossibilidade de reduzir esse ser dado em uma percepção externa, nem a uma percepção interna, nem a uma coordenação dos conteúdos de ambas as percepções; e, tampouco reduzir a um fato da experiência indutiva, isto é, um fato de percepção de uma singular coisa individual. [227]

Na acepção do corpo (*soma*) como função da percepção ou instrumento da intencionalidade, o físico e o psíquico estão igualmente integrados no corpo, mas não são redutíveis a ele. O corpo, por um lado, é a unidade fenomênica em que se individualizam as funções perceptivas e seus objetos (as sensações), pois, como esclarece Scheler, "o fato 'organismo' é, por conseguinte, a forma básica em que convergem todas as sensações orgânicas e em razão da qual são sensações deste organismo e de nenhum outro".[228] Mas, por outro lado, o corpo está para além de suas funções perceptivas, porque, enquanto *locus* do ser pessoa, o corpo está dado como próprio (organismo) independentemente de suas funções sensíveis (ver, ouvir, sentir/tocar).

Nesse sentido, a consciência do corpo dá-se em duas direções irredutíveis: uma consciência externa advinda da manifestação das funções perceptivas, que pode ser considerada predominantemente física; e uma consciência interna (psíquica), da qual parte a ideia de uma individualidade ("Eu vivo meu corpo como meu"[229]). Dá-se, com isto, a essência da relação entre pessoa e corpo tal qual afirma Merleau-Ponty: "Só posso compreender a função do corpo vivo realizando-a Eu mesmo e na medida em que sou um corpo que se levanta em direção ao mundo".[230]

à percepção, por exemplo, da cor, do som e do sentir, ainda que o corpo não seja o responsável pela produção da percepção ou de seu conteúdo material (*Ibid., loc. cit.*).

227 *Id.*, 2001, p. 530.

228 SCHELER, 2001, p. 536.

229 *Id.*, 2004b, p. 306. Scheler ainda acrescenta a esta mesma citação: "Tanto o eu como o corpo encontram na pertença, susceptível de ser vivida, à pessoa unitária sua última individualização".

230 Cf.: MERLEAU-PONTY, M. *Fenomenologia da percepção*. São Paulo: Martins Fontes, 2006, p. 114.

Parece evidente que o corpo e o Eu possuem uma conexão essencial. Contudo, a própria somaticidade é independente do psíquico, isto é, de um Eu (fruto da percepção e reflexão interiores). Ademais, como vimos ao abordar a relação entre o Eu e a disposição de ânimo, o Eu não é o correlato de um sujeito lógico-empírico (como propunha Kant), cuja reflexão interior determinaria os caminhos objetivos da ação. A relação entre o Eu e o corpo nos é apresentada por Scheler do seguinte modo:

> O Eu é um possível membro de conexões essenciais; tal como, por exemplo, as seguintes: que a todo 'ser Eu' pertence um 'ser natureza', e a toda 'percepção interior' corresponde um ato da 'percepção exterior', etc.; mas o Eu não é o ponto de partida para a captação de essências, nem tampouco o produtor destas essências. Tampouco é uma essencialidade capaz de fundamentar todas as outras essencialidades – de um modo unilateral – ou apenas todas as essencialidades de atos.[231]

Scheler ressalta que a essência do Eu é constitutiva da essência do psíquico, cuja conexão essencial se direciona à percepção interna que, muitas vezes, aparece sem forma. As emoções vividas no corpo, por exemplo, ilustram o contato com o mundo, mas nem sempre traduzem fidedignamente o estado de espírito ou a personalidade do indivíduo, estando, pois, sujeitas a engano. Uma dor "física" pode ser localizada no corpo; a tristeza ou a melancolia, nem sempre.[232] Elevar o Eu, numa concepção do sujeito lógico kantiano, significaria, conforme Scheler, um erro por reduzir toda percepção interior e exterior à função psíquica do Eu, que seria pensada como soberana e incólume ao mundo.[233]

---

231 SCHELER, 2001, p. 137-138.
232 SCHELER, 2001, p. 546-557. Pensar de modo contrário significaria que o corpo sempre revelaria nosso Eu, sendo possível a qualquer ciência comportamental descortinar a essência da "psique" e da pessoa observando e alterando as manifestações do corpo com suas expressões e sensações. A ética passaria a ser uma etologia moral, com a finalidade de determinar o ajustamento dos corpos e suas emoções em sociedade.
233 É preciso destacar que Scheler repudia a ideia de Eu transcendental como propunha Husserl, uma vez que isto significaria diminuir o valor moral de um Eu individual, posto que não poderiam existir valores essenciais para um Eu individual nem mesmo para uma consciência individual.

Assim, imerso nesse mar de sensações, o corpo e o Eu atuam apurando os modos possíveis da intencionalidade, "concentrando" toda esta vida anímica, canalizando esta força que irrompe dentro do ser. É por esta razão que a sensibilidade "unicamente reprime, suprime e seleciona de acordo com a importância que as vivências psíquicas (ou os conteúdos da percepção exterior, se for o caso) têm para um corpo e para a finalidade imanente de sua atividade".[234]

O modo como tais vivências aparecem ao Eu configuram-se como uma "sucessão"[235] ou uma "justaposição" pertencente ao corpo fenomênico, sem qualquer traço de temporalidade ou espacialidade, uma vez que as vivências podem ser consideradas como passadas, presentes ou futuras. "E qualquer que seja o momento de consciência de minha vida inteira tocado pela intuição interna, sempre incluirá essa tripartição de presente-passado-futuro",[236] afirma Scheler.

Scheler, com isso, distancia-se dos postulados de Spinoza, para quem "um afeto não pode ser refreado nem anulado senão por um afeto contrário e mais forte do que o afeto a ser refreado".[237] A proposta de Scheler se vincula à ideia de *epoché*,[238] preservando, assim, a essência da

---

234 *Ibid.*, p. 547.

235 Scheler elabora a seguinte imagem para diferenciar a sucessão percebida pelo Eu na experiência vivida da sucessão "lógica" em que um evento está ordenadamente subsequente a outro que não mais existe: "Se se passa na escuridão uma luz sobre uma parede sem que nós conheçamos a luz (que permanece oculta), os diversos locais da parede se iluminam sucessivamente; mas, no entanto, não há uma sucessão das partes da parede, senão unicamente uma sucessão de sua iluminação. Quem não conhecer o mecanismo haverá de pensar que se trata de uma sucessão nas partes da parede" (*Ibid.*, p. 549).

236 *Ibid.*, p. 564.

237 SPINOZA, Benedictus de. *Ética*. Belo Horizonte: Autêntica, 2008, p. 275 (edição bilíngue latim-português).
Quarta Parte (A servidão humana ou a força dos afetos), proposição 7. "*Affectus Nec coerceri Nec tolli potest, nisi per affectum et fortiorem affectu coercendo.*"
Scheler não acredita num confronto entre afetos em que um se sobressaia diante do outro por sua intensidade, mas que os afetos se modificam conforme o modo como são dados à experiência fenomenológica e de como são, então, percebidos pelo Eu.

238 "Para chegar ao fenômeno puro, Husserl suspende o juízo em relação à existência do mundo exterior transcendente. Descreve apenas o mundo como se apresenta

vivência a qual integra e marca a pessoa, a possibilidade de preservar o afeto rebaixado e saber que ele pode se fazer novo mais uma vez.

O corpo fenomênico, presente à experiência, está dado como um todo, sendo independente e anterior ao complexo de sensações orgânicas, embora se confunda com estas, posto que podemos também mencionar que o corpo vivo é um modo de ser da intencionalidade. O corpo nos liga e re-liga ao mundo interno e externo, convergindo nele os objetos da intencionalidade.[239]

No movimento da intencionalidade, o corpo, firmado nesse impulso de ligar-se, insere-se no deslocamento de seus próprios limites, apontando para algo que esteja no exterior, para além de si. Dessa forma, o corpo constitui-se em abertura e movimento do ser pessoa para fora de si mesma, isto é, da pessoa como transcendência.[240]

> Assim, a intenção do homem por cima de si e de toda vida é, justamente, o que constitui seu próprio ser. Este é precisamente o conceito autêntico de ser do 'homem': uma coisa que *se transcende a si mesma, transcende de sua vida e de toda vida*. Seu núcleo essencial – prescindindo de toda particular organização – é aquele movimento, aquele ato espiritual do transcender-se.[241]

---

na consciência, ou seja, reduzido à consciência. Tal suspensão ou colocação entre parênteses chamou *Epoqué*. Portanto, não duvida da existência do mundo, mas simplesmente o põe 'entre parênteses' ou o idealiza ou o reduz ao fenômeno: a redução fenomenológica. No fenômeno, por sua vez, procede a sucessivas reduções em busca da essência: a redução eidética" (ZILLES, U. *Teoria do conhecimento*. Rio Grande do Sul: EDIPUCRS, 2010, p. 158).

239 O corpo, assim, não encerra a pessoa numa prisão, isto é, não limita a experiência de ser da pessoa nem a experiência de si mesmo nem mesmo aos fenômenos biológicos. Ante esta imanência do *soma*, a pessoa humana continua a servir-se do corpo para lançar-se para o mundo, para o outro e para transformar-se enquanto pessoa. Mesmo imanente ao corpo, o ser pessoal permanece-lhe transcendente, posto que se não o fosse, o corpo seria uma massa inerte e indiferente ao mundo.

240 Cf. MERLEAU-PONTY, 2006, p. 578: "o corpo objetivo não é a verdade do corpo fenomenal, quer dizer, a verdade do corpo tal como nós o vivemos, ele só é uma imagem empobrecida do corpo fenomenal, e o problema das relações entre a alma e o corpo não concerne ao corpo objetivo, que só tem uma existência conceitual, mas ao corpo fenomenal. O que é verdadeiro é apenas que nossa existência aberta e pessoal repousa sobre uma primeira base de existência adquirida e imóvel".

241 SCHELER, 2001, p. 399.

Desse modo, a fenomenologia do corpo de Scheler termina por salvaguardar a ontologia do ser pessoal, unindo as categorias da imanência e da transcendência, integrando as funções psíquicas e físicas, as percepções interior e exterior, içando o corpo à condição de instrumento de realização da pessoa humana em seu projeto existencial de compreensão e desenvolvimento de si mesma. Eis o que diz Montiel:

> O homem é uma unidade existencial que se experimenta a si mesmo em seu próprio ato. Ato no qual e pelo qual pode fazer a experiência fenomenológica de si. Os atos são o modo prático de significação unitária de todo o que compreende ao homem como uma realidade encarnada. Em cada ato é a materialidade (ver, ouvir, tocar, nutrir-se, crescer...); a imaterialidade (pensar, raciocinar, amar, decidir-se, angustiar-se...) e a transcendência (o projeto de vida) do ser humano. [...] É necessário que aventure por uma distinta compreensão de seu ser humano que não comprometa seu sentido fundamental de existência. É esta falta de compreensão fenomenológica que faz com que o homem enfrente uma série de crises existenciais ou de sentido na vida.[242]

Desse modo, a abertura espiritual da pessoa manifesta-se na realização de seus atos, no viver, cuja transcendência demarca sua sede de sentido, seu aperfeiçoamento moral e a inconformação a tudo aquilo que não possa ser pensado-de-outro-modo. Isso direciona nossa reflexão sobre o pensamento de Scheler ao estudo da experiência fenomenológica da liberdade, tema do próximo tópico.

1.10 Fenomenologia e metafísica da liberdade

A pessoa, enquanto *ens intencionale*, tem sua existência e sua essência marcadas pela liberdade. Assim,

> A perfeição do universo pessoal encarnado não é, pois, a perfeição duma ordem; como pretendem todas as filosofias (e todas as políticas) que pensam que o homem poderia um dia submeter totalmente o mundo. É perfeição duma liberdade que combate, e que combate duramente. Por isso, subsiste até mesmo nas suas derrotas.[243]

---

242 MONTIEL, 2010, p. 74.
243 MOUNIER, 1964, p. 58.

Em seu artigo intitulado "Fenomenologia e metafísica da liberdade", publicado entre 1912 e 1914, Scheler debruça-se sobre a questão da liberdade, seus limites e sua relação com a vontade, a decisão e o poder escolher, bem como acerca da importância da liberdade para a constituição ontológica da pessoa.[244]

Para Scheler, as noções de *causalidade*, *necessidade* (instinto) ou *determinismo* não são capazes de esgotar o significado da liberdade da pessoa. O primeiro significado de ato livre reside na ideia de "consciência de poder", ou seja, na consciência de "ser capaz de", o que significa, por um lado, a vontade de decidir ou poder-ser-de-outro-modo e, por outro, a capacidade e o domínio da força para agir.

Decompondo o ato livre, é possível separar a consciência do poder da escolha em si. Mesmo a espontaneidade do ato contempla a consumação deste como algo realizado pela pessoa e através dela. Segundo Scheler, a consciência de poder envolve o poder da vontade para fazer algo determinado, para tomar uma decisão e efetuar uma ação, acrescentando ainda que "o poder da vontade não cresce com a escolha, senão a escolha com o poder (no sentido da liberdade da escolha)". Ou, dito de outra forma, "o querer outorga liberdade".[245]

A diferença entre a afirmação da liberdade em oposição à crença no determinismo da ação orienta a análise da ação. Na primeira posição, convém indicar que o devir culmina, por meio da tomada de decisões, no desenvolvimento da ação e suas consequências. O determinismo pressupõe uma conformação da vontade e, após a consumação das vivências dos atos, apresenta o encadeamento dos acontecimentos numa sequência objetiva. O determinismo da ação não permitiria que a pessoa tenha consciência da liberdade ou de seu oposto, a coerção. Nesse sentido,

> Se um espírito, na vivência positiva *dos atos livres de sua atuação*, tivesse tomado a decisão de agir livremente sempre *de acordo com a lei*, de fazer sempre o mesmo sob condições idênticas, e se esta decisão

---

244 SCHELER, M. "Fenomenología y metafísica de la libertad". *Metafísica de la libertad*. Buenos Aires: Editorial Nova, 1960d, p. 7-36.
Esta temática foi abordada por Scheler novamente na obra *Ética* (1915).

245 *Ibid.*, p. 8.

fosse renovada em todos os casos mediante consentimento interno, e se tivesse, além disso, o poder de realizá-la – nesse caso, o quadro externo de seu agir e trabalhar, de suas ações, não conteria nada de 'causalidade'. Seria *totalmente calculável*, sem que por ele cada ato fosse *menos livre*. Regeria o determinismo teórico e não o indeterminismo – e, todavia, haveria liberdade no sentido mais severo.[246]

O homem livre seria apenas alguém preso às circunstâncias que circundam a ação. Assim, embora seja livre para sentir e pensar diferentemente, haveria de conformar sua vontade às leis da mecânica, aprisionando a liberdade à causalidade.[247] Igualmente, se as circunstâncias ou oportunidades mudassem, deveria também mudar o direcionamento da ação em conformidade com a vontade.

Scheler, então, pergunta sobre o que faz uma pessoa ser fiel ou acreditar em uma promessa e, mais ainda, o que a faz "'ter fé' na intenção dos homens". [248] Ele baseia a ideia de promessa exatamente na crença na liberdade do homem, ou seja, em sua capacidade de, inclusive, opor-se aos estímulos e impulsos instintivos.

> A correspondência a um grande amor é assim, pois, ao mesmo tempo, a convicção mais firme da duração do amor, de sua indestrutibilidade por novas experiências e estímulos externos – e não obstante um completo deixar em liberdade da pessoa com respeito a seu amor,

---

246 SCHELER, 1960d, p. 10.
247 A causalidade, aqui empregada por Scheler como conjunto de possibilidades capazes de unir eventos, difere da necessidade causal, entendida como o elo que existe no curso do tempo entre duas ações.
248 *Ibid.*, p. 11.
Scheler ainda evidencia em seu texto "Metafísica da liberdade" (p. 13): "Quão difícil é, e que luta significa, por exemplo, para o amante, deixar em liberdade ao ser amado, quer dizer, confiar na consciência dos sentimentos do próximo mais que em medidas de proteção e defesa morais e jurídicas! E contudo, e no que pese a ele, a única atadura do amigo, da mulher, a nós é a pura e total liberação sem restrições de sua pessoa e de seu amor". Noutros termos, o amor pode não ser eterno, mas sua promessa foi assumida para durar. Essa compreensão revelada por Scheler recorda o dilema proposto por Platão no mito *O anel de Giges* (Livro II da *República*), no qual a liberdade e o poder diante dos outros (simbolizados no anel da invisibilidade) são desafios à virtude, de modo que na liberdade e na consciência de poder estão a diferença entre o parecer e o ser virtuoso (PLATÃO. *A república*. São Paulo: Martins Fontes, 2009).

um constante estar disposto a não exercer nenhuma coerção moral ou de outro tipo no caso de retirada desse amor.[249]

A experiência vivida direciona o olhar para a crença e a convicção da liberdade do homem e da indeterminação da pessoa, contudo, ainda é possível afirmar que, nestes termos, "um homem é tanto mais previsível quanto mais livre for".[250] A liberdade pensada por Scheler é tomada como valor e se liga à noção de virtude.

A liberdade, enquanto valor pessoal e dado fenomenológico, não está restrita às dimensões de espaço, tempo ou movimento. Ela consiste na independência do ato em relação aos fatores externos e às forças do determinismo. Ser livre é estar-aí no mundo, mas, de igual modo, como veremos adiante, é sobrepor-se a ele. A liberdade é o oposto da decisão mecânico-casual. Assim, tanto o pragmatismo como o liberalismo deturpam a ideia de liberdade ao considerar o ato livre como mera consequência de circunstâncias externas. Para Scheler, a liberdade pode então ser compreendida como um processo ou uma relação hierárquica de uma causalidade superior sobre uma instância inferior.[251] A liberdade surge como um efeito ocasionado pela existência de um objeto "para" um ser que se sente livre de uma determinação e que pode, portanto, afirmar-se frente ao mundo.[252]

Na sensação de liberdade reside o "motivo para a ação" ou seu fator axiológico, isto é, nele encontra-se o pressentimento do valor mesmo contido na vivência. Dois aspectos são importantes para se entender o nexo que há entre o motivo para algo e a vontade (querer fazer): 1º. Um estado emocional não proporciona uma conexão-sentido, posto que a

---

249 SCHELER, op. cit., loc. cit.
250 SCHELER, 1960d, p. 13.
251 SCHELER, 1960d, p. 18.
252 Mounier, assim como o fez Scheler, concebe essa dinâmica de afetação do mundo como o elo entre responsabilidade e liberdade ao destacar em sua obra que: "O homem livre é um homem que o mundo interroga e que responde; é o homem responsável" (MOUNIER, 1964, p. 123).

pessoa está presa à emoção; 2º. O "motivo para algo" difere do "querer fazer algo", pois, no segundo caso, não há um conteúdo previamente determinado.²⁵³

Com este argumento, o filósofo procura pensar a vontade para além de uma relação causal que integre meios (motivos) e fins. Destarte, a fundamentação da vontade "tem lugar por meio da indicação *dos valores que a guiam* e não é de nenhum modo a lógica, senão a ética de acordo com *a ordem hierárquica de valores* que há de realizar a fundamentação".²⁵⁴

A vontade deve estar vinculada à percepção sentimental do valor suscitado pela vivência, às regras de preferência que guiam a pessoa e ao modo como o conteúdo da vontade contém uma conexão de sentido.²⁵⁵ Dessa forma, a fundamentação da vontade não é cega nem está sob a égide de uma motivação casuística, mas segue, em princípio, o projeto do "ser pessoa".²⁵⁶ A fim de tornar mais transparente essa ideia, Scheler considera que "livre é originariamente um atributo da pessoa e não de determinados atos (como o querer), nem do indivíduo. As ações de um homem não podem jamais ser mais livres que ele mesmo".²⁵⁷

A liberdade é, pois, uma autodeterminação da pessoa. Por esta razão, o filósofo destaca que o significado e o sentido da liberdade na execução dos atos só podem ser compreendidos mediante o projeto pessoal, pois, como ele mesmo afirma, a alma se modifica como um todo em cada uma de suas vivências, e, da mesma forma, é no fluxo dessas vivências, na administração do querer, na orientação das escolhas, que o ser pessoa se revela em cada ato e se dá a conhecer em sua mais profunda autenticidade.

---

253 SCHELER, M. *Metafísica de la libertad*. Buenos Aires: Editorial Nova, 1960e.

254 *Id.*, 1960d, p. 24.

255 *Ibid., loc. cit.*

256 Scheler ressalta que o sentido do termo "projeto" não deve ser confundido com "motivo". Ele pressupõe aqui a ideia de que a pessoa é um ser em constante processo de construção (*ibid.*, p. 21).

257 SCHELER, 1960d, p. 33.

Isto evita que a experiência fenomenológica seja a única fonte da facticidade do ser pessoa, libertando-a[258] desta vivência *in concreto*. Scheler, mais uma vez, recorre a ideia de Deus, isto é, à pessoa divina[259] para fundamentar seu postulado. O mundo, diz ele, sob o olhar da liberdade, precisa ser pensado a partir do Ser Originário, Pessoa das pessoas, depositária de todos os valores e espírito infinito. Deus que é, como propunha Santo Agostinho, o "Amor sem medidas",[260] permite a Scheler oferecer um *telos* para liberdade do homem, a qual amplia-se na proporção em que a pessoa interaja mais com Ele.[261]

---

258 Sob um ponto de vista gnosiológico e antropológico, é oportuno recordar que a liberdade da pessoa não significa que todos os acontecimentos estão livres de suas causas, tampouco significa expurgar da natureza humana suas sensações, impulsos e instintos. Manuel Marcos assim esclarece a relação entre espírito e vida, a qual fornece a base para compreensão dos limites da liberdade no personalismo ético: "A pessoa constitui assim o laço de união ontológica do espiritual e do vital no homem. E disto derivam consequências transcendentais para este. Como ser vivo, o homem está sujeito a leis reguladoras do mundo biopsíquico, as mesmas que regem a vida sub-humana. Mas, como ser espiritual, como pessoa, desfruta de uma autonomia existencial frente aos laços e pressões de seu ser vivo. O ser espiritual não está nesse caso vinculado ao orgânico e a seus impulsos, senão que é livre frente a eles". Cf.: MARCOS, Manuel Suances. "Relación entre vida y espíritu em la antropologia de Max Scheler". *Endoxa: Series filosóficas*, 16: 34, 2002 (Madri, ES).

259 Convém esclarecer que a ideia de Deus ou a pessoa divina não consiste em resgatar uma posição metafísico-teológica. Se observarmos o título de sua obra *Do Eterno no Homem* (*Vom Ewingen in Menschen*), perceberemos que, consoante ao conteúdo da obra, Scheler entende que o divino (ou o *Eterno*, expressão judaica para designar a Deus) não se estende para além da realização do homem, exceto que em Deus se encontram todas as infinitas possibilidades de ser da pessoa humana finita e da sua plena realização pessoal. Nesse sentido, mantém-se o princípio antropológico do *Homem Total* no qual Scheler se propõe a unir antropologia e metafísica, tal como o abordamos no tópico 1.3.

260 GILSON, E. *Introdução ao estudo de Santo Agostinho*. 2. ed. São Paulo: Paulus, 2010, p. 295. Cf.: Epístola 190 de Santo Agostinho.

261 SCHELER, *op. cit.*, *loc. cit.*

Deus pode ser percebido como um projeto maior para o ser pessoa, que encontra nele a fonte de sua dignidade. Para melhor exemplificar esta ideia, utilizo as palavras da mística Teresa D'Ávila e as transporto para o campo filosófico: "Jamais acabamos de nos conhecer se não procurarmos conhecer a Deus; olhando à Sua grandeza, veremos à nossa baixeza; e olhando à Sua pureza, veremos nossa sujidade; considerando a Sua

Esta noção permite a Scheler conciliar liberdade, dever e coerção, além de melhor fundamentar sua concepção de virtude. O dever e a coerção se impõem quanto menos livre for a pessoa. O exercício da liberdade pressupõe "leveza moral", como demonstram as virtudes, de modo que o agir livre ou o cumprimento de um dever é realizado com o mínimo de esforço ou violência contra a vontade.[262]

Em seu escrito *Para reabilitação da virtude*, de 1914, e em sua obra *Ética*, concluída nos anos seguintes, Scheler defende a "virtude" como uma consciência imediata de poder,[263] no sentido de um poder-fazer que cresce no curso das experiências vividas e aperfeiçoa a vontade através do conhecimento e do domínio de si. Para o filósofo, a experiência como fonte de resignação torna a pessoa prudente.[264] A virtude revela uma consciência de poder (potência) para o bem, sem jamais ser considerada uma disposição natural e inata. Ademais, toda lei ou dever moral, por conta de sua função coercitiva, reflete a ausência de virtudes espontâneas. Com efeito, acrescenta Scheler, "deveres são transferíveis, virtudes não".[265]

Para Scheler, a excelência da pessoa humana, ou seja, seu aperfeiçoamento moral, que é seu objetivo existencial, amplia-se na experiência integradora da pessoa com o mundo em que ela se lança ao encontro dos valores e, com isso, amplia sua consciência de poder, já que fortalece sua capacidade de agir de modo novo ou diferente daquele que seria facilmente esperado numa ação intempestiva.

---

humildade, veremos como estamos longe de ser humildes" (JESUS, Teresa de. "Castelo interior". *Obras completas*. São Paulo: Loyola, 2015, p. 449).
262 SCHELER, 1960e.
Id., 2001, p. 331.
263 *Id.* "Para a reabilitação da virtude (1914)". *Da reviravolta dos valores*. Rio de Janeiro: Vozes, 2012c, p. 22.
Cf.: *Id.*, 2001, p. 329.
264 "O homem renuncia aos planos pretensiosos da infância e da adolescência, aos fantásticos 'sonhos' (que não eram dados naquela época 'como' sonhos); e no lugar do fanatismo da vontade se manifesta o aumento constante do 'comprometimento'." (*Id.*, 2001, p. 201).
265 *Id.*, 2012c, p. 22.

Ora, o aperfeiçoamento moral exige um processo de maturação que se realiza no viver, o que faz desse projeto pessoal o "bem" mais valioso do "ser pessoa", pois ela retrata a si mesma e o trabalho de sua jornada em que se submete a si e ao mundo. Este aspecto nos conduz ao problema da pessoa enquanto valor em si mesma.

1.11 A PESSOA ENQUANTO VALOR EM SI MESMA

A pessoa não apenas se refere simbolicamente aos valores através de seus atos, mas também é a única depositária dos valores morais. Como as pessoas manifestam sua bondade ou maldade por meio de seus atos, elas jamais são boas ou más em si, mas se tornam apenas quando se revelam em uma ação.[266] Quando as ações favorecem a bondade da pessoa, refletem aquilo que chamamos de virtude, e quando induzem à maldade são chamadas de vício. As pessoas são os únicos seres que irradiam originalmente valores éticos,[267] destacando que "compreendemos com o nome de 'valores da pessoa' todos aqueles valores que pertencem *imediatamente* à pessoa mesma".[268] Scheler apresenta algumas características que fazem com que a pessoa tenha um valor em si mesma. Uma delas é que a essência da dignidade da pessoa não pode ser corrompida por outros valores a ela relacionados.[269] Assim,

---

266 SCHELER, 2001, p. 149-150.

267 *Ibid.*, p. 150.
Mesmo quando referimo-nos a comportamentos ditos éticos de animais, por exemplo, nada mais fazemos do que elevar estes seres à categoria de pessoas, como se pudessem ser, isto é, confere-se valores, atributos pessoais aos animais, e então equipara-se seus comportamentos aos humanos. Reivindicar-lhes direitos, como o faz Peter Singer (SINGER, P. *Ética prática*. São Paulo: Martins Fontes, 2008). Contudo, torna-se frágil a argumentação desta autonomia de animais, uma vez que não se pode imputar deveres aos animais, posto que isto significaria imputar-lhes primeiramente uma consciência reflexiva do dever.

268 *Ibid.*, p. 168.

269 Um paciente pode encontrar-se em situação tamanha de vulnerabilidade que se torna incapaz de expressar sua autonomia; um presidiário cometeu ilícitos considerados impróprios e que ensejam em repulsa social, entretanto, a dignidade da pessoa humana, em sua essência axiológica, permanece presente e incólume.

para Scheler, são considerados valores da pessoa: "1º, os valores *da pessoa 'mesma'*; e 2º, os *valores da virtude*".²⁷⁰

Como não pode ser reduzida a um objeto, a pessoa também não pode ser equiparada a uma coisa, a um bem. E por ser um valor em si mesma, ela não deve ser tomada como um instrumento ou assumir um valor técnico de utilidade.²⁷¹ Mas, se o valor da pessoa supera todos os demais valores, pode-se afirmar que Scheler é um defensor do subjetivismo ético? Se a pessoa é o mais alto dos valores, como definir uma boa ou má pessoa? Ou, ainda, como podem as pessoas errarem em seu próprio julgamento? Ora, para Scheler, estes questionamentos são irrelevantes e inconsistentes, pois levam em consideração um sujeito lógico, cognoscente.

O fato de a pessoa representar uma categoria axiológica essencial significa que não devemos pensá-la na sua facticidade ou ainda em sua humanidade. É na identificação do ser da pessoa com o valor que se pode perceber a essência ontológica da pessoa, cujo ser sintetiza em si o imanente e o transcendente, o ser e o não ser, sem fazer-lhe oposição. Nesse contexto, é acertada a declaração de Sartre sobre o pensamento axiológico de Scheler:

> Se todo transcender deve poder transcender-se, é necessário, com efeito, que o ser que transcende seja *a priori* transcendido *enquanto* fonte dos transcenderes; desse modo, o valor, captado em sua origem, ou valor supremo, é o mais-além e o *para* da transcendência.²⁷²

Ao considerar a pessoa como dotada de um valor em si mesma, Scheler confronta-se com as tradições metafísicas antiga e medieval que compreendiam o valor da pessoa a partir do existir, ao invés de tomarem a questão do Ser interligada às categorias do *existir*, do *ser-aí*

---

270 Ibid., loc. cit.

271 Heidegger expõe esta preocupação com o desvirtuamento da questão do ser em favor da técnica em especial na sua obra *Carta sobre o humanismo* (HEIDEGGER, M. *Carta sobre o humanismo*. 2. ed. São Paulo: Centauro, 2005).

272 SARTRE, J.-P. *O ser e o nada: Ensaio de ontologia fenomenológica*. Rio de Janeiro: Vozes, 2003, p. 144.

e do *valor*.[273] Scheler percebe que o ser-valor conduz à compreensão da fonte mais central do ser pessoa, pois, para ele, o valor orienta a pessoa para si mesma até alcançar todas as categorias de ser. Ademais, o "conhece-te a ti mesmo", o autoconhecimento, é uma verdade obtida pelo amor da pessoa a si mesma.

Se, por um lado, a função do autoconhecimento ou da experiência fenomenológica do conhecimento de si não tem por finalidade o aperfeiçoamento moral, tampouco a aceitação de si, no sentido de conformidade consigo própria;[274] por outro lado, "somente quando sei a que pessoa pertence o viver de uma vivência, tenho uma compreensão íntegra dessa vivência".[275] Encontra-se aqui a função estético-moral da compreensão de si: o amor a si promove o reconhecer do significado e do valor da pessoa, bem como o encontro do sentido e da beleza do "ser pessoa" que precisa ser continuamente desnudado, assumido, reencontrado e construído. Portanto, o valor no pensamento scheleriano adquire uma posição central na estrutura fenomênica e moral da pessoa, tema do qual trataremos no próximo capítulo.

---

273 SCHELER, M. *Metafísica y axiología, em particular, ética (1923)*. Madri: Encuentro, 2013, p. 19.

274 "O homem é uma unidade existencial que se experimenta a si mesmo em seu próprio ato. Ato no qual e pelo qual pode fazer experiência fenomenológica de si. Os atos são o modo prático de significação unitária de todo o que compreende ao homem como uma realidade encarnada. Em cada ato é a materialidade (ver, ouvir, tocar, nutrir-se, crescer...); a imaterialidade (pensar, raciocinar, amar, decidir-se, angustiar-se...) e a transcendência (o projeto de vida) do ser humano. [...] É necessário que aventure por uma distinta compreensão de seu ser humano que não comprometa seu sentido fundamental de existência. É esta falta de compreensão fenomenológica que faz com que o homem enfrente a uma série de crises existenciais ou de sentido na vida" (MONTIEL, 2010, p. 74).

275 SCHELER, 2001, p. 635.

II. A AXIOLOGIA FENOMENOLÓGICA DE MAX SCHELER

No capítulo anterior, demonstramos que a constituição ontológica da pessoa é marcada pela liberdade. Scheler reconhece, como vimos, que a liberdade é uma condição essencial e existencial da pessoa.[1] A liberdade é uma expressão apodítica da criatividade da pessoa diante da resistência do mundo (realidade), sendo ainda o seu valor fundamental e objetivo essencial. Nesse contexto, a pessoa está inserida no mundo dos valores, isto é, ela também existe enquanto valor.

Dessa forma, a ética material de Scheler procura ultrapassar qualquer formalismo ou fundamentalismo que possa aprisionar o espírito livre e criativo da pessoa enquanto valor. A dignidade da pessoa humana não pode estar restrita ao mundo de bens, posto que, se assim o fosse, a pessoa valeria pelo que tem e não pelo que é em sua humanidade. Ora, como vimos, a concepção fenomenológica da pessoa em Scheler considera a inobjetividade da pessoa, de modo que a moral também não pode compreender a pessoa como objeto, coisa ou um bem em si mesmo.

Nesse capítulo, trataremos da importância dos valores na constituição do ser pessoa a fim de evidenciar como a ética fenomenológica pode oferecer uma compreensão do ser humano e de seu aperfeiçoamento moral no mundo e em convivência com o outro. Com base nisso, nossa

---

1 Scheler não toma a liberdade como um pressuposto empírico postulado pela razão com intuito de preservar a autonomia do sujeito, tal qual pensava Kant.

argumentação se baseia em um pressuposto e se estrutura em três partes fundamentais. O pressuposto assenta-se na ideia de que a Ética dos Valores de Max Scheler somente pode ser plenamente compreendida a partir da integração dos conceitos de *pessoa, valor* e *emoção*.

A estrutura desse capítulo será composta de três partes: a primeira concerne à ontologia dos valores que corresponde aos primeiros tópicos a serem abordados e que tratam dos valores e de sua relação com bens, fins e deveres. A segunda parte trata da gnosiologia dos valores, cujos tópicos expõem as bases do conhecimento axiológico: a experiência fenomenológica, o apriorismo emocional dos valores e o reino dos valores (a diversidade, as modalidades e a hierarquia dos valores). A terceira parte deste capítulo dedica-se à compreensão da ascese moral e espiritual da pessoa e do mundo sob o horizonte da axiologia scheleriana. Nesse sentido, para exposição do sistema ético de valores de Max Scheler, passamos ao exame da questão axiológica primeira: o que são os valores?

2.1 O SER DO VALOR

Ora, veremos que o valor é um termo polissêmico e aplicado a diversas áreas do saber, bastando-se recordar como a palavra *valor* é utilizada para se referir a diversas situações: valor-moeda, valor de mercado, valor humano, valor fundamental, valor natural, valor positivo, valor negativo, valor-virtude, valor-fé, valor estético, valor ético e valor moral são alguns destes contextos e sentidos. A ética de Scheler tem seu alicerce no mundo dos valores em que se reconhece o papel do sentir, o preferir, o julgar, a vontade, o querer, o bem e a deliberação moral.

De acordo com uma acepção mais aceita e difundida, o valor consiste na qualidade de um objeto ou de uma ação que é capaz de conferir a alguém dignidade, mérito, apreço e respeito. Os valores, enquanto qualidades do objeto, relacionam-se àquilo que o homem considera como precioso ou importante, e que, ao mesmo tempo, pode orientar sua conduta para o bem, possibilitando-lhe edificar sua personalidade moral individual e socialmente.[2]

---

2 MONDIN, B. *Os valores fundamentais*. São Paulo: Edusc, 2005, p. 18.

Scheler considera que os valores não consistem em ideias abstratas associadas às coisas ou aos objetos. Assim ele define os valores:

> Todos os valores (incluindo os valores 'bom' e 'mau') são qualidades materiais que têm uma determinada ordenação mútua no sentido de 'alto' e 'baixo'; e isto acontece independentemente da forma de ser na qual se apresentam, seja, por exemplo, como qualidades objetivas puras ou como membros de estados de valor (tal o ser agradável ou o ser belo de algo), ou como momentos parciais dos bens, ou como o valor que 'uma coisa possui'.[3]

Enquanto qualidades dos objetos, os valores distinguem-se e não se confundem com as coisas ou os objetos em si, pois estes "são contingentes, mutáveis, situados no espaço e no tempo; os valores, pelo contrário, os mais elevados na escala hierárquica são absolutos e universais". Os valores têm por característica intrínseca a atratividade e a confluência para o objeto, de modo que a pessoa é capaz de reconhecê-los no âmbito da experiência vivida.[4] Sob este aspecto, os valores produzem efeitos no mundo prático através da maneira de ser e agir da pessoa. Sobre isso, esclarece Frondizi:

> Valor é uma qualidade estrutural que tem existência e sentido em situações concretas. Apoia-se duplamente na realidade, pois a estrutura valiosa surge das qualidades empíricas, e o bem ao qual se incorpora se dá em situações concretas: mas o valor não se reduz às qualidades empíricas nem se esgota nas suas realizações concretas, mas deixa aberto um largo caminho para atividade criadora do homem.[5]

Os valores vinculam-se às faculdades criativas e espirituais do homem, em especial, à imaginação e à inteligência por meio das quais o mundo do objeto amplia-se conforme a expressividade do objeto e a profundidade do olhar da pessoa. Segundo Scheler, os valores servem

---

3 SCHELER, 2001, p. 63.
4 REIS, F. F.; RODRIGUES, V. M. C. P. *A axiologia dos valores e a sua comunicação no ensino de enfermagem*. Lisboa: Climepsi, 2002, p. 33. Os autores fazem um estudo utilizando o referencial de Scheler.
5 FRONDIZI, R. *Qué son los valores? Introducción a la axiología*. 3. ed. México: FCE, 2007, p. 220.

de guia para a compreensão de todas as outras qualidades das coisas.[6] A experiência axiológica torna-se a *prima facie* do saber gnosiológico sobre o mundo e o princípio hermenêutico de compreensão da pessoa, de modo que toda vivência traz consigo primeiramente uma experiência axiológica sobre o mundo e o modo-de-ser da pessoa.

Os valores são guias para o conhecimento e para a ampliação da realidade e do mundo do ser, uma vez que, presentes no objeto, transformam-no. Eis por que uma pedra bruta pode tornar-se uma obra de arte. Nessa perspectiva, os valores podem se tornar indicadores do desenvolvimento moral e histórico da humanidade.[7] Além disso, os valores podem também indicar fins ou ideais para as ações realizadas pela pessoa.[8] Acerca disso, Hessen ressalta que os valores estão sempre vinculados a uma experiência ou vivência, podendo ainda vincular-se a uma multiplicidade de objetos e situações. Eles integram os objetos ou experiências que carecem de uma definição perene e imutável, como ocorre com os conceitos científicos, porém são passíveis de demonstração e clarificação. Portanto, apesar de sua imprecisão terminológica, isso não significa que os valores sejam produtos de um mero subjetivismo.[9] Ademais, de acordo com Mauri,

> [...] os valores são qualidades (não formas da razão), essências ideais, realidades autônomas e independentes. Não são relações, porém são o fundamento delas. Os valores são qualidades que possuem um conteúdo material não induzido da experiência da qual são, portanto, independentes. Os valores não são meras formas da razão, pois sendo *a priori*, são materiais.[10]

O valor é apreendido por uma pessoa (sujeito) que o reconhece através de um juízo (de valor) como qualidade do objeto, isto é, que

---

6 SCHELER, 2001, p. 69.

7 FRONDIZI, *op. cit.*

8 RESWEBER, J. P. *A filosofia dos valores.* Coimbra: Almedina, 2002.

9 Aqui consideramos "subjetivismo" como a explicação de que os valores são realidades inferidas e induzidas pelas pessoas aos objetos.

10 MAURI, Margarita. *El conocimiento moral: Shaftesbury, Hutcheson, Hume, Smith, Brentano, Scheler, Santo Tomás.* Madri: Rialp, 2005.

está presente no objeto porque nele repousa ou a ele se vincula.¹¹ Tal experiência só é possível mediante um sujeito consciente, capaz de sentir, reconhecer e de apreender tais valores. Para Hessen, a capacidade de apreender valores faz parte da existência da pessoa, assim como acontece com as faculdades de conhecer e de querer.¹²

Ao considerar que os valores constituem realidades próprias, independentes e até mesmo anteriores à pessoa na experiência vivida, pode-se afirmar que eles formam uma experiência objetiva imutável em relação ao tempo e à pessoa e, por conseguinte, conferem a esta a tarefa de apreendê-los e tomá-los para si no mundo da vida. É nesse sentido que os valores são transcendentes à pessoa, cuja apreensão se origina de uma percepção sentimental e são assumidos pela razão sob a forma de princípios, podendo, com isso, constituir um ordenamento social e jurídico.¹³ Nessa linha de pensamento, Hessen considera que aquele que nega todos os valores

---

11 Compreendendo os valores nessa justaposição aos objetos da vivência, Scheler evidencia que os valores não podem ser identificados como propriedades dos objetos ou coisas. Assim, diz ele: "O que temos demonstrado é unicamente que os valores não são propriedades das coisas ou, pelo menos não podem ser considerados como forças ou capacidades ou disposições inerentes às coisas, mediante as quais seriam causados nos sujeitos dotados de sentimento e de apetência certos estados sentimentais ou certos apetites" (SCHELER, 2001, p. 60). Desse modo, se os valores fossem propriedades das coisas e objetos, a experiência do valor seria determinada pelo efeito reativo e derivado do contato inexorável com o objeto. Ademais, enquanto propriedades, os valores seriam "notas constantes nas coisas e acontecimentos". Todavia, cada experiência possibilita a descoberta de uma série qualitativamente graduada de manifestações de valor que podem ser captados numa única ação ou num único homem (*ibid.*, p. 59). A oposição dos valores, enquanto propriedades dos objetos, continuará sendo abordada no tópico seguinte quando tratarmos da relação entre o bem e o valor.

12 HESSEN, J. *Filosofia dos valores*. 3. ed. Coimbra: Arménio Amado, 1967.
A ideia de que o ser humano não pode ser indiferente ao valor contido na experiência já fora tratada por Hume ao afirmar que ninguém é indiferente às emoções, a exemplo da felicidade, e de que elas decorrem de sensações primeiras de prazer ou dor (HUME, D. *Tratado da natureza humana*. São Paulo: Unesp, 2001).

13 RESWEBER, 2002.

> [...] nada mais vendo neles do que ilusão, não poderá deixar de falhar na vida. Aquele que tiver uma errada concepção dos valores não conseguirá imprimir à vida o seu verdadeiro e justo sentido. [...] todo aquele que conhecer os verdadeiros valores e, acima de todos, os do bem, e que possuir uma clara consciência valorativa, não só realizará o sentido da vida em geral, como saberá ainda achar sempre a melhor decisão a tomar em todas as suas situações concretas.[14]

Os valores são o alicerce de engajamento da pessoa no mundo e de sua responsabilidade sobre ele. Scheler nos mostra como os valores permeiam e engendram o agir humano constituindo suas motivações, desejos, deveres e decisões. Assim, os valores sempre direcionam o modo de atuar da pessoa mesmo nos gestos mais aparentemente insignificantes.[15]

Todavia, convém indagar: se os valores orientam o agir moral da pessoa, como eles são evidenciados no mundo? Seria através dos bens ou das coisas valiosas? O valor pode ser encontrado mediante os fins a que se dirige ou aos fins que o evocam? Ou ainda, pelos fins que realiza, é possível conhecer o caráter virtuoso de uma pessoa?

Scheler considera que os valores não podem confundir-se com bens ou fins, ou mesmo, serem tidos como uma qualidade intrínseca à natureza do objeto, posto que o ser do valor é independente de seu depositário. O bem se dirige à coisa ou ao fato, objeto tido por valioso, de modo que o valor os precede. O fim, por sua vez, é o resultado valioso somente alcançado por observação posterior, não sendo justificado pelos meios.[16] Estas questões serão abordadas nos tópicos seguintes nos quais trataremos dos bens e dos fins.

---

14 HESSEN, *op. cit.*, p. 23.

15 O simples ato de alimentar ultrapassa as razões da necessidade e dos instintos quando o homem exige, para tanto, talheres e "modos" à mesa. Nesse caso, o ato de alimentar-se adquire um novo valor que estabelece como este homem agirá conforme a convivência social.

16 SCHELER, 2001.

2.2 DO VALOR NA ORDEM DOS BENS

Ao longo da tradição filosófica, desde Platão e Aristóteles, o valor está vinculado a outras ideias como a de bem ou de virtude e de beleza. Para Scheler, perscrutar o valor em face das distinções e relações entre bens e fins ou entre dever e virtudes[17] significa investigar a relação entre o mundo do ser e o mundo dos valores.

Na primeira seção de sua *Ética*, na qual ele se dedica à distinção entre a ética material dos valores e a ética de bens e de fins, Scheler trata inicialmente de separar a ideia de bens da ideia dos valores, revelando os problemas provenientes dessa imperfeição, da mesma forma como havia observado Ortega y Gasset:

> A versão em que mais reiteradamente se preferiu ocultar o valor é a ideia de Bem. Durante séculos, a ideia do bom foi a que aproximou mais do pensamento a ideia de valioso. Porém como prontamente veremos, o Bem não é senão, ou o substrato do valor, ou uma classe de valores, uma espécie de gênero de valor. E ocorre que quando não se possui a verdadeira ideia genérica a espécie se converte em falso gênero, do qual conhecemos somente a nota específica.[18]

Assim, quando se equipara bens e valores, ou seja, quando se afirma que os bens são, em sua essência, coisas valiosas, o valor moral da vontade ficaria vinculado às regras de causalidade do mundo real, de modo que o valor moral da vontade dependeria da participação no destino do mundo de bens, os quais sucumbem às forças da natureza e da história (tempo). A inconstância fática dos valores, ao serem atreladas aos bens, faria com que qualquer modificação na esfera dos bens implicasse também uma mudança nos conceitos de *bom* e *mau*,

---

17 Na primeira metade do séc. XX, no período entre guerras marcado por xenofobias, totalitarismos fundamentados em ideias como do arianismo ou de que alguns povos seriam naturalmente superiores aos outros por sua origem genética ou por sua cultura. Não é, portanto, ingênua a preocupação de Scheler (tal qual a de outros filósofos como Ortega y Gasset) em torno da questão do valor, nem se limita ao campo teórico.
18 Ortega y Gasset, J. *Introducción a una estimativa: ¿Qué son lós valores?* (1923/1947). Madri: Encuentro, 2004, p. 13.

impedindo qualquer crítica histórica aos valores.[19] Nesse sentido, afirma Scheler:

> A aniquilação desse mundo de bens anularia a ideia mesma de valor moral. Toda ética ficaria, pois, fundamentada sobre a experiência histórica na qual nos manifesta esse cambiante mundo de bens e, evidentemente, não poderia ter mais que uma validade empírica e indutiva. Com ela estaria dada, sem mais, o relativismo ético.[20]

Os bens são, por princípio, diferentes dos valores e a existência destes é independente dos bens. Os valores podem ser compreendidos sem a necessidade de estarem associados a uma representação ou propriedade de coisas ou de homens. Tampouco os valores podem ser considerados meros termos conceituais relativos às propriedades das coisas das quais são depositários. Assim, por exemplo, os valores estéticos[21] – o belo, o sublime –, segundo Scheler, não são termos fixos, apesar de sua objetividade. Ou ainda, "bom" não é uma propriedade natural de um homem, de modo que possamos separar os homens bons e os homens maus.[22]

Os valores, então, se expressam de diversos modos e de forma independente do objeto valioso, posto que os valores não são propriedades originárias das coisas, nem podem ser considerados como capacidades ou disposições contidas nas coisas como pensavam Kant e Locke. Ora, para Scheler, "um único homem ou uma única ação é suficiente para que possamos aprender neles a essência dos valores".[23] Com base

---

19 SCHELER, 2001, p. 53.

20 *Ibid., loc. cit.*

21 Para Scheler, a Moral enquanto sistema de regras sociais integra o rol dos valores estéticos. Diz ele: "Chamamos a tal sistema de regras, dentro da esfera dos valores estéticos, um 'estilo', e na esfera do prático o chamamos de uma Moral. Estes sistemas mostram a seu modo um desenvolvimento e uma evolução. Porém essa evolução é completamente distinta da evolução do mundo dos bens e varia também com independência dele" (SCHELER, 2001, p. 70).

22 "Cada uma dessas palavras compreende, sob a unidade conceitual de um valor, mas não de propriedades indiferentes ao valor que apenas por sua constante coexistência nos procuram a aparência de um objeto valioso independente" (*ibid.*, p. 59).

23 *Ibid., op. cit.*

no enfoque fenomenológico, os valores constituem um mundo próprio de objetos que não podem ser derivados das propriedades fora da esfera dos fenômenos de valor.[24]

A relação entre ser e valor contém um aparente paradoxo, pois o valor independe do depositário de valor (objeto, bem ou coisa) e mesmo a percepção do valor independe da percepção do depositário do valor.[25] O paradoxo se dá ao reconhecermos que todo depositário de valor é um instrumento de expressão de algum valor. Scheler, com efeito, percebe uma tensão hermenêutica decorrente da aproximação-distância entre a essência do valor e a sua expressividade.[26]

Ora, é possível identificar o prazer do agradável, sentir repulsa ou simpatia por alguém sem saber o porquê, reconhecer a importância da amizade independentemente de algum desapontamento e afirmar a dignidade da pessoa humana mesmo nas circunstâncias degradantes ou espúrias em que a pessoa se encontre. As qualidades do que é valioso não variam, ainda que os depositários mudem. Em face disso, Scheler diz que podemos apreender os valores dos objetos particulares e a posição destes na escala axiológica.[27]

---

[24] Scheler apresenta como analogia a experiência das cores para esclarecer o intuicionismo dos valores: "Não teria sentido perguntar pelas propriedades comuns a todas as coisas azuis ou roxas, pois a única resposta possível seria dizer que são azuis ou roxas. De igual maneira carece de sentido perguntar pelas propriedades comuns das ações, ou das convicções, ou dos homens, etc., bons ou maus" (ibid., p. 60).

[25] VEGAS, J. M. Introducción al pensamento de Max Scheler. Salamanca: Fundación Emmanuel Mounier, 2014.

[26] A tensão hermenêutica entre valor e depositário de valor está baseada na compreensão da pessoa (depositária do valor) enquanto valor-em-si-mesma. Assim, pode-se refletir como o modo de ser da pessoa expressa sua real dignidade. Essa tensão pode ser ilustrada na linguagem metafísica a partir das relações e limites entre o ser e o parecer, uma vez que a pessoa sendo, pode parecer. Convém recordar que, ao abordar o conceito de "pessoa", Scheler, de igual modo, nos diz que as pessoas podem calar como também podem nos surpreender.

[27] "Em toda apreensão de um ambiente, por exemplo, captamos primeiramente e de um modo simultâneo o todo sem analisar todavia e, dentro desse todo, seu valor; por sua vez, dentro do valor desse todo captamos os valores parciais em que se acham 'implicados' os objetos particulares da imagem" (SCHELER, 2001, p. 64).

A diferença entre coisas ou objetos e bens reside no fato de que o valor está de tal modo sedimentado no "bem" que sua compreensão serve de guia para o encontro de outras qualidades ali presentes. Ao considerar que o bem está imerso no mundo dos valores, Scheler revela que sua relevância está dada mediante uma hierarquia de valores, tal como a estabelecida pela cultura dominante de uma época. Mas, como, então, se dá a relação essencial entre bens e valores?

Scheler indica o modo como o mundo dos bens está vinculado a esta hierarquia de valores da seguinte forma:

> Esta hierarquia de valores não determina de um modo unívoco o mundo de bens em questão, senão que lhe traça uma margem de possibilidades, fora da qual não pode acontecer nenhuma formação de bens. É, por conseguinte, *a priori* com respeito ao mundo de bens de que se trate. Os bens que são formados de fato dependem da energia aplicada em cada caso, das capacidades dos homens que os criam, do 'material' e da 'técnica' e de mil circunstâncias parecidas. No entanto, nunca poderá ser compreensível a formação do mundo de bens apenas por estes fatores, sem o auxílio da hierarquia reconhecida dos valores como qualidades, e sem uma atividade dirigida a estes. Os bens presentes se encontram já abaixo dessa hierarquia. Porém esta hierarquia não está abstraída de tais bens, nem tampouco é uma consequência deles.[28]

Assim, o modo como o homem interpreta e configura seus bens em cada época constitui uma margem de possibilidades aos valores organizados hierarquicamente conforme uma ordem de preferência ou um sistema de regras que, no âmbito estético, se traduz como um estilo, e, no plano prático, é denominado de moral. Determinada por uma ordem de preferências ou pelo balizamento a um sistema de regras específicas de seu tempo, a moral está vinculada aos atos e não necessariamente às disposições da vontade.[29]

---

28 *Ibid.*, p. 69.

29 Como exemplo, recorde-se, novamente, o caso do "Anel de Giges" narrado na *República* de Platão, em que a pessoa, ao se tornar invisível ao mundo e às suas regras preestabelecidas, tem provada sua liberdade e a possibilidade de mostrar se suas virtudes seriam sinceras ou apenas aparência. Nesse caso, a relação entre a pessoa e seu agir pelas regras apenas escondeu sua personalidade e declínio morais (PLATÃO, 2009).

A tese kantiana quanto à uniformidade dos valores é refutada por Scheler dado que há, para este filósofo, uma hierarquia entre eles. Os valores "bom" e "mau" estão vinculados ao ato de realização do valor. Em sentido absoluto, "bom" é um valor *per si*, que integra uma esfera mais alta e positiva de acordo com o conhecimento do ser pessoal que o realiza. E "mau" é considerado o valor expresso no ato de realização do valor mais baixo entre as esferas de valor se estiver numa mesma região de valor. No sentido relativo, "bom" e "mau" referem-se à comparação entre o valor presente no ato concreto e os demais valores considerados na experiência tomados como possíveis (poder-ser-de--outro-modo) na experiência. Segundo Ramos, esse posicionamento de Scheler indica que

> Ele está supondo previamente que existem conflitos no momento de realizar valores distintos; e que se fosse possível realizar todos os valores ao mesmo tempo sem necessidade de eleger entre eles, não seria necessário nenhuma ética. Isto também significa que o mundo ideal dos atos éticos não pode deduzir-se adequadamente do mundo ideal dos valores e que as pautas objetivas marcadas por valores não se impõem de fato com necessidade inexorável, senão que apenas são valores morais se aparecem como apropriados ou repulsivos pelo executor concreto de atos, o qual confere à vida moral uma riqueza inesgotável.[30]

Nessa ótica, a bondade e a maldade morais dependem da liberdade da pessoa e de sua capacidade de discernimento moral,[31] posto que deixar-se guiar pelos valores não é o mesmo que estar refém dos valores ou cego para eles. A fim de se evitar cair num subjetivismo, é preciso deixar claro que as matérias do bom e do mau não podem ser convertidas em ato de vontade, caso contrário, "bom" e o "mau" seriam apenas aparências, e isso implicaria num caso de farisaísmo moral. Para Scheler, o "bem" e o "mal" mais puros estão dados no ato do querer de modo imediato sem uma eleição precedente,[32] posto que na escolha reside um ato de conhecimento e o "poder-escolher-de-outro-modo".

---

[30] RAMOS, A. P. *Scheler*. Madri: Ediciones del Orto, 1997, p. 35.
[31] Discernimento moral é aqui empregado como sinônimo de um "senso moral".
[32] A ausência de escolha prévia não se constitui em um impulso instintivo.

A tese de Kant,[33] segundo a qual "bom" e "mau" estariam reduzidos a um ato de vontade, também é recusada por Scheler. A crítica ao pensamento kantiano decorre do fato de que o "bom" ou o "mau" seriam valores deduzidos de uma lei prática. Então, seria função da experiência do sujeito estabelecer o que seja "bom" ou "mau". Conclui Scheler que isso seria reduzir todos os valores morais a nossos estados sensíveis, gerando, assim, um paradoxo entre autonomia da vontade e o determinismo da experiência.[34] Sobre isso, diz Scheler:

> O que podemos chamar *originariamente* 'bom' e 'mau' independente e anterior a todos os atos particulares, é a *'pessoa'*, o ser mesmo da pessoa; de modo que, desde o ponto de vista dos depositários, podemos fazer esta precisa definição: *'bom' e 'mau' são valores pessoais*. [...] Para Kant a pessoa é uma essência X, *a causa de que é o agente* realizador de uma atividade racional impessoal e, em primeiro lugar, de uma atividade prática. Daí que, para ele, o valor da pessoa se define unicamente pelo valor de sua vontade, mas este pelo valor da pessoa.[35]

"Bom" e "mau" são valores materiais relativos à pessoa, portanto, são valores pessoais em princípio, o que significa que "bom" e "mau" morais são valores mais elevados que os valores contidos nos bens ou nas coisas. Ademais, somente a pessoa pode reconhecer, definir, designar e avaliar o que é moralmente bom ou mau. Já os atos individuais concretos da pessoa não são depositários de valores morais, mas de direções de poder, afinal, a moralidade da pessoa decorre de seus atos praticados, de modo que atos semelhantes podem expressar uma moralidade diferente para

---

33 Scheler não menciona a fonte da qual extrai tal tese kantiana, contudo, podemos identificar sua presença na segunda seção da obra *Fundamentação da Metafísica dos Costumes*: "a moralidade é, pois, a relação das ações com a autonomia da vontade, isto é, com a legislação que possa concordar com a autonomia da vontade é permitida; a que com ela não concorde é proibida. A vontade, cujas máximas concordem necessariamente com as leis da autonomia, é uma vontade santa, absolutamente boa" (KANT, 2010, p. 89). Também na *Crítica da Razão Prática* encontramos em Kant a relação entre vontade e moralidade, no §114 (*Id. Crítica da Razão Prática*. São Paulo: Martins Fontes, 2002, p. 104).

34 SCHELER, 2001, p. 78.

35 *Ibid.*, p. 76.

as pessoas em situações diversas.³⁶ Então, o que os atos revelam sobre a moralidade das pessoas? Scheler responde: direções de poder da pessoa.

O poder, diz Scheler, é a capacidade de realização dos domínios do dever que, ao serem afetados por valores morais, passam a se chamar "virtudes" e "vícios", ressalvando que o poder nunca poderá ser um imperativo para aquela pessoa. Este dado da experiência conduz-nos à reflexão do tópico seguinte sobre se a ética material não estaria determinada pelos fins. Noutros termos, seria possível praticar o bem sem o querer ou sem compreender como bem a ação que realiza uma intenção e o resultado que se busca?

2.3 Da natureza axiológica dos fins

Ora, no âmbito teórico-formal, em que o estudo da ação pode ser estruturado sob a forma motivação-ação-resultado-consequência, o mérito da ação, enquanto meio, pode ser concebido pelo resultado concreto dela sobre o mundo. A justificativa ética da ação decorre dessa relação causal entre meios e fins, cujo ajustamento prescinde das relações objetivas dos valores.

A expressão popular "os fins justificam os meios" reflete uma maximização do valor dos meios em relação aos fins pretendidos. Segundo Kant, os valores existem apenas por sua referência à vontade que propõe fins.³⁷ Mas, se assim fosse, toda ética material seria irreal, pois os valores teriam sua importância determinada como meio para algum fim.

---

36 O ato de agredir alguém pode significar desde um gesto abrupto reativo a um medo, um surto psicótico, um erro ou mesmo um puro ato de violência.

37 "A vontade é concebida como faculdade de se determinar a si mesmo a agir *em conformidade com a representação de certas leis*. E uma tal faculdade só se pode encontrar em seres racionais. Ora, aquilo que serve à vontade como princípio objetivo da sua autodeterminação é o *fim [Zweck]*, e este, se é dado só pela razão, tem de ser válido igualmente para todos os seres racionais. O que, pelo contrário, contém apenas o princípio da possibilidade da ação, cujo efeito é um fim, chama-se *meio*" (KANT, 2010, p. 71). Conferir também SCHELER, 2001, p. 81.

Resweber[38] descreve que, no personalismo proposto por Max Scheler, a atitude de valoração e o valor não são captados pelo intelecto, nem constituem fins determinados pela vontade, mas são apreendidos pela pessoa por meio de emoções e sentimentos, ultrapassando, desse modo, os limites do formalismo kantiano.

A natureza do fim está no dever-ser e consiste em algo que está dado por realizar,[39] sendo o meio tudo que serve para se alcançar um fim, que é sua consequência. Todavia, na esfera da vida prática nem sempre os fins e os meios estão claros e nem sempre estão concatenados numa cadeia de virtudes. Assim, é possível uma pessoa ter um sentimento de justiça, mas não saber como realizá-la. De qualquer forma, parece ser o sentimento de justiça que provoca na pessoa a tendência a praticá-la e buscar os meios de realizá-la.

Nessa perspectiva, Scheler revela que há uma confusão entre o que seja valor e o que seja fim. Todo fim origina-se de uma tendência, embora nem toda tendência origine um fim. A tendência não direciona a ação para um conteúdo particular (imagem/significado), mas para a direção de valor que surge da experiência do agir. Sobre isso, afirma Scheler: "os componentes de imagem estão fundados sempre sobre os componentes de valor; ou seja, o conteúdo de imagem é eleito para realizar o componente de valor segundo a medida de sua possível atitude".[40]

A tendência possui um componente de valor imanente e exige ainda o consentimento ou a autonomia da pessoa para realizá-la com base no valor evidenciado. Assim, não é qualquer fim ou meio que torna a ação ou a pessoa moralmente valiosa, tampouco a pessoa pode ser escrava dos meios e dos fins. É ela quem elege – conforme sua consciência e os limites da experiência permitam – os caminhos pelos quais sua

---

38 RESWEBER, 2002, p. 76.
39 Para Scheler, tal conteúdo não precisa ser real ou futuro.
40 SCHELER, 2001, p. 84.

ação será mais ou menos eficaz; somente assim poderá ser reconhecida como virtuosa ou não.[41]

Enquanto no objetivo ou na tendência não está dada a representação daquilo que se quer, ou seja, o alcance concreto de sua conduta, no fim encontra-se um objetivo e um valor que se apresentam sob a forma de um dever-ser real e querido.[42] Portanto, os valores não dependem dos fins nem são extraídos deles, porém, Scheler afirma que uma ética material de valores não rechaça uma ética material dos fins, no sentido de que toda ética material propõe fins (a serem realizados), mas a ética material dos valores é *a priori*, já que é independente da experiência de objetos. A ética material dos valores considera que as matérias de valor, suas estruturas e relações são dadas de um modo automático, espontâneo e estabelecem a margem de possibilidade da ação sob as quais o homem elege e propõe fins. Todavia, em que consistiria o valor moralmente bom sob a égide de uma ética material dos valores? Ou sob quais circunstâncias o querer o bem pode ser compreendido como uma conduta valorosa?

Segundo Pereira, a análise moral scheleriana entre fins e meios pressupõe um ato reflexivo posterior sobre o valor presente na tendência, capaz de identificar que no fim há o conteúdo do objetivo que pretendemos realizar. Os fins não podem ser desejados nem estar contidos no puro desejar face à ausência do conteúdo representativo do objetivo e do dever-ser-real da tendência. Os fins apenas podem ser queridos.[43]

Assim, o valor moralmente bom vincula-se a um ato da vontade (querer) na qual elegemos os valores que estão presentes (mediante

---

41 Para que as virtudes sejam praticadas, é preciso pessoas dispostas a realizá-las. É possível tomar algo valioso, positivo, porque está dado numa tendência; ou tomar algo negativamente (valor) porque está numa contratendência (*Ibid.*, p. 87).

42 Dito de outro modo, os valores estão incluídos nos objetivos da tendência como seu alicerce, por conseguinte, os fins se fundamentam nos objetivos.
DUSSEL, E. "La doctrina del fin em Max Scheler: Hacia una superación de la ética axiológica". *Historia de la filosofía y la filosofía de la liberación*. Bogotá: Nueva America, 1994, p. 253-278.

43 PEREIRA, 2000.

o perceber sentimental). Segundo a ordem objetiva, o querer bom é mais autêntico e espontâneo quando o valor central que impele a pessoa a agir integra uma classe de valores mais elevados. O querer bom também pode ser originado de uma ordem subjetiva de valores, isto é, fundamentar-se em uma ordem de preferência de valores em que a pessoa decide entre os valores e suas posições hierárquicas mediante um ato cognitivo *a posteriori* dentro dos limites da vivência.

O experimento subjetivo que fazemos acerca da preferência dos valores, isto é, à adequação e à moralidade entre meios e fins, visa somente clarear a hierarquia dos valores e nortear o ato do querer sobre aquilo que se coloca como moralmente bom. A preferência mesma está dada no valor e não na escolha entre meios e fins, não sendo por isso possível substituir o valor moral por uma conduta voluntária (querer) ou torná-lo dependente de uma ação anterior no sentido formal.[44] Nisso consiste a diferença entre a autonomia de uma vontade racional (Kant) e a autonomia da pessoa (Scheler).

Ora, o querer passa a ser uma conduta posterior ao surgimento da experiência do valor e, portanto, é possível deixar-se guiar ou rejeitar o valor que se apresenta ante o querer. No entanto, o querer ainda assim se fundamenta na vivência axiológica, seja em razão do valor mais elevado, seja no cumprimento de uma prescrição deontológica. Eis porque a relação entre valor e dever se afigura tão essencial à Ética.

2.4 Valor e dever ser

Sob a égide do dever encontramos as regras de convivência, especialmente as de natureza moral. Todavia, o dever ser pode ser um fundamento moral semelhante ou superior ao valor? Este é o aspecto que nos propomos a refletir neste tópico.

---

44 Essa separação entre o valor e a vontade nos permite compreender como a razão prática pode ser pervertida, por exemplo, pelos sentimentos como o ressentimento, o amor e o ódio, ou como os homens podem, por sua vontade, ser livres para não se guiar pelos valores mais elevados. O inverso também é possível no sentido de a razão abster-se de um querer forte em prol de um valor mais elevado numa atitude de sacrifício.

Há uma relação essencial entre valor e dever na constituição do juízo moral necessário à ação. A preocupação de Scheler está em desconstruir a ideia de que o dever possa ser fonte ou substituto do valor e da consciência moral da pessoa, pois isso eximiria a pessoa da responsabilidade por suas ações e extinguiria toda e qualquer pretensão de autonomia. O conceito de *"dever"*, e mesmo o de *"norma"*, mostram-se *ab initio* insuficientes para definir critérios seguros para orientação e análise do que é moralmente bom.⁴⁵

A ação moral é o ponto de enlace entre o valor e o dever, mesmo que a existência de um valor não determine a obrigatoriedade de um dever.⁴⁶ O simples reconhecimento do valor "justo" não obriga a pessoa a ser justa. Ou ainda, o dever é incapaz de tornar o conteúdo, em si mesmo, da ação em algo valioso.⁴⁷ Assim, o valor não constitui, sob nenhuma hipótese, o ser-devido de algo.⁴⁸ Para Scheler, "todas as normas, imperativos, exigências etc. se fundamentam – se não são proposições arbitrárias imperativas – em um *ser* independente, isto é: no *ser dos valores*".⁴⁹

A questão de Scheler é: "Por que devo fazer o que deve ser?".⁵⁰ Com este questionamento, o filósofo indica duas formas de expressão de um dever-ser, sendo uma de caráter ideal e outra normativa.⁵¹

---

45 VEAS, Marcelo Chaparro. "El problema del deber em la ética de los valores de Max Scheler". *Revista de filosofía*, 12 (1): 11-30, 2013 (Universidad Católica de la Santísima Concepción, Chile).
Cf.: SCHELER, 2001, p. 271 e 279.

46 VEAS, *op. cit.*
SCHELER, *op. cit.*, p. 273.

47 SCHELER, *op. cit.*, p. 271-302. Dito de outro modo, não é porque se realiza algo por dever que esta ação considerada intencionalmente má se torna moralmente boa. Um dever não substitui nem impede o coração de intuir o que realmente é bom, nobre e valioso.

48 *Ibid.*, p. 272.

49 *Ibid.*, p. 274.

50 *Ibid.*, p. 304.

51 Segundo Eugene Kelly, este é um dos pontos mais inovadores do pensamento de Scheler, o qual compreende que o dever pode estar fundamentado em relações distintas e, com isto, ele soluciona os problemas da determinação do agir prático, daquilo que na expressão de Kant seria "agir por dever" e "agir conforme o dever"

O **dever-ser ideal**, além do valor fundante, exige a referência a um possível ser-real capaz de satisfazer os conteúdos e, assim, permitir a realização do valor. Sem recorrer a uma justificação moral de caráter metafísico, Scheler destaca que todo valor carrega em si uma tendência para a ação.[52] Nesse aspecto, o dever-ser ideal estrutura-se sobre a diversidade dos conteúdos (existentes e não existentes) de valor, a exemplo da expressão "o injusto não deve existir".[53] Assim, "um dever--ser ideal, tal como 'o bom deve ser', converte-se em exigência quando seu conteúdo é vivido graças a uma tendência relacionada com sua possível realização".[54]

O dever-ser ideal configura-se, assim, na funcionalização do valor e do aperfeiçoamento moral da pessoa que cada um se propõe a ser. O dever-ser ideal liga-se à exigência da própria pessoa que busca trans-cender-se, ser-de-outro-modo e crescer moralmente. No projeto de transformação pessoal, o dever-ser ideal apresenta-se como exigência para a ação moral, isto é, como critério de realização do valor conforme as direções de amor e ódio da pessoa e, no âmbito da ação, o dever-ser ideal serve de parâmetro avaliativo dos conteúdos morais ante o valor, ainda que não contenha o valor em si mesmo.[55]

Ainda assim, o dever-ser ideal rege-se pelos dois axiomas deonto-lógicos, a saber: 1. Todo valor deve ser; 2. Tudo o que tem valor negativo não deve ser. Nesse sentido, o "'devido' nunca é, originariamente, o ser

---

[KELLY, Eugene. "Max Scheler's phenomenology of moral action". *Cogito Open Acess Journal*, 1 (1): 1-5, 2010 (Bucaresti)].

52 O dever-ser ideal surge de uma reflexão fenomenológica em que a resposta ao valor irrompe como um convite possível de realização por uma pessoa (ser-real), capaz de mobilizar os conteúdos de valor da experiência para expressá-lo da melhor forma possível (tendência).

53 SCHELER, 2001, p. 272.

54 *Ibid.*, p. 304.

55 Márquez indica que: "Cada pessoa enfrenta o mundo através de uma pessoal direção de seu amor e seu ódio, através de uma peculiar disposição de seu ânimo. Além disso, esta disposição funciona como uma margem, como um limite dentro do qual é possível o agir prático do sujeito" (MÁRQUEZ, Marta María Albert. *Derecho y valor: Una filosofia jurídica fenomenológica*. Madri: Encuentro, 2004, p. 282).

do bom, mas apenas o não ser do mau".[56] A ética material dos valores visa, portanto, a exclusão de um desvalor, tal como ilustra o aforismo judaico-cristão: "afasta-te ou desvia-te do mal e faze o bem".[57]

Esta atitude moral centra-se apenas no valor, por isso não se pode inverter aqueles axiomas ou derivar deles uma ética a partir do dever-ser ideal para, só então, alcançar o seu valor positivo. Ora, esta compreensão conduziria a um negativismo na ética e a uma absolutização dos valores negativos, uma vez que apenas se poderia chegar aos valores positivos por referência aos valores negativos e, com isso, tornaria os valores negativos superiores aos positivos, motivo pelo qual toda ética estaria marcada por um pessimismo capaz de destruir todos os valores existentes.[58]

Além disso, a compreensão do dever-ser ideal responde parcialmente à exigência de relevância e finalidade do dever acerca de uma ação moral, pois, como vimos, tal dever escapa aos parâmetros da obrigação e da norma. Ademais, Scheler ressalta que o dever pode se revelar na vivência sob a forma de um dever-ser normativo ou de obrigação.

O **dever-ser normativo**, em princípio, consiste em um dever-ser ideal que surge de maneira específica, concreta e original. Assim, enquanto o dever-ser ideal integra o *modus essendi*[59] dos valores enquanto possibilidade de ser na realidade, o normativo traz consigo o momento da obrigação.[60]

Segundo Scheler, todo dever-ser normativo – e a norma como representação deste – engendra uma obrigação de fazer na medida em

---

56 SCHELER, op. cit., p. 302.

57 Sl. 34: 14; 37: 27; 1 Pd. 3: 11; 3 Jo. 1: 11. Todas estas citações referentes às tradições judaico-cristãs contêm o aforismo sobre o distanciamento do mal e o convite à prática do bem.

58 SCHELER, op. cit., p. 303. Para o autor, "Toda ética imperativa – digo, toda ética que parte do pensamento do dever como fenômeno moral mais originário e apenas a partir dele trata de conferir às ideias de bom e mau, virtude e vício – tem em si um caráter meramente negativo, crítico e repressivo. Todos os seus fundamentos se constituem numa radical desconfiança, não tão somente da natureza humana, senão também da essência dos atos morais em geral" (SCHELER, 2001, p. 305).

59 Por *modus essendi* do valor entende-se a sua peculiar maneira de ser que não pode ser desfeita ou anulada na estrutura da matéria, isto é, dos conteúdos de valor.

60 HESSEN, 1967, p. 85 e 87.

que ele determina uma conduta realizada por uma pessoa, mas, como adverte Márquez, esta pessoa não é o ser mesmo do sujeito moral. Por conseguinte, é a pessoa o centro da ação moral e não a norma.[61] Scheler ainda destaca outra diferença entre o dever e a norma:

> Uma ordem inconcreta vivida desde dentro que não liga a um ordenador determinado chama-se aqui dever, enquanto que a expressão norma se aplica às compulsões íntimas que se referem ao caráter geral de uma conduta (de modo que a conduta se pensa, primeiramente, mediante um conceito).[62]

Além disso, a norma pode se referir, por exemplo, a uma conduta positivada, isto é, tipificada de forma objetiva em um ordenamento jurídico com fins de proteção ao valor do justo (do direito).[63] Com efeito, o dever-ser normativo impõe-se sobre um querer (vontade), haja vista que o querer por dever prescinde da intuição moral. A norma antecipa-se à necessidade prática da consciência do sujeito moral para, de forma precária, assegurar a conduta moral independentemente do valor intuído e do querer.[64] É fato que nem sempre está clara para o sujeito moral a percepção do valor oriundo da norma ou do agir.

Outra característica do dever-ser normativo diz respeito à sua heteronomia. Para que ele se configure numa exigência ou obrigação, faz-se necessário, segundo Scheler, a suposição de um ato de ordenar que se dê através de uma autoridade ou da tradição. Scheler esclarece, todavia,

---

61 MÁRQUEZ, 2004, p. 281. Vale ressaltar que a diferença entre pessoa e sujeito moral é apenas no sentido de destacar que a norma requer, por si própria, uma pessoa capaz de realizar o valor pretendido pela conduta normativa; e por sujeito moral entende-se a pessoa na situação específica.

62 SCHELER, *op. cit.*, p. 279.

63 Esta afirmação corrobora o pensamento de Guimarães no tocante a uma fenomenologia jurídica: "Toda norma abriga um valor. O fato é a referência da norma, mas esta só assume sua eficácia verdadeira na confluência das conexões valorativas que articulam fatos e normas. Ou seja, tanto os fatos quanto as normas são prévios depositários de valores. A função do Direito é descobrir, perceber e preservar valores" (GUIMARÃES, A. C. *Lições de fenomenologia jurídica*. Rio de Janeiro: Forense Universitária, 2013, p. 223).

64 SCHELER, *op. cit.*, p. 280.

que o querer por dever pode também cumprir-se pela intuição do valor da obediência ou da autoridade e não pelo conteúdo devido em si.[65]

É certo que Scheler não pretende destituir os deveres de sua importância para a constituição moral da pessoa, mas ele pretende retirar os deveres de sua posição de fundamento do mundo moral. Deveres são sempre necessários onde não há valores do bem e do justo e também pessoas dispostas a seguir o caminho das virtudes, pois, para ele, a consciência da autonomia da pessoa cresce à medida que esta desenvolve-se aprendendo a viver e conviver com os outros.[66] É no mundo que a pessoa forma seu caráter e seu modo de ser, de forma que, no curso de sua vida, ela também precisará "dizer não" diante de situações desfavoráveis e receber os "não" da vida para poder despertar a consciência para aquilo que seja realmente valioso. A pessoa apenas se aperfeiçoa no cenário da experiência da vida e da consciência.

Desse modo, o caráter negativo do dever tem por finalidade sobrepor-se à imaturidade da pessoa e assegurar a ação moral (evitar o mal) e indicar o caminho para o qual a vontade imatura deve trilhar. Scheler compreende que, na experiência prática, o conflito entre o dever e o querer será sempre possível. Assim, o dever se sobrepõe ao querer fazer da vontade quando a realidade colocada pelo dever se impõe. Sobre isso, diz o filósofo:

> O conteúdo primário de nossa experiência prática é a dinâmica relação de 'agir e sofrer', 'vencer e submeter-se, 'superar e render-se'. E não é o resultado da ação real, senão as resistências vividas experimentalmente no puro querer quem determinam os conteúdos da intenção do querer fazer.[67]

---

65 Desse modo, conclui Scheler que o cumprimento de um dever seja pelo valor da obediência ou por cegueira moral, não confere ao dever em si nenhuma ampliação de sua dignidade. Cf.: SCHELER, 2001, p. 281; 304.

66 HILDEBRAND, D. *Moralidad y conocimiento ético de los valores*. Madri: Cristandad, 2006.

67 SCHELER, *op. cit.*, p. 214.

É apenas a partir do fenômeno da resistência que o dever, ao ser confrontado com o querer, possui um aspecto positivo, pois direciona a vontade a fazer algo concreto na direção da intenção do objeto de valor. Nesse sentido, o dever, ao atuar sobre a vontade, coloca-se para a pessoa (sujeito) como uma resistência, isto é, como um não-poder-fazer de outro modo diante da realidade posta (resistência), caso contrário, o querer não cederia ao dever.[68] É fato que a conduta por dever se dá inicialmente em razão do fenômeno da resistência, com base na qual formamos nossos propósitos e tomamos nossas decisões.[69]

O dever pode se impor perante a vontade que lhe é contrária, e assim ele submete a conduta à reflexão moral com o intuito de justificar, repudiar ou adequar a ação à consciência do ser pessoa. Eis a sua função positiva: retirar a consciência da inércia moral. O dever não isenta o sujeito da responsabilidade por sua conduta,[70] pois, como diz Scheler,

> Em todos os momentos, a intuição moral se diferencia da mera consciência do dever. Porque é também objeto da intuição moral incluindo aquele que, dentro dos conteúdos que nos urgem como dever, constitui um conteúdo moralmente intuitivo e bom e que, por conseguinte, é um autêntico e verdadeiro dever, a diferença do que, simplesmente se apresenta como tal.[71]

---

68 "O dever é aquilo que se afirma como não superável por uma crítica múltipla de nossas apetências e impulsos, mas também como aquele que se intui como positivamente bom. Este caráter lhe é comum juntamente com o dever a toda sorte de 'necessidades', inclusive a necessidade fundada nas coisas e que não tem nada a ver com o mero sentimento de coação, nem tampouco com a necessidade casual. O 'necessário' é, portanto, também aqui aquilo 'cujo contrário é impossível'; aquilo que se afirma e corrobora em todo intento de pensar – ou querer – de outra maneira. Porém em ambos casos se distingue a 'necessidade' da simples intuição do ser (ou do valor) de um fato, de uma situação objetiva ou de um estado de valor, pois a intuição não necessita ter passado pelo pensamento de um contrário, nem que ainda este contrário seja apenas possível" (SCHELER, 2001, p. 282).

69 *Ibid.*, p. 214.

70 Todavia, a experiência prática constitui uma experiência *a posteriori*, portanto, suscetível de reflexão e indução.

71 *Ibid.*, p. 282.

É nesse sentido que Scheler reconhece que o caráter negativo e restritivo do dever está não na "consciência de que o dever nos proíbe, mas que nos manda".[72] O dever não substitui a consciência moral[73] ou a autonomia da pessoa, antes disso ele é capaz de incitá-la, orientá-la e permitir que a pessoa cresça por meio desse processo educativo. Mas este dever normativo não é por si só capaz de alcançar a disposição de ânimo ou produzir uma intuição, ainda que todo dever contenha em si mesmo um caminho intuitivo.[74]

O dever, enquanto resistência, estabelece os propósitos mediante os quais a vontade entra em contato com a realidade empírica. Outrossim, o dever aponta para consciência de um querer concomitante a uma realidade de valor que o fundamenta e que deve ser pela pessoa apreendida ou descoberta, de modo que "a vontade de fazer algo concreto é já uma intenção".[75] Assim, deveres, enquanto resistência, precisam ser ultrapassados por uma consciência de valor que seja capaz de incitar a pessoa a agir de forma virtuosa com vistas a um autêntico aperfeiçoamento moral.

Diante disso, estabelecida a relação entre valor e dever-ser, convém esclarecer os requisitos para que um dever possa ser considerado "bom" ou "mau". Primeiramente, a norma proposta por mandamento ou proibição está direcionada a um dever-ser ideal de um bem. A segunda condição é de que o ser pessoal mandatário perceba a existência de apetites e tendências contrárias ao que deve idealmente ser,[76] pois, como afirma Scheler, "as pessoas morais livres querem o bem, não porque se

---

72 *Ibid.*, p. 282.

73 "O que chamamos 'consciência moral' consiste, em primeiro termo, em ter um fino ouvido para os fatos dessa consciência da retidão e não-retidão de uma ação, na capacidade e na prática para advertir essa consciência, mas não nos atos de apreciação" (*Ibid.*, p. 284).

74 Entenda-se por processo educativo as ações tanto por meio de conselhos e mandados como pelo processo formativo da pessoa em seu aperfeiçoamento moral. Assim, pelas razões apresentadas até aqui, pode-se evidenciar que a ética da intuição e a ética do dever se opõem mutuamente.

75 *Ibid.*, p. 213.

76 SCHELER, 2001, p. 307.

está mandando, senão porque o veem".⁷⁷ Assim, o dever ao qual não se pode fazer oposição e que se coloca por uma imposição será sempre um mal, a princípio por diminuir o valor da pessoa a quem se manda, transformando-a em objeto, isento de autonomia e que cumprirá pela força da norma e não da consciência aquilo que evidentemente deve idealmente ser.⁷⁸ Noutro sentido, será considerado bom o dever que permita e se oriente pela reflexão moral, que favoreça o discernimento moral e que conduza ao crescimento da bondade na pessoa.

Portanto, uma ética intencional não rechaça a ideia de dever, mas revela a insuficiência do dever para uma autêntica ação moral. É apenas a partir desse pressuposto da consciência que a pessoa ética pode assumir a responsabilidade pelo mundo. Uma ética intencional exige um olhar constante da consciência⁷⁹ para a experiência na qual os valores podem ser por ela apreendidos, compreendidos e assumidos num ato livre e espontâneo.

Entretanto, a ética exige maturidade e uma sabedoria prática⁸⁰ que seriam aparentemente incompatíveis com uma ética intencional vinculada à experiência da consciência diante do valor. Esta afirmação nos conduz à reflexão sobre qual tipo de experiência é capaz de fornecer conteúdo ao valor. Enfim, quais os critérios que devem reger a experiência moral? Esses questionamentos nos conduzem às próximas seções que dizem respeito ao conhecimento (gnosiologia⁸¹) dos valores.

---

77 *Ibid.*, p. 308.

78 ALBUQUERQUE, Francisco Deusimar Andrade. "A Ética Personalista de Karol Wojtyla: Uma tensão entre Scheler e Kant". *Mimesis*, 37 (1): 7-20, 2016 (Bauru).

79 O termo "consciência" é aqui utilizado no sentido fenomenológico como o modo pelo qual o sujeito está ligado ao mundo e toma constantemente uma posição diante dele. Este esclarecimento se faz necessário para não se confundir a consciência fenomenológica com uma consciência psicológica relativa a um Eu.

80 Recordando a expressão de Aristóteles segundo a qual a ética conduziria a uma sabedoria prática para o homem bem julgar ou agir diante da vida.

81 Por gnosiologia entende-se o processo e a capacidade de se apreender a realidade ou o mundo. É, assim, o ramo da filosofia que estuda a natureza, a essência, as formas e os limites do conhecimento (SCHELER, M. "Fenomenología y gnoseología". *La esencia de la filosofía y la condición moral del conocer filosófico*. Buenos Aires: Nova, 1958a, p. 60-136).

2.5 O CONHECIMENTO DOS VALORES

O cenário sob o qual todo conhecimento, inclusive o axiológico, torna-se possível é a experiência. Nela, o conhecimento se entrelaça com o mundo, a vida e o ser cognoscente. Com esse argumento, Scheler considera que a Ética deve estar alicerçada sobre a experiência humana.[82]

Por meio da experiência, a pessoa pode amadurecer em suas motivações e inclinações, na percepção e conhecimento dos valores, na tomada de decisões e na conquista das virtudes. Igualmente, apenas pela experiência pode-se identificar como a Educação e a Cultura nos transformam e modificam nossa maneira de agir, já que atuam sobre nosso modo de ser.[83] Para Scheler, "tudo o que está dado *a priori* descansa sobre a 'experiência' tanto como o que nos é dado pela 'experiência' (no sentido da observação e da indução). Assim, pois, absolutamente, todo o dado descansa sobre a 'experiência'."[84]

Scheler, todavia, questiona: qual a natureza e a essência dessa experiência moral ou que matéria é apreciada como constituinte dos "fatos morais"? Quais fatos possuem os elementos essenciais dados imediatamente e que satisfazem os predicados para uma ação moral?[85] Ora, segundo o filósofo, não se pode aplicar aos fatos ditos morais os mesmos critérios atribuídos aos fatos oriundos das construções racionais e que atendem a descrições conceituais e históricas.

Os fatos morais – diferentemente das ações intelectuais que orientam os conhecimentos teóricos – são marcados por atos emocionais. Estes atos revelam o conhecimento axiológico como algo distinto daqueles conhecimentos advindos da experiência sensível e do pensamento discursivo (conhecimento teórico). Portanto, a experiência

---

82 SCHELER, 2001, p. 282.
83 NUSSBAUM, M. C. *A fragilidade da bondade*. São Paulo: Martins Fontes, 2009.
84 SCHELER, *op. cit.*, p. 107.
85 Proposições tais como: "esta ação é seleta, vulgar, nobre, baixa, criminosa etc." (*Ibid.*, p. 245).

moral ou os juízos morais não são um produto da razão, nem, tampouco, podem ser reduzidos à experiência sensível, ainda que o conhecimento axiológico seja capaz de integrar elementos da razão e do sentimento em sua epifania.[86]

Scheler[87] entende que o conhecimento racional (a exemplo do conhecimento teórico sobre a natureza) permite identificar, descrever e distinguir entes de diferentes composições, como estrelas, plantas etc. Ademais, se a pessoa direciona seu olhar para seu interior, ela será capaz de perceber um Eu, uma vontade, um sentir. Todavia, o conhecimento lógico-racional é diferente e se orienta por princípios incongruentes com os eventos morais no mundo prático.[88]

Nesse caso, Scheler associa-se a Hume, para quem a razão era insuficiente para dar conta dos eventos morais.[89] Para o filósofo escocês, a razão não podia ser fonte da moral, pois são as paixões que movem a ação moral humana. Assim, diz Hume:

> Como a moral, portanto, tem uma influência sobre as ações e os afetos, segue-se que não pode ser derivada da razão, porque a razão sozinha, como já provamos, nunca poderia ter tal influência. A moral desperta paixões, e produz ou impede ações. A razão, por si só, é inteiramente impotente quanto a esse aspecto. As regras da moral, portanto, não são conclusões de nossa razão.[90]

Segundo Hume, as ações morais decorrem comumente de inclinações naturais que determinam paixões, volições e ações cuja complexidade ultrapassa os limites da razão que trata do verdadeiro e do falso e não do certo e errado em termos morais. A função da razão seria de informar sobre a ocorrência das paixões e de compreender suas causas e efeitos.[91] Para Hume,

---

86 HESSEN, 1967, p. 166.
87 SCHELER, op. cit., p. 246.
88 SCHELER, 2001.
89 HUME, D. Investigações sobre o entendimento humano e sobre os princípios da moral. São Paulo: Unesp, 2004, p. 368.
90 Id., 2001, p. 497.
91 MAURI, 2005. Cf.: HUME, 2001, p. 498-499.

A única tarefa do raciocínio é discernir em cada um dos casos as circunstâncias que são comuns a essas qualidades; observar as particularidades em que concordam, de um lado, as qualidades estimáveis, e, de outro, as censuráveis; e atingir a partir daí o fundamento da ética, descobrindo os princípios universais dos quais se deriva, em última instância, toda censura ou aprovação.[92]

A compreensão dos fatos morais requer um olhar sobre como as emoções/paixões concorrem para a formulação dos juízos, impulsionam ou impedem o agir e estabelecem o encontro e a hierarquia entre os valores. Porém, Scheler, diferentemente de Hume, coloca a vivência moral sob a égide da experiência fenomenológica, aprofundando e radicando as bases axiológicas para além da experiência empírica. Com efeito, é na experiência fenomenológica que Scheler fundamenta sua axiologia, isto é, a sua compreensão sobre o apriorismo[93] dos valores, como ele descreve a seguir:

> Designamos como 'a priori' todas aquelas unidades significativas ideais e as proposições que, prescindindo de toda a classe de posição dos sujeitos que as pensam e de sua real configuração natural, e prescindindo de toda a índole de posição de um objeto sobre o que sejam aplicáveis, chegam a ser dadas por si mesmas no conteúdo de uma intuição imediata. Por conseguinte, se há de prescindir de toda a sorte de posição. Como também da posição 'real' e 'irreal', 'aparência', 'realidade' etc. [...] Ao conteúdo de uma 'intuição' de tal índole o chamamos 'fenômeno'; assim, pois, o fenômeno não tem que ver com 'aparição' (algo real) ou com 'aparência'. Uma intuição de tal índole é 'intuição de essências', ou também 'intuição fenomenológica' ou 'experiência fenomenológica'.[94]

O *a priori* definido pela experiência fenomenológica é um *a priori* material, o que significa uma primazia da realidade tal como ela é dada

---

92 HUME, 2004, p. 231.

93 Enquanto Kant pensa o *a priori* como aquilo que antecede a tomada de posição de um sujeito racional diante da experiência empírica, Scheler considera que a pessoa está imersa no mundo, e que toma uma posição moral anterior a um juízo racional ou análise sobre aquilo que vivencia. Assim, com base no enfoque fenomenológico cujo lema é idêntico ao de Husserl, "voltar às coisas mesmas", a perspectiva scheleriana suspende o próprio momento do juízo e coloca-se à procura da essência presente no fenômeno moral.

94 SCHELER, 2001, p. 103.

à consciência, enquanto instância (faculdade) de apreensão dos valores, que se antecipa à razão e não expurga do espírito a sensibilidade.[95] Em Scheler, a intencionalidade da consciência, seja em sua estrutura **noética** ou em seu **conteúdo noemático**,[96] constitui-se como um ato moral pelo qual o mundo sempre está relacionado a um valor ou desvalor, porquanto toda vivência, toda posição sobre o mundo é, ao mesmo tempo, uma experiência moral ou valorativa única.[97]

A singularidade da experiência moral revela a independência em face de tudo aquilo que pode ser observado, descrito e aprovado por uma experiência indutiva ou explicação casual.[98] A essência ou suas conexões igualmente não podem ser anuladas pela observação ou indução, servindo tais experiências extrafenomenológicas apenas para predizer se seus conteúdos foram analisados com exatidão.

---

95 Não se deve confundir o apriorismo fenomenológico como um subjetivismo, como abordaremos adiante.

96 Para Husserl, a intencionalidade é marcada por uma dupla direção (noema-noese) na experiência cuja estrutura se é indissociável. Ao conceber a intencionalidade como a "consciência de algo" tem-se um ato (cognoscente) pelo qual um objeto é apreendido que denomina-se de Noese. O objeto, que, por sua vez, é dado como correlato do ato intencional constitui-se no Noema ou conteúdo noemático. "Assim, à atividade subjetiva opõe-se o correlato objetivo; aos atos de percepção, de juízo, de amor, de ódio etc., o percebido, o julgado, o amado ou o odiado. Os objetos, destituídos da qualidade de coisas, ficam reduzidos à condição de noemas" (XIRAU, Joaquín. *Introdução a Husserl*. Rio de Janeiro: Contraponto, 2015, p. 162). A estrutura noemática consiste no conjunto de predicados e formas pelas quais o objeto vincula-se ao ato intencional, ou seja, a estrutura do noema é o sentido pelo qual os objetos possuem uma significação para a consciência (HUSSERL, E. *Ideias para uma fenomenologia pura e para uma filosofia fenomenológica (1913)*. Aparecida, SP: Ideias & Letras, 2006).

97 O absolutismo axiológico de Scheler consiste em que os valores são absolutos na experiência fenomenológica e, portanto, são a ela irrenunciáveis pelo qual nenhuma experiência pode estar isenta de valor, ainda que se considere que a existência do valor seja independente da experiência. Observação: a posição de Scheler não se confunde com o absolutismo ético segundo o qual os valores são imutáveis ou uma norma inflexível segundo a qual desconsidera "todas as transformações e vivências do homem ao longo do tempo" (Pereira Sobrinho, Omar. *A teoria dos valores de Max Scheler: Fenomenologia, concepção e ética*. Faculdade Jesuíta de Filosofia e Teologia, Departamento de Filosofia, Belo Horizonte, 2017, 106 p. (Dissertação de Mestrado, p. 76).

98 Essa é uma das razões pelas quais Scheler escreve um livro sobre como se compreender o fenômeno ético e não para ensinar a ser ético.

Diferentemente da experiência empírica, a experiência fenomenológica preenche completamente seus signos e modos de determinação justamente por ser ela mesma a-simbólica. Assim, diz Scheler, tal experiência é capaz de satisfazer todos os símbolos possíveis.[99] Noutra perspectiva, a experiência fenomenológica é sempre atual e única, pois somente ela não separa o pensado do que está dado, e, pois, "nada pode se dar fora do pensado".[100]

O apriorismo de Scheler revela que a experiência de ser-no-mundo exige inexoravelmente da pessoa um agir ético.[101] Assim, diz ele,

> Encontro-me em um imenso mundo de objetos sensíveis e espirituais que comovem incessantemente minha razão e minhas paixões. Sei que tanto os objetos que chego a conhecer pela percepção e pelo pensamento, como aqueles que quero, escolho, produzo, com que trato, dependem do julgo deste movimento de meu coração.[102]

É certo que a pessoa, sendo no mundo, não pode abster-se de julgar (valorar) a realidade, da mesma forma como é no mundo e na experiência fenomenológica dos valores que o homem firma seu caráter ético. O apriorismo scheleriano não se fundamenta em uma idealidade, mas na realidade da experiência fenomenológica. Nessa perspectiva, o apriorismo dos valores, para Scheler, possui uma natureza material e emocional.

---

99 "Toda experiência não-fenomenológica é em princípio experiência mediata por ou mediante qualquer símbolo e, por isso, experiência mediata, que nunca dá as coisas 'mesmas'" (SCHELER, 2001, p. 106).

100 *Ibid.*, p. 106. Scheler, fiel à redução fenomenológica, enfatiza que "onde o dado sobrepassa o pensado ou o pensado não está dado, não há experiência fenomenológica alguma".

101 Por agir ético entenda-se uma posição moral sobre o mundo.
Esses dois modos de experimentar – empírico e fenomenológico – a realidade revelam dois desdobramentos importantes para estudo da ética enquanto disciplina: 1. A limitação prática de modelos éticos formais de tomada de decisão, posto que a vivência é mais ampla e soberana em relação aos procedimentos empíricos; 2. Scheler se propõe, para além de uma sistematização de suas ideias, a elaborar um modo de compreensão do fenômeno ético como fundamento por entender o agir ético da pessoa no mundo.

102 SCHELER, 1998b, p. 21.

2.6 O APRIORISMO EMOCIONAL DOS VALORES

Os conteúdos *a priori* presentes na intuição das essências apenas podem ser mostrados, pois, ao tentar defini-los ou fundamentá-los, incorre-se, inevitavelmente, em um *circulus in definiendo* e num *circulus in demonstrando*.[103] Por isso, diz Scheler:

> O dado *a priori* é um conteúdo intuitivo, não 'planejado previamente' para os fatos pelo pensar, nem construído por este etc. São, antes, os fatos 'puros' (ou também 'absolutos') da 'intuição' rigorosamente distintos dos fatos cujo conhecimento exige recorrer a uma série (em princípio interminável) de observações. Eles apenas são – enquanto dados em si – com suas conexões, 'intuitivos' ou 'evidentes'.[104]

Pode-se afirmar que, ao situar o *a priori* junto à experiência fenomenológica, a vivência axiológica da pessoa contém sempre um conteúdo intencional.[105] Assim, mesmo o princípio de identidade da lógica simples que afirma que A é igual a B ou A é diferente de B só se afigura verdadeiro em razão de uma intuição fenomenológica segundo a qual o ser e o não ser de algo são incompatíveis.[106] E ainda que tais proposições lógicas possam alcançar grande parte das descrições dos conteúdos materiais da intuição, Scheler considera que o *a priori* precisa ser material, pois o

> *A priori* 'material' é todo conjunto de proposições que, em relação com outras proposições aprióricas – por exemplo, as da Lógica pura – tem validade para uma esfera mais especial de objetos. Mas também é possível pensar em conexões aprióricas entre essências que apenas

---

103 SCHELER, 2001, p. 105.

104 *Ibid.*, p. 107.

105 Exemplifica Scheler: "Que os princípios aritméticos atuem como axiomas ou como consequências demonstráveis é completamente indiferente para sua natureza apriórica. Pois no conteúdo da intuição em que se cumprem tais proposições é onde radica sua prioridade, não em seu valor pelo posto que ocupa nas relações de fundamento e consequência entre as partes integrantes de teorias e sistemas" (*Ibid.*, p. 108).

106 A e B, em sua representação, podem referir-se à descrição de quaisquer objetos e, por isso, podem constituir-se em forma de uma estrutura argumentativa, e, nesse sentido, ser considerado um *a priori* da Lógica Pura (Cf.: *Ibid.*, p. 109).

acontecem em um objeto individual e faltam, geralmente, em todos os demais objetos.[107]

Com efeito, o *a priori* material não pode estar baseado em um pressuposto racionalista, pois a intuição antecede toda a proposição da lógica e, desse modo, não está regida pelas leis da razão. Todavia, Scheler adverte que o *a priori* material não deve ser confundido com um conteúdo sensível ou com a ordem do pensado.[108]

Se assim fosse, a Ética seria apenas uma resposta condicionada pelo modo como as coisas afetam os sujeitos.[109] Isso faria do conteúdo sensível um absoluto e também o único dado da experiência,[110] inclusive tomando o conteúdo pelo ato, desviando-se da direção do ato intencional e reduzindo sua integralidade. Nesse sentido, se tal redução procedesse, Vásquez estaria correto ao entender que os juízos morais, numa teoria emotivista, seria apenas a expressão de uma emoção ou que qualquer emoção seria capaz de oferecer validade ao juízo que expressa e, portanto, "as divergências serão emotivas e não propriamente éticas.[111]

Scheler pretende demonstrar que a Ética é a disciplina que revela a integralidade da pessoa ao unir o que ela sente ao que pensa (razão). Na vida espiritual da pessoa, assim como acontece com a razão, o lado

---

107 *Ibid.*, p. 110.
108 SPADER, P. H. *Scheler's ethical personalism*. Nova Iorque: Fordham University, 2002.
109 E equiparar o conteúdo sensível ao pensamento sobre tal conteúdo significaria modificar a pergunta fenomenológica fundamental "o que está dado?" e substituí-la pela "o que pode estar dado?".
110 Para Scheler, desta errônea identificação do *a priori* material com um conteúdo sensível decorrem outras relações e conteúdos dados na experiência que seriam excluídos, tais como: "Relações, formas, figuras, valores, espaço, tempo, movimento, objetividade, ser e não ser, coisidade, unidade, pluralidade, verdade, agir físico, psíquico etc., em conjunto e cada um individualmente deveriam ser reduzidos a uma formação ou a uma projeção sentimental ou a qualquer outro modo de atuação subjetiva" (SCHELER, 2001, p. 111). Para esclarecer seu argumento, Scheler descreve o exemplo do desenho de um cubo cujo espectador, apesar de ver representada algumas de suas faces, é capaz de compreender a figura geométrica evidente como um todo indivisível.
111 VÁZQUEZ, Adolf Sánchez. *Ética*. Rio de Janeiro: Civilização Brasileira, 2012, p. 245.

emocional tem seus próprios conteúdos presentes no sentir, no amar ou no odiar, no preferir e no querer. Eis o que ele designa de "ordem e lógica do coração"[112] e o que a Ética é capaz de mostrar.[113] Sobre isso, diz o filósofo:

> O que aqui exigimos decididamente frente a Kant é um apriorismo do emocional e uma separação da falsa unidade que havia até então entre apriorismo e racionalismo. 'Ética emocional' diferentemente da 'Ética Racional' não é necessariamente 'empirismo', no sentido de um intuito de deduzir os valores morais a partir da observação e indução. O perceber sentimental, o preferir e postergar, o amar e o odiar do espírito tem seu próprio conteúdo *a priori*, que é tão independente da experiência indutiva como o são as leis do pensamento. Aqui como ali há uma intuição de essências de atos e suas matérias, de sua fundamentação e suas conexões. Tanto num caso como noutro existe a 'evidência' e a precisão da comprovação fenomenológica. [114]

Assim, no campo axiológico, diferentemente do que pensava Kant, o *a priori* é emocional, isto é, surge e se desenvolve a partir da tessitura emocional da pessoa e de forma autônoma em relação à lógica pura e à razão.[115] Eis por que uma fenomenologia do valor e da vida emocional possui um domínio próprio. Ao defender a concepção de um apriorismo emocional, Scheler afirma:

> O assento próprio de todo *a priori* estimativo (e concretamente do moral) é o conhecimento, a intuição do valor que se fundamenta no perceber sentimental, no preferir e, em último caso, no amar e odiar, assim como a intuição das conexões que existem entre os valores, entre seu ser 'mais altos' e 'mais baixos', digo, o 'conhecimento

---

112 Expressão tomada emprestada de Blaise Pascal: *"ordre du coeur o logique du coeur"*.

113 SCHELER, *op. cit.*, p. 121. Esse princípio básico do pensamento scheleriano da integralidade da vida espiritual da pessoa será retomado em outras obras de Scheler, especialmente em *A posição do homem no cosmo* (1929).

114 *Ibid.*, p. 123.

115 A intencionalidade do valor que se fundamenta no *a priori* aparece de forma mais ampliada que a de Husserl uma vez que, para este, o conceito de *"consciência"* ou a relação entre matéria e ato estão vinculados ainda a uma certa racionalidade (*ratio*) do ser (HUSSERL, 2007, p. 464).
Cf. HUSSERL, 2006.

> moral'. Este conhecimento se efetua, pois, mediante funções e atos específicos que são *toto coelo* distintos do perceber e pensar, e que constituem o único acesso possível ao mundo dos valores. Os valores e suas hierarquias não se manifestam através da 'percepção interior' ou da observação (na qual está dado unicamente o psíquico), senão em um intercâmbio vivo e sentimental com o universo (bem seja este psíquico ou físico ou qualquer outro), no preferir e postergar, no amar e no odiar mesmos, isto é, na trajetória da execução daqueles atos intencionais. E o conteúdo apriórico reside no que deste modo está dado. Um espírito que tivera limitado seu horizonte a percepção e ao pensar seria inteiramente *cego ao valor*, por mais capaz que fosse de 'percepção íntima', ou seja, de perceber o psíquico.[116]

Desse modo, os valores não podem ser elaborados pelo entendimento, deduzidos de uma percepção interior (do psíquico) ou abstraídos do raciocínio. Eles são intuídos mediante uma percepção sentimental. Enquanto isso, o ato intencional constitui-se em si mesmo como um ato gnosiológico ou cognoscente destinado a apreender a realidade do valor. Portanto, é a intuição moral que direciona e define os limites da conduta moral da pessoa.[117]

Contudo, para Vásquez, o intuicionismo emocional dos valores seria uma teoria insuficiente para explicar os juízos morais, posto que, como os valores são autoevidentes e captados mediante uma experiência emocional, não se poderia apresentar justificativas racionais para esta ou aquela conduta, impedindo, inclusive, o aprendizado moral.[118] Esse entendimento não parece fragilizar o intuicionismo emocional de Scheler, posto que, primeiramente, a razão não é deslocada da vida prática em que os atos morais acontecem, mas apenas deflacionada de seu poder em questões morais, pois ela atua de modo secundário e submissa à lógica do coração. Desse modo, aquilo que afirmamos sobre o dever também serve para este caso: toda experiência prática é passível de reflexão e de indução. Porém, os juízos racionais não são capazes de modificar a direção da ação moral da pessoa.

---

116 SCHELER, 2001, p. 127.
117 PEREIRA, 2000.
118 VÁZQUEZ, 2012, p. 248.

Se, por um lado, o simples conhecimento teórico das normas morais é insuficiente para determinar o querer,[119] por outro, a pessoa, ao agir, não pode desconsiderar sua cultura, sua época e seu *ordo amoris*. Convém ainda indagar: seria possível uma ética intencional que pudesse se afirmar como universal, ou seja, de validade geral nos termos de Kant? Ademais, a restrição do *a priori* à experiência pessoal não conduziria a uma perspectiva subjetivista da ética? A resposta às duas questões seria "não", pois Scheler contrapõe-se à interpretação transcendental (universal) e subjetivista do *a priori* dos valores. Para que uma interpretação transcendental (Kant) fosse possível, seria necessário que a essência dos objetos se guiasse exclusivamente por leis gerais e uniformes.[120]

Entretanto, a fenomenologia distingue três enfoques cujas essências são independentes, mas que se comunicam na experiência ética: a fenomenologia das coisas (qualidades e outros conteúdos objetivos), a fenomenologia dos atos mesmos que originam a experiência e o estudo das conexões essenciais que existem entre a fenomenologia das coisas e a dos atos.[121] Ainda acerca disso, Scheler acrescenta: "Não

---

119 SCHELER, *op. cit.*, p. 129.

120 García, Mariana Chu. "Universalismo vs. Relativismo: La fundamentación fenomenológica de la ética según Scheler". *Areté - Revista de Filosofía*, 26 (2): 295-312, 2014 (Lima).

121 Ora, essa compreensão torna-se notória se considerarmos que, na experiência, um único objeto pode favorecer vivências diferentes para pessoas diversas. Uma cena de agressão, *ceteris paribus*, pode estar associada a um sentimento de repulsa ou de justiça para a pessoa, conforme a conexão entre as essências lhe esteja dada, assim como seu *ordo amoris* (estrutura emocional e individualizada da pessoa) contribua espontaneamente para sua percepção sentimental. Vale ressaltar que a fenomenologia dos atos não permite uma objetivação desses atos. O processo sempre imperfeito de compreensão dos atos se dá por meio de um ato de segunda ordem que é a reflexão, posto que esta não interrompe a atualidade do ato, diferentemente da observação. A reflexão é uma porta entreaberta pela qual sempre se pode passar, mas nunca fechar, ou tomando a ilustração de Scheler em contexto diferente, é como alguém que percebe um mosquito dentro de um quarto com uma janela aberta, tranca a porta e já não possui garantias de que o inseto persiste ainda naquele ambiente (SCHELER, M. *Morte e sobrevivência*. Lisboa: Edições 70, 1993).

há um entendimento que prescreva à Natureza suas leis (leis que não estariam na Natureza mesma), nem, tampouco, há uma razão prática que imprimisse sua forma na profusão dos impulsos".[122]

Convém destacar que Scheler não escreveu um livro sobre como o sujeito deve ser ético, mas tal como Spinoza, ele procura investigar a essência e os fundamentos do fenômeno moral. Longe de todo transcendentalismo,[123] Scheler centra-se na estrutura moral da pessoa humana, para quem os objetos e os atos na vivência não podem dissociar-se entre "coisa em si" e "fenômeno". Esta distinção desaparece por meio da intencionalidade que reúne, em ato, o ser percipiente, a percepção e o ser percebido.

Noutra perspectiva, toda experiência não fenomenológica, como a indutiva, por exemplo, contém conexões essenciais, de modo que "as proposições valem para todos os objetos dessa essência porque valem para a essência desses objetos",[124] ao passo que também existem essências e conexões individuais em cada indivíduo, portanto, "a validade geral nada tem a ver com a 'aprioridade', pela simples razão de que a validade geral não pertence em nenhum sentido à essencialidade".[125] Também não se deve confundir o conteúdo "apriórico" com a "aprioridade", pois, explica Scheler:

> Uma proposição que se baseie em um conteúdo apriórico tem também validade geral apenas para os sujeitos que podem possuir a mesma intuição (toda validade geral é essencialmente tal para 'alguém', enquanto que a aprioridade não inclui em absoluto essa relação de 'para').[126]

Assim também é a certeza do ato reflexivo: uma possibilidade aberta, diferente da observação que reprime o ato.

122 *Id.*, 2001, p. 133.

123 Nesse sentido, ainda que não faça uma referência direta, Scheler já condena uma etologia moral, isto é, a dedução de valores morais mediante comportamentos específicos, e rompe com a perspectiva de Husserl de um Eu transcendental que se estenderia a pretensão de uma universalidade.

124 SCHELER, 2001, p. 133.

125 *Ibid.*, p. 136.

126 *Ibid.*, p. 137.

Por esta razão, Scheler acredita que podemos compreender e fundamentar apenas a ordem estrutural dos atos na experiência vivida e não a justificação (fundamentação) dos atos no tempo "real" ou estabelecer convenções concretas que determinem o agir de uma pessoa conforme os conteúdos *aprióricos* individuais. Essa ordem estrutural consiste exatamente no estabelecimento de que o sentido das coisas, bens, atos e suas relações reais desenvolvem-se a partir do *a priori* na experiência. Assim, à maneira de uma metafísica fenomenológica significaria que a essência anuncia e conduz a tonalidade da existência.[127]

Todavia, circunscrever o *a priori* na ideia de que a experiência fenomenológica dos valores estaria vinculada à especificidade da pessoa ocasionaria a interpretação psicologicista mediante a qual esses valores seriam dados por uma percepção interior ou uma projeção sentimental de um Eu (ou de um sujeito), o que seria o mesmo que defender uma interpretação subjetivista do *a priori*.[128] Para Scheler, "o Eu é (em todos os sentidos) unicamente o depositário de valores, mas não uma pressuposição de valores, nem um sujeito 'valorante', devido ao qual se dariam unicamente valores ou pelo qual exclusivamente seriam captados esses valores".[129] Ainda que o Eu faça parte do conjunto de conexões essenciais, ele não é o fundamento, produtor ou ponto de partida para apreensão das essências sem necessidade da consciência ou representação de um Eu.[130] Deve-se evitar a interpretação subjetivista que reduz efetivamente o Eu que se deseja enaltecer. Assim, o Eu individual precisaria estar vinculado a uma consciência geral ou a um Eu transcendental, do qual o Eu individual seria apenas um mero representante e suas ações

---

127 SPADER, 2002.

128 Esse também é um problema que tem por fundamento o próprio método fenomenológico de Husserl, pois se centra no argumento tautológico de que se toda consciência é consciência de algo, toda experiência se estrutura sobre a experiência da consciência de um sujeito; a realidade seria uma interpretação do sujeito. Como dissemos anteriormente, na fenomenologia de Husserl persiste a ideia de uma consciência racional capaz de conhecer e significar a realidade, ainda que num momento pré-teórico.

129 SCHELER, *op. cit.*, p. 138.

130 *Ibid., loc. cit.*

seriam apenas espelho desse Eu transcendental. Desse modo, "o valor do Eu individual 'estaria absorvido pelo *a priori* formal e por seu depositário, o Eu transcendental'".[131]

Com efeito, o *a priori* material (emocional) proposto por Scheler confronta-se com os formalismos inspirados no racionalismo, principalmente o kantiano, o transcendentalismo, o subjetivismo e também se contrapõe às correntes do inatismo e do empirismo. De fato, o inatismo e o empirismo procuram vincular o *a priori* à ideia de Natureza e, junto a ela, os conceitos de *inato* e *adquirido*. Para Scheler, o *a priori* pode existir tanto em atitudes inatas (herdadas) como em adquiridas (tradição), sendo-lhe, portanto, indiferente tais condições.[132]

A perspectiva kantiana julga que cada sujeito é capaz de alcançar, por meio da razão, uma intuição moral. Diferentemente disso, Scheler afirma que a autoaquisição é apenas um dos diversos modos de atividades da pessoa que cooperam para o alcance de intuições *a priori* (mas que não se confundem com estas), pois é preciso também destacar a hereditariedade, a tradição, a educação, a autoridade, a própria experiência de vida e a formação da consciência moral resultante desta experiência.

De acordo com Blosser,[133] sem compreender a separação da intuição moral dos conceitos de *inato* e *adquirido*, os adeptos do pensamento kantiano apressam-se em afastar ideias como *vontade divina*, *instintos hereditários*, a *tradição* ou o *mandamento de uma autoridade*, pois, para o kantismo, estes são irrelevantes para a percepção moral do sujeito racional. Scheler discorda ao considerar que "a intuição do bem é o único caminho para se estabelecer o que é bom", sendo irrelevantes os modos de cooperação pelos quais se chegou até a intuição do bem.[134] Para o autor, os valores e os juízos morais integram uma forma de conhecimento próprio e que não se confundem nem podem ser reduzidos ao saber proveniente da razão.

---

131 SCHELER, 2001, p. 139.
132 *Ibid.*, p. 141.
133 BLOSSER, Philip. *Scheler's critique of Kant's ethics*. Ohio, EUA: Ohio University, 1999.
134 SCHELER, *op. cit.*, p. 142.

Após apresentar os argumentos schelerianos de defesa do apriorismo emocional dos valores frente aos formalismos, abordaremos a teoria pura do valor que se traduz na investigação acerca da essência do valor e de suas conexões essenciais.[135]

2.7 Da essência dos valores

Consoante ao apriorismo emocional dos valores, torna-se evidente, para Scheler, o que são os valores. Diz ele: "os valores são fenômenos que se sentem claramente, não incógnitas obscuras que apenas recebem seu sentido quando estes fenômenos são plenamente conhecidos".[136] Os valores, portanto, são essências *a priori*. E ainda que sejam objetivos e independentes de seus depositários, eles se manifestam na experiência da pessoa em seu modo de ser no mundo por meio de atos emocionais. Assim, os valores se constituem como estruturas pelas quais conferimos significado e sentido às nossas vivências e ao mundo.[137] A experiência axiológica é, portanto, o princípio de todas as outras experiências, pois não há como a pessoa estar no mundo sem apreciá-lo ou apreender seu valor. Ciente dessa verdade apodítica, Scheler dedica-se à compreensão do modo como os valores estão dados na vivência e suas relações essenciais, as quais passamos a apresentar a seguir.

---

135 Como dissemos, a investigação fenomenológica reconhece a existência de uma estrutura ou organização formal do valor quanto às suas relações no âmbito da experiência fenomenológica que são designadas como leis de essências, mas que em nada se parecem com os parâmetros de uma ética formal. São leis da apreensão dos valores e que repousam sobre a intuição. O tema acerca da apreensão dos valores será abordado no capítulo seguinte ao tratarmos da percepção sentimental.

136 SCHELER, 2001, p. 62.

137 "De um modo geral, todo comportamento primário com respeito ao mundo, não apenas ao exterior, senão também com respeito ao interior, e não apenas para com os demais, senão também para com nosso próprio eu, não é simplesmente um comportamento 'representativo' – um ato de percepção –, senão sempre – e, segundo o anteriormente aduzido, de um modo primário – uma conduta emocional e apreensora de valores" (*Ibid.*, p. 287).

Os valores são bipolares, isto é, cada valor possui seu antípoda. Assim, eles distinguem-se em positivos e negativos. Tal evidência permite a Scheler resgatar as relações onto-axiológicas de Brentano[138] apresentadas em seu opúsculo *A origem do conhecimento moral* (1889), conforme mostra o quadro a seguir:

A existência de um valor positivo é, em si mesmo, um valor positivo.
A existência de um valor negativo é, em si mesmo, um valor negativo.
A inexistência de um valor positivo é, em si mesmo, um valor negativo.
A inexistência de um valor negativo é, em si mesmo, um valor positivo.

Quadro 01: Axioma de Valores seguido por Max Scheler.
Fonte: SCHELER, 2001, p. 74; 146.

Com efeito, esta polaridade é intrínseca à natureza dos valores, uma vez que um valor não pode ser igualmente positivo e negativo. De acordo com Hildebrand, todo valor carrega uma tomada de posição que é, ao mesmo tempo, uma resposta ao valor. Assim, diz ele:

> Cada valor possui sua resposta ideal a ele devida com independência do valor ocorrer; isto é, cada valor ou desvalor determinado possui uma resposta positiva ou negativa determinada. Assim, em primeiro lugar, ao valor positivo corresponde essencialmente uma resposta positiva e vice-versa.[139]

Essa polaridade independe do fato de estes valores existirem ou não na experiência concreta,[140] dito de outro modo, um valor positivo não se impõe em comparação a um não valor ou a um valor negativo, posto que as relações essenciais prescindem da existência concreta ou

---

138 BRENTANO, F. *El origen del conocimiento moral*. Madri: Tecnos, 2002.
Franz Brentano é o filósofo cujo pensamento mais influenciou e ressoou no desenvolvimento das ideias de Scheler. Considero que o contato com Husserl possibilitou apenas o contato com o método fenomenológico com o qual desenvolveria sua própria estratégia para avançar nas inquietações já sedimentadas em seu espírito.
139 HILDEBRAND, Dietrich von. *La idea de la acción moral*. Madri: Encuentro, 2014, p. 61.
140 SCHELER, 2001, p.146.

da percepção dessa comparação junto à vivência do valor. A justiça não se realiza por contraposição à injustiça, mas porque o justo deve ser.[141] Nesse sentido, a relação entre valor e dever pode ser sintetizada no quadro abaixo:

Todo dever se fundamenta em valores. Os valores não se fundam de nenhum modo sobre o dever-ser ideal.
Somente os valores devem (ideal) ser e devem não ser.
Os valores positivos devem ser, e os valores negativos devem não ser.
Os valores estão dados de forma indiferente à existência ou não existência do dever-ser (obrigação).

Quadro 02: Relações entre valor e dever (ideal).
Fonte: SCHELER, 2001, p. 146.

Com base no quadro acima, o dever-ser nunca pode indicar quais são os valores positivos,[142] nem introduzir estes valores na experiência. A despeito disso, assim como o *a priori* do valor pode se modificar conforme o estado de valor do objeto, esta apreciação pode se alterar conforme o depositário de valor. No sentido moral, a proposição máxima de Scheler é de que apenas as pessoas podem originariamente ser boas ou más, e, mediante isso, serem portadoras de valores morais.[143]

Partindo do pressuposto de que a pessoa é um valor absoluto, os valores *bom* e *mau* se definem a partir do ser pessoal. Ou seja, os bens, objetos e atos serão considerados bons ou maus na medida em que permitem o aperfeiçoamento moral da pessoa no exercício de virtudes (bondade) e no afastamento dos vícios (maldade). Nesse sentido é que

---

141 Se o mesmo objeto pode ser valorado positiva e negativamente, isto se dá pelo estado de valor do objeto – que não constitui o valor em si mesmo – ser diferente. Explica Scheler que se trata de um princípio evidente de que não se pode apetecer e detestar o mesmo estado de valor. Por isso também é possível formular um juízo valioso diferente para o amigo, o inimigo e para os demais, ainda que em circunstâncias iguais (*Ibid.*, p. 148-149).

142 Valores negativos são os que não devem ser.

143 *Ibid.*, p. 149. Conferir também: "Os valores éticos são em geral e primeiramente valores cujos depositários não podem ser dados nunca como 'objetos' (originariamente), porque estão na pessoa (e no ato)" (*Ibid.*, p. 150).

os atos da vontade e as ações podem ser julgados bons ou maus quando praticados por uma pessoa.[144] Com base nisso, Scheler estabelece 4 princípios fundamentais.

Axiomas: Moralidade e a esfera da vontade
Bom é o valor vinculado à realização de um valor positivo.
Mau é o valor vinculado à realização de um valor negativo.
Bom é o valor vinculado à realização de um valor mais alto (ou da classe mais alta).
Mau é o valor vinculado à realização de um valor mais baixo (ou da classe mais baixa).

Quadro 03: Axiomas da esfera da vontade.
Fonte: SCHELER, 2001, p. 74.

Ademais, valores como agradável ou útil não configuram valores éticos, antes são valores de objetos reais ou virtuais (em princípio, inaparentes ou imaginados).[145] Assim, quando tomamos o valor da dignidade da pessoa ou da amizade pelo agradável ou pelo útil, depreciamos o valor moral da pessoa, objetivando-a e subjugando-a aos nossos interesses, o que acarreta uma degradação da própria dignidade pessoal. Eis como Scheler associa o valor ao seu depositário:

VALORES	DEPOSITÁRIOS DE VALORES
Agradável / útil	Coisas e acontecimentos
Estético	Objetos
Valor vital (nobre e vulgar)	Seres vivos
Valor ético (e moral)	Pessoas

Quadro 04: Relações aprióricas entre valores e depositários de valor.
Fonte: SCHELER, 2001, p. 150-151.

Segundo Vegas,[146] essa diversidade de valores relacionada aos diferentes tipos de depositários sugere a supremacia dos valores pessoais em face das outras diferentes classes, bem como a inexistência de uma

---

144 KELLY, Eugene. *Material Ethics of Value: Max Scheler and Nicolai Hartmann*. Nova Iorque: Springer, 2011. Cf.: SCHELER, 2001, p. 74.
145 *Id.*, 2001, p. 150.
146 VEGAS, 2014.

hierarquia no reino de valores, posto que são valores de modalidades diferentes e independentes entre si.

Tal hierarquia já está contida na própria essência dos valores e sua posição superior ou inferior está dada de maneira objetiva na experiência. Isso não significa que o valor superior é obrigatoriamente o valor preferido, mas sim que o ato pelo qual apreendemos de maneira *a priori* a superioridade do valor está **no** ato de **preferir** ou **postergar**.[147] Estes são atos espontâneos, simultâneos, recíprocos e paralelos à percepção sentimental, e um dos meios pelos quais temos acesso ao mundo dos valores.

Contudo, Scheler considera que a preferência é inerente à essência dos valores, portanto, ela não modifica a hierarquia dos valores, ainda que as "regras de preferência" possam variar na história "(variação que é muito distinta da apreensão de novos valores)".[148] O axioma da preferência orienta-nos de dois modos práticos: 1. O ato de preferir está relacionado à posição do valor na escala axiológica *a priori*, isto é, está associada a uma classe de valores. A preferência não modifica o valor apreendido e se vinculará a um particular mundo de bens, porquanto o modo como o valor está dado hierarquicamente é invariável.[149] 2. As regras de preferência se voltam para o mundo dos bens que são guiados por uma hierarquia dominante de cada época, mas que não determina de modo unívoco o mundo dos bens. É certo que na constituição de um

---

147 Scheler opta pelo termo "preferir" ao verbo "escolher", pois o escolher envolve a ideia de uma alternativa entre outras possibilidades, o que pressupõe uma tendência ou um querer prévios. Já o "preferir" não exige um comparativo ou o pensar sobre uma escolha e, por isso está mais adequado ao conceito de *a priori*. A superioridade do valor não está dada antes ou depois do ato de preferir, mas no ato de preferir. Por ato de preferência entenda-se tanto o preferir como o postergar ainda que sejam modos distintos de apreensão de uma relação hierárquica (SCHELER, 2001, p. 154). Cf.: *Ibid.*, p. 152-154.

148 *Ibid.*, p. 153. Esse esclarecimento é necessário para evitar incorrer em um formalismo racionalista ou empirista. A compreensão desse argumento de Scheler condiz com o fato (observação) de que a moral e que sociedades de épocas ou contextos distintos não seguem (preferem) iguais valores. Ainda, se as regras de preferência fossem fixas, facilmente poderíamos aduzir sociedades moralmente mais evoluídas que outras.

149 *Ibid.*, p. 153.

bem pode haver vários aspectos e conteúdos de valor que podem dar diferentes enfoques aos bens em particular de acordo com cada época.[150]

As regras de preferência, por um lado, constituem em si mesmas uma esfera de valores estéticos que se traduzem num estilo de uma época como ocorre com a arte, e, por outro, ao tratar da esfera do mundo prático e pessoal, eles são denominados de regras morais.[151] Com efeito, as regras de preferência, enquanto dadas por si mesmas, são igualmente *a priori* e não podem ser deduzidas. Entretanto, a preferência é isenta de comparação, posto que tomamos o conteúdo fenomênico objetivo como o melhor possível.[152]

A ordem de preferência e o estabelecimento da hierarquia do valor revelam que cada valor assume uma intensidade diferente na experiência, que, de fato, determina sua classificação axiológica. Isto permite a Scheler estabelecer outras conexões essenciais *a priori* entre a hierarquia e as outras propriedades essenciais dos valores. Diz ele:

> Os valores parecem ser "*mais altos*" quanto mais **duradouros** são; igualmente, quanto menos participam da '**extensão**' e **divisibilidade**; igualmente, quanto menos '**fundamentados**' se achem em outros valores; também, quanto mais **profunda** é a **satisfação** ligada com sua percepção sentimental; e, finalmente, tanto mais altos parecem quanto menos **relativa** é sua percepção sentimental à **posição** de depositários concretos essenciais para o 'perceber sentimental' e o 'preferir'.[153]

Não obstante às demais propriedades já citadas, o grau de **relatividade** da esfera própria do valor torna-se inexorável para a análise das conexões entre o perceber sentimental, os depositários de valor e a estrutura hierárquico-material dos valores. Primeiramente, a relatividade ora posta não significa um valor subjetivo. O "relativo" aqui é tomado como sinônimo da expressão "relacionado à", propriedade da

---
150 *Ibid.*, p. 69.
151 *Ibid.*, p. 70.
152 HILDEBRAND, 2014, p. 144.
153 SCHELER, 2001, p. 155.

esfera dos valores, sem a qual não se estabelece a conexão essencial entre ato e objeto.[154]

Por isso, o valor agradável só é possível para seres dotados de sentimentos sensíveis. Os valores morais independem da existência de toda sensibilidade e da essência vital. Eles se vinculam ao puro sentir, isento de funções sentimentais, e são encontrados no preferir e no amar. E, justamente por não estarem presos ao perceber sentimental,[155] os valores morais podem ser apreendidos sem a necessidade de se sentir as sensações da experiência do outro. Assim, diz Scheler, "é, pois, a característica essencial – e mais primordial – do 'valor mais alto' a de que é o valor menos relativo; e a característica essencial do 'valor mais alto de todos' a de ser o valor 'absoluto'. As demais conexões de essência se baseiam sobre esta".[156]

Convém, por isso, tratar das relações entre os valores com seus depositários e dos valores entre si, evidenciando sua diversidade e formas de hierarquização a fim de se entender os seus efeitos morais sobre a pessoa.

2.8 O REINO DOS VALORES

Scheler estabelece duas ordens (hierarquias) no reino dos valores, sendo uma referente ao depositário de valor concernente às pessoas e outra voltada para as qualidades materiais que ele designará de modalidades (classes) de valores.[157] Pode-se indicar que toda forma

---

154 A relatividade do ser dos valores mesmos não se confunde com a relatividade dos bens que é de segunda ordem (*Ibid.*, p. 165).

155 Isso não significa que o valor absoluto não pode ser reconhecido mediante o perceber sentimental, mas que não depende deste e que outros atos como o amor e o preferir lhes são mais apropriados, pois configuram um "puro" sentir, isto é, independem da essência da sensibilidade.

156 RAMOS, 1997.
Cf.: SCHELER, *op. cit.*, p. 167.

157 LÉON, Alberto Sánches. *Acción humana y "disposición de ánimo" desde la perspectiva fenomenológica: Alexander Pfänder, Dietrich Von Hildebrand y Max Scheler.*

de hierarquização dos valores seguirá o princípio de desprendimento (abnegação) das classes de valores mais ligados à vida (mais baixos) em direção aos valores mais centrados no espírito.

Esse princípio moral, designado de desprendimento,[158] não é contrário ao fundamento antropológico, conforme vimos no capítulo sobre o conceito de *pessoa*, a partir do qual o espírito passa a ser o princípio unificador e idealizador de toda a vida. Com base nesses enunciados, podemos estabelecer uma orientação hermenêutica para a compreensão da hierarquia dos valores, das quais passaremos ao exame dessa ordem e suas conexões com os depositários de valor.

2.8.1 A ORDEM DOS VALORES JUNTO AOS SEUS DEPOSITÁRIOS

As relações *a priori* entre a altura do valor e o depositário de valor revelam-se em oito conexões essenciais, segundo Scheler.[159]

1. Considerando a natureza do depositário de valor, temos que os valores pessoais são soberanos, absolutos e, portanto, são os mais elevados. Segue-se a eles os valores da virtude que se destinam ao aperfeiçoamento pessoal (moral); e, em terceiro lugar, estão os valores das coisas (bens). Os bens se classificam em materiais (gosto e utilidade), vitais (bens econômicos) e os bens espirituais (ciência, arte e os bens da cultura).

Pamplona, Universidad de Navarra, Facultad Eclesiástica de Filosofía, 2009, 315 p. (Tese de Doutorado). Cf.: SCHELER, 2001, p. 167.

158 Scheler não assume o princípio de desprendimento como uma lei moral essencial. Mas, no contexto geral de sua obra, a formação da pessoa moral busca a excelência dos valores mais "espiritualizados" e das virtudes como a humildade. Utilizo o termo espiritualizados para agrupar os valores espirituais e do sagrado.

159 O filósofo não se preocupou em hierarquizar os valores em cada categoria, mas apenas em identificá-las. Scheler também não estabelece uma relação entre essas conexões para a determinação da hierarquia dos valores. Temos, portanto, oito configurações que se entrelaçam na experiência considerando apenas o depositário puro de valor. Nesse sentido, as duas formas de apreender a hierarquia dos valores, seja pelo depositário ou pela materialidade dos valores, não consistem em duas formas de análise pelas quais seja possível definir concretamente o ato de apreciação, tampouco reduzi-la a alguma forma utilitarista para consecução dos valores mais altos.

2. Os valores próprios e os valores estranhos possuem a mesma estatura de valor. Entretanto, tomando como base os atos de realização dos valores, Scheler atesta que a realização de um valor estranho possui um valor mais elevado que a execução de um valor próprio.[160] Ressalte-se, ainda, que este critério se aplica aos valores pessoais, valores de ato, valores de função e valores de estado.

3. Existe ainda um valor de ato, um valor de função e um valor de reação. Aqui o valor do ato é maior que o de função (ver, ouvir etc.), que, por sua vez, é mais elevado que o valor de reação (resposta). Igualmente, os comportamentos espontâneos possuem valor maior que as condutas reativas.[161]

4. Tomando-se por fundamento a pessoa na execução do ato, há uma conexão essencial entre o valor da disposição de ânimo e o valor da ação que são mais altos que o valor de êxito. Do contrário, o valor do êxito seria mais elevado e, nesse caso, "os fins justificariam os meios".

5. Considerando a consciência do valor ou a autonomia da pessoa, o valor da intenção é mais elevado que o valor de uma simples vivência de estado. Nesse sentido, essa conexão essencial corrobora a posição axiológica entre comportamentos espontâneos e de reação.

6. Com base na inter-relação entre as pessoas, Scheler defende a existência de valores que fundamentam essa interação. Tais valores envolvem todas as pessoas (ser-valor), e são mais elevados que o valor da forma pela qual se institui as relações (amizade, matrimônio). O valor de forma é, então, maior do que o valor da correspondência entre elas mesmas (valor de relação). Eis por que amigos podem permanecer unidos no respeito mesmo quando ocorrem animosidades entre eles.

---

160 SCHELER, 2001, p. 168. Por exemplo, a pessoa que em si mesma é um valor próprio, não é, por si mesma, detentora de um valor mais elevado que a pessoa do outro, que, por ser diferente do si mesmo, é um valor estranho. Considerando o "valor de ato", por exemplo, que uma atitude altruística possui um valor ("valor estranho") mais elevado do que a realização de um ato em benefício de si mesmo (valor próprio).
161 KELLY, 2011.

7. Um outro elemento diz respeito à relação entre valores individuais e valores coletivos.[162] Os valores individuais abarcam todos os valores que integram uma identidade pessoal composta de valores próprios ou estranhos, tais como aqueles pertinentes a uma pessoa isoladamente ou enquanto membro de um "grupo" (profissão, classe social e comunidade, por exemplo). Os valores coletivos, para Scheler, são sempre valores da sociedade,[163] tomada como pessoa coletiva. Nesse sentido, os valores da sociedade podem unir-se ou contrapor-se a valores individuais.[164]

No que tange à hierarquia entre valores individuais e coletivos (sociais), deve-se considerar que estes são realidades independentes, uma vez que a união de indivíduos não configura necessariamente uma sociedade. Portanto, os valores individuais e os valores coletivos podem ser rejeitados por uma pessoa, entretanto, eles não podem anular as formas de expressão da pessoa individual ou da pessoa coletiva.[165] Aqui a hierarquia se constitui como uma seleção espontânea de valores que se dá pela relação de solidariedade, do con-viver entre as pessoas individual e coletiva.[166]

8. Em face da independência dos valores em relação a outros valores, torna-se necessário colocar em evidência que são os *valores por si mesmos* e os *valores derivados (Konsekutivwerte)*. Assim, de acordo com Scheler,

---

162 Apesar da relação apriórica entre valores individuais e coletivos, Scheler dedica-se à distinção entre os valores e não indica uma relação hierárquica evidente. Ele não relaciona os valores individuais e coletivos a bens ou coisas, de modo que seu intuito é caracterizar tais valores como valores de pessoas. Portanto, não se é possível descrever que um objeto ou coisa tem um valor individual perante sua classe, mas que possui um valor próprio.

163 A sociedade está para além dos depositários, formas e relações interpessoais de valores. Ela congrega uma pluralidade de uma classe conceitual e nunca uma unidade existencial por si mesma de vividos.

164 SCHELER, 2001, p. 171.

165 *Ibid.*, p. 651.

166 *Ibid.*, p. 672.

> Há entre os valores, alguns que conservam seu caráter de valor independentemente de todos os outros valores, e outros que requerem essencialmente uma referência fenomênica (que se pode sentir intuitivamente) a outros valores, sem cuja referência deixam de ser tais 'valores'. Chamo aos primeiros 'valores por si mesmos', e, aos últimos, 'valores derivados' ('consecutivos').[167]

Os valores derivados são valores de instrumento, isto é, são fatos fenomênicos de valor intuitivamente perceptível. Scheler, como vimos, afirma que os valores superiores podem ser divididos em valores por si mesmos e valores derivados (por referência). Os valores derivados ainda se subdividem em valores técnicos e valores simbólicos. Nessa perspectiva, o valor útil é um valor técnico derivado do valor do agradável. Assim, o valor útil vincula, conduz ou leva consigo o valor do agradável.

A outra classe de valores derivados refere-se aos valores simbólicos,[168] que possuem, por sua propriedade, a capacidade de congregar valores diversos e, assim, associando-se a um valor próprio, posto que a função simbólica assume ela mesma a condição de depositária de valor. Com efeito, o valor simbólico vincula e transforma a relação axiológica inicial da "coisa". Scheler cita os exemplos da bandeira de um exército que comporta um valor próprio associando simbolicamente a dignidade e a honra do regimento, e dos objetos religiosos (*res sacrae*) que se vinculam ao valor do santo.[169]

---

167 *Ibid.*, p. 171.

168 Não confundir com "símbolos de valor", a exemplo do papel moeda que por convenção se atribui um valor econômico cujo papel irá representar. O papel moeda em si não é um autêntico depositário fenomênico de valor. "Os símbolos de valor servem meramente para uma quantificação de valores (sempre artificiosa), e, com isso para uma medição em maiores e menores, distinção que nada tem a ver com a altura do valor" (*Ibid.*, p. 173). A etimologia da palavra "símbolo" significa aquilo que une. O valor simbólico é capaz de agregar valores diversos transformando a relação com a coisa em si e assumindo um valor próprio e, diferentemente do símbolo de valor, não constitui apenas uma representação.

169 Na religião católica, a cruz possui um valor simbólico de sacrifício, de humildade e da própria divindade; a água do batismo é o sinal de uma renovação espiritual, através do valor das virtudes do amor, do perdão e do arrependimento aderidas à pessoa divina.

Assim, os valores por si mesmos e os valores derivados alcançam diferentes classes de valores e surgem em diferentes níveis hierárquicos. Portanto, não é possível apenas por este critério *a priori* estabelecer uma hierarquia dos valores. Tomando como base a capacidade de apreensão de valores da pessoa, e a diversidade de valores no mundo que podem estar presentes na experiência, torna-se necessário evidenciar a força desses valores que, por vezes, podem aparecer em conflito. Para tanto, trataremos, a seguir, da hierarquia material dos valores.

2.8.2 HIERARQUIA MATERIAL *A PRIORI* DOS VALORES

Independentemente do mundo dos bens ou de qualquer forma de organização da natureza, há uma ordem hierárquica entre os sistemas de qualidades dos valores materiais, isto é, entre as classes de valores e que constituem o autêntico *a priori* material. Para melhor expor esta ordenação, elaboramos o quadro a seguir:

CLASSE DE VALORES	VALORES EVIDENTES	VALORES DERIVADOS (Técnicos e Simbólicos)	FUNÇÃO SENTIMENTAL	REAÇÃO SENTIMENTAL	MODELO PESSOAL	MODOS DE COMUNIDADE
1. Valores do agradável	Agradável e desagradável	Valor do Útil Valor do Luxo	Perceber afetivo sensível: gosto e o sofrimento; Sentimentos sensíveis (prazer e dor sensíveis)	—	O artista do prazer (Künstler Des Genusses) O pioneiro da civilização - útil (führender Geist)	Formas elementares da sociedade (Ex.: massa)
2. Valores Vitais	Nobre-Vulgar	A esfera do Bem-estar (Vigor, Jovialidade e Longevidade) e Prosperidade	Perceber afetivo vital Sentimentos vitais (Vitalidade; saúde e enfermidade, fadiga, velhice, temporalidade)	Contentar-se, afligir-se, angústia, vingança (impulso) e cólera	O Herói	Comunidade de vida (Estado)
3. Valores Espirituais	1º Valores Estéticos 2º Justiça 3º Conhecimento da Verdade	Valores da ciência Valores da cultura	Perceber sentimental espiritual Preferir odiar e amar espirituais A alegria e tristeza espirituais	Agradar, aprovar, apreço, desejo de vingança, simpatia espiritual, amizade	O Gênio	Comunidade de direito Comunidade da cultura
4. Valores do Santo e do Profano	Valores de Pessoas	Valores religiosos Valores metafísicos	Amor espiritual à pessoa Sentimentos de Felicidade e Desesperança	Veneração, Adoração, e atitudes análogas	O Santo	Comunidade de Amor

HIERARQUIA A *PRIORI* MATERIAL DOS VALORES (Ordem Crescente)

Quadro 05: Hierarquia das modalidades de valor
Fonte: SCHELER. M. *Ética*. p. 173-179; SCHELER. M. *Da reviravolta dos valores*. p. 160; SCHELER, M. *Modelos e líderes*. p. 39; PEREIRA SOBRINHO, Omar. *A teoria dos valores de Max Scheler*. p. 40.

Com base no quadro anterior, podemos sintetizar as principais ideias que norteiam o sistema ético de valores proposto por Scheler. O sistema de valores de Scheler demonstra como eles constituem o mundo moral e a formação da personalidade moral da pessoa, e como sua apreensão se dá por meio dos sentimentos, permite estruturar modelos pessoais e atuam sob as formas de associação entre as pessoas. Convém recordar que os valores morais não são valores objetivos e que estão relacionados à esfera da vontade.[170]

Em seu livro *O formalismo na ética e a ética material dos valores*, Scheler estabelece uma estrutura axiológica formada por quatro categorias de valores, sendo: sensíveis, vitais, espirituais e do santo. Sobre isso, afirma o filósofo:

> Estas modalidades de valores mantêm uma hierarquia apriórica que precede as séries de qualidades pertencentes a aquelas modalidades; hierarquia aplicável aos bens destes valores assim constituídos, posto que é aplicável aos valores dos bens. Os valores do nobre e do vulgar são uma série de valores mais alta que a série do agradável e do desagradável; os valores espirituais, por sua vez, são uma série de valores mais alta que os valores vitais; e os valores do santo são uma série de valores mais alta que os valores espirituais.[171]

Como vimos, essas categorias seguem o princípio de desprendimento ou de sublimação que vai desde os valores vinculados aos aspectos biológicos até os valores relacionados ao espírito. Assim, para cada classe de valores há também uma respectiva forma de apreensão sentimental, cuja vinculação também permite identificar uma gradação própria das emoções que refletem a personalidade moral. Da mesma forma, a particularidade axiológica dos sentimentos nos permite

---

170 RAMOS, 1997, p. 34.
Baseado no pensamento de Scheler, Ramos critica a hierarquia axiológica elaborada por Ortega y Gasset em seu opúsculo *Introducción a uma estimativa: ¿Qué son lós valores?* (1923/1947), por inserir os valores morais como uma categoria própria dentro da estrutura axiológica, pois, considerar a inclusão de tais valores como uma classe especial de valores materiais expressaria apenas que aqueles que lá estivessem contidos teriam alguma significação moral. Cf.: ORTEGA Y GASSET, 2004.
171 SCHELER, 2001, p. 179.

compreender que uma educação sentimental pode estar associada à formação e ao progresso moral da pessoa.

Por isso, examinaremos, a seguir, cada classe de valores em particular, considerando uma ordem hierárquica crescente que leva em consideração o *a priori* material e sua participação na constituição do ser pessoa. Para um melhor entendimento da complexidade desta classificação, apresentaremos as seguintes modalidades: a) valores do agradável e valores vitais; b) valores espirituais; c) valores do santo e do profano.[172]

a) Valores do agradável e valores vitais

Os **valores do agradável** [*Die wertrehe des angenehmen*] são a classe mais inferior de valores. São aqueles que nos permitem envolver-nos com o mundo natural e estão associados diretamente à percepção afetiva sensível e sentimentos sensíveis, porquanto sua apreensão está ligada a funções específicas do corpo, tais como ver, ouvir etc.[173] Entretanto, apesar de ligados à sensibilidade (funções dos sentidos) e aos sentimentos de prazer e dor sensíveis, os valores da classe do agradável ou sua lei de preferência não podem ser explicados ou determinados mediante a observação ou indução, e tais valores são anteriores ao conhecimento das coisas agradáveis ou desagradáveis.

Os valores por referência ou derivados são considerados os valores de utilidade (do útil) [*Die werte des nützilichen*],[174] posto que servem

---

172 Nesse caso, o quadro 05 representa também um mapa das principais ideias de Scheler sobre a composição do reino dos valores.

173 Das funções sentimentais: *Die funktion des sinnlichen Fühlens: Dem genieBen und erleiden, die gefühlszustände der empfindungsgefühle, sinnliche Lust und Schmerz.*
Garai esclarece que, apesar da percepção sentimental sensível, esses valores hedonistas não se fundamentam no mundo real (próprio dos bens), nem, tampouco, estão delimitados por uma natureza sensível determinada ou a sua organização em geral. Caso contrário, os valores desapareceriam com os bens ou com a função sentimental estimativa (GARAI, M. G. S. *Acción, persona, libertad: Max Scheler – Tomás de Aquino*. Espanha: EUNSA, 2002).

174 Alguns autores, como Pereira Sobrinho (2017), consideram que os valores de utilidade constituem, para Scheler, uma modalidade diferente e acima dos valores

para a produção de coisas agradáveis – valores técnicos –, ou enquanto valores simbólicos que servem para ressaltar o gosto de tais coisas, denominam-se de valores de luxo [*Die luxuswerte*]. Assim, "'útil' é tudo o que busca a realização de um valor bom, agradável aos sentidos".[175]

Os **valores vitais** [*Die vitalen werte*] são apreendidos mediante o perceber afetivo vital, estando associados ainda a sentimentos vitais (vigor/vitalidade e fadiga; saúde e enfermidade; velhice e mortalidade/temporalidade) ou ainda em reações sentimentais como contentar-se, afligir-se, angústia, impulso de vingança e cólera.[176] Os valores vitais concernem a todos os seres vivos, e abarcam o direito à vida, fazendo do organismo um exemplar único, autônomo e não reduzível a uma outra forma de vida, ou à sua constituição biológica.[177] Assim, afirma Scheler:

> Compreendemos com a denominação 'valor vital' uma modalidade peculiar de valores objetivamente caracterizada, ou que funcionem como depositários de fatos e fenômenos vitais, sempre tenderemos que os valores em geral (e também seu ser valioso) existem sem estar

---

do agradável. Essa nos parece uma afirmação precipitada ou parcial. Essa confusão decorre da forma como Scheler trata o valor do útil em obras como *Da reviravolta dos valores* ou seu texto *Modelos e líderes*, escritos em que Scheler destaca com maior afinco o valor do útil na hierarquia dos valores. Entretanto, em sua obra magna, *O formalismo na ética e a ética material dos valores*, o filósofo estrutura sua hierarquia dos valores em apenas 4 classes de valores, dentre as quais o valor do útil é tratado como valor por referência. Mesmo em suas outras obras, Scheler dirá que o valor do útil conduzirá a experiência com o agradável. Vivência esta que sem ela, o valor do útil torna-se obsoleto, desinteressante e indigno de realização (Cf.: SCHELER, M. *Da reviravolta dos valores*. Rio de Janeiro: Vozes, 2012a.; Id. *Modelos e líderes*. Curitiba: Champagnat, 1998a).

175 Id. "O ressentimento na construção das morais". *Da reviravolta dos valores*. Rio de Janeiro: Vozes, 2012b, p. 158.

176 Acerca das funções sentimentais vitais: *Werte des vitalen Fühlens herans: das gefühl des aufsteigenden und des niedergehenden Lebens, das Gesundheits und Krankheitsgefühl, das alters- und todesgefühl, gefühle wie matt, kraftvoll usw* (SCHELER, M. *Der formalismus in der ethik und die materiale wertethik* (1921). Lexington, USA: Elibron Classics, 2009, p. 123).
Cf.: FRINGS, M. S. *Max Scheler: A concise introduction into the world of a great thinker*. Pittsburg, EUA: Duquesne University, 1965.

177 Portanto, podem ser depositários desses valores os homens, os animais, as plantas e todos os outros seres vivos.

condicionados em primeiro lugar por qualquer classe de reações dos seres que vivem de fato.[178]

Com efeito, se o ser vivente vale por si mesmo, a despeito da qualidade do ser depositário do valor vital, pode-se afirmar, com Scheler, que a diferença entre o homem e o animal não se baseia no valor vital, isto é, o homem não pode ser reduzido a um aglomerado de células e órgãos, pois sua essência vital é total e única; nunca um somatório de células ou tecidos.[179]

Baseando-se no critério de independência, os valores vitais por si mesmos são aqueles inseridos na antítese nobre (*Edlen*) e vulgar (*Gemeinen*), e que estão associados às qualidades de excelência de um ser enquanto representante de uma classe de viventes.[180] Já como valores vitais derivados, destacam-se as concepções de bem-estar[181] (subordinados aos valores de nobre e vulgar).

Em sua obra *Modelos e líderes*, o filósofo diferencia os valores vitais em valores de desenvolvimento, que são os valores vitais puros ou por si mesmos, e os valores de conservação, que são os valores vitais técnicos.[182] Essa diferença entre os valores vitais puros e os técnicos diz respeito à própria essência do fenômeno da vida – uma essencialidade autêntica –, que transcende todo meio e o amplia.[183] E como a própria

---

178 SCHELER, 2001, p. 383.

179 Apesar de admitir que não há um limite rigoroso entre o homem e o animal, é errôneo derivar uma ética com base numa concepção unitária e naturalista do homem, de modo que o filósofo enfatiza: "Como não há um conceito do ser do homem, a única fronteira relacionada a essência e ao valor entre os seres terráqueos que manifestam a vida em si mesmos não está entre o homem e o animal, que sistemática e geneticamente representam muito mais uma transição contínua, senão entre a pessoa e o organismo, entre o ser espiritual e o ser vivo" (*Ibid.*, p. 399).

180 Scheler cita o exemplo do cavalo nobre. A nobreza decorre do fato de ele ser um "puro sangue", ou seja, um exemplar de vigor, saúde e vitalidade, isto é, "em plena forma" e que agrega os melhores valores biológicos e hereditários de uma raça. É nesse sentido também que a palavra "nobre" corresponde a "*adel*" na língua alemã.

181 [*Werte des Wohles oder der Wohlfahrt*].

182 SCHELER, 1998a, p. 124. Cf.: *Id.*, 2003a.

183 SPADER, 2002. Cf.: SCHELER, 2001, p. 391.

vida progrediu de modo a possibilitar o surgimento do espírito na natureza do homem, os valores espirituais são a próxima classe de valores materiais numa ordem ascendente.

b) Valores espirituais

A terceira classe de valores distinta dos valores vitais são os **valores espirituais** [*Die geistigen werte*]. Estes se caracterizam, especialmente, por sua independência axiológica em face dos fenômenos sensíveis ou vitais, ou seja, estão apartados do corpo e do meio. São próprios desses valores a apreensão mediante uma percepção sentimental espiritual e os atos de preferir, amar e odiar. Como exemplos de sentimentos ligados a essa classe de valores, podemos citar a alegria e a tristeza espirituais. Dentre as reações sentimentais próprias aos valores espirituais estão o agradar, o aprovar, o apreço, o desejo de vingança, a simpatia espiritual e a amizade.[184]

Segundo Scheler, os valores espirituais ainda se dividem em três modalidades distintas: 1º) **valores estéticos**; 2º) **valores da justiça**; 3º) **valores do conhecimento da verdade**.

Os **valores estéticos**[185] compõem-se dos valores do belo e do feio (principais) e do conjunto completo de valores puramente estéticos (o sistema de regras morais e os modos de etiqueta social). Tais valores, conforme afirmamos, não podem ser conceituados e nenhuma obra de

---

Scheler considera ainda que apesar de Nietzsche ter compreendido que é um erro acreditar que a vida se propõe à "conservação da existência", não foi capaz de perceber que também é um erro considerar que a vida procura sua própria conservação, inclusive por seu autocrescimento. Nessa perspectiva, é um erro de toda ética biológica tomar o valor vital como um valor superior ou absoluto ou, ainda que considere o valor do homem (ser biológico) um valor supremo (SCHELER, 2001, p. 385; 393). No capítulo anterior sobre o conceito de pessoa em Max Scheler, discorreu-se brevemente sobre o percurso do princípio vida.

184 Acerca das funções sentimentais espirituais: *Funktionen des geistigen Fühlens und akte des geistigen Vorzierhens und liebes und hassens die geistige freude und trauer* (SCHELER, 2009, p. 125).
Cf.: FRINGS, 1965; SCHELER, 2001, p. 177.

185 [*Die Werte von Schön und Häßlich der rein ästhetischen Werte*].

arte pode ser reduzida ou limitadora de uma outra, como se, por exemplo, como mencionara Hegel, a Natureza fosse um caso limite da arte perante qualquer obra realizada. Ambas, seja a pintura em tela ou uma bela paisagem, podem ser consideradas igualmente uma obra de arte.[186] Como os valores de uma esfera não podem ser reduzidos aos de uma outra, evidencia-se um erro comum, conforme indica Scheler, que consiste em explicar a valoração dos estilos artísticos pelo critério de gosto.[187]

Uma outra ordem de valores espirituais congrega os **valores da justiça** [*Die Werte des Rechten und Unrechten*], isto é, do justo e do injusto, que, enquanto tais, não significam o mesmo que estar de acordo com uma lei nem se confundem com o "reto" ou "não reto". Aqui, a justiça é o "fundamento último da ideia da ordem objetiva do direito",[188] não estando sujeita também à ideia de Estado.

Assim, o direito, enquanto representante do valor de uma ordem jurídica, pode ser considerado como um valor técnico da justiça. Para tal compreensão, é preciso retomar os pressupostos das relações entre ser e dever, com base nos quais Scheler sugere 4 asserções: "1º. O ser-justo e o ser-injusto são o fundamento último do direito e de toda a ideia de ordem jurídica; 2º. O direito está associado à ideia do ser-injusto e não ao seu contrário. O direito não é capaz de determinar o que deve ser, mas apenas o que não deve ser, isto é, o que não é injusto; 3º. o ser justo e o ser injusto são apenas depositários de valores e não a origem da justiça, pois os valores em si são distintos de seus depositários. 4º. 'Justa' é sempre uma conduta daquele cujo ser é justo".[189]

---

186 SCHELER, 2001, p. 371.

187 Para o filósofo, o critério do "gosto" apenas serve para associar o estilo artístico e o sentimento daquelas pessoas que gostam daquela forma de expressão artística com seus valores estéticos específicos. Entretanto, o "gosto" não se constitui num determinante para imputação de valores estéticos (*Ibid.*, p. 475).

188 SCHELER, 2001, p. 176.

189 *Ibid.*, p. 301, nota n. 4.

A terceira modalidade de valores espirituais refere-se aos **valores do Conhecimento da Verdade**,[190] mediante os quais confere-se ao saber próprio da filosofia o status de valores puros, ou melhor, de valores do Puro Conhecimento da Verdade (*Die Werte der reinen Wahrheitserkenntnis*). Nesse âmbito, a Ciência tem por finalidade dar conta dos fenômenos e os valores da Cultura assumem a posição de valores derivados.[191]

Ao conceber as formas de saber como uma modalidade axiológica, Scheler enfatiza que nenhum conhecimento, por mais objetivo que seja, pode estar isento de valores, e que todo conhecer pressupõe uma atitude moral que o fundamente e impulsione. A verdade, assim, possui uma origem anterior a todo e qualquer conhecimento e, por isso, Scheler concorda com Spinoza quando este afirma que "a verdade é critério de si mesma". Em sua essência, a verdade possui um sentido ôntico pelo

---

190 Scheler prefere utilizar a expressão "Conhecimento da verdade" (*reinen Wahrheitserkenntnis*) em distinção de "Verdade" (*Wahrheit*). Para ele, a Verdade não faz parte do universo dos valores. Podemos, então, concluir que a verdade não pode ser um valor absoluto moral ou uma qualidade derivada de um ente absoluto nem ser identificada com o Bem. Assim como, considerando o enfoque fenomenológico de Scheler, a verdade não pode ser apreendida em sua totalidade por estar limitada pelas circunstâncias da experiência fenomenológica e do ser-no-mundo, porquanto nem pode derivar dela um critério rígido de universalidade. Scheler esclarece, portanto, "a verdade como tal não é um valor, senão uma ideia distinta de todos os valores, que se cumpre quando o conteúdo significativo de um juízo em forma proposicional coincide com a existência de uma situação objetiva e que também está dada de modo evidente" (*Ibid.*, p. 277). Observa-se que Scheler, apesar de não definir diretamente o que seria a verdade e afastá-la da esfera dos valores, afirma que dela ainda é possível à consciência uma experiência, lócus no qual se é possível estar em contato com o ser-verdade e, assim, a relacionarmos com aquilo que em ato se toma por verdadeiro ou falso, de probabilidade e certeza, contato este que estabelecido por meio de ato e que como valor-ato, Scheler designará por conhecimento da verdade. Caso contrário, sem a experiência com a verdade, nada poderia ser apreciado como verdadeiro. Embora não possamos delinear em nosso trabalho, nosso argumento é que apesar de a verdade em si não ser possível firmar por uma relação axiológica, Scheler considera que a verdade constitui uma relação ontológica própria de ser-verdadeiro para o ser-aí, de modo que toda verdade é, em si mesma, a participação de um ser em um outro ser. Para tanto, conferir: SCHELER, 1962, p. 12; *Id.*, 2015c, p. 84.

191 *Id.*, 2001, p. 177.

qual o seu conhecimento torna-se possível por verossimilhança, isto é, pela aproximação entre o conhecimento essencial e o conhecimento do real (da coisa em si).[192] Portanto, aquilo que é objeto próprio da axiologia é o conhecimento da verdade, isto é, daquilo que é verdadeiro, e não da verdade em sua plenitude.

Acerca dos valores do puro conhecimento da verdade, a filosofia assume a posição de um valor em si mesmo no âmbito da classe dos valores espirituais. A apreensão axiológica da filosofia em relação ao conhecimento da verdade só é possível se a compreendermos enquanto atitude espiritual.[193] Sobre isso, diz Scheler:

> [...] a essência da atitude espiritual que reside em todo caso formalmente à base de todo filosofar como *um ato determinado amorosamente de participação do cerne de uma pessoa humana finita no essencial de todas as coisas possíveis*. E um homem do tipo essencial do 'filósofo' é um homem que assume essa atitude em relação ao mundo e só se mostra como tal homem enquanto ele a assume.[194]

Com efeito, a filosofia pode ser entendida como amor ao essencial e como procura pela verdade, que, enquanto busca, surge como processo que não se esgota nem se esvai. A filosofia se coloca como a arte ou a disposição ao conhecimento.[195]

A filosofia conecta-se ao mundo sem estar presa ou restrita aos seus domínios, de modo que sua nobreza revela que, por ela, o homem torna-se capaz de ascender espiritualmente e elevar-se, enquanto pessoa, para além dos instintos, de suas paixões e do seu corpo.[196] A

---

192 SCHELER, 1958a, p. 63, 84 e 102.

193 CALDERÓN, L. L. "Trabajo y conocimiento em la obra de Max Scheler". Revista *Linea Imaginaria*, 3 (5): 79-102, jun. 2008 (Venezuela).

194 SCHELER, 2015c, p. 90.

195 Em seus opúsculos antropológicos como *O homem na era da conciliação*, Scheler propõe que deveria ser a tarefa da filosofia congregar e direcionar todos os saberes sobre o homem.

196 "[...] segundo sua essência, a filosofia é uma intelecção rigorosamente evidente, impassível de ser aumentada ou diminuída por indução, válida *a priori* para todo existente casual de todas as essencialidades e conexões essenciais dos entes acessíveis para nós por meio de exemplos, e, em verdade, na ordem e no reino dos

filosofia é um conhecimento que também faz parte do aperfeiçoamento moral da pessoa. Com efeito, três atos são fundamentais para o conhecimento filosófico e para a atitude do filosofar. São eles:

> 1. O amor de toda pessoa espiritual pelo valor e pelo ser absolutos.
> 2. O aviltamento do eu e do si próprio naturais. 3. A autodominação e por meio daí uma objetivação pela primeira vez possível dos impulsos pulsionais que sempre cocondicionam necessariamente a percepção natural sensível, os impulsos pulsionais da vida dada como 'corpórea' e vivenciada como fundada corporeamente.
> Em sua atuação conjunta ordenada, esses atos morais – apenas eles sozinhos – conduzem a pessoa espiritual como sujeito de uma participação possível no ser por meio do conhecimento para fora da esfera do mundo circundante do ser ou a partir da direção da relatividade ontológica em geral e para o interior da esfera do mundo do ser, ou seja, para o interior da direção do ser absoluto.[197]

Da definição da filosofia como "amor à sabedoria ou ao saber", Scheler resgata a ideia de que o conhecimento brota e se desenvolve a partir do primado do amor de uma pessoa, e, com isso, o amante precede o conhecedor. Sendo assim, é o amor que permite o desenvolvimento espiritual necessário à filosofia. Eis porque a filosofia exige uma ascese que ultrapassa o sensível, o vital e o mundo circundante, sem sucumbir ou negar os efeitos de tais esferas sobre o ser.

O exercício da filosofia não pode estar fechado sob qualquer fideísmo, dogmatismo ou fórmula que limite o pensar, afinal, diz Scheler, a filosofia deve estar distante de toda "tagarelice" e das soluções ligeiras.[198] Enfim, a filosofia deve estar acima de toda e qualquer outra forma de conhecimento verdadeiro, pois todo conhecimento casual presume o conhecimento da essência, isto é, o conhecimento oriundo da ciência [Die Wissenschaftswerte] possui um valor derivado do conhecimento filosófico da verdade. [199]

---

graus, nos quais eles se encontram em relação com o absolutamente ente e com sua essência" (Ibid., p. 131).
197 SCHELER, 2015c, p. 118-119.
198 Id., 1958a.
199 RAMOS, Antonio Pintor. El humanismo de Max Scheler: Estudio de su antropologia filosófica. Madri: Editorial Católica, 1978; SCHELER, op. cit., p. 122.

O conhecimento científico pretende-se "universalmente válido" e busca "dominar" o mundo circundante sob determinada perspectiva.[200] Dessa forma, a percepção natural cede lugar à observação e o experimento natural à experiência artificial (isolada, controlada em suas variáveis e executada metodicamente) que procura explicar, demonstrar e reproduzir, sempre de forma idêntica, os fatos e acontecimentos naturais.[201] Além disso, diz Scheler:

> Por conta da sua natureza particular de seus objetos (números, figuras geométricas, plantas, coisas mortas e vivas), as ciências sempre exigem o emprego e o exercício de funções parciais totalmente particulares do espírito humano, por exemplo, sempre mais pensamento ou arte de observação, sempre mais pensamento conclusivo ou intuitivo-inventivo.[202]

Nestes termos, a ciência limita-se pela matéria de seu conhecimento tanto quanto limita as capacidades do espírito humano a algumas funções, circunscrevendo o espírito a estruturas e formas próprias do conhecimento. Assim, o conhecimento científico está previamente condicionado em suas formas de pensar, intuir e pelos fins técnicos visados.[203]

Considerando que toda ciência e toda técnica são eivadas de valor, a ciência não surge ou se desenvolve na sociedade apenas pelo ideal de verdade (da lógica pura) de um indivíduo e sua essência será sempre um saber e uma vontade de dominação. Com isto, a sociedade da cultura transforma-se em sociedade da técnica.[204]

---

200 SCHELER, 2015c, p. 177.
201 Id. "Teoría de los tres hechos". *La esencia de la filosofía y la condición moral del conocer filosófico.* Buenos Aires: Editorial Nova, 1958b, p. 150-156.
202 Id., 2015c, p. 111.
203 SCHELER, 1991b, p. 108.
204 Veja o que diz Scheler sobre o desenvolvimento do *ethos* científico na história em sua obra *Sociologia do saber*: "A técnica não é, de modo algum, tão somente uma 'aplicação' posterior de uma ciência puramente contemplativa e teórica que esteja determinada tão somente pela ideia da verdade, da observação, da lógica pura e da matemática pura, senão que é muito mais a vontade de dominação e derivação existente mais forte ou mais frágil em cada caso e dirigida a este ou aquele setor

Cumpre, então, compreendermos como a Cultura [*Die kulturwerte*] pode ser um valor derivado na classe dos valores do conhecimento da verdade. E o que significa considerar a cultura como valor? Ora, a cultura pode ser entendida como um conjunto de conhecimentos, valores e costumes no mundo, nas ciências e nas artes pertencentes a um povo ou à sociedade marcados por uma tradição. Para Scheler, é pelo saber proveniente da cultura, ou seja, é pelo saber cultural que

> [...] ampliamos e desenvolvemos o ser e os modos de ser da pessoa espiritual dentro de nós em um microcosmos no qual tentamos participar, na forma da nossa individualidade singular, da totalidade do mundo, pelo menos nos traços de sua estrutura.[205]

A cultura é um caminho mediante o qual a pessoa procura sair de si mesma e alcançar a totalidade do mundo. A cultura serve de apelo individual e espiritual para o desenvolvimento da pessoa. No sentido moral, a cultura estrutura uma visão de mundo e um compromisso de um indivíduo para com o outro coletivamente.

Este caminho, no entanto, diferentemente de um saber teórico acumulado constitui-se como um saber de uma ou mais pessoas, de modo que o saber se transforma em modo de saber que se incorpora à sua visão de mundo. Nesse sentido, a cultura, enquanto saber de competência, afeta o entendimento e as funções afetivas mediante as "formas do pensamento e da intuição, do amor e do ódio, do gosto, do sentimento estilístico, do juízo de valor e de vontade (enquanto *ethos* e modo de pensar)".[206] A cultura não é sinônimo de dominação de diversas técnicas

---

da existência (deuses, almas, sociedade, natureza orgânica e inorgânica etc.) que contribui para determinar os métodos de pensar e de intuir, mas também os fins do pensar científico – e que contribuem a determiná-los pelas costas da consciência dos indivíduos, digamos assim, pela qual é de todo indiferente indagar os vários motivos pessoais desses indivíduos".

205 *Id.*, 1989a, p. 52.

206 *Ibid.*, p. 47.
Scheler ainda afirma de forma contundente: "Existe uma formação cultural do coração, da vontade, do caráter e, através desta, uma evidência do coração, um '*ordre du coeur*', uma '*logique do coeur*' (Pascal), um tato e um '*esprit de finesse*' do sentimento e do juízo

e saberes; ela é aquilo que transforma o modo pelo qual a pessoa percebe, apreende, sente, conhece, julga e age perante o mundo.

Para o filósofo, o papel da cultura, enquanto ato espiritual, pode ser assim descrito:

> [...] 'culto' não é aquele que sabe e conhece 'muito' o modo de ser contingente das coisas (*polymathia*), ou aquele que pode prever e controlar ao máximo os fenômenos de acordo com leis – o primeiro é o 'erudito', o segundo, o 'investigador' –, mas culto é aquele que se apropriou de uma estrutura pessoal, de um conjunto de esquemas ideais móveis, que, apoiados uns nos outros, formam a unidade de um estilo em função da intuição, do pensamento, da compreensão, da valoração e da forma de tratar o mundo e de quaisquer coisas contingentes nele contidas; esquemas que são anteriores a todas as experiências contingentes, que a estas elaboram de um modo uniforme e as incorporam à totalidade do seu 'mundo' pessoal.[207]

O saber cultural edifica a pessoa e orienta seu olhar para o mundo ao mesmo tempo em que lhe permite conhecer a si mesma e situar-se perante o seu mundo possível (devir). Entretanto, não pode ser a cultura, por si mesma, um valor absoluto, posto que, por sua própria característica, ela limita a pessoa a uma estrutura preexistente do mundo.[208]

A cultura, portanto, assume a posição de um valor simbólico que se volta igualmente para o conhecimento de si (pessoa) e do mundo, bem como permite iluminar o horizonte de busca pela verdade, aproximando a pessoa do "torna-te o que tu és".[209]

---

do valor; há uma forma estrutural dos atos afetivos historicamente mutável e contudo rigorosamente *a priori* face à experiência contingente, forma cuja origem não difere essencialmente daquelas formas do entendimento" (SCHELER, 1989a, p. 47).

207 *Ibid.*, p. 56.

208 *Id.*, 1991b.

209 Conquanto, a cultura rege-se por um processo de conservação da realidade pessoal na história, ainda que ela se transforme no tempo, de maneira que se ela fosse o valor maior na hierarquia material, o desenvolvimento moral da pessoa seria o resultado de um processo de amor a si mesmo, fruto do resultado de nunca perder-se. Se assim o fosse, Scheler estaria em conformidade com Nietzsche quando este compreende que o "conhece-te a ti mesmo" (Sócrates) e o "torna-te quem tu és" (Píndaro) seria apenas um caso de amor de si, do cultivo de si. Cf.: NIETZSCHE,

Scheler não entende a cultura como uma imposição para a formação moral, mas como um elemento pelo qual a pessoa toma consciência de que o mundo está para além de si mesma e que é preciso se integrar com outras pessoas. De forma geral, os valores espirituais, sendo independentes dos valores vitais, revelam a capacidade de desprendimento da pessoa e seu desejo de transcendência com vistas a alcançar o mundo, e de sair de sua individualidade para reencontrar e conviver com outras pessoas.

c) Valores do santo e do profano

A quarta e mais elevada classe de valores materiais *a priori* é denominada de **valores do Santo** (*Heiligen*) e **do Profano** (*Unheiligen*).[210] A tradução dessa categoria axiológica orienta-se para a realidade dos modelos pessoais do Santo e do Profano, distanciando-se da ideia de valores exclusivos de um sistema religioso ou de objetos sagrados e orientando-os para sua qualidade pessoal.[211]

F. *Ecce Homo: Como alguém se torna o que é*. Tradução, notas e posfácio de Paulo César de Souza. São Paulo: Companhia das Letras, 2009 (Por que sou tão inteligente, §9); BRAZIL, Luciano Gomes. "Do 'conhece-te a ti mesmo' ao 'torna-te o que tu és': Nietzsche contra Sócrates em Ecce Homo". *Revista Trágica: Estudos sobre Nietzsche*, 5 (2): 30-45, jul.-dez. 2012 (Rio de Janeiro).

210 Comumente, esses valores são traduzidos de modos diferentes como valores religiosos, valores sagrados e valores do santo e do profano. Essa diferença pode conduzir a uma confusão na compreensão das ideias do filósofo. No texto original da sua obra *O formalismo na ética e a ética material dos valores*, Scheler usa as expressões "*werte des Heiligen und Unheiligen*", sendo literalmente *valores do Santo e do Profano*, preservando também o princípio da polaridade dos valores, na qual para cada valor corresponde um antivalor. Ele, assim, não classifica esses valores como "*heiligen werte*" (valores sagrados), sem unir os termos pela preposição "*des*" que poderia conter a imagem de valores religiosos, em especial de objetos religiosos ou sagrados, e de valores sobre-humanos, divinos. Tampouco Scheler designa essa classe de valores por "*religiöfen Werte*" (valores religiosos), justamente para não restringir a ideia de religião. E ainda que a religião e suas formas de valores propostos ou impostos por uma comunidade como a Igreja possam conter valores do Santo assim como valores religiosos em geral, estes valores não são regidos pela força dos dogmas ou da crença nem podem ser impostos ou induzidos. São valores essenciais e *a priori*.

211 Alguns autores, pela linguagem filosófica de Scheler aproximar-se conceitualmente de uma expressão teológica, por vezes confundiram seu personalismo com

A evidência conferida aos valores do santo significa que o valor mais alto é também o mais fundamental para as relações pessoais. São estes valores que permitem reconhecer o valor da presença de si e do outro com um valor absoluto e irrevogável e pelo qual se pode erigir a solidariedade como um princípio ético-social autêntico.[212]

A classe de valores do santo e do profano constitui os valores supremos na hierarquia de valores, tanto sob o aspecto do conteúdo material do valor no qual ela coincide com o próprio depositário de valor, a pessoa, quanto pelo fato de o valor da pessoa ser superior a qualquer valor de ato, de função ou de coisa, valores estes visíveis em especial nas categorias inferiores anteriormente descritas. Isso implica dizer que o *summum bonum* só é possível em si mesmo. Assim, independentemente do que cada pessoa considere por santo, estes valores permanecem como formadores e representantes de qualidades de excelência da pessoa humana, isto é, correspondem aos modelos de pessoas morais mais valiosas e virtuosas.[213] Eis por que os valores do santo são valores pessoais [*Die personwerte*] e os valores derivados, segundo Scheler, encontram sua diversidade nos valores dos objetos

---

um personalismo cristão. Essa, inclusive, foi uma das tratativas de Karol Wojtyla em sua tese de doutoramento em filosofia sobre Max Scheler na qual defendeu também que a ética material dos valores por ele tecida não poderia constituir-se uma ética cristã (WOJTYLA, 1993). O próprio Scheler alerta para este fato no prefácio da segunda edição de seu volume *Do eterno no homem*. Nela, ele afirma: "Como se o autor [Scheler] não tivesse comprovado antes justamente a indemonstrabilidade lógica do personalismo teísta e como se essa conexão hipotética não admitisse em si no lugar do Cristo um ser 'único' totalmente diverso, por exemplo, Maomé. O fato de esse 'único' ser o Cristo é um puro juízo de valor e nunca ocorreu ao autor querer 'demonstrá-lo filosoficamente'" (SCHELER, M. *Do eterno no homem*. Rio de Janeiro: Vozes, 2015a, p. 14).

212 Nisso pode-se afirmar que a empatia e a simpatia enquanto sentimentos vitais e espirituais não são capazes de promover o reconhecimento da dignidade do outro como uma pessoa plena e autônoma [SOUZA NETO, Cézar Cardoso de. "A pessoa e os valores, aspectos do pensamento de Max Scheler". *Revista Reflexão*, 85/86: 41-55, jan.-dez. 2004 (Campinas)].
Cf.: SCHELER, 2001, p. 178.

213 SCHELER, M. "Problemas da religião (1922)". *Do eterno no homem*. Rio de Janeiro: Vozes, 2015b, p. 415. Cf.: *Id.*, 2001, p. 178.

sacros, no valor das formas de culto e nos sacramentos.²¹⁴ São assim considerados como valores derivados os valores religiosos [*religiöfen Werte*] e metafísicos [*metaphysik Werte*].

Nessa perspectiva, os atos emocionais²¹⁵ mediante os quais apreendem-se os valores do santo são um ato de amor à pessoa, isto é, a forma de ser pessoal, evidente, enquanto estado, e não como função percipiente, nos sentimentos de felicidade e de desespero, além das reações sentimentais de adoração, fé, incredulidade, veneração e atitudes análogas.²¹⁶

Apesar da classe de valores do santo não ser a mesma dos valores da religião, Scheler aponta uma relação entre religiosidade²¹⁷ e moralidade que, embora sejam essencialmente independentes e diferentes entre si, se encontram integradas no horizonte ôntico da excelência do ser pessoal, posto que, tanto a religiosidade quanto a moralidade tratam do aperfeiçoamento da personalidade conforme um modelo ontológico perfeito (o santo), isto é, uma imagem pessoal perfeita da qual alguém possa se fazer semelhante.

Após as considerações sobre as categorias axiológicas e para dar prosseguimento ao tratamento da relação entre a hierarquia dos valores e o aprimoramento moral da pessoa, apresentaremos a teoria dos modelos de Scheler.

---

214 Se tomarmos com fundamento a religião católica com a qual Scheler teve contato, presume-se que, ao usar o referido termo, o filósofo compreende que "os sacramentos", configurados em formas litúrgicas, são sinais visíveis e eficazes da ação divina mediante a vivência da fé que une mais perfeitamente à vida divina.

215 Das funções sentimentais dos valores do santo: *Die gefühle der Seligkeit und Verzweiflung.*

216 A felicidade é compreendida como um estado de bem-aventurança, porquanto, é uma qualidade ou um modo de ser que não se pode confundir com uma sensação de agradável bem-estar ou de êxito. O desespero é o aprisionamento ou fechamento do ser em si mesmo e se caracteriza pela inércia (incapacidade de agir, diferente de inação), pelo desânimo, pela ausência de perspectiva e pela dificuldade de se manter ligado ao mundo.

217 Por religiosidade entende-se o modo pelo qual a pessoa vive a partir do ideal pessoal de sua expressão religiosa ou de sua espiritualidade.

2.9 Da ascese moral (e espiritual) da pessoa e do mundo: modelos e líderes

Nesta seção, trataremos das questões relativas aos modelos e às respectivas formas de sociedade derivados de cada modalidade de valor.

Ao término de sua obra magna *Ética*, Scheler anuncia um novo tomo no qual trataria dos modelos como um desdobramento de sua ética material de valores, mas este fato não se consumou. Sua esposa, Maria Scheler, no entanto, publicou fragmentos póstumos relativos ao período de 1911-1921, que foram intitulados de *Modelos e líderes*.[218]

Apesar de ser uma promessa não cumprida, é possível indicar as implicações dos modelos e líderes para a constituição moral da pessoa e para a formação da sociedade, que é o que interessa para nossa investigação. Antes de tudo, é preciso entender que as ideias sobre os modelos e líderes são um estudo de segunda ordem sobre a Moral, ou seja, Scheler as deduz e desenvolve com base na hierarquia material dos valores a fim de atestar a sua relevância.[219] Sobre isso, diz ele:

> A importância deste problema aumenta para esta Ética pois, como já vimos, todas as normas se fundam em valores, e que, por sua vez, o valor supremo (no sentido formal) não é um valor de coisas, nem um valor de estado, nem um valor de leis, senão que é um valor de pessoa. Com base numa forma silogística, teríamos por consequência simplesmente de que a ideia de uma pessoa de valor supremo, num sentido material, seria também a norma suprema para a existência e a conduta moral.[220]

Em face disso, torna-se claro que sua teoria dos modelos possui uma face empírica e outra, *a priori,* nas quais estão fundamentados os modelos na ideia de valor. Nesse caso, também os modelos possuem

---

218 Apesar de corresponderem aos escritos de 1911, segundo o professor Migallón, estes escritos foram apresentados em um curso semestral de filosofia na Universidade de Colônia (MIGALLÓN, S. S. "Presentación". *In*: SCHELER, M. *Modelos y líderes*. Salamanca: Sígueme, 2018, p. 9-12).

219 *Id.*, 2001, p. 746.

220 *Ibid.*, p. 732.

seus antípodas, ou seja, são bipolares: para cada modelo valioso há o seu antimodelo. Mas o que seria, então, um modelo (*vorbild*)? Frente a este questionamento ontológico, Scheler nos fornece a seguinte explicação:

> [...] o modelo é, por seu conteúdo, uma consistência estruturada de valores com a unidade de forma de uma pessoa; uma essência estruturada de valor sob a forma pessoal; e, se considerarmos o caráter prototípico do conteúdo, ele é a unidade de uma exigência de dever--ser fundada nesse conteúdo.[221]

Podemos pressupor que os modelos são arquétipos pessoais ideais e não podem ser plenamente descritos, isto é, há também inúmeros modos pelos quais os modelos podem se revelar: modelos nacionais, profissionais, morais, artísticos.[222] Enfim, são muitas as configurações pelas quais temos contato com os modelos.[223] Até mesmo os líderes podem ser modelos. Porém, quando elegemos uma pessoa concreta (homem real) e a tomamos como um modelo, isto implica afirmar que ela é uma referência.[224]

Enquanto dever-ser ideal, o modelo aponta um caminho moral de excelência para a pessoa seguir ou se espelhar. Por isso, ele incita mudança de atitudes; transforma nossa disposição de ânimo e direciona nosso amor, isto é, nosso modo de amar. Diante do exposto, seguir o modelo[225] não significa uma mera repetição ou imitação, mas consiste em ver e julgar o mundo a partir de seus olhos. A função do modelo é despertar a pessoa para uma nova concepção de existência. Ademais, como indica Scheler:

---

221 *Ibid.*, p. 739.
222 SCHELER, 2001, p. 748.
223 *Id.*, 1998a, p. 39. Cf.: *Id.*, 1989a, p. 41.
224 *Id.*, 2001, p. 743.
225 Conforme Migallón, o fundamento do fenômeno do seguimento moral decorre de um ato de amor que nos impulsiona e nos permite ter acesso ao coração do modelo e ser conquistado por seu modo-de-ser (MIGALLÓN, 2006). Cf.: MIGALLÓN, S. S. "Max Scheler". *Philosophica: Enciclopedia filosófica.* (*on-line*). 2007. Disponível em: http://www.philosophica.info/archivo/2007/voces/ Scheler/Scheler.html. Acesso em: 15 jan. 2008.

> Os modelos não são objetos de imitação e submissão cega – como é o caso tão frequente na nossa pátria alemã, sedenta de autoridade. Eles são apenas os preparadores do caminho que nos faz ouvir o apelo da nossa própria pessoa; eles são apenas o alvorecer do dia ensolarado da nossa consciência e das nossas leis individuais. Aqueles personagens exemplares devem libertar-nos e eles nos libertam – pois eles próprios são livres e não escravos; libertam-nos para a nossa vocação e para o uso total da nossa energia.[226]

Se, por um lado, os modelos contribuem para o crescimento moral da pessoa e para o progresso moral da sociedade, por outro, ele pode gerar um problema no mundo prático, na medida em que são as pessoas concretas que os representam e estes podem também influenciar negativamente nossos atos, costumes, percepção e modo-de-ser.

Ademais, são três as formas pelas quais o modelo nos é dado: 1. A herança que gera os valores hereditários melhores e mais adaptados; 2. A tradição, pela qual apreendemos por contágio e imitação certos comportamentos sociais de modo automático e mecânico; 3. Pela fé amorosa, que se dá pelo modo como eu me compreendo espiritualmente e acredito que ele responde mais ou menos à minha inquietação de ser melhor.[227]

---

226 SCHELER, 1989a, p. 43.
227 *Ibid.*, p. 44-50.
a) A descrição do impacto da herança de Scheler para com a noção de "modelo" faz recordar a teoria sociointeracionista do russo Lev Vygotsky (1896-1937), segundo a qual a filogênese alimentaria a ontogênese. Não temos ciência de qualquer contato entre esses teóricos, ainda que se saiba que Vygotsky faz menção a Scheler em algumas de suas obras. Aqui, apenas destacamos a originalidade das ideias de Scheler, consideradas muito à frente de seu tempo.
b) Mediante a tradição, para além de ensinamentos de hábitos sociais, o filósofo de Munique esclarece, no exemplo da relação entre pais e filhos, que apesar de sua influência irreflexa, a partir da imagem estruturada de seus pais a criança não apenas aprende a amá-los ou odiá-los como determinará aquilo que ela irá amar ou odiar, ou seja, atuará sobre o modo como ela valora o mundo.
c) Sobre a relação entre o amor, a fé e o modelo, exemplifica Scheler: "Quando estamos amando, somos levados a consentir e a ir atrás, quando estamos odiando, somos levados a contrariar e a resistir. Um professor que detestamos como pessoa, pode fazer-nos detestar a matéria que leciona; a fé que depositamos numa pessoa ou, pelo contrário, que lhe recusamos, fé que depositamos nela como num todo,

Ora, o modelo é um guia que nos incita a agir com vistas a um crescimento moral, posto que contém em si os valores positivos mais elevados dos quais decorrem a bondade e um manancial de virtudes. O fato é que, geralmente, o identificamos com a imagem não de um homem, mas de uma divindade, o *summum bonum*. Qual seria, então, a relação entre os modelos e a ideia de Deus?

De acordo com Scheler, tanto Deus como os modelos são estruturados como ideias, de modo que, na vida prática, isto é, na facticidade do cotidiano, os chamados "modelos reais" são frágeis, pois não correspondem perfeitamente aos protótipos de cada esfera social de vida e cada pessoa depreende dele apenas ideias particulares. Evidentemente, Deus, enquanto "Pessoa" espiritual e infinita, não pode ser um modelo autêntico para uma pessoa finita ou ter a função prototípica igual para todas as pessoas.

Ora, Deus, enquanto "Pessoa" espiritual, se direciona à essência dos seres e ao centro pessoal de cada um. E em cada pessoa seu ser espiritual é movido por uma mesma essência: o amor. É assim que o amor, sendo um ato de participação no ser, faz com que a pessoa encontre na ideia de Deus a luz para seu aperfeiçoamento moral e existencial.[228]

---

porque já a conhecemos até os refolhos da alma, não apenas no exterior como quem apenas imita, mas no íntimo e no centro espiritual de sua vida, graças a um derramar de nós mesmos nela e graças à comunhão recíproca dos atos do núcleo interior do eu: é esse o modo mais elevado, puro e espiritual de um modelo exercer influência" (SCHELER, 1998a, p. 49).

228 Faz-se necessário um esclarecimento de distinção entre Spinoza e Scheler. Para o fenomenólogo de Munique, *amare in deo* não significa o mesmo que *amare Deum in deo* como pensa Spinoza. Scheler critica o panteísmo intelectualista de Spinoza (*amor Dei intellectualis*) para o qual o amor das pessoas não seria senão um prolongamento da ação divina e que o homem seria apenas um modo ou uma função do próprio Deus. Amar os outros ou a si mesmo seria amar a Deus e, assim, o homem jamais seria capaz de amar aquilo que lhe fosse diferente. O que seria, de certa maneira, apenas um solipsismo da pessoa divina que independente da forma e, em todas as coisas, ama a si mesmo, isto é, como descreve Scheler, um omniegoísmo, pois, se eu só amasse a Deus e aos outros seres "porque eles não são substancialmente diversos de mim – então não importa o que eu viesse a fazer, isto não poderia ser de maneira alguma 'amor'" (*Id.*, 2015b, p. 303).

Deriva, portanto, do amor enquanto essência e plenitude de Deus, a bondade ontológica (*summum bonum*) que se revela sob a forma de uma bondade volitiva que afirma a unidade entre aquilo que se ama e o que se faz: "Deus não ama o que quer e porque Ele o quer, mas Ele quer eternamente o que ama e, amando, o afirma como valor",[229] diz Scheler. Dessa forma, na bondade essencial de Deus encontram-se todos os conteúdos pertinentes a todos os tipos de pessoas universais ou individuais, sejam elas reais ou ideais, sem, com isso, esgotar esta fonte originária. Desse modo, há também um movimento recíproco no qual o amor e a bondade divina se difundem no mundo. Com efeito, se a bondade divina é fonte da moral e do *ethos* por seu conteúdo, cada ato moral da pessoa finita torna-se, por analogia, uma epifania do divino.[230] Sobre isso, afirma Scheler:

> Deste modo o homem não é um imitador de um 'mundo de ideias' ou de uma 'providência' que subsiste por si própria ou que já existia em Deus antes da criação, mas ele é co-criador, co-fundador e co-realizador de uma sequência de ideias que se efetiva no processo do universo e com o próprio homem. O homem é o único ponto em que e por meio de quem o ente primitivo não só se compreende e se conhece a si mesmo, mas é também o ente em cuja livre decisão Deus pode realizar e santificar sua simples essência. O destino do homem é ser mais do que um 'servo' e criado obediente, mais do que um 'filho' de um Deus já pronto e perfeito por si mesmo. No seu ser-homem, que é um ser de decisão, o homem é portador da dignidade superior de um aliado, mesmo de um colaborador de Deus, que no meio das tempestades do mundo carrega à frente de tudo a bandeira da divindade, a bandeira do '*Deitas*' que só se realiza com o processo do mundo.[231]

Apesar da distância entre as pessoas finita e infinita, a meta moral do homem não deve ser igual ou superior a Deus, mas tornar-se partícipe de Deus por seus atos. Em seu texto *A visão filosófica do mundo* (1928), Scheler ressalta que, nessa relação entre as pessoas finita e eterna, não pode haver uma visão de mundo única e universalmente válida já que

---

229 SCHELER, 2015b, p. 296.
230 *Id.*, 2001, p. 750.
231 *Id.*, 1989d, p. 17.

seu conteúdo se realiza no ato contínuo da história "na sua medida de perfeição e adequação".[232]

Ora, o caminho descrito por Scheler não é a de um eremita solitário em busca de sua elevação espiritual e moral. A teoria dos modelos proposta por ele considera que o desenvolvimento moral da pessoa jamais ocorre isoladamente, sem o con-viver, sem a influência direta ou indireta das demais. Para ele, a pessoa segue "de seus pais, de sua família, de seus grupos sociais e profissionais, dos modelos da nação, no rumo dos cinco valores fundamentais, seguindo finalmente os modelos de santidade, é que o ser humano se eleva, ajudado por outros seres humanos, por assim dizer".[233] Por meio desses modelos reais ou ideais, a pessoa amplia e enriquece a sua experiência de ser. Convém, todavia, avaliar o alcance de influência dos modelos e líderes na esfera das relações sociais.

> Os líderes exigem de nós um agir, uma atividade prática, um comportamento. Já o modelo exige um modo de ser, um estado de espírito. Mas é do modo de ser que se originam o querer e o agir (o valor do que fazemos está no valor do que somos).[234]

O líder (*führer*) é a pessoa capaz de convencer, coordenar as ações dos indivíduos por sua autoridade e, inclusive, podendo induzir as pessoas a realizarem ações contrárias aos próprios valores, tolhendo, com isso, a sua liberdade. Os líderes podem exercer sua influência negativamente sobre a vontade do liderado. As inclinações axiológicas de um líder podem esconder-se sob a égide de uma ditadura do dever,[235]

---

232 *Ibid.*, p. 18. Portanto, Scheler estabelece, com isso, a diferença entre uma fundamentação metafísica da moral e uma moral de fundamento metafísico. Se, na primeira, somos conduzidos a uma possível imagem do divino enquanto razão de ser, na segunda temos a convicção de que o divino determina, de forma concreta, nosso modo de ser e de agir.

233 *Id.*, 1998a, p. 43. Os cinco valores fundamentais referidos são: o agradável, o útil, o nobre, os valores espirituais e os valores de santidade (*Ibid.*, p. 40).

234 SCHELER, 1998a, p. 27.

235 Por "ditadura do dever" entendemos o "determinismo" do dever sob a vontade, não porque nos proíba, mas porque nos manda como discorremos na seção sobre a relação entre valor e dever-ser.

reprimindo a criticidade dos liderados. Por isso, diz Scheler: "Ser líder é agir, é mostrar o caminho, dar à vida o rumo certo, ou errado no caso do mau líder".[236]

A força e a influência do modelo sobre a pessoa é, decerto, a maior e mais intensa, pois os modelos servem de medida moral de como agir diante do mundo, já que atuam sobre a nossa consciência dos valores e, prioritariamente, sobre nosso amor e nosso ódio, determinando nosso próprio caráter moral. Eles alcançam a disposição de ânimo das pessoas espontaneamente, antecedendo a própria reflexão moral e permitem que, mais facilmente, as pessoas se sintam identificadas com eles em suas condutas. Scheler considera ainda que os modelos e líderes abrangem tanto a individualidade como a coletividade de pessoas, tendo importância na condução da história, haja vista que eles inspiram sistemas de valores, legislações, estilos artístico-culturais e as próprias pessoas.[237] No âmbito político, por exemplo, um líder possui e representa valores de uma coletividade. Portanto, no processo democrático é necessária a constante reflexão sobre as emoções e os valores individuais e coletivos das pessoas diante dos modelos e líderes, a fim de que elas não sejam manipuladas, como ocorre nos regimes totalitários e ditaduras.

Para Scheler, ser pessoa significa fazer da vida social e política uma constante reflexão, pois aquele que cumpre apenas prescrições irrefletidas coisifica-se e transforma-se em objeto dos outros. Assim, dado o alcance dos modelos e líderes, é imprescindível a reflexão sobre eles, questionando sempre: "a que deuses estamos servindo quando, consciente ou inconscientemente, os escolhemos para modelos?".[238]

---

236 *Ibid.*, p. 36.
237 *Ibid.*, p. 38.
238 SCHELER, 1998a, p. 28.
Associando tal preocupação do tema dos modelos e líderes com os movimentos histórico-culturais entre 1900 e 1915, percebe-se como Scheler está inserido nas discussões das ideias políticas de seu tempo, bem como se percebe seu embate com o nacionalismo alemão nascente alimentado pelo ressentimento e que se centrará posteriormente, em especial, na figura do *Führer*.

2.9.1 ARQUÉTIPOS DE PESSOAS VALIOSAS

Com efeito, dada a importância dos modelos para a estrutura da moral no pensamento de Scheler, apresentaremos, brevemente, as cinco grandes configurações de modelos (arquétipos) de acordo com a hierarquia material dos valores apresentada no tópico anterior. São estabelecidos, assim, os seguintes modelos e suas respectivas formas de agrupamento social: 1. o artista do prazer/massa; 2. o pioneiro da civilização (*führender Geist*)/comunidades de interesses; 3. o herói/comunidade de vida; 4. o gênio/comunidade da cultura; e, 5. o santo/comunidade de amor.

1. O artista do prazer e o pioneiro da civilização

Em relação ao valor da pessoa e sua constituição moral, o modelo pessoal representado pelos valores do agradável é o **artista do prazer** [*Künstler des Genusses*]. Este é descrito em *Modelos e Líderes*, como aquele que consegue viver e apreciar inteiramente a vida, sendo audacioso, que se entrega a tudo e não resiste a nada. A comunidade que mais o representa é a Massa, na qual as pessoas estão presas pelo contágio afetivo que as congrega.[239] Para tal modelo de pessoa parece acertada a definição de Ortega y Gasset: "O homem-massa não dá ouvido a razões, e só aprende em sua própria carne".[240]

Acerca dos valores mais elementares, ou seja, os valores de utilidade e de instrumento, encontra-se o **pioneiro da civilização**,[241] o espírito-guia. Ele é o modelo que está centrado na produção de bens mediante

---

[239] Retomaremos ao tema da Massa no capítulo seguinte sobre o papel das emoções na moral.

[240] ORTEGA Y GASSET, José. *A rebelião das massas*. Campinas: Vide, 2016, p. 158.

[241] Na obra *Modelos e Líderes*, Irineu Martim apresenta-nos o Pioneiro da Civilização como modelo do útil. Já na obra *Ethik*, encontramos como referência do modelo do útil, o espírito-guia ou espírito de liderança (*führender Geist*). Infelizmente, Scheler não descreve as características do protótipo pessoal do pioneiro da civilização ou espírito-guia, apenas afirma em seus estudos de que ele está associado ao valor do útil (SCHELER, *op. cit*).

a transformação da natureza para colocá-la a serviço do agradável. Este modelo está baseado na "aspiração de alcançar o máximo de desfrute do que é agradável, com um mínimo de coisas agradáveis e um número correto de coisas úteis".[242]

Em sua obra *Sociologia do saber*, Scheler coloca que é por meio dessa noção de *utilidade* que a técnica passa a servir de alicerce ao conhecimento científico. No âmbito econômico, tal modelo refere-se ao trabalhador e ao industrial que impulsionam a sociedade pelo emprego da técnica.[243] Por sua característica, esse espírito-guia se pauta na ideia de uniformização das pessoas finitas, considerando-as todas sob a égide de uma igualdade formal na busca dos mesmos interesses e bens. Portanto, enquanto a Massa está marcada por um estímulo momentâneo e sensível de conexão entre as pessoas, as formas de sociedade que lhe diferem seriam as comunidades de interesses marcadas por contratos e promessas, tais como as comunidades de especialistas e as comunidades de profissionais a quem se atribuem as mesmas competências e finalidades na sociedade.[244]

Considerando que a sociedade industrial está inicialmente marcada por esta forma de modelo, e pela inversão dos valores vitais pelos valores de utilidade, Scheler expõe assim a sua crítica:

> Todos os danos à vida, que este industrialismo produz – por exemplo, o trabalho de mulheres e crianças, uma tendência desintegradora da família, a formação de grandes cidades com as consequentes moradias danosas para a saúde, um dano constitutivo da força vital empregada em um ofício inteiro, quando este dano é provocado pelo veneno que está vinculado ao processo técnico, a especialização da atividade dos homens no serviço junto às máquinas, até que ele se torne um mero carretel.[245]

Sendo assim, o verdadeiro espírito-guia não se deixa consumir pelos valores de utilidade evitando que sua personalidade seja reificada.

---

242 SCHELER, 2012b, p. 163.
243 *Id.*, 1991b.
244 *Id.*, 2012b.
245 *Ibid.*, p. 181.

Desse modo, a sublimação do espírito-guia na civilização deve ocorrer pelo enaltecimento da vida que encontramos no herói.

2. O herói

No que concerne ao modelo pessoal e ao modo de comunidade que representam a classe de valores vitais encontram-se, respectivamente, **o herói** [held] e **a comunidade de vida** [lebensgemeinschaft/ der staat] (cuja forma clássica é o Estado).

As qualidades próprias do herói são o vigor, a veemência, a força, a plenitude, o saber dominar as paixões e direcioná-las aos seus propósitos e à integridade do caráter. Porém, o herói não se põe acima dos outros, isto é, ele não busca seu próprio e exclusivo bem-estar pessoal, pois ele sempre se coloca a serviço dos demais.[246] Para Scheler, os principais exemplos de herói são o estadista, o militar e o colonizador. Com base nessa característica, o Estado deve procurar maximizar os valores vitais, posto que "o Estado é o sujeito pessoal de uma determinada organização da soberania no meio e sobre um povo e tem por objetivo buscar os valores vitais de progresso e bem-estar desse povo, visto como comunidade de vida".[247]

O herói estadista visa unificar e maximizar as funções do Estado que, por sua vez, destina-se à conservação e ao desenvolvimento de sua própria estrutura em favor de seus subordinados, o povo. O Estado, porquanto, não visa à promoção da humanidade em geral, mas se pauta pela defesa dos seus próprios interesses e na luta contra tudo aquilo que fira os valores e princípios da sociedade que ele representa.[248]

Tais valores defendidos pelo herói e pelo Estado não se fundam em si próprios, pois eles se encontram no seio do ambiente cultural e espiritual, já que "sem os conceitos mais abrangentes de valor, a política não tem consciência". O herói não é um criador nem o Estado é a forma

---

246 FRINGS, Manfred. *The mind of Max Scheler: The first comprehensive guide based on the complete works.* Wisconsin: Marquette University Press, 2001.

247 SCHELER, 1998a, p. 131.

248 *Ibid.*, p. 142.

de configuração social mais elevada, sendo apenas instrumentos que permitem a organização da sociedade, o que nos conduz à imagem pessoal prototípica oferecida pelos valores espirituais.

3. O gênio

Os valores espirituais se referem aos valores estéticos, os de justiça e os de conhecimento da verdade, os quais correspondem, respectivamente: 1) o artista, 2) o juiz e o legislador e 3) o filósofo e o sábio. Todos eles dizem respeito ao **modelo do gênio** [*genius*].

Em seu livro *O formalismo na ética e a ética material dos valores*, Scheler faz uma breve referência ao modelo do gênio moral ao afirmar que "o gênio moral não é um descobridor, mas um inventor".[249] O gênio é aquele que consegue assumir a totalidade do mundo sem se prender às suas leis, oferecer-lhe uma obra original e exemplar. Com isso, o gênio deixa, por sua obra, sua marca no mundo.

Inseparável de sua obra, o gênio manifesta sua personalidade única, individualizando sua pessoa espiritual independentemente do lugar e do tempo. Assim, ele, nas palavras de Scheler, é cosmopolita, um "cidadão do mundo". Com efeito, mediante o contato com a obra do gênio, abre-se a totalidade de um mundo estruturado. No texto *Modelos e líderes*, em que trata da imagem do gênio, Scheler considera que, para se compreender o pensamento platônico, não é necessário se dedicar à vida do filósofo grego, mas é necessário, "pelo método que achar melhor, adquirir uma visão global do mundo platônico, como era visto pelo próprio Platão; só depois é que poderá entender corretamente cada trabalho e suas divisões, na obra do filósofo".[250]

Nesse sentido, para que seu nome alcance grandeza, ele precisa ser descoberto, ou seja, alguém procura descobrir e encantar-se com a originalidade de sua obra e compartilhar suas ideias. Entretanto, tornar a obra do gênio visível jamais significa esgotá-la, posto que é da

---

249 *Ibid.*, p. 255.
250 SCHELER, 1998a, p. 87.

essência de sua obra ser uma fonte inesgotável de sentidos, pois sua profundidade é infinita.[251] A obra do gênio persiste para além do objeto material original concreto, ou seja, ela continua presente em toda cópia ou reconstrução de sua singularidade.[252]

O aspecto fundamental do gênio está em sua habilidade em ampliar, por meio de uma contemplação desinteressada, a compreensão de modo puro de um mundo estranho. Tal atitude contemplativa e espiritual só é possível ao gênio mediante um ato de amor pelo qual a pessoa amplia e faz crescer o seu mundo. Nas palavras de Scheler, o amor do gênio "tem por objetivo o mundo inteiro; tudo o que ele ama, para ele, vira um símbolo do mundo, ou então, um meio para abarcar no seu amor o mundo em sua totalidade".[253] As formas de associação e de comunidade nas quais podemos encontrar o gênio e que se delineiam pelos valores espirituais, Scheler chama, em O formalismo na ética e a ética material dos valores, de **comunidade de direito** [rechtsgemeinschaft] e de **comunidade da cultura** [kulturgemeinschaft].

A comunidade de direito refere-se à convivência de grupo de pessoas que formam entre si uma unidade social e constituem uma pessoa social, isto é, pessoas que compartilham um mesmo centro espiritual, de modo que a pessoa social não é mais a soma de pessoas individuais. A pessoa social possui disposição de ânimo e atos sociais próprios.[254]

---

251 Ibid.

252 Ibid., p. 103.

253 Ibid., p. 116. Scheler acredita que o amor ao mundo está na confiança do gênio nesse mundo e em seu potencial de desenvolvimento a partir da pessoa. O filósofo de Munique critica a civilização moderna que, tomada por uma vontade de dominação (própria das ciências e de uma racionalidade sem valor), desconfia avidamente do mundo e tenta controlá-lo, possui-lo e subjugá-lo.

254 Nesse sentido, é possível compreender que a autorresponsabilidade e a corresponsabilidade da pessoa individual não desaparece nem é substituída pelos diversos modos de pessoa social. Como exemplo, os direitos e deveres da pessoa individual permanecem mesmo no âmbito dos direitos e deveres da família. (SCHELER, 2001, p. 719). A pessoa coletiva não exclui a autonomia da pessoa individual. Noutra situação, o Estado, verbi gratia, pode exigir a vida de uma pessoa numa guerra, forçá-la a cumprir uma regra injusta, mas nunca será capaz de aniquilar seu espírito, sua consciência moral (Ibid., p. 663).

A comunidade de direito envolve todos os sujeitos jurídicos que estão vinculados à estrutura de um ordenamento jurídico para preservação do justo, porém, como indicamos, o valor não pode estar fundamentado na lei. Nesse sentido, o fundamento da comunidade e da própria ideia de direito está no pressuposto de que perante a lei há uma igualdade de valor das pessoas e que, portanto, ela é válida para si e para os outros.[255]

Já a comunidade cultural ou os círculos de cultura abarcam uma pluralidade de pessoas coletivas, em que cada uma congrega os valores coletivos de uma cultura e de visões de mundo. Os círculos de cultura devem reconhecer e respeitar as pessoas em suas individualidades.

> Refiro-me a 'círculo de cultura' ali onde vejo que predominam uma estrutura idêntica na maneira de conceber o mundo primeiro, e as formas correspondentes de existência, além de um *ethos* idêntico; porém sem que se ache ainda desenvolvida uma consciência reflexiva dessa identidade que caracteriza a nação. A existência de um grupo como nação supõe sempre uma pertença desse grupo a um 'círculo cultural', de modo que não pode nunca haver mais nações que círculos de cultura.[256]

Assim, os círculos de cultura, enquanto saber essencial, reconhecem e acolhem a liberdade do espírito manifestada na pluralidade de pessoas individuais ou na diversidade de valores. E, à medida que os círculos de cultura se integram em círculos maiores, eles podem dar forma ao projeto maior que conjuga as pessoas coletivas culturais no conceito de *nação*. Desse modo, o entendimento de nação ultrapassa as noções de *raça*, *classe social*, *território* ou de *povo*, as quais são limitadoras da ideia de cultura.[257]

---

255 *Ibid.*, p. 752-753. Ainda que possa haver diferenças materiais entre as pessoas e, até mesmo uma hierarquia de valores, isto não significa que, no âmbito do mundo jurídico, essa diferença entre pessoas particulares (inclusive com necessidades específicas), constituem em si desigualdades no valor do ser pessoa perante a lei.
É preciso ainda destacar que a comunidade de direito, enquanto pessoa social, pode fazer parte da vida de uma pessoa individual mesmo sem esta perceber sua influência. Ainda assim a pessoa individual permanece a ela ligada por sua esfera social e compartilha com ela valores e ideias.
256 *Ibid.*, p. 692, nota 99.
257 SCHELER, 2001, p. 711.

A comunidade de direito ou a comunidade de cultura pode congregar valores em torno de uma visão de mundo que permite às pessoas valorar determinados bens e buscar certos ideais, conduzindo-as para uma concepção de vida mais ampla e comunitária.

4. O santo

A figura do santo gera não apenas admiração, mas abnegação, humildade, esperança no mundo que espelham um modo-de-ser para alcançá-lo. Para Scheler,

> [...] o homem santo, que cria a 'si mesmo' como o 'bem mais perfeito' possível segundo uma imagem essencial valorativa, que veio a ser para ele no ato do amor em relação a si 'em Deus'. O 'santo' é o indivíduo maximamente independente da matéria dada de modo alheio, na medida em que sua 'obra' é justamente 'ele mesmo', respectivamente a alma humana alheia, que sempre reproduz em si novamente o conteúdo valorativo ideal e o conteúdo de sentido de sua obra, isto é, da própria figura espiritual, em uma sucessão livre.[258]

O santo é aquele que procura aperfeiçoar-se porque ama tornar-se uma pessoa melhor, o que significa desenvolver suas potencialidades e habilidades e, por consequência, estar cada vez mais integrado com aquilo que possa ser considerado mais valioso no outro e no mundo. O santo contém em si todas as formas da grandeza da pessoa humana, sendo ainda fonte das vocações e espelho das virtudes.[259]

Eis o porquê ninguém pode ser indiferente ao santo, pois ele adentra os corações e inquieta nossa interioridade e nosso modo de ser.[260] Assim, em razão de seu carisma e influência, alguns objetos são tomados por sagrados não por seu valor em si, mas "só são reconhecidos como divinos, sagrados, bons, verdadeiros e belos, porque 'Ele' é que os enuncia, expressa e age".[261] O santo, afirma Scheler:

---

258 SCHELER, 2015b, p. 293.
259 *Id.*, 1998a, p. 77.
260 Scheler faz uso, para ilustrar a ideia acima, de um jargão de Nietzsche: Quem está perseguindo, está seguindo.
261 *Id.*, 2015b, p. 463.

> [...] é o tipo humano que desperta fé nos seguidores, não porque a bondade de seus atos e a verdade de suas palavras se conformam a uma norma preestabelecida, mas porque os seguidores têm fé nele, na sua pessoa, graças à unção carismática da pessoa, de seu ser, de sua essência. E porque recebeu a unção, julgam ser verdadeira sua palavra e bom o seu agir.[262]

Essa descrição nos revela que o santo não precisa ser a pessoa sagrada no sentido de uma divindade, mas é apenas uma personalidade que continuamente está voltada para Deus, pelo amor e pela contemplação. Com efeito, o modelo do **santo** se mede por sua personalidade, sua marca, cujos atos revelam qualidades de sua perfectibilidade.[263] Sobre isso, diz Scheler, "a axiomática valorativa religiosa e ética coincide justamente – apesar de independentemente encontrada e descoberta – por si mesma com a ideia do bom senhor do ser ao mesmo tempo sagrado e perfeito".[264]

O santo, desse modo, pode ser uma referência pessoal quando identificada com uma divindade e pode impregnar de significado a personalidade de seus seguidores (o santo-discípulo), que é o modo pelo qual o santo vive nas e pelas pessoas.[265] Para o seguidor, o santo é uma personalidade única, diferentemente dos demais modelos, como o herói ou o gênio, os quais podem coexistir com outros referenciais semelhantes e estabelecer hierarquias, mas sem anular o valor do respectivo modelo.[266]

Todavia, ao invés de uniformizar as personalidades em torno de si, o santo, apesar de impregnar o seguidor com sua essência, permite que ele também construa a si mesmo tendo como horizonte o modo de ser pessoal do santo,[267] de modo que a pessoa seguidora permanece livre e

---

262 *Id.*, 1998a, p. 63.

263 É justamente por esta característica que Scheler considera o cristianismo como a religião absoluta, pois se baseia na fé em um Deus pessoal que é indissociável da natureza humana na pessoa do Cristo (SCHELER, 1998a, p. 61; 67).

264 SCHELER, 2015b, p. 416.

265 FRINGS, 2001.

266 *Id.*, 1998a, p. 60.

267 Scheler descreve vários tipos de modelos e líderes religiosos agrupados sob dois critérios que aqui apenas apresentaremos para ilustrar a diversidade de tipos

sua individualidade nunca será uma cópia frente ao santo fundador. Sobre isso, diz Scheler: "o santo está presente a cada etapa da história dos discípulos, para formar-lhes o íntimo e, por influxo profundo, dar-lhes força para vencer todas as etapas".[268]

Scheler enfatiza uma última característica presente no santo: ele precisa ter uma existência histórica enquanto pessoa real, de outra forma ele seria substituível por uma ideia. Entretanto, eis o paradoxo, pois sua natureza histórica em nada serve para estabelecer os liames ou as qualidades presentes no santo e que perduram na história junto a seus seguidores e imitadores.[269] A investigação da biografia do santo fundador, mesmo assim não consegue perceber com nitidez a distinção entre a imagem real histórica do santo, do mito e do dogma.

Baseando-se no modelo do santo, a forma de sociedade na qual as pessoas se relacionam entre si sem interesses é denominada por Scheler de "comunidade de amor"[270] (*Liebesgemeinschaft*). Nela, as pessoas são acolhidas em sua individualidade e diversidade, reconhecendo

---

e seus graus de influência: 1. Conforme a originalidade da santidade. Tipos puros: a) os primeiros santos e fundadores; b) os apóstolos e discípulos que conviveram com o fundador; c) testemunhas e mártires; d) os constituintes dos dogmas; e) os santos por imitação; f) os reformadores; g) os sacerdotes, autoridades religiosas que transmitem a dignidade do fundador. Tipos mistos são a) os pastores, aqueles que guiam e orientam as pessoas na fé da igreja; b) os membros da igreja que influenciam as pessoas na política e no direito; c) os pregadores e missionários; d) a massa de pessoas-modelos na profissão (o santo rei, o santo médico etc.); e) os teólogos; f) os gênios de inspiração religiosa.

Outra tipologia dos modelos religiosos se refere a seus atributos psicológicos: 1. Homens da graça (líderes religiosos) e os moralistas (ex. Buda ou Platão); 2) Homens intimistas e os altruístas (ex. S. Bento x S. Francisco); 3. Profetas e místicos; 4. Partidários do dualismo x partidários da harmonia. 5. Os crentes e os convertidos; 6. Os "puros" e os "apaixonados"; 7. Pseudorreligiosos: gnóstico, o herege, o sacerdote corrupto ou não querido; o demagogo; o tradicionalista; o céptico e nômade; o boa-vida e o esteta (*Ibid.*, p. 52-57).

268 *Ibid.*, p. 75.

269 *Ibid.*, p. 77.

270 "Civilização do amor", expressão similar à de Scheler, foi utilizada em 1970 pelo Papa Paulo VI e popularizada com o Papa João Paulo II. Essa relação é importante dado o contato próximo deste último pontífice com o pensamento de Scheler. Bem como, *mutatis mutandis*, as expressões são equivalentes no âmbito de um contexto social.

a dignidade em cada pessoa desde as suas fragilidades até suas potencialidades. Diferentemente das comunidades de interesses e de direito, na comunidade de amor não há espaço para reparação ou castigo, senão que reina apenas o amor e a justiça por meio do perdão e da gratidão. São princípios fundamentais para tal forma de sociedade o amor às pessoas, a responsabilidade e a solidariedade moral, unidas por um mesmo compromisso de respeito ao valor do outro, o que revela o caminho de integração das pessoas numa fraternidade universal.[271]

Tecidas as considerações sobre a hierarquia material dos valores que é a base da estrutura axiológica do sistema ético de valores de Max Scheler, parece-nos compreensível sua arquitetura com base nas três principais ideias de seu pensamento: pessoa, valor e emoção. No entanto, convém destacar que apenas o conhecimento desse sistema não assegura uma ação moralmente valiosa, e tampouco leva ao aperfeiçoamento moral da pessoa. Como afirma Scheler em seu opúsculo sobre *A ideia de paz e o pacifismo*:

> Não é o saber puramente intelectual o que põe em movimento nosso viver e nosso agir, senão o poderoso instinto da vida e um claro discernimento dos valores; discernimento este que se dirige a nossa força e a consciência de nossas capacidades.[272]

Com base nisso, a teoria dos modelos de Scheler é indissociável da estrutura dos valores e, em certa medida, está acima desta, pois, como explica Spader, "cada exemplar é um 'modelo', 'um protótipo' de um *ordo amoris* particular, e esta é a razão pela qual os modelos são a melhor via para uma sabedoria moral. Eles funcionam no núcleo da moralidade da pessoa".[273]

Ora, vimos que no coração do modelo scheleriano está um *ordo amoris*, por isso, se conseguimos vislumbrar com maior nitidez uma ontologia

---

271 SCHELER, 2001, p. 492; 662. Scheler afirma que a forma técnica da comunidade de amor é a comunidade eclesial, de fiéis, ou seja, a igreja.
272 Id. *La idea de paz y el pacifismo* (1926). Buenos Aires: Ediciones Populares Argentinas, 1955, p. 162.
273 SPADER, 2002, p. 142.

moral da pessoa, somos conduzidos a uma perspectiva epistemológica, posto que o discurso ético pressupõe a possibilidade da moral enquanto conhecimento, sistematização e compreensão lógica do agir.

Nesse contexto, cientes de que a emoção adquire uma posição central na estrutura fenomênica e axiológica da pessoa, analisaremos, no próximo capítulo, o componente emocional de base fenomenológica presente na constituição da vida prática do *ser-pessoa*, destacando, particularmente, o que Scheler chama de *gramática dos sentimentos* e de como esta nos permite compreender o mundo e ir ao encontro do outro e de nós mesmos.

III. LINGUAGENS, EMOÇÕES E MORAL EM MAX SCHELER

Na trajetória que fizemos até este capítulo, após apresentarmos as bases da constituição onto-antropológica da pessoa, discorremos sobre a pessoa no mundo dos valores e sua formação moral. Com isso, destacamos a condição da pessoa lançada no mundo, no seu agir ético, na revelação de seu modo-de-ser, sempre a partir da tríade pessoa, emoção e valor.

Enfatizando-se os fenômenos emocionais no pensamento de Scheler, evidenciamos no primeiro capítulo como eles integram sua cosmologia e antropologia personalista. Vimos como a gradação da vida e de suas formas de expressão nos seres revelam a persistência, o desenvolvimento e o crescimento da complexidade dos fenômenos emocionais desde o curso dos impulsos afetivos até a constituição do caráter emocional do espírito no homem. Assim, por seu espírito, o Homem Total não pode cindir-se de suas emoções e deve ser capaz de reconhecê-las como próprias ao ser pessoa, tal qual acolhemos a faculdade da razão em nosso ser. "Somos nossas emoções, tanto quanto somos nossos pensamentos e ações."[1] Além disso, o caráter emocional do espírito antecede a razão e é o princípio de toda ação humana, tanto para a disposição de ânimo como para a constituição moral da pessoa.

---

1 SOLOMON, 2015, p. 17.

Desse modo, no segundo capítulo, mostramos como os fenômenos emocionais relacionam-se à constituição moral da pessoa, sendo eles imprescindíveis à experiência axiológica, no conhecimento dos valores, tanto na apreensão e hierarquização material dos valores até a formulação de ideais de pessoas morais sob a forma de arquétipos e de seus respectivos modos de comunidade. Assim, um progresso moral da pessoa ou da sociedade é indissociável de um maior cultivo e compreensão do papel das emoções, de modo que as formas de sociedade mais elevadas são aquelas em que as pessoas aprenderam a melhor gerenciar suas próprias emoções, deixar-se guiar pelos valores mais elevados e a conviver harmoniosamente com o outro.

Nesse capítulo, investigaremos a configuração da linguagem moral a partir de uma hermenêutica fenomenológica das emoções e do modo-de-ser da pessoa, uma vez que é pelo mundo do amor e das emoções que temos acesso ao mundo dos valores. É fato que Scheler jamais elaborou uma teoria ou filosofia da linguagem, mas também é verdade que ele se interessou pelo tema ao longo de sua trajetória intelectual, cujos *insights* breves e os comentários ou aforismos em seus trabalhos revelavam uma "protofilosofia"[2] da linguagem. Scheler ainda advertiu quanto aos problemas do reducionismo da linguagem.[3]

Para que uma ética torne-se possível é preciso que as ações sejam compreendidas e comunicadas como atos morais antes mesmo de serem justificadas. E se uma ética material não é capaz de tornar isso possível, então ela é infrutífera e desnecessária no mundo prático.[4] Em

---

2 Por "protofilosofia" indicamos que, com tais fragmentos ou aforismos não é possível constituir uma verdadeira filosofia da linguagem. Eles são apenas o anúncio de alguns possíveis pressupostos.

3 SPADER, 2002.

4 Scheler lança a seguinte crítica ao pensamento kantiano: "Um apriorismo no sentido de Kant há de ser levado obrigatoriamente a confundir os conceitos e as proposições aprióricas com os meros signos delas. Porém se estas proposições não se cumprem em nenhum conteúdo da intuição, que outras coisas há de ser senão meras convenções, das quais inclusive podem derivar-se com maior simplicidade 'os resultados da ciência'?" (SCHELER, 2001, p. 133).

seu livro *Essência e formas de simpatia*, Scheler enuncia uma forma de linguagem capaz de conectar a vivência e sua expressão. Para ele,

> Há aqui uma *gramática universal*, por assim dizer, que é válida para todas as linguagens de expressão e suprema base para a compreensão de todas as espécies de mímica e pantomímica do vivente. Somente por isto podemos também, por exemplo, perceber a inadequação de um movimento expressivo do outro com a vivência correspondente ou, todavia mais a luta que o movimento expressa com o que deve expressar.[5]

Ora, para o filósofo, trata-se de uma gramática de expressão que atua sobre o nosso modo de compreender a natureza das coisas e a vivência do outro. Nessa gramática, Scheler nos propõe a forma ou as conexões pelas quais as expressões são comunicadas e compreendidas. Todavia, essa gramática apenas permite perceber as relações essenciais nesse campo universal de expressão.[6]

Tais relações são de natureza metafísica, ou seja, não dizem respeito à história dos viventes ou aos mecanismos biológicos relativos ao aparecimento da linguagem. Nesse sentido, por um lado, a ideia de uma gramática universal deve seguir a expressão dos sentimentos, posto que a expansão da vida, em sua diversidade, se dá, para Scheler, mediante suas transformações no mundo psíquico, de modo que à medida que a vida progride, ela carrega consigo as formas de expressão dos estágios anteriores: o homem, apesar de tudo, continua sendo um animal de instinto.[7] Todavia, essa gramática dos sentimentos, para ser universal, deve estar alicerçada em um fundamento hermenêutico metafísico e estar também estruturada de modo a satisfazer todos os signos e conteúdos possíveis.

No âmbito da gramática de expressão dos sentimentos é necessário compreender que a palavra possui uma amplitude maior que o

---

5 *Id.*, 2004b, p. 27.
6 *Ibid.*
7 *Id.*, 2003a.
Isto não significa afirmar, como pensam os positivistas, que a linguagem surge de exteriorizações expressivas dos animais ou que, entre os homens e os animais, há apenas uma diferença de grau *(Id.*, 1989b, p. 83).

sinal e a linguagem está para além de um sistema de sinais. Assim, essa gramática não está subordinada a um processo de racionalização.

O modo como uma palavra é utilizada e aplicada não corresponde à sua essência, ou seja, "a expressão da palavra é apenas sua roupagem", portanto, a palavra não pode derivar da linguagem, ela é antes seu pressuposto: "Somente palavras deixam-se falar. No princípio da linguagem era a palavra!".[8] Desse modo, em sua conferência "Para a ideia do homem", ele afirma que:

> A palavra é fenômeno originário. Ela é pressuposição de sentido, e, com isto, ao mesmo tempo, meio fundamental também de todo conhecimento e de toda 'história' possível que, como tal, é algo totalmente diverso da sequência objetiva de acontecimentos no tempo [...]. 'O homem só é homem através da linguagem; para inventar a linguagem, ele já precisava ser homem' (Wilhelm von Humboldt).[9]

Mas a palavra "visa algo" que não é seu signo ou um objeto qualquer, nem mesmo uma vivência. Sua direção remete-nos a um mundo.[10] A palavra, portanto, é um ato espiritual, intencional, pelo qual acessamos e compreendemos o mundo. E como ato espiritual único e integral, a palavra não é uma composição nem se reduz às faculdades do entendimento ou da sensibilidade.[11]

---

8 SCHELER, 2003a, p. 104.

9 *Ibid.*, p. 105.

10 *Ibid.*, p. 98.

11 A palavra, para Scheler, enquanto ato intencional, não se constitui num signo, isto é, num conceito. A palavra, enquanto fenômeno originário, faz convergir sob uma unidade conceitual referencial as diversas formas de expressão. Assim, tanto os sentimentos quanto os valores constituem uma forma de expressão da pessoa, uma linguagem que diz sobre ela e seu mundo. Ainda que os valores não sejam definíveis com base numa propriedade comum das coisas, como nas palavras "belo", "encantador", "bom" e "mau" referentes a valores estéticos e éticos, Scheler afirma que: "Cada uma dessas palavras compreende, sob uma unidade de um conceito de valor, uma série qualitativamente graduada de manifestações de valor, mas não de propriedades indiferentes ao valor que apenas por sua constante coexistência nos procuram a aparência de um objeto valioso independente" (*Id.*, 2001, p. 59). Nisso o fenomenólogo difere claramente dos nominalistas éticos para os quais as palavras não encontram sentido autêntico na esfera significativa, mas apenas se tratam de invenções humanas, uma interpretação dos fenômenos.

Nesse sentido, uma gramática universal capaz de compreender a expressão dos sentimentos apenas pode ser possível sob um enfoque fenomenológico, posto que uma teoria do conhecimento deve nos permitir apreender o dado no mundo de maneira imediata e que, por sua própria natureza, visa uma dessimbolização do mundo. Isso significa que ela não parte inicialmente de pressupostos ou conceitos prévios como a ciência, e até mesmo como um idioma.[12] Acerca disso, diz Scheler:

> A gnosiologia é, portanto, uma disciplina que não precede a fenomenologia, nem está na sua base, senão que a segue. Tampouco há que pensar que esta teoria em seu alcance mais amplo se limite ao conhecimento no sentido de 'teoria'. Ela é, noutro sentido, a doutrina da percepção e da elaboração pensante dos conteúdos objetivos do ser em geral. Daí se deduz também que seja, por exemplo, a doutrina da captação de valores e da apreciação dos mesmos, isto é, uma teoria da valoração e da apreciação. Porém, qualquer doutrina desta índole pressupõe também a investigação fenomenológica da essência do dado.[13]

Com isso, fica claro que uma gramática dos sentimentos se associa a uma teoria do conhecimento fenomenológico, permitindo a ligação entre percepção e apreensão dos valores.[14] Estes, embora independentes dos sentimentos, são captados mediante uma percepção sentimental ou um ato de amor. Com a gramática dos sentimentos, pode-se compreender a forma pela qual as emoções estão inseridas na vivência e os valores presentes nela.[15]

---

12 SCHELER, 1958a, p. 67.

13 *Ibid.*, p. 85.

14 Não se trata de, com base numa gramática dos sentimentos, reduzir a ética a uma etologia, concepção anteriormente rechaçada nos primeiros capítulos da tese. Não se trata aqui de uma analítica das emoções a partir da percepção do outro ou das coisas em sua dinâmica corporal e cultural com intuito de reconhecer a resposta de valor adequada àquela emoção.

15 Através de outros atos cognoscitivos, como os atos de reflexão, é possível aprender em meio a tais vivências sentimentais e axiológicas. Ademais, não é possível acessar o mundo dos valores senão mediante um perceber sentimental. E, como abordamos no capítulo anterior, não se trata de reduzir os valores a expressões de sentimentos.

Enquanto gramática universal, esta organização da vida afetiva possui uma semântica e uma sintaxe próprias, ou ainda, na expressão usada por Scheler, um *ordo amoris*, o que permite, numa concepção epistemológica, às pessoas se reconhecerem em seus próprios atos, com o próprio outro, e avaliar suas expressões dos sentimentos e conhecer o valor de suas ações.

A gramática dos sentimentos e a objetividade dos valores são o fundamento de uma meta-ética, pois, como exemplifica Scheler, um ato de amor faz parte dos fatos supra-históricos, mas nem por isso deixa de ser um fato.

> Não há uma lei do progresso moral do homem. E não pode haver nenhuma porque há a liberdade, de cuja existência apenas prescinde a ciência positiva para seus fins práticos. O que há unicamente é uma complexidade cada vez maior das possibilidades humanas (diferenciação e integração das sociedades e de seu agir), na qual o que é moralmente bom ou mal aparece cada vez com maior clareza, cada vez resulta mais significativa para o sentido final do mundo.[16]

Pode-se deduzir que uma gramática universal dos sentimentos é, concomitantemente, uma linguagem moral das emoções. Uma gramática dos sentimentos pressupõe e descortina os princípios de uma linguagem moral segundo a qual a cada valor associa-se uma forma de sentimento autêntico. Desse modo, é no conhecimento do valor que descobre-se a natureza dos sentimentos presentes na experiência e se compreende a pessoa, fonte da vivência. Em sua obra *Essência e formas de simpatia*, Scheler evidencia que a linguagem é essencial para a compreensão das pessoas e para romper o paradoxo personalista segundo o qual as pessoas não podem ser conhecidas, exceto se elas mesmas se derem a conhecer.[17]

A linguagem moral permite compreender os limites do conhecimento entre uma pessoa particular e uma outra, descortinando, por

---

16 *Id.*, 2013, p. 35.
17 SCHELER, 2004b, p. 133.

meio de atos como o amor, as suas vivências.[18] Portanto, uma gramática universal dos sentimentos nos permite compreender o processo de intersubjetividade e da compreensão do outro.

Com efeito, o estudo de uma gramática dos sentimentos não pode prescindir de uma fenomenologia das emoções com o intuito de mostrar o significado dos sentimentos no mundo da vida e para a existência da pessoa e seu modo de ser, como abordaremos a seguir.[19]

3.1 DA FENOMENOLOGIA DAS EMOÇÕES AO CAMINHO DA LINGUAGEM

Definir o que seriam os fenômenos emocionais é uma tarefa ousada, pois seus termos são polissêmicos e traduzem, como argumenta Marconi Pequeno, experiências complexas, imprevisíveis e que podem se referir a diversos sentidos que vão desde uma reação intempestiva à expressão de um estado de consciência pré-reflexiva.[20] Portanto, "fenômenos emocionais" envolvem: sensação, afetos, apetites e impulsos, paixões, sentimentos e emoções.[21]

As sensações consistem em vivências do corpo pelas quais captamos qualidades sensíveis no contato com o mundo ou os acidentes dos corpos, mediantes os sentidos externos (visão, audição, tato, paladar e olfato).[22] Os afetos são definidos por Chauí do seguinte modo: "são modificações

---

18 *Ibid., loc. cit.* Scheler conclui ainda que esse processo de estruturação de uma linguagem moral a partir do conhecimento das emoções revela que "o indivíduo vive ante tudo muito mais na comunidade do que em si mesmo" (*Ibid.*, p. 312).

19 Até este ponto de nosso estudo, tomamos de modo indistinto as palavras "emoções" e "sentimentos" cujas diferenças serão abordadas no tópico sobre a fenomenologia das emoções.

20 PEQUENO, Marconi. *A moral e as emoções.* Curitiba: CRV, 2017.

21 A escolha por tais termos em especial decorre do fato de que eles são os mais utilizados para se referir a fenômenos emocionais.

22 STORK, Ricardo Yepes; ECHEVARRÍA, Javier Aranguren. *Fundamentos de antropologia: Um ideal de excelência humana.* São Paulo: Instituto Brasileiro de Filosofia e Ciência Raimundo Lúlio, 2005.

da vida do corpo e significações psíquicas dessa vida corporal, fundadas no interesse vital que, do lado do corpo, o faz mover-se (afetar e ser afetado por outros corpos) e, do lado da mente, a faz pensar".[23]

Em sua obra *Ordo Amoris* (1916), Scheler descreve que os afetos são sentimentos passivos, cegos para os valores, sendo um acontecimento, no sentido de acidente, do eu corporal. Diz ele: "Entendo por 'afetos' os processos agudos de intensos sentimentos de estado, de composição diversa, e que se manifestam em típicos fenômenos expressivos, de procedência essencialmente sensível e vital, acompanhados de fortes impulsos motores e sensações orgânicas".[24]

Por sua vez, os apetites são considerados como funções que suscitam desejos e promovem impulsos. Os apetites consistem em tendências que movem a pessoa para sua autorrealização, isto é, para a satisfação de seus bens próprios, conforme sua própria conveniência. Já o impulso se caracteriza apenas pela inclinação que pode advir dos instintos ou dos apetites.[25]

Um outro elemento complexo no âmbito dos fenômenos emocionais são as "paixões". Segundo Bordelois, as paixões, na tradição histórico-filosófica, foram tratadas inicialmente como sinônimo de emoções e, portanto, não possuíam uma raiz etimológica única e um conceito historicamente definido.[26] No entanto, estamos de acordo com Pequeno, segundo o qual na palavra "paixões" estão agregadas "todas as experiências sensoriais que acometiam o homem e o deixavam vulnerável à força do acaso, dos impulsos e apetites próprios ao mundo sensível".[27] Tal definição tende a associar as paixões ao irascível, desmedido e intempestivo, ou seja, aquilo que é capaz de eliminar na pessoa a sua capacidade de autodomínio.

---

23 CHAUÍ, Marilena. *Desejo, paixão e ação na ética de Espinosa*. São Paulo: Companhia das Letras, 2011, p. 84.
24 SCHELER, 1998b, p. 76.
25 STORK; ECHEVARRÍA, 2005, p. 41.
26 BORDELOIS, Ivonne. *Etimologia das paixões*. Rio de Janeiro: Odisseia, 2007.
27 PEQUENO, 2017, p. 35.

Para Scheler, as paixões são "permanentes ligaduras de tendências e resistências involuntárias de um homem que o atam a certos domínios funcionais e ativos, caracterizados por categorias especiais de valor, através dos quais o homem visa preferencialmente ao mundo".[28] Bergson ainda afirma que as "paixões" tornam seus objetos sempre maiores e melhores do que realmente o são, e têm por objetivo o incremento do prazer e são capazes de excluir ou deturpar a razão para o seu usufruto.[29]

Com a palavra *sentimento* (*sentimentum*) designa-se um conjunto amplo de experiências nas quais também podem estar inseridas as emoções. Os sentimentos abarcam desde simples manifestações sensoriais até expressões aprimoradas e refinadas, podendo ainda significar uma percepção sensorial, um exercício da sensibilidade ou mesmo um afeto ou uma paixão. Sobre isso, diz Solomon:

> 'Sentimento' é um termo enormemente heterogêneo e amplo que inclui todos os tipos de experiência, desde o sentimento de água fria que escorre pelas costas, até o de que algo está errado na cozinha, passando pela experiência que Watson e Crick devem ter passado quando começaram a sentir que o DNA devia envolver algum tipo de estrutura destacável. Em outras palavras, sentimentos vão desde o simples e sensorial até o complexo e sofisticado (aquilo que geralmente chamamos 'intuições'). Apenas alguns desses sentimentos estão envolvidos no que chamamos emoções.[30]

Husserl, em sua obra *Investigações lógicas*, destaca que a expressão *sentimento* envolve uma diversidade de experiências sensoriais como as sensações de prazer até sentimentos marcados pela intencionalidade, isto é, que se constituem como atos, como é o "caso de todo contentamento sobre uma coisa representada".[31]

Dentre todos estes conceitos acima descritos, as emoções e os sentimentos são aqueles que nos exigem maior esforço de compreensão.

---

28 SCHELER, 1998b, p. 76.
29 BERGSON, H. *Aulas de psicologia e de metafísica*. São Paulo: Martins Fontes, 2014.
30 PEQUENO, *op. cit.*, p. 37.
31 HUSSERL, 2007, p. 424.

Segundo Stork e Echevarría,³² *emoção* e *sentimento* seriam termos equivalentes, cuja distinção residiria apenas numa questão de intensidade: a emoção seria uma perturbação mais momentânea e organicamente mais intensa que o sentimento. Todavia, tal descrição não elucida suas diferenças e ainda torna as emoções próximas às paixões.

Ainda acerca de emoção, Pequeno indica que:

> A palavra *emoção* vem do latim *ex-movere*, que significa *mover-se, mexer-se*, ou ainda, *deslocar-se, sair de*. A emoção refere-se ao *motus*, isto é, ao movimento, ao fluxo das sensações. Ela estaria associada à agitação, à comoção, a uma reação geralmente brusca e momentânea, que se faz acompanhar de mudanças fisiológicas. Poder-se-ia, nesse caso, concebê-la como um evento sensorial contrário à calma, à frieza, à indiferença e à insensibilidade. Porém, esse esclarecimento, embora necessário, ainda não é definitivo para tornar transparente o fenômeno. A redução da emoção à comoção afetiva tende a negligenciar sua natureza introspectiva, assim como suas formas sutis de manifestação e/ou representação. Isso porque nem toda emoção desencadeia atitudes, comportamentos ou ações compatíveis com a natureza e a intensidade do sintoma vivido.³³

Nesse processo, as emoções modificam faculdades biológicas associadas à sensibilidade e à racionalidade, atuando em conjunto para sua consecução, podendo fortalecer ou comprometer a razão.³⁴ As emoções, por sua natureza, são fenômenos mais complexos, pois vinculam grupos de sentimentos marcados pela intencionalidade e os estados sentimentais por eles evocados.

A compreensão das emoções como fruto de conjunções neurais e por mecanismos fisiológicos do corpo demonstra que as emoções são um fenômeno do corpo, seja por sua origem natural ou porque são expressas através dele.³⁵ Com efeito, as emoções são uma forma de

---

32 STORK; ECHEVARRÍA, 2005.

33 PEQUENO, 2017, p. 37.

34 STOCKER, M.; HEGEMAN, E. *O valor das emoções*. São Paulo: Palas Athena, 2002. Podemos citar, com base no pensamento de Max Scheler, como exemplos de faculdades relacionadas à racionalidade que são envolvidas pelas emoções, a memória e a inteligência prática (SCHELER, 2003a).

35 Para Damásio, as emoções estariam delimitadas pelo modo de expressão no corpo e seriam a base para sentimentos que se associam a um processo cognitivo. Assim,

engajamento no mundo,[36] haja vista que elas revelam um juízo moral sobre o mundo, como se pode perceber no fenômeno da compaixão e do arrependimento.

Sartre, em seu opúsculo intitulado *Esboço para uma teoria das emoções* (1939), apresenta uma compreensão fenomenológica das emoções. Nesse itinerário investigativo, ele procura esclarecer o que seria uma emoção e quais suas propriedades essenciais. Para o referido autor, a emoção, em si, é "um modo de existência da consciência, uma das maneiras como ela compreende seu 'ser-no-mundo'".[37] Nesse sentido, as emoções possuem tanto uma lógica cognitiva própria, como são capazes de oferecer sentido ao mundo.

Para tanto, as emoções se configuram como uma estrutura organizada e também como uma maneira de se apreender o mundo, independentemente delas serem uma manifestação sofrida ou ativa. Segundo ele, as emoções "se desenvolvem segundo leis próprias e sem que nossa espontaneidade consciente possa modificar seu curso de um modo muito apreciável".[38]

As emoções, com efeito, dão a tonalidade da vida, isto é, a profundidade e a intimidade com a qual nos engajamos no mundo. Elas fornecem sentido ao mundo à medida que transformam o significado das experiências de ser-no-mundo e das coisas ao seu redor. E, por sua própria natureza, as emoções ensinam ao homem o que ele é e como ele deve aprender a conviver com elas: conhecê-las, percebê-las, expressá-las e vivê-las, sem negar que elas fazem parte do seu ser-homem.

---

as emoções geram sentimentos, mas nem todo sentimento provêm de uma emoção (DAMÁSIO, A. R. *E o cérebro criou o homem*. São Paulo: Companhia das Letras, 2011, p. 142; Id. *O erro de Descartes*. São Paulo: Companhia das Letras, 2009, p. 172). Damásio, então, define assim o que é um sentimento: "é uma percepção de um certo estado do corpo, acompanhado pela percepção de pensamentos com certos temas e pela percepção de um certo modo de pensar" (Id. *Em busca de Espinosa: Prazer e dor na ciência dos sentimentos*. São Paulo: Companhia das Letras, 2013, p. 92).

36 SOLOMON, Robert C. "Emoções na fenomenologia e no existencialismo". In: DREYFUS, Hubert L.; WRATHALL, Mark A. (Orgs.). *Fenomenologia e existencialismo*. São Paulo: Loyola, 2012, p. 271-287.

37 SARTRE, J.-P. *Esboço para uma teoria das emoções*. Porto Alegre: L&PM, 2009, p. 90.

38 *Ibid.*, p. 49.

Desse modo, as emoções não podem ser reduzidas ou descritas plenamente por uma racionalidade cognitiva. Assim, elas precisam ser vividas para serem compreendidas e descritas. Ademais, como indica Solomon,

> O objetivo de nossas emoções e a razão primordial pela qual temos emoções é enriquecer nossas vidas, torná-las melhores, ajudar-nos a obter o que desejamos. [...] queremos mais da vida além de sobrevivência e transmissão dos nossos genes. [...] Nós não simplesmente temos emoções. Emoções são estratégias. São instrumentos para nos proporcionar o que desejamos (e nos ajudar a evitar o que não desejamos) e, às vezes, podem ser (ou parecer ser) o que, no fim das contas, desejamos: amor verdadeiro, por exemplo, e especialmente aquela grandiosa emoção que tudo abrange (na medida em que seja uma emoção): *felicidade*.[39]

Ainda de acordo com Sartre, as emoções são um modo-de-ser do homem, ou seja, uma maneira de posicionar-se diante do mundo. Portanto, elas não apenas traduzem um julgamento sobre a realidade, mas também envolvem estratégias do sujeito para se adequar à realidade. É justamente a adequação desses julgamentos e a expressão das emoções que podemos chamar de "inteligência emocional".[40]

Ademais, o estudo da intencionalidade das emoções nos permite descrever os modos de engajamento do sujeito no mundo. Assim, mediante a intencionalidade, somos convidados a compreender como as emoções se inserem em nossas vidas e como nos relacionamos com ela.[41]

Em suas obras *Ética* e *Essência e formas de simpatia*, Scheler pouco utiliza o termo *emoção* (*emotion*), geralmente se referindo a ela como vida emocional (*emotionalen Lebens*). Assim como ocorreu com outros autores já citados, Scheler entende que há uma distinção entre a emoção e o sentimento. O sentimento abrange as diversas formas de experiências emocionais; já a emoção é composta por um ato associado a um sentimento intencional.[42]

---

39 SOLOMON, *op. cit.*, p. 293.
40 GOLEMAN, D. *Inteligência emocional*. Rio de Janeiro: Objetiva, 2005.
41 SOLOMON, 2015.
42 Entretanto, em uma passagem do livro *Ética*, o filósofo menciona a expressão "emoções espirituais" (*Die geistigen Emotionen*) que seriam constituídas de duas

Scheler trata dos elementos que necessariamente compõem a emoção: os atos intencionais emocionais e as esferas dos sentimentos. Desse modo, antes de aprofundarmos o estudo da vida emocional, convém abordar o ato emocional intencional, mediante o qual nos é dado o valor e o que se passou a denominar "percepção sentimental" (das *Fühlen*).[43]

3.2 DA PERCEPÇÃO SENTIMENTAL [*DAS FÜHLEN*]

Vimos que Scheler faz uso da ideia fenomenológica de intencionalidade sob a forma de percepção sentimental (ou sentir intencional). Para ele, o sentir da pessoa, enquanto função percipiente do ser, isto é, como modo de apreensão de essências *a priori*, é um processo no qual "o pensado se converte em forma de pensar, o amado se converte em forma e modo de amar".[44]

Com efeito, o perceber sentimental distingue-se do estado de sentimento e, mais do que os sentimentos dados, tal faculdade nos permite acessar os valores. Os estados sentimentais ou os sentimentos são conteúdos e fenômenos, enquanto que o perceber sentimental é uma função ou um modo de apreensão dos conteúdos, porquanto, o perceber sentimental é, no âmbito da consciência, uma *noesis*, um ato objetivador.[45] O perceber sentimental faz parte do caráter emocional do espírito pelo qual os objetos inacessíveis à razão, indiferentes à lógica e à matemática, podem ser apreendidos no mundo. Para Scheler, "Há no perceber sentimental um referir-se e dirigir-se primários do sentir para algo objetivo, para os valores".[46]

---

partes: um sentimento puro (*reine Gefühle*) e um ato de sentimento (*den Gefühlsakten*) (SCHELER, 2001, p. 356, 444 e 489).

43 O termo *Fühlen* significa sentir. Todavia, tal ato é uma função percipiente, pela qual temos acesso ao mundo das emoções e dos valores. Desse modo, preferimos seguir a tradução do termo como o fez a edição espanhola que o tomou por *la percepcíon sentimental*.

44 SCHELER, M. *De lo eterno en el hombre* (1921). Madri: Encuentro, 2007b, p. 158.

45 *Id.*, 2001, p. 359: "os estados sentimentais são radicalmente distintos do sentir (ou perceber sentimental): aqueles pertencem aos conteúdos e fenômenos, e este, às funções de apreensão de conteúdos e fenômenos".

46 *Ibid.*, p. 360. Cf.: *Id.*, 2000, p. 263.

No perceber sentimental, segundo Scheler, não sentimos "por algo", portanto, este não é um estímulo reativo ao objeto, mas sentimos imediatamente "algo", isto é, uma qualidade de valor. Nesse sentido, há no perceber sentimental uma relação intencional para com os valores, ainda que o perceber sentimental não precise de uma mediação ou da representação de um objeto.

Desse modo, pelo perceber sentimental, a vivência se desenvolve a partir de sua essência axiológica (apriorismo dos valores), fomentando o sentir e estimulando o pensar. Para Scheler, não é o sentimento que nos dá o valor, mas é, antes, o fato de sentir imediatamente este algo que promove uma resposta emocional correspondente (semelhante), por isso afirma ele:

> Se as exigências dos valores parecem não haver-se cumprido, sofremos por isso, quer dizer que estamos tristes, por exemplo, porque não conseguimos nos alegrar pelo sucesso tal como mereceria seu valor que havíamos percebido; ou a causa de que não pudemos nos entristecer como 'exige', verbi gratia, a morte de uma pessoa amada. Estes peculiares 'modos de conduta' (não queremos chamá-los de atos, nem tampouco, funções) tem em comum com o sentir intencional a 'direção'.[47]

A percepção afetiva ou sentimental do valor é a atividade que nos permite apreendê-lo e ressaltá-lo no plano concreto da nossa existência. Scheler indica ainda que os valores e suas hierarquias

> [...] não se manifestam através da 'percepção interior' ou da observação (na qual é dado unicamente o psíquico), senão em um intercâmbio vivo e sentimental com o universo (quer seja este psíquico, físico ou qualquer outro), no preferir e no postergar, no amar e no odiar mesmos, quer dizer, na trajetória da execução daqueles atos intencionais.[48]

Ainda de acordo com o filósofo, a percepção sentimental não se confunde com a percepção interior, caso contrário, os sentimentos e valores seriam projeções de nosso Eu; tampouco pertencem aos

---

47 SCHELER, 2001, p. 362.
48 SCHELER, 2001, p. 127.

eventos de uma percepção externa advindos da observação, segundo a qual a percepção sentimental seria não um ato ativo, mas uma resposta ou reação ao meio. Assim, sendo um intercâmbio vivo, os sentimentos (estados sentimentais) e os valores nos são dados de forma independente.[49]

Diferentemente da sensação, a percepção sentimental não precisa de imagens, representações ou de juízos, pois o perceber sentimental direciona-se para o mundo da vida dos objetos orientada para os valores sem a necessidade de mediações (representações).[50] A percepção sentimental, enquanto ato intencional da consciência, não vincula o valor ao sentir imediato. O perceber sentimental pode apreender imediatamente a qualidade do valor, mas não é capaz de atrair espontaneamente a consciência do sentir. Por isso, diz Scheler:

> O princípio de que é próprio da essência dos valores o estar dado em um 'perceber sentimental de algo' não quer dizer tampouco que os valores existam unicamente na medida em que são sentidos ou possam ser sentidos. O fato fenomenológico precisamente é que, na percepção sentimental de um valor, está dado este mesmo valor com distinção de seu sentir – o qual vale para todo caso possível de uma função do perceber sentimental –, e, por conseguinte, o desaparecimento do perceber sentimental não suprime o ser do valor.[51]

Por esta razão, ainda que, por exemplo, o sentimento de compaixão pelo outro por ocasião de uma injustiça sofrida desapareça no curso da vivência, o valor do injusto persistirá. Além disso, muitos valores nos são conhecidos, pois pertencem ao nosso mundo, vivenciamo-los, enquanto outros existem sem que os tenhamos sentido.

---

49 JORGE, Ana Maria Guimarães. *Introdução à percepção: Entre os sentidos e o conhecimento*. São Paulo: Paulus, 2011.

50 SCHELER, *op. cit.*, p. 363.
Vale ressaltar que o perceber sentimental não é o único ato emocional intencional relacionado ao valores e que não constituem funções intencionais do sentir. Há outros como os atos de preferir e postergar ou os atos de amor e ódio. Tratamos dos atos de preferir e postergar no capítulo 2 de nosso estudo.

51 *Ibid.*, p. 345.

Assim como a percepção sentimental pode ser aguçada, aperfeiçoada, amadurecida, a consciência dos valores pode também ser aprofundada.[52] Sobre isso, esclarece Scheler:

> A capacidade evolutiva do sentimento de valor é ilimitada, o mesmo é válido tanto para o homem histórico como para o indivíduo concreto; e inclusive para o homem que enquanto integrante de uma espécie é, em si mesmo um membro cambiante da evolução da vida universal. Ao desenvolver seu sentir, ele penetra e avança na riqueza dos valores já existentes.[53]

Outrossim, pode-se afirmar que a manifestação dos valores na experiência e nas coisas antecede todo e qualquer estado sentimental. Assim, Scheler compreende que, por meio do perceber sentimental, "o homem tende 'ante todo' para os bens, mas não ao prazer que há nos bens".[54] Isso significa que a percepção está voltada primeiramente para os bens (coisas valiosas) e não para as sensações ocasionadas por estes. Eis por que a pessoa não pode ser considerada como produto de um frenesi de estímulos sensoriais dados pelos sentidos, como se estivesse sempre à reboque de suas emoções.

Scheler afirma que o amar e o odiar são atos emocionais que compõem os estratos superiores da vida emocional intencional, posto que, dentre suas características, o amar e o odiar são atos "nos quais se experimenta uma ampliação ou uma restrição da esfera dos valores acessíveis ao perceber sentimental de um ser".[55]

Assim, mesmo diante da percepção sentimental, são os valores que, no que concerne à expressão dos sentimentos, guiam a experiência da

---

52 Há uma orientação moral aliada a este crescimento perceptivo espiritual da pessoa.
53 SCHELER, 2001, p. 372.

54 *Ibid.*, p. 346. Convém lembrar a máxima do hedonismo a qual afirma que a moralidade pode reduzir a análise das ações humanas aos estados de prazer ou sofrimento, ou seja, o ideal ético se pautaria pelos princípios de maximizar o prazer e minimizar a dor e o sofrimento.

55 *Ibid.*, p. 365. Sobre a relevância do amor na esfera emocional e na constituição moral da pessoa daremos continuidade nas seções posteriores.

pessoa no mundo,⁵⁶ na qual para cada ordem dos valores há uma respectiva classe de sentimentos suscitada, como trataremos no tópico seguinte.

3.3 TESSITURA DA VIDA AFETIVA

A estrutura da vida emocional, conforme indica Scheler em sua *Ética*, é descrita a partir da perspectiva da pessoa que vivencia os múltiplos aspectos da vida afetiva. É isto que permite a relação *corpo-identidade-pessoa*.⁵⁷ A tessitura da nossa vida afetiva precisa ser investigada a fim de que se possa conhecer como se coligam os estados sentimentais com o valor moral da pessoa, seu agir e querer. Noutras palavras, convém avaliar como se dá a estrutura ou os estratos da vida emocional e sua relação com o ser da pessoa. Para Scheler, a estrutura da vida emocional fundamenta-se em um pressuposto universal:

> Todos os sentimentos, em geral, têm uma referência vivida ao Eu (ou a pessoa) que os distingue de outros conteúdos e funções (sentir sensações, representar etc.); referência em princípio distinta daquela que também pode acompanhar a um representar, querer e pensar. E apenas pertence aos estados essa referência, senão também às funções.⁵⁸

As esferas da vida emocional se diferenciam por suas qualidades e em seus diversos estratos de profundidade, partindo dos sentimentos mais simples aos mais complexos. Tal classificação se dá da seguinte forma: 1) sentimentos sensíveis; 2) sentimentos vitais e corporais; 3) sentimentos puramente anímicos (sentimentos puros do Eu); 4) sentimentos espirituais (sentimentos da personalidade).⁵⁹

Sobre esta estrutura emocional, Scheler afirma:

---

56 *Ibid.*, p. 363.
57 Cf. PEREIRA, 2000, p. 120.
58 SCHELER, 2001, p. 448.
59 *Ibid., loc. cit.* "Es gibt: 1. Sinnliche Gefühle oder »Empfindungsgefühle« (Carl Stumpf), 2. Leibgefühle (als Zuftände) und Lebensgefühle (als Funktionen), 3. rein feelifche Gefühle (reine Ichgefühle), 4. geistige Gefühle (Persönlichkeitsgefühle)" (*Id.*, 2009, p. 344).

> [...] apenas são estados puramente emocionais, em sentido estrito, os sentimentos sensíveis; porém que os sentimentos vitais, assim como os puros sentimentos anímicos e espirituais, também podem mostrar sempre um caráter intencional, o que os sentimentos puramente espirituais mostram necessariamente por sua essência.[60]

Abordaremos as características de cada um deles a seguir.

a) Os sentimentos sensíveis

Os sentimentos sensíveis são marcados por sua regionalização no corpo, ou seja, estão estritamente vinculados às unidades orgânicas corporais. São sempre estados emotivos e nunca chegam a ser função ou ato. Trata-se apenas de uma afetação, de um estado passivo em relação ao entorno do corpo e do mundo.

Os sentimentos sensíveis são sempre atuais e, com isto, não podem ser perpetuados, antecipados ou replicados sob a forma de ressentir, pós-sentir, pré-sentir ou co-sentir. Sua estrutura possibilita apenas a constituição de estímulos quando por ocasião do contágio sentimental, sem chegar a significar o sentir ele mesmo. Assim, carecendo de duração e de continuidade, estes sentimentos são também os menos atingidos pelo fenômeno da atenção, sendo, em geral, fortalecidos ou destacados na consciência com o aumento de suas bases sensoriais.[61]

Assim, por exemplo, o gosto doce no paladar pode ser aguçado pela atenção, mas não significa que ele se torne mais saboroso. A dor pode ser anulada pela atenção como ocorre quando um soldado continua a combater sem se dar atenção ao ferimento que traz em seu corpo. Daí ocorre uma distinção entre sentimento, prazer e felicidade. As sensações não podem ser evitadas se não houver uma fragilidade orgânica, ao passo em que elas não são capazes de engendrar sentimentos mais profundos, como o de bem ou mal-estar, de saúde ou enfermidade, sendo estes apenas sentimentos reativos, ou seja, respostas estritamente orgânicas. Assim, os demais estratos da vida sentimental ultrapassam as

---

60 *Id.*, 2001, p. 369.
61 SCHELER, 2001, p. 453.

determinações sensíveis, pois conseguem sublimá-las, e isso distancia o prazer sensível do querer e do agir direcionados à felicidade. Assim, diz Scheler: "o valor e a importância moral dos sentimentos de felicidade considerados como fontes do querer moral se acham em relação exatamente inversa com a possibilidade de alcançá-los pelo querer e pelo agir".[62]

Os sentimentos sensíveis ou de sensações estão vinculados fortemente aos sentidos e localizados no corpo. Na sequência desta classe de sentimentos, estão os sentimentos vitais e corporais.

b) Os sentimentos vitais e corporais

O segundo estrato da vida emotiva diz respeito aos sentimentos vitais, sendo tais sentimentos tomados como funções enquanto os sentimentos corporais são concebidos como estados. Dentre os exemplos de sentimentos citados por Scheler que expressam a esfera vital encontram-se os sentimentos de bem-estar ou mal-estar, os sentimentos de saúde ou de enfermidade, a fadiga e o alívio físico.

Esses sentimentos não possuem uma determinação precisa no corpo (organismo). Os sentimentos sensíveis e vitais presentes na vivência podem ser dados ao mesmo tempo e indicarem caminhos opostos. O aspecto central dos sentimentos vitais consiste em permitir que a pessoa tenha a experiência de sentir a vida em seu próprio ser e a dos demais seres presentes no mundo exterior, e de perceber sua ascensão ou queda em relação ao seu vigor e à sua pujança. Os sentimentos vitais adquirem, portanto, caráter funcional e intencional, podendo indicar a significação valiosa dos processos emocionais dentro e fora do corpo próprio, longe das representações ou dos conceitos, tornando-se um mapa ou um "autêntico sistema de signos do estado variável do processo vital".[63]

Os sentimentos vitais não são afecções ou excitações do corpo, como ocorre com os sentimentos sensíveis. Entretanto, sentimentos

---

62 *Ibid.*, p. 455.
63 SCHELER, 2001, p. 459.

sensíveis podem estar associados servindo como signos para os sentimentos vitais. Sentimentos de angústia, medo, vergonha, apetite, aversão, simpatia e repugnância vitais, por exemplo, podem estar relacionados a um porvir, a algo não presente, distantes no tempo e no espaço.[64] A próxima classe de sentimentos já prescinde das funções do corpo e dos sentidos em seus modos de exprimir-se. São eles os sentimentos puramente anímicos.

c) Os sentimentos puramente anímicos

Em nossa vida emocional também existem os sentimentos puramente anímicos (do Eu) ou psíquicos, dentre os quais podemos destacar a tristeza e a alegria. Estes se diferenciam dos sentimentos vitais que estão vinculados ao Eu a partir do corpo, do reconhecimento de si e de outrem enquanto organismo, ou seja, de um estado do corpo ou de uma função do Eu.

Entretanto, os sentimentos anímicos ou psíquicos são qualidades do Eu e, desse modo, não dependem dos fenômenos externos ou da mediação do corpo (percepções sensoriais). Os sentimentos anímicos originam-se, conforme indica Rovaletti,[65] na alma, de modo direto e ativo na esfera do "eu", repercutindo apenas de forma secundária no corpo. Todavia, Scheler enfatiza que a sensibilidade "não produz nem fabrica nada, senão unicamente reprime, suprime e seleciona de acordo com a importância que as vivências psíquicas (ou os conteúdos da percepção exterior, no caso) têm para o corpo e para a finalidade de sua atividade".[66]

Os sentimentos anímicos se referem imediatamente ao eu, decorrendo dos objetos do mundo exterior percebidos, representados ou imaginados, relacionados a pessoas, podendo se configurar como

---

64 E assim, alguém pode sentir medo ou angústia de algo que não existe como, por exemplo, o medo da dor de uma injeção.
Cf.: *Ibid.*, p. 460.

65 ROVALETTI, María Lucrecia. "La importancia de Max Scheler en la psicopatología de Kurt Schneider". *Revista de Neuro-Psiquiatría del Perú*, tomo LXIV, n. 3, set. 2001. Disponível em: http://sisbib.unmsm.edu.pe/bvrevistas/neuro_psiquiatria/v64_n3/Maxscheler.htm. Acesso em: 05 dez. 2013.

66 SCHELER, 2001, p. 547.

algo mais próximo ou distante do Ego. Os sentimentos anímicos traduzem, desse modo, a gradação de proximidade entre um sentimento e o seu centro psíquico, ou seja, representam os diversos modos de experimentar sentimentos vitais ou corporais sem rebaixar-se a eles, tampouco, elimina a peculiaridade dos sentimentos anímicos: uma pessoa pode ficar triste (sentimento anímico) ao receber uma notícia negativa (motivo) mediante o significado atribuído ao percebido.

Com base nisso, Scheler ressalta que a experiência do eu é vivenciada de modo unitário em cada ato psíquico oriundo da percepção externa ou interna. Neste sentido, não é possível desagregar os sentimentos anímicos dos estratos anteriores da vida emotiva sem, com isso, prejudicar a essência da pessoa. Com efeito, tais sentimentos podem ser dados à consciência, remetendo-se às vivências do presente, do passado (recordação) ou do futuro (espera/expectativa).[67]

Todos os estratos sentimentais descritos até então vinculam a pessoa a alguma causa ou objeto do mundo relacionado ao sentir, o que faz com que estes sentimentos possam ser dados como estados. Entretanto, a última categoria emocional, os sentimentos espirituais, volta-se para as pessoas como causa do mundo, e não como seu objeto.

d) Os sentimentos espirituais

O quarto e mais elevado estrato da vida emocional refere-se aos sentimentos espirituais que consistem em sentimentos da personalidade. Dentre os exemplos descritos por Frings[68] encontram-se os sentimentos de bem-aventurança (beatitude/felicidade suprema), serenidade (*serenitas animi*), desesperança, dor de consciência, segurança (*Geborgenheit*), paz interior ou paz de espírito, arrependimento etc.

Os sentimentos espirituais também são definidos como sentimentos metafísicos ou religiosos[69] por não estarem subordinados a outros

---

67 *Ibid.*, p. 469; 564.
68 FRINGS, 1965, p. 53-55.
69 A expressão *religiosos* não é empregada no sentido de crença ou doutrina religiosa. "Darum sind sie auch die metaphysischen und religiösen Selbstgefühle κατεξοχήν." (SCHELER, 2009, p. 356).

parâmetros da vida emocional (sensibilidade/corpo/Eu) e se direcionarem ao núcleo de nossa existência pessoal (o sentido do ser), assim como ao seu modo de ser no mundo. Por isso, diz Scheler, "são precisamente o ser e o valor próprio da pessoa mesma que constituem o 'fundamento' da beatitude e do desespero [Verzweiflung]".[70]

Por sua peculiaridade, os sentimentos espirituais não podem ser considerados estados, pois não são relativos a algo, como, por exemplo, sentir-se feliz por um prêmio recebido, nem podem ser engendrados pela vontade, posto que, como explica Frings,

> A bem-aventurança não pode ser alcançada por técnicas de produção de boas obras, nem pode a desesperança ser eliminada através do emprego delas. Ter ou não ter sentimentos espirituais não depende das intenções deliberadas do agente. Eles aparecem apenas 'por trás' do comportamento e nunca são um conteúdo dado por uma disposição intencional (for purposeful willing).[71]

Tais sentimentos são absolutos,[72] pois não estão condicionados por nenhum ato do querer, nem por nenhuma ação ou modo de vida, nem são relativos a estados de valor extrapessoais ou à força motivadora destes; eles sequer podem ser representados,[73] pois brotam da essência, isto é, do coração da pessoa e se irradiam até atingir a integralidade e a totalidade do mundo e da pessoa.

Com efeito, os sentimentos espirituais têm seu alicerce radicado no ser e no valor próprio da pessoa, sendo superior a todos os seus atos, conforme indica Scheler na citação a seguir: "Estes sentimentos parecem brotar, por assim dizer, do ponto germinal dos atos espirituais mesmos e inundar com sua luz e sua sombra *todo* o dado nesses atos tanto no mundo interior como exterior. 'Penetram e inundam' todos os

---

70 SCHELER, 2001, p. 462.

71 FRINGS, op. cit., p. 55.

72 A língua portuguesa deixa clara tal representação ao destacar a bem-aventurança. Pode-se dizer: Eu sou (sinto-me) bem-aventurado. Mas não, eu estou bem-aventurado.

73 SCHELER, op. cit., loc. cit.

conteúdos peculiares da vivência".⁷⁴ Desse modo, os sentimentos espirituais referem-se aos valores mais altos, isto é, aos valores da pessoa, já que não estão vinculados à percepção sentimental.

Ao término desse percurso sobre as diferentes modalidades de sentimentos, podemos compreender que a estrutura da vida emocional, conforme demonstra Scheler em sua *Ética*, é descrita a partir da perspectiva da pessoa que vivencia tais aspectos e da sua vida afetiva.⁷⁵ Ademais, a vida afetiva não condiz com a ideia de que o coração humano "é um caos de cegos estados sentimentais que se associam e se dissociam conforme regras causais quaisquer com outros dados psíquicos".⁷⁶

A tonalidade da vida afetiva está ligada a uma hierarquia valorativa, em que cada camada afetiva corresponde a uma esfera de valores, o que permite compreender que o coração humano ou ânimo é o contrário de um princípio desordenado. Sobre isso, diz Scheler,

> O que chamamos 'ânimo', ou simbolicamente 'coração humano', não é um caos de cegos estados sentimentais que se associam e se dissociam conforme regras causais quaisquer com outros dados psíquicos. É, pelo contrário, o *reverso articulado* do cosmos de todos os possíveis caracteres amáveis das coisas – é por isso um microcosmos do *mundo dos valores*.⁷⁷

Enfatiza-se, assim, a ideia de que a estrutura da vida afetiva não se encerra na dimensão psicofísica do ser humano, mas integra a própria tessitura da existência,⁷⁸ estando presente, pois, no próprio homem e no mundo. Além de uma gramática universal, esta organização da vida afetiva possui também sua semântica e sintaxe próprias, ou, na expressão usada por Scheler, um *Ordo Amoris*.

Porém, o modo como Scheler destaca os sentimentos, quase que extraindo-os de suas respectivas vivências, direciona o olhar como se

---

74 SCHELER, 2001, p. 461.
75 PEREIRA, 2000, p. 120.
76 *Id.*, 1998b, p. 54.
77 *Ibid.*, p. 54.
78 Os princípios afetivos descortinados na teia da vida são explorados por Scheler, principalmente em seu texto *A posição do homem no cosmos* (*Id.*, 2003a).

os sentimentos, mesmo sendo intencionais, fossem considerados experiências individuais, quando a expressividade deles exige uma conexão com as pessoas e com o mundo. Por isso, somos levados a indagar: como os sentimentos ocorrem nas experiências comuns entre as pessoas? Qual o valor ético de sentimentos interpessoais como a simpatia?

Dito isto e valendo-se de um dos principais trabalhos de Scheler acerca do fenômeno da simpatia, procuramos evidenciar este fenômeno como elemento essencial para compreensão das relações interpessoais.

3.4 O FENÔMENO DA SIMPATIA

O fenômeno da simpatia, como indica Scheler em seu texto *Essência e formas de simpatia*,[79] tem como finalidade orientar os caminhos para a prática do amor e da alteridade. A palavra *simpatia*, em alemão, pode ser escrita de duas formas: *sympathie* (termo culto) e *mitgefühl* (termo vulgar). Embora sinônimos, estes vocábulos possuem sentidos etimológicos diferentes.[80] O primeiro termo (*Sympathie*) origina-se do grego, *sympáteia* (συμπάθεια), derivado do latim (*Sympathia*), e consiste numa palavra composta de duas partes: "*sym-* (com) e *pathos*, que deriva do verbo *pathein* (padecer, sofrer, sentir)".[81] Tal termo sugere a ideia de um sentimento negativo, como compadecer. O outro termo germânico, *mitgefühl*, "*mit-* (com) e *Gefühl* (sentimento), derivado do verbo *fühlen* (sentir)",[82] é compreendido como um "co-sentir", contemplando tanto a ideia negativa como também o sentimento positivo, a exemplo de congratular-se, o qual compreende uma reação ao sentimento positivo do outro.

---

79 SCHELER, 2004b.
80 RAMOS, 1978; Mello, Michell Alves Ferreira de. *O fenômeno da simpatia segundo Max Scheler: Uma pergunta sobre o fundamento filosófico desse fenômeno*. Rio de Janeiro: Pontifícia Universidade Católica do Rio de Janeiro, Centro de Teologia e Ciências Humanas, 2007, 106 p. (Dissertação de Mestrado).
81 Mello, 2007, p. 44.
82 *Ibid., loc. cit.*

Entretanto, como explica o *Dicionário de Filosofia* de Abbagnano, o verbete *simpatia*, independentemente de sua etimologia, evoca, *mutatis mutandis*, a concepção de uma ação recíproca entre coisas ou pessoas, ou, a capacidade de influência mútua.[83]

Para Scheler, a simpatia, para além de um sentimento, é uma função cognitiva voltada para a compreensão do "viver e sentir o mesmo que outro". Outrossim, segundo Ramos, a simpatia, diferentemente do amor, é sempre um modo de comportamento social. Enquanto modo de apreensão de uma experiência alheia, a simpatia é, segundo o autor, "cega para os valores desta", mas por força da intencionalidade (percepção sentimental), o sentimento simpático torna-se fonte de valor.[84]

Em razão disso, a simpatia nos permite identificar os sentimentos e os valores presentes na experiência do outro como se fossem nossos, logo, o eu sente a partir da experiência do outro, valorando como se estivesse no lugar do outro. O eu se abre às alegrias e tristezas do outro, mas, como explica Dupuy, isso apenas "confere ao outro direito a nossa atenção, mais do que nossa estima; [...] permanecemos mais sensíveis à sua existência que a seu valor".[85]

Adam Smith, por exemplo, identificava em todo sentimento altruísta uma forma de simpatia e nela um princípio para reger a ética. Eis por que ele postula uma ética da simpatia. Contrariamente a este, Scheler não considera que a simpatia possa ser o fundamento ou o princípio ético único e definitivo.[86] Ademais, a simpatia é sempre reativa ao sentimento e ao comportamento do outro.

Scheler distingue, em seu livro, várias formas de sentimentos simpáticos: **a) sentir algo com outro** [*Das unmittelbare Mitfhühlen*];

---

83 ABBAGNANO, Nicola. *Dicionário de Filosofia*. São Paulo: Martins Fontes, 2003, p. 901 (verbete: simpatia).

84 RAMOS, op. cit., p. 242.

85 DUPUY, Maurice. *La philosophie de Max Scheler*. Paris: Universidade da França, 1959, p. 340. A simpatia se elevada a um fundamento ético poderia conduzir a um solipsismo ou subjetivismo moral, posto que o Eu sempre será o parâmetro judicante.

86 SCHELER, 2004b, p. 20; 176.

b) simpatizar algo: congratulação "por" e compaixão "de" [*Das Mitgefühl an etwas: Mitfreude an seiner Freude und Mitleid mit*" *seinem Leid*]; **c) contágio afetivo** [*Die blosse gefühlsansteckung*]; **d) genuína unificação afetiva ou verdadeira empatia** [*Die echte Einfühlung*].[87]

a) Sentir algo com o outro [*Das unmittelbare Mitfhühlen*]

Essa situação pode ser entendida como um "sentir em companhia", um "viver em companhia", e isso implica que duas pessoas participam de uma mesma situação e cada uma delas a sente de forma diferenciada. Scheler exemplifica o caso de pais enlutados pela morte de um filho, em que ambos sofrem pela mesma perda, ainda que cada um conviva com sua própria dor.

Há aqui um mesmo movimento emocional e um mesmo complexo de valor. Para tanto, não é possível um "sentir algo com o outro" no sentido de um sentimento sensível, uma dor física *verbi gratia*, pois a sensibilidade envolve um corpo (soma) e uma egoidade. Há no sentir em companhia do outro uma afetação moral, uma dor moral, como ocorre no caso do luto.[88] O sentir algo com o outro é, em princípio, a base para a simpatia devido à apreensão e conhecimento do estado do outro, que é o pressuposto da reação emocional que é a simpatia.[89]

b) Simpatizar algo: congratulação "por" e compaixão "de"[*Das Mitgefühl an etwas: Mitfreude an seiner Freude und Mitleid mit*" *seinem Leid*]

Toda simpatia propriamente dita, indica Scheler, "implica a intenção de sentir a dor ou alegria pela vivência do próximo".[90] O foco da simpatia é o sentir do outro em sua própria vivência. Eis o primeiro elemento da simpatia: o reconhecimento do outro em sua diferença.[91]

---

87 Id. *Wesen und formen der sympathie*. Paderborn (AL): Salzwasser, 1923, p. 9.

88 Não obstante a isto, é evidente que os sentimentos sensíveis podem excitar, engendrar sentimentos como a compaixão ou a congratulação "de" ou "por". Cf.: *Id.*, 2004b, p. 27.

89 RAMOS, 1978.

90 SCHELER, *op. cit.*, p. 28.

91 O reconhecimento do outro em sua integralidade como um ser diferente do eu é também a base do amor espontâneo. Mas a melhor compreensão da afirmação anterior é que o amor é fonte da simpatia (SCHELER, 2004b, p. 95).

A simpatia, sendo uma função do sentir, permite ainda a percepção do sentir do outro e ainda sentir o mesmo que o outro.[92] Para Scheler,

> O simpatizar (propriamente dito), a 'participação afetiva', apresenta-se como uma reação ao fato, dado no sentir o mesmo que outro, do sentimento alheio e do complexo de valor correspondente, inclusive no que diz respeito aos *fenômenos*.[93]

Disso decorre a conclusão óbvia de que a simpatia, seja sob a forma de compaixão ou de congratulação, diz respeito a dois fatos fenomenologicamente distintos: o meu compadecer/congratular e o padecer/alegrar-se do outro.[94] Assim, a função da simpatia se dá independentemente dos estados exteriores do mundo, revelando, também, que as pessoas podem abrir-se ou fechar-se ao mundo, inclusive ao outro. Isso demonstra que o limiar de simpatia da pessoa não é obrigatoriamente modificado pelo aumento da dor ou da alegria alheia.

A simpatia amplia as possibilidades da vida da pessoa, pois seu caráter funcional eleva a pessoa para além de suas vivências reais, abrindo-as à objetividade do mundo.[95] A simpatia revela que as pessoas são realidades independentes e interligadas, integrantes de uma relação mútua e "onticamente destinadas a uma vida em comunidade e coordenadas teleologicamente de um modo recíproco (prescindindo da existência e da medida eletiva de sua convivência)".[96]

A **simpatia** não é uma emoção, mas consiste numa função percipiente do sentir,[97] num modo de comportamento social.[98] Pela simpatia, podemos ir ao encontro do outro em sua respectiva experiência, sendo capaz de perceber o sentimento do outro sem assumi-lo como próprio,

---

92 A simpatia segue, de forma análoga, uma lógica de segunda ordem.
93 *Ibid.*, p. 29.
94 *Ibid.*, p. 28.
95 RAMOS, 1978, p. 233. Esta asserção também é válida para o sentir algo com o outro e para o compreender o outro. Cf.: SCHELER, *op. cit.*, p. 72.
96 *Ibid.*, p. 89.
97 ABBAGNANO, 2003.
98 RAMOS, *op. cit.*, p. 242.

assegurando a distância (independência) devida entre o eu próprio e o eu alheio. Por ser uma vivência reativa e por depender da existência do outro em sua experiência para ocorrer, a simpatia permite à pessoa transcender a si mesma para dirigir-se ao outro, identificando-se com ele.[99]

Entretanto, enquanto sentimento reativo, a simpatia não desvela a profundidade e a integralidade da pessoa, já que isto "dependerá do nível de profundidade pessoal a que nos tenha chegado algum sentimento distinto. Daí que a profundidade da simpatia está dada e delimitada pelo gênero de vínculo amoroso que dela surgiu".[100] Dentre as manifestações da simpatia encontram-se, como vimos, as formas da compaixão [*Mitleid*] e da congratulação [*Mitfreude*].

Scheler ressalta que a profundidade da compaixão já se manifesta na própria linguagem, a qual também revela a diversidade de seus modos de expressão, distinguindo-a entre "ter pena de/lamentar", "importar-se", "ter misericórdia". Ele acrescenta ainda outros exemplos linguísticos que revelam a gradação da força da compaixão, tais como: "Eu me importei por aquilo", "ele foi tomado por compaixão"; "aquela dor me partiu o coração".[101]

A compaixão é descrita como um sentimento que irrompe no coração do homem em face da vivência de um outro, podendo ser percebida desde sua forma branda como o "lamentar-se" cuja piedade é fria, inoperante, incapaz de impulsionar a vontade, até o "importar-se" e o "ter misericórdia" que são formas mais intensas de compaixão.[102] A

---

99 COSTA, José Silveira da. *Max Scheler: O personalismo ético*. São Paulo: Moderna, 1996, p. 57. Acerca de como a simpatia pode nos fazer perceber o outro como um igual, Dupuy faz o seguinte esclarecimento: "Porém tal valor confere ao outro o direito a nossa atenção, mais que a nossa estima; lhe concedemos nesse caso uma posição em nosso mundo que não se havia sido ainda acordado, estamos abertos às suas alegrias e às suas penas, porém permanecemos mais sensíveis a sua existência que a seu valor. A simpatia como tal não poderia ser o princípio da vida moral" (DUPUY *apud* RAMOS, 1978, p. 242).

100 RAMOS, 1978, p. 235.

101 SCHELER, 2004b, p. 173.

102 *Ibid.*, p. 173. É importante se fazer notar que a compaixão, como alerta André Comte-Sponville, é o inverso da crueldade que seria um alegrar-se com o sofrimento alheio e

congratulação está, axiologicamente, acima da compaixão, pois, para Scheler, não é concebível que a esfera do sofrimento seja maior que a da felicidade, nem que o prazer seja, em regra, um estado negativo.[103]

Embora a congratulação possa conter em si um sentimento de inveja da alegria alheia, um ato genuíno de congratulação é incompatível com tal sentimento.[104] A inveja é um sentimento egoísta, enquanto a congratulação é um sentimento de alteridade, é um jubilar-se pelo sucesso ou felicidade alheia.

André Comte-Sponville, em seu *Pequeno tratado das grandes virtudes*, menciona que a compaixão possui má reputação e é geralmente rejeitada pelas pessoas, pois quando elas não gostam de senti-la, não querem ser objeto dela. A compaixão, em seu caráter utilitarista, cria fronteiras morais entre os sujeitos, pois eu deprecio o outro em seu mundo ao compará-lo com o meu.[105]

Quando inserida na arqueologia da vida afetiva, a compaixão, atrelada à dor e ao sofrimento, vincula-se aos sentimentos sensíveis e neles também encontra maior quantidade de formas de expressão, enquanto a congratulação está mais relacionada aos sentimentos vitais e aos sentimentos espirituais.[106]

O fato de a compaixão estar mais aparente, na vida social, do que a congratulação se explica primeiro pela superficialidade dos sentimentos sensíveis a que está associada, de modo que torna-se possível uma tentativa utilitarista de justificá-la como algo moralmente superior à congratulação, como pode ser demonstrado na citação de Comte-Sponville:

---

do egoísmo que não se inquieta, se preocupa com tal sofrimento (COMTE-SPONVILLE, André. *Pequeno tratado das grandes virtudes*. São Paulo: Martins fontes, 2007, p. 118).

103 SCHELER, *op. cit.*, p. 174.

104 *Ibid., loc. cit.*

105 "Compadecer é sofrer com, e todo sofrimento é ruim" (COMTE-SPONVILLE, 2007, p. 115). Sobre compaixão e fronteiras morais, cf.: REZENDE, C. B.; COELHO, M. C. *Antropologia das emoções*. Rio de Janeiro: FGV, 2010.

106 SCHELER, 2004b, p. 174. Isto não significa afirmar que a compaixão se origina a partir de sentimentos sensíveis negativos vividos pelo outro. Para se ter compaixão os únicos requisitos são o sofrimento alheio ou sua infelicidade.

> A vida é difícil demais e os homens são infortunados demais para que esse sentimento não seja necessário e justificado. Mais vale uma verdadeira tristeza, eu disse tantas vezes, do que uma falsa alegria. Cabe acrescentar: mais vale um amor entristecido – o que é, exatamente, a compaixão – do que um ódio alegre.[107]

Comte-Sponville compreende que a compaixão, como o amor triste, provocado pelo padecer do outro, é capaz de mostrar a situação inferior em que o outro se encontra no mundo, portanto, teria ela um valor ético maior do que qualquer congratulação. A ética, admitida a partir de uma perspectiva cristã, dedicou-se mais ao problema da compaixão do que ao da congratulação, porém, enfatiza Scheler:

> O puro valor ético da congratulação, em sua índole de ato de simpatia, é completamente igual ao da compaixão; e como ato total é em si mais valioso que o ato da compaixão, pois a alegria é preferível ao padecer.[108]

Pode-se afirmar, ademais, que o mundo ético precisa muito mais incentivar a solidariedade do que a compaixão. Para explicar melhor tal afirmação, convém recorrer a uma ilustração, presente na tradição teológico-cristã[109] a qual frequentemente Scheler recorreu: o que cativava nos primeiros cristãos não era o fato de eles partilharem todos os seus bens conforme a vulnerabilidade de cada um, mas o modo como eles se amavam, congratulando-se e simpatizando com o espírito cristão.

Analisando a compaixão e a congratulação, enquanto manifestações da simpatia, pode-se entender melhor a relação entre o amor e a simpatia, assim como a afirmação de Scheler de que a simpatia é o fundamento do amor (no sentido de amor à humanidade, enfatiza o

---

107 COMTE-SPONVILLE, op. cit., p. 121.

108 SCHELER, op. cit., p. 175.

109 Cf.: "Todos os fiéis viviam unidos e tinham tudo em comum. Vendiam as suas propriedades e os seus bens, e dividiam-nos por todos, segundo a necessidade de cada um. Unidos de coração frequentavam todos os dias o templo. Partiam o pão nas casas e tomavam a comida com alegria e singeleza de coração, louvando a Deus e cativando a simpatia de todo o povo. E o Senhor cada dia lhes ajuntava outros que estavam a caminho da salvação". *Bíblia, Atos dos Apóstolos*, Cap. 2, versos 44-47.

fenômeno), o que não significa derivar o amor da simpatia, uma vez que está regida pela direção e profundidade do amor.[110]

Nesta perspectiva, o amor, enquanto princípio de movimento, funda a simpatia, cuja qualidade consiste em reconhecer a presença real e a individualidade de um outro eu, o qual também é sujeito de simpatia. Aqui se encontra o princípio existencial de uma igualdade fenomenológica entre todos os homens, sob a qual é possível fundar o amor ao homem (humanidade) enquanto bem valioso. Mediante isso, a simpatia, enquanto força e potência amorosas, coloca o amor ao homem em movimento.[111]

Poder-se-ia resumir, com base nestes elementos, a relação circular entre o amor e simpatia: o amor gera a simpatia e a simpatia origina o amor ao homem (humanidade). A importância moral da simpatia pode assim ser enaltecida pelo fato de ela ser o caminho para o amor espontâneo ao homem.[112] Uma outra forma de expressão de sentimento simpático aparece como o oposto da simpatia, posto que, enquanto esta atrai para si o mundo do outro, o contágio afetivo nos faz naufragar no mundo do outro.

c) O contágio afetivo [Die blosse gefühlsansteckung]

O contágio afetivo é próprio das situações em que as massas são arrebatadas de forma espontânea e não intencional. É no fenômeno de massas que o contágio afetivo demonstra sua maior força e insanidade, manifestando-se como uma avalanche de sensações vivenciadas pelos indivíduos.

> Em todos os casos de excitação de massas, inclusive, na formação da chamada 'opinião pública', é singularmente esta reciprocidade do contágio que vai acumulando-se, o que conduz ao transbordamento do movimento coletivo emocional e ao fato peculiar de que a 'massa' em ação seja arrastada tão facilmente além das intenções de todos os indivíduos e faça coisas que nada 'quer' e de que nada 'responde'.[113]

---

110 SCHELER, 2004b, p. 120.
111 RAMOS, 1978, p. 238.
112 BARBER, 1993, p. 116.
113 SCHELER, op. cit., p. 31.

Scheler destaca que o contágio afetivo é marcado por atos que transcorrem "involuntariamente", posto que são também "inconscientes". Aqui o homem fica envolto, inebriado, por seu estado afetivo sem se dar conta dele. O contágio afetivo pode ser identificado, por exemplo, quando se ouve uma risada inesperada e, sem saber o motivo que a desencadeou, a pessoa acha-se sorrindo de igual modo. Em algumas situações, os homens buscam o contágio, quando acontece, por exemplo, com alguém que procura uma festa na esperança de lá ser contagiado pela alegria do ambiente.

Mas, da mesma forma, esse contágio pode ser evitado. Scheler denomina isso de angústia do contágio e que pode fazer com que a pessoa evite algumas situações, a exemplo de indivíduos que resistem a ir a velórios para não ficarem tristes.[114] A última forma de sentimento simpático, diferentemente do contágio no qual a pessoa é anulada no interior da massa, a empatia promove uma comunicação e identificação entre as pessoas, sendo esta uma das formas simpáticas mais profundas.

d) **A genuína unificação afetiva ou a verdadeira empatia** [*Die echte Einfühlung*]

Vimos que a empatia consiste em um estado de contágio afetivo de uma pessoa com uma outra. Trata-se de uma situação em que a pessoa se identifica com o eu alheio em todas as suas dimensões. Com base no exemplo oferecido por Edith Stein sobre a empatia em face de um acrobata, Scheler esclarece que:

> As intenções e impulsos cinéticos 'coexecutados' são realizados por um eu fictício do qual sigo tendo consciência como um eu fenomenicamente distinto de meu eu individual, e somente a atenção está encadeada (passivamente) ao eu fictício e por meio dele ao acrobata.[115]

---

114 SCHELER, 2004b, p. 32. Neste ponto, percebe-se claramente a diferença entre contágio e simpatia, pois esta conduz, propõe uma ação ou atitude de alteridade para com o outro. Reflita-se o sentido da compaixão e da congratulação.

115 *Ibid.*, p. 33. O exemplo do acrobata fora abordado primeiramente por Lipps e criticado por Edith Stein.

A duração da experiência vivida na empatia, conforme indica Scheler, pode se estender para além de um estado momentâneo e alcançar fases inteiras da vida da pessoa. A empatia, tal como pensa Scheler, evidencia uma forma de contágio ativa e vinculada à essência e à existência de um eu alheio. Toda e qualquer unificação afetiva genuína possui como características o fato de ser automática, involuntária, de não decorrer da associação mecânica e de estar pautada nos impulsos psíquicos de vida e de morte (Freud), nas paixões, emoções e tendências, isto é, dizem respeito à consciência vital do homem.[116]

O filósofo ainda diferencia a empatia em dois tipos: a empatia idiopática e a heteropática.[117] No primeiro caso, a empatia direciona-se para um eu alheio que foi totalmente produzido pelo eu próprio, deixando o eu alheio "completamente destronado e deposto de seus direitos, por assim dizer, em sua existência e essência para a consciência".[118] Esta modalidade afetiva encontra respaldo na identificação de uma pessoa com seu antepassado e precede o culto aos antepassados.

Na empatia heteropática, por sua vez, o eu próprio está tão acorrentado, encantado e hipnotizado pelo eu alheio que "no lugar de meu eu formal aparece preenchendo o eu individual alheio com todas as atitudes fundamentais essenciais a ele. Eu não vivo nesse caso em 'mim' mesmo, senão totalmente 'nele' (o próximo)".[119]

Segundo Scheler, a superação dos tipos de empatias idiopática e heteropática ocorre no **fenômeno da fusão mútua**, cuja forma mais elementar é o ato sexual com amor, cujos amantes embriagados de paixão entregam-se na relação eu-tu de tal modo que já não há eus

---

116 *Ibid.*, p. 54.

117 Os adjetivos idiopático e heteropático, oriundos das ciências da saúde, referem-se, respectivamente, a algo que surge espontaneamente ou que não se conhece a causa de uma doença que se diz ser gerada de si próprio; e o outro, heteropático, é usado para descrever uma sensibilidade anormal, isto é, que não corresponde aos estímulos recebidos.

118 SCHELER, 2004b, p. 34.

119 *Ibid., loc. cit.*

individuais nem uma consciência de nós fundada na junção de partes.[120] Outra modalidade de "fusão mútua" ocorre no âmbito da influência dos líderes para com as massas. Scheler recorda a relação do *Führer* com a massa em que suas ideias e projetos dirigem a multidão inebriada.[121]

A empatia, em todas as suas formas, suprime a distância fenomenológica entre as pessoas, uma vez que nela vive-se inteiro na experiência do outro, e isso a diferencia inteiramente da simpatia que reconhece e reafirma as individualidades do eu e do outro.[122] Considerando que os fenômenos simpáticos não servem de fundamento à moral, posto que eles não permitem o distanciamento correto ou necessário que garanta, ao mesmo tempo, a autonomia e o ser-com o outro, é preciso examinar de que forma a simpatia pode ter alguma importância para a ética.

e) O valor ético da simpatia

Scheler acredita que somente um simpatizar autêntico contém algum valor ético positivo. Ele aponta quatro relações em que podem ocorrer diferenças axiológicas na vivência do fenômeno simpático:

> 1. Depende da esfera de sentimentos (sensíveis, vitais etc.) nos quais se dá o fenômeno da simpatia.
> 2. Se o fenômeno simpático é um 'compadecer' ou um 'sentir com'.
> 3. A diferença entre o fenômeno simpático que se dirige ao sentimento e a autovaloração da pessoa ou apenas ao estado sentimental.
> 4. O valor total de um ato de simpatia se rege pelo valor dos fatos que se produzem no padecer ou no alegrar-se do outro.[123]

O fenômeno simpático, portanto, não é capaz de constituir o todo da experiência axiológica, ainda que possa evidenciar a direção de valor

---

120 *Ibid.*, p. 42.

121 "[...] aqui tem lugar uma empatia primeira de todos os membros com o *Führer*, que outorga idiopaticamente (ou seja, que não pode nem deve fundir-se ele mesmo na alma da massa), e sobre esta, uma fusão mútua dos membros (produzida por contágio acumulativo e reflexivo) em *uma* emoção e corrente impulsiva cujo ritmo próprio condiciona por si a conduta de todas as partes, e leva caprichosamente adiante as ideais e projetos de ação, como folhas na tormenta" [SCHELER, M. *Esencia y formas de la simpatia* (1913-1922). p. 42].

122 BARBER, 1993.

123 SCHELER, 2004b, p. 176.

para a vivência. Da mesma forma, tampouco a simpatia não pode ser considerada como a única forma de acesso ao mundo dos valores éticos. Não obstante as reflexões realizadas sobre as formas de simpatia, como é possível estabelecer um autêntico encontro com o outro? Esse é um problema levantado por Edith Stein, inclusive a partir de um embate com ideias de Scheler, como mostraremos.

f) A empatia e a crítica de Edith Stein

Para Edith Stein, a empatia consiste na apreensão das vivências alheias, isto é, na percepção das vivências do outro.[124] A questão principal, para ela, consiste em definir como a empatia, enquanto ato espiritual, permite captar a estrutura dos sujeitos da relação empática, isto é, apreender a vivência do outro que me é transcendente.[125]

Portanto, a empatia é o pretexto para Stein refletir sobre o modo como o ser humano percebe um outro.[126] Trata-se de compreender os limites e o significado dessa percepção do outro que me é dada e que me permite conhecer sua realidade única.[127]

É nesse contexto que Edith Stein endereça sua crítica a Scheler para quem o "eu próprio" e o "eu alheio" estão dados igualmente e de

---

124 Alguns biógrafos de Scheler e de Stein afirmam que ambos foram influenciados pelas ideias de E. Husserl, tendo sido Stein aluna tanto de Husserl como de Scheler (RAMOS, 1997). Os trabalhos de Scheler serviram de base para a reflexão de Stein sobre a empatia e o problema da percepção do outro. Em 1916, sob a orientação de E. Husserl, a filósofa Edith Stein desenvolveu seu trabalho *O problema da empatia* para obtenção de seu título de doutora em filosofia pela Universidade de Halle. Posteriormente, na edição atualizada de 1922, Scheler acrescentou algumas partes à obra *Essência e formas de simpatia*, e cita posteriormente Stein e suas ideias.

125 SBERGA, A. A. *A formação da pessoa em Edith Stein*. São Paulo: Paulus, 2014.

126 Afirma Stein: "O mundo em que vivo não é apenas um mundo de corpos físicos, além de mim há também nele sujeitos com suas vivências e eu sei desse vivenciar" (STEIN, E. *El problema de la empatia*. Madri: Trotta, 2004, p. 21).

127 "Um amigo vem para mim e me conta que perdeu seu irmão e eu noto sua dor. O que é este notar? Sobre o que se baseia, pois não é sobre de onde ele concluiu a dor que quero saber. [...] O que quero saber é isto, o que é o notar mesmo, e não por qual caminho chego até ele" (*Ibid.*, p. 22). Cf.: ALFIERI, F. *Pessoa humana e singularidade em Edith Stein*. São Paulo: Perspectiva, 2014.

modo *a priori*. Para ela, a descrição fenomenológica de Scheler sobre a empatia[128] não é contrária à sua compreensão. Stein, então, dedica sua atenção à teoria da percepção do outro proposta por Scheler no opúsculo *Os ídolos do autoconhecimento* (1912).

Uma vez que Scheler entende que cada vivência é essencialmente a vivência de um Eu, ele não pode separar-se dele. Para estabelecer a distância entre o eu próprio e o eu alheio, ele precisa pressupor que ambos dizem respeito a sujeitos anímicos diferentes, mas que tanto estes indivíduos como suas vivências podem ser acessíveis à percepção interna. Entretanto, Stein vê uma certa tautologia no pensamento de Scheler, porque, para ele, o Eu sempre será o sujeito do vivenciar, sendo, portanto, indiferente se a vivência é minha ou do outro.[129] Nesse sentido, a empatia poderia conter um engano sobre a percepção do outro.

No entanto, se eu vivo a experiência do outro como se fosse minha, para Stein, não é possível falar de engano se a empatia me levou a uma interpretação diferente daquilo que o outro sente, pois a consciência não pode se debruçar sobre aquilo que não está dado: o engano. Assim, a empatia cumpriu o seu papel de nos conduzir a uma vivência que não nos é própria. Segundo Stein, a empatia é uma forma de saber sobre o que ocorre na consciência alheia ou uma experiência da experiência alheia. Isso significa perceber aquilo que o outro vivencia, ou ainda sentir aquilo que o outro sente.

O importante, para ela, é que a empatia revela a capacidade que uma pessoa possui de se vincular a uma outra e, inclusive, permanecer unida a ela, de tal maneira que o eu oferece a si mesmo em sacrifício deixando-se

---

128 Stein se refere à primeira versão da obra *Essência e formas de simpatia* (1913/14).

129 Esse movimento tautológico parece uma aparência do próprio método fenomenológico já observado por Husserl em suas *Investigações Lógicas*: toda consciência pressupõe um sujeito.

Stein salienta que: "exclui-se do campo de nossas investigações todo este mundo de percepção interna, nosso indivíduo e todos os demais, assim como o mundo externo; eles não pertencem à esfera do dado absoluto, da consciência pura, senão que são transcendentes a ela. Porém naquela esfera tem o eu outro significado, não é outra coisa que o sujeito do vivenciar vivo no vivenciar. Assim entendido, torna-se carente de sentido a questão de se uma vivência é minha ou de outro" (STEIN, *op. cit.*, p. 46).

consumir pelo outro.[130] Essa compreensão da empatia persistirá, como destacamos, no pensamento da filósofa até sua última obra, *A ciência da Cruz* (1942), na qual ela tratará da união da alma com Deus.[131]

A crítica de Stein a Scheler se baseia no fato de que este filósofo preocupa-se em descrever as circunstâncias nas quais a empatia se manifesta, decompondo-a por meio das percepções interna e externa, isto é, para Scheler, a empatia oferece, inicialmente, ao eu individual de modo indistinto as vivências do eu alheio.[132] Para Stein, esta posição de Scheler dificulta a compreensão do modo como a empatia nos oferece a percepção do outro que não pode ser desvinculado em absoluto de sua vivência. Dito isto, convém resgatarmos a Teoria da Percepção do Outro de Scheler, escrita posteriormente à obra de Stein sobre a empatia.

---

130 É curioso identificar que, em *O problema da empatia*, Stein conclui seu trabalho tratando da autenticidade da experiência místico-religiosa. Contudo, sua conversão ao cristianismo se dá em 1922 (STEIN, 2004, p.135). Cf.: *Id. Teu coração deseja mais: Reflexões e orações*. Rio de Janeiro: Vozes, 2012. p. 113.

131 Ao descrever a união mística, Stein diz: "O que o espírito conseguiu pela meditação, numa ou noutra forma, torna-se aquisição própria, permanente. Isso representa muito mais que um tesouro de verdades acumuladas, que podem ser retiradas da memória quando necessário. O espírito – no significado amplo e objetivo, não só de inteligência, mas também de coração – familiariza-se com Deus pela contínua atenção, conhece-o, ama-o. O conhecimento e o amor tornam-se parte do seu ser, tal como o relacionamento com outra pessoa com a qual já se convive há muito tempo e se tem intimidade: pessoas assim não precisam mais procurar informações mútuas, nem refletir uma sobre a outra para se conhecerem e se julgarem merecedoras de amor; entre elas nem há mais necessidade de palavras" (STEIN, E. *A ciência da cruz*. São Paulo: Loyola, 2014. p. 99).

132 Para Stein, a atitude fenomenológica de apreensão da realidade segundo a qual um eu capta o outro em meio a uma "torrente" de vivências (Scheler) origina um solipsismo pelo qual o outro e sua vivência são reduzidos ao mundo do eu individual [PEREZ, Enrique Muñoz. "El concepto de empatía (*Einfühlung*) en Max Scheler y Edith Stein: Sus alcances religiosos y políticos". *Veritas*, 38: 77-95, dez. 2017 (Valparaíso)].

3.5 DA PERCEPÇÃO DO OUTRO

A percepção do outro é a preocupação principal da obra *Essência e formas de simpatia*, na qual Scheler dedica-se, na última seção,[133] a tratar desta temática a fim de examinar "a questão dos fundamentos essenciais, existenciais e cognoscitivos dos laços entre humanos e as almas humanas".[134]

Ramos salienta que a teoria da intersubjetividade proposta por Scheler contraria toda a tradição subjetivista desde Descartes a Husserl, por pretender, a partir do eu, justificar a presença do outro no mundo da vida.[135] Este erro é sintetizado por Ortega y Gasset da seguinte forma:

> Partindo de tais afirmações não chegaremos nunca até o próximo: será sempre um fantasma que nosso eu projeta precisamente quando crê receber de fora um ser distinto de si mesmo. Viveria cada um de nós acorrentado dentro de si próprio, sem visão nem contato com a alma vizinha, prisioneiro do mais mágico estilo, porque cada um seria por sua vez o preso e a prisão.[136]

Em sentido oposto, Scheler acredita que existe uma certeza primitiva do outro.[137] Esta evidência *a priori* do outro (e também da comunidade vital) se dá na experiência da consciência do vazio ou da não existência, isto é, a consciência da solidão.[138] Esta não se revela de modo inato, tampouco é uma certeza intuitiva de algo que não se pode experimentar.

---

133 A obra *Essência e formas de simpatia* possui duas edições que culminaram em duas versões da obra separadas pelo período da Primeira Guerra Mundial. Na segunda versão, além do acréscimo de vários tópicos e enxertos no texto primário, o apêndice "Do Eu alheio" deixa de ser um apêndice e passa a ser inserido no texto base (*Vom fremden Ich. Versuch einer Eidologie, Erkenntnistheorie und Metaphysik der Erfahrung und Realsetzung des fremden Ich und der Lebewesen*). Isto não significa que houve mudança de pensamento do filósofo, mas sim um amadurecimento de suas ideias.

134 SCHELER, 2004b, p. 271.

135 RAMOS, 1978.

136 ORTEGA Y GASSET, José. *Obras completas VI*, p. 158 apud RAMOS, 1978.

137 A partir do enfoque fenomenológico, o filósofo afirma que, na ordem ôntica, a existência da pessoa antecede o seu valor, contudo o valor e a essência da pessoa na ordem social são anteriores à sua existência. Isto recorda que para a fenomenologia de Husserl, a essência precede e pressupõe a existência na ordem da experiência da consciência.

138 A solidão refere-se aqui à consciência de não estar pleno.

Tal evidência nos mostra, ontologicamente, como possibilidade de ser e, gnosiologicamente, prefigura a abertura e o saber sobre o outro enquanto participação de ser aquilo que Heidegger denominará de Ser-com (*Mitsein*).[139]

Assim, partindo da premissa de que a existência da pessoa no mundo da vida dá-se por meio de atos, todo conhecimento da pessoa pode ser alcançado apenas pela "participação ôntica em sua existência por obra da coexecução (pensar, querer, sentir com outro, pensar e sentir o mesmo que o outro)".[140] Isto não significa viver o mesmo ou assumir o modo-de-ser do outro, tampouco quer dizer que os atos da pessoa ou ela mesma possam ser plenamente conhecidas. Por isso, diz Scheler: "Por sua essência e seus correlatos, os atos noéticos, é a pessoa e é sua noesis (é o 'espírito') somente 'compreensíveis'".[141]

Convém esclarecer que compreender ou viver o pensamento do outro não significa o mesmo que "ler a mente" do outro. A lógica proposta por Scheler é de que a compreensão é o ato pelo qual a pessoa se dirige ao centro espiritual do próximo, isto é, para onde converge a totalidade de atos de sua vivência. Assim, a compreensão recria a unidade de sentido presente na experiência do outro, o que não significa uma coincidência com o juízo do outro, ou seja, pensar ou viver o mesmo, mas a experiência do outro é dada como uma realidade possível.[142]

Mas, com efeito, na experiência interpessoal, a expressão é o primeiro dado que o ser humano apreende na existência que se encontra

---

139 Além disto, a evidência emocional (o sentir, o amar, o odiar) é uma certeza apodítica indireta, quiçá uma razão moral prática, da existência do outro (SCHELER, 2004b, p. 291). Isto não significa que a emoção seja um constituinte do outro. Sobre este fato, é acertada a proposição de Heidegger a respeito da empatia ao destacar que "Não é a 'empatia' que constitui o ser-com. Ao contrário, empatia só é possível com base no ser-com, não podendo ser evitada em seus modos deficientes e predominantes do ser-com, já que estes a motivam" (HEIDEGGER, 2002, p. 182, §26).

140 SCHELER, 2004b, p. 283; 285.

141 *Ibid.*, p. 285.

142 *Id.*, 2001, p. 622-623. A compreensão é uma vivência intencional, portanto, espontânea, mas quando há uma incongruência entre a vivência e seu conteúdo, a pessoa fará uso de outros processos não intencionais para estabelecer parâmetros de causalidade e de observação, por exemplo, com o intuito de certificar-se da concretude da experiência.

fora. Quando apreendemos o outro, o fazemos em sua totalidade de vivências (expressão total) e não como uma soma de vivências soltas. Aqui se dá igualmente a percepção interior e exterior do outro.[143] Não identificamos apenas o corpo de um outro, apesar de a vivência do corpo encher os nossos sentidos e nos permitir uma individuação da pessoa como unidade.[144]

Para Scheler, o ato de perceber o outro abarca não apenas a sua presença, mas também a totalidade do seu "corpo animado, percorrendo suas expressões corporais até o seu 'mundo interior'".[145] É um erro, portanto, pensar que o eu individual e o corpo sejam dados separadamente, pois o eu e o corpo formam uma unidade na pessoa e em seus atos. Assim, diz Scheler: "Eu vivo meu corpo como meu (e também o corpo alheio como pertencente a outro)".[146] O ato perceptivo se direciona para um outro em sua expressividade, porém convém indagar: o outro e o mundo do outro podem ser projeções do meu eu? Como distinguir a projeção do meu pensar sobre o outro que me é dado na vivência? A autopercepção é anterior à heteropercepção?

Ora, Scheler considera que podemos experimentar nossos pensamentos como próprios ou como de outros. Igualmente, pode-se duvidar se o que está dado o é como algo próprio ou alheio à pessoa. É possível que "nosso pensamento se dê como nosso pensamento; o pensamento do outro 'como' o pensamento de outro, por exemplo, ao

---

143 Na totalidade expressiva da vivência, por exemplo, não percebemos apenas um sorriso, mas o ânimo amistoso ou hostil da pessoa. "Por esta razão, jamais apreendo de Outros primariamente meras vivências soltas, senão sempre o caráter de totalidade psíquica do indivíduo em sua expressão total. Pequenas alterações métricas dos corpos físicos aos quais está aderido (nariz, boca, olhos etc.) podem alterá-lo por completo; outras, consideráveis, o deixam totalmente igual. O ânimo amistoso ou hostil de alguém para mim o apreendo na unidade de expressão do 'olhar', muito antes de que eu possa indicar, v.g., as cores ou o tamanho dos 'olhos'" (Id., 2004b, p. 306-307). Cf.: Ibid., p. 329.
144 Todavia, a individuação do corpo não permite a compreensão do outro.
145 Ibid., p. 277.
146 SCHELER, 2004b, p. 306.

compreender, meramente uma comunicação. Este é o caso normal".[147] Todavia, três situações são ainda descritas por Scheler, quais sejam: a) o pensamento do outro está dado como um pensamento nosso; b) um pensamento nosso que nos seja dado como do outro (projeção afetiva); c) a dúvida sobre a "pertença" do pensamento, ou melhor, sobre a individualidade do pensamento, se nosso ou do outro.

Embora essas caracterizações de vivências sejam possíveis, há de se enfatizar que tais vivências estão dadas e independem se pertencem a um "eu" ou a um "tu". Isto implica dizer que, no âmbito dos conteúdos essenciais, a esfera do "nós" possui primazia sob o "eu" ou o "tu". Na percepção do outro, o espaço interpessoal evidencia que a heteropercepção seria anterior a autopercepção, posto que não há um *nós* sem a possibilidade de um *eu* e um *tu*.[148]

Na obra *Os ídolos do autoconhecimento*, Scheler ressalta essa dimensão social das vivências em relação a um Eu:

> Nós vivemos <<em primeiro lugar>> nas direções de sentir de mundo que nos rodeia, de nossos pais, família, educadores, antes que nos percebamos de nossas direções de sentimento que talvez difiram das direções de sentimento de todos eles.[149]

Schutz também destacou este aspecto da intersubjetividade que envolve o nós, e, ao mesmo tempo, constitui o eu ao explicar que o "mundo da minha vida cotidiana não é meu mundo privado, mas é um mundo intersubjetivo, compartilhado com meus semelhantes, experienciado e interpretado por outros; em suma, é um mundo comum a todos nós".[150]

A ênfase está, pois, no modo como cada vivência orienta-se na atualidade do ato, de maneira que a intencionalidade promove a

---

147 *Ibid.*, p. 308.
148 RAMOS, 1978.
Desse modo, segundo Scheler, a sociedade contém a unidade do homem para com o nós; e do nós como um membro do eu (SCHELER, *op. cit.*, p. 292).
149 *Id. Los ídolos del autoconocimiento* (1912). Salamanca: Sígueme, 2004c, p. 98.
150 SCHUTZ. A. *Sobre fenomenologia e relações sociais*. Rio de Janeiro: Vozes, 2012, p. 179.

reflexão[151] gradativa sobre o percebido para a distinção cada vez mais precisa entre as nossas vivências e a do outro.[152] Esse processo de percepção e de reflexão sobre o eu próprio e o eu alheio se dá por meio do amadurecimento da pessoa e de seu espírito, tal como alguém, exemplifica Scheler, que deseja aprender uma língua estrangeira. Aos poucos, ele vai conhecendo as palavras, as expressões com suas regras, seus significados e sentidos. Para Scheler, um processo análogo ocorre com a percepção, as emoções e suas formas de expressão, as quais possuem uma linguagem própria, o que ele denomina de "gramática de sentimentos". Ela não determina a percepção,[153] mas estabelece as "direções prévias da atenção de nosso mundo circundante".

Assim, inconscientemente, nossas vivências estão conjugadas com as direções de nossa atenção. Desse modo, trata-se de compreender as formas de expressão de uma linguagem comum a todos.[154] Em nosso mundo,

---

151 Por "reflexão" deve-se entender a tomada de consciência, em que toda consciência é consciência de algo, isto é, uma consciência situacional. "Noutras palavras, toda *cogitatio* pode se tornar objeto de uma assim chamada 'percepção interna' e então, posteriormente, objeto de uma valoração reflexiva, de uma aprovação ou reprovação etc." (HUSSERL, 2006, p. 92, §38).

152 Este processo é o que Scheler denomina de "desanimação do mundo". Trata-se do ato reflexivo pelo qual toda realidade anímica e pessoal persiste na consciência, distinguindo-a dos demais elementos do mundo. Desse processo derivam três regras gerais da percepção do outro: 1. Toda vivência pertence a um Eu em geral, e sempre que dada, há um Eu em geral. 2. Este Eu individual está definido pelo conjunto de vivências, mas o inverso não é verdadeiro. 3. "Há em geral um 'Eu' e um 'Tu', porém que o eu individual seja aquele ao qual pertença uma vivência 'vivida' seja ela própria ou uma estranha já que esta diferença não está dada como um dado primário das vivências. Tampouco existe uma distinção radical entre percepção de si mesmo e a do próximo" (SCHELER, 2004b, p. 316).

153 O corpo é apenas um instrumento de percepção. O cérebro e o sistema nervoso, por meio de seus processos fisiológicos possibilitam a percepção dos fatos do mundo, mas não é condição deles mesmos, tampouco de sua existência. Para Scheler: "Assim, o corpo em seu conjunto é apenas um analisador tanto do dar-se no mundo exterior e daquilo que nele se 'destaca', como da corrente psíquica que tende constantemente a ultrapassar seus limites" (*Ibid.*, p. 319).

154 De acordo com Scheler: "A linguagem e suas unidades psicológicas de significação lançam sua rede organizadora, articuladora, entre intuição e nossas vivências" (*Ibid.*, p. 317).

portanto, reina, primeiramente, o plano do dizível. É, por isso, diz Scheler, que são os poetas que nos abrem o mundo por meio da linguagem, recriando sentidos, expressando de outro modo nossas emoções e nosso mundo, por meio de novas conexões essenciais. Não existe, assim, uma cadeia unívoca ou casual entre a vivência e os processos fisiológicos do corpo. Este delimita o espaço de percepção do outro, de modo que nunca será possível perceber, por exemplo, os estados do corpo do próximo vividos por este (sensações, afetos, por exemplo, a dor física do outro).[155]

As vivências nos são dadas como fenômenos, isto é, como unidades totais de expressão (envolvendo percepções interna e externa). A percepção do outro possui a mesma imediatez do eu próprio, afinal, como enfatiza Scheler, nos outros com quem convivemos não há corpos distintos ou almas alheias, mas um ser humano em sua totalidade, que, por inteiro, é intuído.[156]

É preciso que, na tomada de consciência, o eu fenomenológico (situacional-posicional) esteja além de suas vivências físicas e psíquicas próprias para, então, poder estender seu olhar para o campo da vivência do outro. Obviamente, é possível decompor a unidade da estrutura do fenômeno em atos de expressão. Todavia, a reconstituição destes atos não determina necessariamente o fenômeno. O rubor no rosto, por exemplo, pode ser produto do amor entre amantes, mas também da vergonha e da ira.[157]

---

155 "Encontro-me em um imenso mundo de objetos sensíveis e espirituais que comovem incessantemente minha razão e minhas paixões. Sei que tanto os objetos que chego a conhecer pela percepção e pelo pensamento, como aqueles que quero, escolho, produzo, com que trato, dependem do julgo deste movimento de meu coração" (*Id.*, 1962, p. 21).

156 SCHELER, 2004b, p. 326.

157 *Ibid.*, p. 327. Apenas aparentemente o fenômeno (manifesto na experiência própria ou alheia) está dado de forma composta em inúmeras vivências periféricas como bem observou Wittgenstein ao se deparar com a capacidade sintética da linguagem: "449. Só que a aflição é uma vivência mental. Diz-se que se vivencia a aflição, a alegria, o desapontamento. E desse modo essas vivências parecem realmente compostas e distribuídas por todo o corpo. O profundo suspiro de alegria, a risada, o júbilo, os pensamentos de felicidade – a alegria não é a vivência de tudo

Assim, mesmo que fosse possível reunir todos os atos da vivência, a autenticidade do fenômeno ainda estaria marcada pela imagem pessoal que se tem do outro. Em face da complexidade do fenômeno, a percepção do outro não conduz ao seu conhecimento definitivo nem de seus atos, pois a pessoa do outro não é capaz de se tornar objeto.[158]

Nesse aspecto, considerando a pessoa do outro como um valor em si mesmo, deve-se esclarecer a relação entre o valor e a existência da pessoa. Sobre isto, Scheler afirma: no plano ôntico, 1) a existência da pessoa precede seu valor, 2) o valor da pessoa está dado simultaneamente na essência dela; no plano do nós, 1) o valor da pessoa está dado anteriormente à sua essência, 2) é impossível conferir valor à pessoa antes da existência dela.[159] Disso decorre que as relações de valor, em especial aquelas vinculadas às condutas intersubjetivas, dependem do valor entre as pessoas, sendo destas relações que emanam as evidências emocionais próprias. Neste sentido, na vida prática, o valor da pessoa em si não é anulado pelo valor revelado pela percepção do outro.[160]

Para Scheler, o ato que possibilita a compreensão do outro, por lei de essências, é o amor, pois ele está voltado para o ser pessoal e o valor da pessoa. O **amor** é a mais autêntica forma de percepção e encontro do outro. Scheler considera que o amor é espontâneo[161] e se dirige ao centro de valor da outra pessoa, sendo, portanto, indiferente

---

isso? Então eu sei que ele está alegre porque ele me CONTA que sente sua risada, que sente e ouve seu júbilo etc. – ou porque ele ri e se jubila? Eu DIGO "Estou feliz" por que estou sentindo tudo isso?" (WITTGENSTEIN, Ludwig. *Observações sobre a filosofia da psicologia*. São Paulo: Ideias & Letras, 2010).

158 Nesse contexto, a teoria do conhecimento e a metafísica dependem do conhecimento eidológico da relação entre o eu e suas formas de apresentação na comunidade vital (SCHELER, *op. cit.*, p. 288).

159 *Ibid.*, p. 290.

160 Independentemente da impressão moral que se possua de um outro, ainda que não consiga visualizar mérito ou virtude, e apenas consiga perceber vícios. A percepção desse Eu não aniquila a personalidade moral e ontológica do outro: seu valor é inalienável e irrevogável.

161 Por sua natureza, o amor não pode ser uma emoção, tampouco uma função. O amor é um ato, um princípio de movimento como destacou o Eros platônico.

ao contexto da vivência, já que requer apenas que o eu se depare com o objeto percebido como valioso.[162]

O amor, segundo Scheler, lança seu olhar para os valores mais elevados, permitindo exprimir e apreender o melhor do ser de cada pessoa, compreendendo, ainda, o outro a partir da essência axiológica ideal da pessoa. E, mesmo quando se trata de um objeto indigno, ele ilumina o valor inicialmente oculto e virtual ali presente. Acima de toda mera existência dada, o amor possibilita a plena comunicação entre as pessoas.[163]

Vimos que a percepção do outro[164] é de grande importância para Scheler, haja vista que, através do amor, ela estabeleceu o elemento supremo de toda ética: o princípio da solidariedade. É, portanto, imprescindível compreender os fundamentos essenciais, existenciais e cognitivos dos laços entre os seres humanos. Nesse sentido, procuraremos descortinar os caminhos do amor na vida da pessoa e de como esse fenômeno guia a sensibilidade, molda as vivências, o caráter e o modo-de-ser das pessoas, exprimindo ainda suas emoções e valores.

---

162 Objeto valioso aqui é entendido como o objeto sobre o qual é possível depositar algum valor. É diante das relações de valor entre as pessoas que brotam evidências emocionais próprias como, por exemplo, o reconhecimento do outro.
O amor, então, é criador e descobridor de valores à medida que revela a essência da pessoa do outro que está para além dos interesses naturais (instintivos) e das contingências das aparências.
163 SCHELER, 2004b, p. 201.
Costa afirma que "O verdadeiro amor consiste em compreender o outro na sua individualidade e na sua diferença. É um reconhecimento sem reservas, da realidade e do valor do modo de ser do outro" (COSTA, 1996, p. 57). Essa perspectiva nos permite afirmar que o amor não é cego como querem fazer crer as teorias racionalistas, nem se é possível comprovar que seu modo de atuar seja menos eficaz que o governo da razão sobre o mundo.
164 Como dissemos, Scheler, em 1922, complementa seu trabalho *Essência e formas de simpatia* acrescentando um capítulo sobre o "Eu alheio".

3.6. A FENOMENOLOGIA DO AMOR: A PESSOA E O *ORDO AMORIS*

A fenomenologia scheleriana converge para uma filosofia do amor, isto é, do *ordo amoris* enquanto princípio formador da pessoa e do universo. Fugindo de uma abordagem sentimentalista, o amor, em Scheler, é a *supra omne lux luces*, isto é, aquilo capaz de iluminar a natureza humana e se tornar o fundamento de todo conhecimento, de toda vontade, de todo querer, além de mostrar o horizonte para onde se deve caminhar.

> [...] o amor é a tendência, ou, segundo os casos, o ato que trata de conduzir cada coisa para a perfeição de valor que lhe é peculiar – e a conduz efetivamente, enquanto não se interponha nada que a impeça. O que dissemos como essência do amor é, portanto, a ação edificante e *edificadora* em e sobre o mundo.[165]

Em sua obra *Ética*, Scheler, ao se referir a Santo Agostinho e a Pascal acerca do coração e suas razões,[166] indica a existência de uma ordem e de uma lógica do coração tão concreta, convincente e real quanto a lógica matemática, e que, tampouco, é irredutível ou inacessível à razão.[167] Ademais, em seu texto *Amor e conhecimento* (1916), Scheler ressalta o tratamento conferido ao amor por Santo Agostinho e por toda a filosofia cristã subsequente. Todavia, o texto capital sobre o assunto é, de fato, *Ordo Amoris*, escrito entre os anos de 1913 e 1916, mas apenas publicado em 1933 por sua esposa Maria Scheler.

Aqui apresentamos a aproximação existente entre Scheler e Santo Agostinho concernente ao *Ordo Amoris* e de como esta expressão persiste na filosofia moral scheleriana ou em seu personalismo ético.

---

165 SCHELER, 1998b, p. 43.
166 *Id.*, 2001, p. 357.
167 "[...] há uma espécie de experiência cujos objetos são inteiramente inacessíveis à 'razão'; para esses objetos a razão é tão cega como possa ser o ouvido para as cores; porém esse tipo de experiência nos apresenta autênticos objetos 'objetivos' e a ordem eterna que existe entre eles, a saber: os valores e sua ordem hierárquica. A ordem e as leis desta experiência acham-se determinadas com tanta evidência e precisão como as da Lógica e a Matemática" *(Ibid.*, p. 358).

Segundo Scheler, Santo Agostinho consegue fazer da economia da vontade e da salvação uma economia do amor, enfatizando, assim, a experiência cristã fundamental de um amor *movens* que se dirige do superior ao inferior. Assim, diz ele:

> O que geralmente se chama o 'primado da vontade' em Santo Agostinho é, na realidade, o primado do amor, do ato de amor tanto sobre o conhecimento quanto sobre a aspiração e a vontade, e ao mesmo tempo, o primado dos atos de tomada de interesse sobre os atos perceptivos, representativos, recordativos e intelectivos, ou seja, sobre todos os atos que transmitem conteúdos imaginativos e significativos ('ideias').[168]

Em Santo Agostinho, o amor é o fundamento de todos os atos. Etienne Gilson[169] apresenta alguns aspectos da filosofia agostiniana que influenciaram o pensamento scheleriano sobre o amor. Ao fazer, por exemplo, a analogia entre o amor e a noção de *peso*, Sto. Agostinho afirma que se o peso dos corpos fosse suprimido pelo pensamento, todo o universo permaneceria inerte e morto.[170] Da mesma forma, cada homem possui um peso que faz com que seu corpo procure seu lugar de repouso no mundo, sendo este peso aquilo que se chama amor.

> De início, é evidente que se o amor é o motor íntimo da vontade, e se a vontade caracteriza o homem, pode-se dizer que o homem é essencialmente movido por seu amor. Não há nele qualquer coisa acidental ou sobreposta, mas sim uma força interior à sua essência, como o peso na pedra que cai. Por outro lado, já que, por definição, o amor é uma tendência natural para um certo bem, ele se agitará para alcançar seu fim durante o tempo em que não o tiver obtido. O que seria um amor ocioso e que não faz nada? *Da mihi vacantem amorem et nihil operantem*! É um mito.[171]

Nestas palavras, encontram-se algumas ideias sobre a essência do amor em Scheler: 1) O amor enquanto fundamento e mola propulsora da vontade e do agir; 2) O amor enquanto tendência onto-axiológica

---

168 SCHELER, M. *Amor y conocimiento* (1916). Buenos Aires: SUR, 1960a, p. 37.
169 GILSON, 2010.
170 AGOSTINHO, 2012, p. 354.
171 GILSON, *op. cit.*, p. 257.

da pessoa para o seu bem maior. Com relação a este segundo item, há ainda uma identificação entre o *Ordo Amoris*, a liberdade humana e a virtude em Santo Agostinho, posto que "a virtude é querer o que devemos querer, ou seja, amar o que devemos amar".[172] Esta relação entre liberdade, virtude e a ordem do amor, por ora apenas indicada, será retomada mais à frente.

De acordo com o filósofo, há uma correlação essencial entre a estrutura do mundo emocional e o mundo moral, cujo princípio é o amor, como bem descreve o filósofo José Ortega y Gasset, um outro autor também influenciado pelo pensamento de Scheler:

> Nada há tão fecundo em nossa vida íntima como o sentimento amoroso; tanto, que vem a ser o símbolo de toda fecundidade. Do amor nascem, pois, no sujeito muitas coisas: desejos, pensamentos, volições, atos; porém tudo isto que do amor nasce como a colheita de uma semente, não é o amor mesmo; antes bem, pressupõe a existência deste.[173]

Assim, a percepção, o pensamento, a vontade e o querer estão subordinados ao "movimento do coração",[174] ou dito de outra forma, "um ato de vontade supõe um amor que lhe precede e lhe imprime direção e conteúdo. É, portanto, sempre o amor o que nos desperta para conhecer e querer; mais ainda, é a mãe do espírito e da razão mesma".[175]

Nisto também reside um postulado moral: a autenticidade da pessoa, sua integridade, os vícios e virtudes que decorrem de suas escolhas estão integradas a este movimento do coração (do amor), posto que, como convém recordar as palavras de Sto. Tomás de Aquino, "o amor é a raiz primeira de todas as paixões".[176] Ademais, o "coração" pressupõe uma "ordem justa e objetiva", capaz de avaliar e indicar os rumos morais

---

172 *Ibid.*, p. 258.
173 ORTEGA Y GASSET, José. *Estudios sobre el amor*. 10. ed. Madri: EDAF, 2009, p. 57.
174 SCHELER, 1998b, p. 21.
175 SCHELER, 1998b, p. 45.
176 AQUINO, Sto. Tomás. *Suma Teológica*. V. 3. São Paulo: Loyola, 2009, p. 517 (Seção I, Parte II, Q. 46, a. 1).

da pessoa. O "coração" é o primeiro a revelar a cada um a (in)coerência do homem consigo mesmo, ou seja, em suas ações, em seu caráter, em sua biografia moral e quem ele deseja tornar-se.[177]

Desse modo, congregando o fundamento e a estrutura do sentir e o modo de ser da pessoa, o *Ordo Amoris* se define como a base de sua vida afetiva.[178] Para além de uma marca indelével ou uma qualidade orgânico-vital, o *Ordo Amoris* revela a máxima ontológica e moral (quiçá a mais célebre de Scheler): "Antes de *ens cogitans* ou de *ens volens* é o homem um *ens amans*".[179]

Scheler considera que esta ordem do amor está para além do plano individual da pessoa, posto que tal ordem é o núcleo essencial do sistema de preferências e valorações que um indivíduo, família, povo ou sociedade possui e que é denominado desde os gregos de *ethos*. Assim, diz ele:

> Porém o núcleo mais fundamental deste *ethos* é a *ordenação do amor e do ódio*, as formas estruturais destas paixões dominantes e predominantes, e, em primeiro lugar, esta forma estrutural naquele estrato que há chegado a ser exemplar. A concepção de mundo, assim como as ações e fatos do sujeito são regidas desde um princípio por este sistema.[180]

Qualquer aspecto da vida da pessoa, desde a sua individualidade às suas formas de manifestação na sociedade, do *ethos* à concepção de mundo, todos esses elementos estão impregnados pelo *Ordo Amoris*.[181]

---

177 MIGALLÓN, Sergio Sánchez. "La intención y el corazón en la estructura de la moralidad de la persona: Una contribución desde la fenomenología". *El Primado de la persona en la moral contemporánea: XVII Simposio Internacional de Teología de la Universidad de Navarra*. Edição dirigida por Augusto Sarmiento *et al.* Servicio de Publicaciones de la Universidad de Navarra, 1997, p. 309-319. Disponível em: http://hdl.handle.net/10171/5580. Acesso em: 20 abr. 2010.

178 SCHELER, *op. cit.*, p. 21.

179 *Ibid.*, p. 45.

180 *Ibid.*, p. 22.

181 "Seu ethos objetivo, isto é, as normas de suas preferências, determinam também a estrutura e conteúdo de sua concepção de mundo, de seu conhecimento do mundo, de seu pensar do mundo e ademais sua vontade de entrega ou dominação em e sobre as coisas" (SCHELER, 1998b, p. 46).

Destarte, Scheler estabelece duas funções gnosiológicas para o *ordo amoris*: uma prescritiva ou normativa e uma descritiva.

Em sua dimensão prescritiva, *ordo amoris* normativo revela que o sistema "emotivo" possui regras essenciais, presentes na pessoa que a permitem conhecer e hierarquizar a gama de possibilidade dos objetos no mundo segundo seu próprio valor. Corresponde também ao *ordo amoris* normativo a ideia do protótipo ou de excelência moral que a pessoa deve alcançar após conhecê-lo e querê-lo. Assim, diz o filósofo, "o máximo a que o homem pode aspirar é amar as coisas e viver com evidência, no próprio ato de amor, a coincidência entre o ato divino e o ato humano em um mesmo ponto do mundo dos valores".[182]

Se o *ordo amoris* normativo orienta o devir moral da pessoa, o *ordo amoris* descritivo tem por característica fazê-la conhecer o sentir, o valorar e o agir, desde a disposição de ânimo à descoberta da estrutura dos fins mais elementares aos princípios que regem moralmente o caráter da pessoa, ou seja, os princípios pelos quais ela existe e vive moralmente.

> Portanto, tudo o que podemos conhecer de moralmente valioso em um homem ou em um grupo tem que reduzir-se – mediatamente – a uma maneira especial de organização de seus atos de amor e ódio, de suas capacidades de amar e odiar: ao *ordo amoris* que os domina e que se expressa em todos os seus movimentos.[183]

Nesse contexto, o *ordo amoris* torna-se um modo de conhecer a pessoa em seu viver (em ato), enquanto sujeito moral, posto que ele constitui-se como um modo de ser da pessoa, ou seja, o seu *ethos* como "morada do ser". Scheler, então, afirma que possuir a compreensão deste núcleo fundamental e estrutural do espírito significa deter a fórmula ou o esquema espiritual para o entendimento das ações e disposições moralmente valiosas da pessoa, a tal ponto de se poder dizer que "quem possui o *ordo amoris* de um homem possui ao homem. Possui a respeito deste homem, como sujeito moral, algo como a fórmula cristalina para o cristal".[184]

---

182 SCHELER, 1998b, p. 22.
183 *Ibid.*, p. 23.
184 *Ibid.*, p. 27.

Ora, a metáfora da fórmula cristalina revela que o *ordo amoris* como *ethos* da pessoa possui uma estrutura moral com características que, uma vez incorporados pelo sujeito moral, passam a ser constantes ou de difícil modificação: são um microcosmo de valores hierarquizados e uma estrutura de preferências que não estão plasmados nos bens e que cada pessoa leva consigo onde quer que atue no mundo da vida.[185] Para Scheler, o *ordo amoris* não se reduz ou está condicionado pelas dimensões de espaço e tempo, perfazendo uma confluência entre destino e mundo circundante. Eis o que ele afirma:

> E assim como não varia a estrutura do mundo circundante com as mudanças que de fato sofre dito mundo, assim tampouco varia a estrutura do destino do homem ao variar as coisas novas que vive, quer, faz e cria em seu futuro, ou as que lhe fogem ao passo [*que Le salen al paso*]. *Destino e mundo circundante* repousam sobre *os mesmos fatores do ordo amoris do homem*, e se distinguem somente pela dimensão temporal e espacial.[186]

Scheler, com isso, defende a unidade de sentido entre valor e as ações da pessoa, o que significa que há uma conexão essencial entre o caráter da pessoa e o seu acontecer, e quando ocorre tal conexão, há uma coincidência entre o homem e o mundo no curso da vida. Dessa concepção decorre a ideia de que o *ordo amoris* visa tornar a pessoa cada vez mais virtuosa ou moralmente valiosa.[187]

Assim, da mesma maneira, é possível conhecer moralmente uma pessoa de forma integral, completa, a partir do *ordo amoris*.[188] Scheler, por isso, definirá este *ordo amoris* justo e verdadeiro[189] como um "ideal

---

185 FRINGS, 1965.
186 SCHELER, 1998b, p. 29.
187 VANDENBERGHE, Frédéric. "Sociology of heart: Max Scheler's epistemology of Love". *Theory, Culture & Society*. 25 (3): 16-51, 2008.
188 Ver LÉON, Alberto Sánchez. "El amor como acceso a la persona: Un enfoque scheleriano del amor". *Veritas*, 25: 93-103, set. 2011 (Valparaíso).
189 Convém destacar que, para Scheler, a determinação individual do homem não é seu destino, o que implicaria num fatalismo e no não reconhecimento da existência mesma do destino (SCHELER, 1998b, p. 34). Nesse ponto, Scheler se aproxima novamente da concepção agostiniana de *ordo amoris*, estreitando o elo entre *ordo amoris* e a liberdade como consciência de poder, o que sugere que o destino está

de salvação do sujeito". O *ordo amoris* possibilita que a pessoa possa "corrigir", comparar ou reajustar suas preferências e valores, o que implica reconhecer no *ordo amoris* um ideal de salvação, capaz de libertar a pessoa da centralidade do seu eu e do conformismo moral.

Da mesma forma, no *ordo amoris* da pessoa também se encontram as linhas fundamentais do conhecimento e os parâmetros avaliativos que comportam a ordem do mundo como ordem divina, bem como a diretriz de seu progresso moral, pois, como indica Scheler: "Esta 'determinação' expressa o lugar que pertence a este sujeito no plano de salvação do mundo, e expressa também sua especial tarefa, seu 'ofício' no velho sentido etimológico da palavra".[190]

Não é estranha a identificação da pessoa com o *ordo amoris*, ou melhor, a pessoa é seu *ordo amoris*. Na ordem do amor compreende-se a funcionalidade deste; e o amor, enquanto princípio de individuação da pessoa, isto é, enquanto formação e aperfeiçoamento moral da pessoa, está dado como tarefa a partir do paradoxo do distanciamento e proximidade entre o *ordo amoris* fático e o *ordo amoris* ideal.[191]

Se o amor se revela como o fundamento, os meios e o destino do mundo, isto quer dizer que o amor é a vocação da pessoa.[192] Trata-se de uma determinação individual e intransferível, integrando, assim, a concepção moral e metafísica do homem, a liberdade, a virtude e o progresso moral da pessoa. Enfim, para Scheler, o núcleo essencial da

---

previamente dado de forma determinada na experiência tanto como possibilidade de acontecer como potencialidade de ser.

190 *Ibid*., p. 32. Esta ideia do *Ordo Amoris*, ao contrário de todo individualismo, integra não apenas o aperfeiçoamento moral individual da pessoa, mas um compromisso para alcançar os valores da cultura em prol da realização do projeto que Scheler denominou de Comunidade de Amor ou Civilização do Amor. Para Scheler, a partir da perspectiva de que o *Ordo Amoris* pode ser conhecido pela própria pessoa ou por um outro, este outro pode comumente partilhar das mesmas crenças e esperanças, isto é, pode cooperar ativamente para a realização da excelência moral dessa pessoa, alertando, refutando, incentivando, sendo modelo ou líder. Nesse sentido, como bem percebe Scheler, a determinação individual da pessoa inclui a mútua solidariedade na responsabilidade das faltas e méritos do sujeito moral (*Ibid*., p. 34).
191 MIGALLÓN, 2006, p. 144-164.
192 PALACIOS, Juan Miguel. "Prólogo". *In*: SCHELER, M. *Ordo Amoris* (1916). Madri: Caparrós, 1998, p. 14.

pessoa, o significado e o sentido da vida possuem um mesmo fundamento e princípio: o amor.[193]

Sob o aspecto ético e axiológico, o amor é o fundamento do **princípio da solidariedade** entre as pessoas. Para Scheler, todo amor gera um amor recíproco[194] enquanto é experimentado e independente da intensidade da resposta a tal ação. Isto não significa que o amor seja reativo, mas que à medida que a pessoa ama, ela encontra um outro que se dispõe a amar o mundo e, por isso, ela é capaz de perceber nele amor. Para que as pessoas possam ser compreendidas, elas precisam abrir-se ao mundo do outro, a fim de nele se encontrar e conhecer.[195] Assim, diz ele: "a pessoa apenas pode ser-nos dada 'coexecutando' seus atos – cognoscitivamente, no 'compreender' e no 'viver o mesmo' – e no plano moral, no 'seguir o modelo da pessoa ideal'".[196]

Por fim, todas as atitudes de conhecimento do ser da pessoa são atos de participação no ser do outro, de modo que quando o comparo a mim e ao outro, torno-me responsável por reconhecer o amor próprio e o amor capaz de mover o outro segundo o modelo pessoal. E é este amor último que atrai a todos para ele e que serve de parâmetro para julgar o mundo e realizar o aperfeiçoamento moral da pessoa.[197]

---

193 PEREZ, Enrique Muñoz. "El rol del amor en la construcción de una ética fenomenológica". *Veritas*, 23: 9-22, set. 2010 (Valparaíso).

194 SCHELER, 2004b, p. 213.
A reciprocidade não decorre de que o outro me ame, mas em reconhecer que ele também é capaz de amar.

195 "As pessoas não podem ser compreendidas nem conhecidas (no sentido de alcançar os mesmos atos espirituais que elas), sem que elas mesmas se abram espontaneamente" *(Ibid.,* p. 133). Assim, um ato de amor ao outro pressupõe a abertura desse eu individual para ir ao encontro do outro, porém faz-se necessário que esse outro se abra no mundo para que eu o olhe. "Note-se uma vez mais que nos movemos no plano eidético, e sem essa solidariedade, a intencionalidade constitutiva destes atos ficaria sem cumprimento" (RAMOS, 1978, p. 323).

196 SCHELER, *op. cit.,* p. 216.

197 *Ibid.,* p. 213-217. O amante persegue o amado, ou seja, o objeto que lhe é valioso. A pessoa que ama deseja engendrar-se no amor do outro que ama; procura seguir seu exemplo, entender o caminho de virtudes do outro para, então, ampliar e descobrir novos caminhos de amor que a conduza ao amor do modelo, no qual "ela poderia ser tudo em todo".

IV. DA ESSÊNCIA E DAS FORMAS DE CUIDAR

Na trajetória que fizemos até este capítulo, discorremos sobre as bases da constituição onto-antropológica da pessoa e sua formação moral. Com isso, destacamos a condição da pessoa lançada no mundo, a revelação de seu modo-de-ser e do seu agir ético sempre a partir da tríade pessoa, emoção e valor.

O cuidar se coloca aqui como um desafio próprio ao exercício filosófico destinado a refletir sobre a realidade a fim de compreender o seu valor e o seu sentido, bem como o modo como ela participa de nosso ser. Assim, nesta parte da nossa tese, pretendemos demonstrar como o pensamento de Scheler pode contribuir para um cuidar ético e também para uma ética do cuidar.

Apesar de Scheler não tratar da noção de *cuidar*, seus pressupostos onto-axiológicos e sua abordagem fenomenológica descritos até aqui são suficientes para a compreensão do ato de cuidar e de suas relações essenciais. Com efeito, neste quarto capítulo, iremos agregar à discussão fenomenológica outros autores da filosofia e de outras áreas, em especial das ciências da saúde, que se empenham no estudo do cuidar.

Assim, tratamos primeiramente da essência do cuidar enquanto ação, valor e *modo-de-ser*. Em seguida, abordamos as formas pelas quais o cuidar acontece, destacando o cuidar do outro no contexto da saúde e como as emoções da simpatia e do amor influenciam no modo de cuidar do próximo. Na última parte, será examinado, no plano prático, o valor ético do cuidar e como o pensamento axiológico de Scheler pode nortear a percepção, compreensão e tomada de decisão do indivíduo no cuidar do outro. Por fim, será analisada a possibilidade de uma ética do cuidar à luz das formulações schelerianas.

4.1 DA ESSÊNCIA DO CUIDAR

A compreensão do fenômeno do cuidar exige a reflexão sobre a essência do cuidar e o modo como este se revela de diversas maneiras. Do ponto de vista etimológico, a palavra *cuidar* provém do latim culto *cura*. O termo *cura/coera* possui vários significados, quais sejam: assistência, atendimento, cuidar, objeto ou causa de cuidado, objeto amado, terapia, cura, tratamento, guarda, tutela, precaução, providência, preocupação, intranquilidade, inquietação, solicitude e zelo, sendo, ainda, na língua administrativa, compreendido como direção, administração, encargo ou incumbência. Ele possui também o sentido de: ocupar-se dos cidadãos, olhar por, fazer por, ter em consideração, estar atento ou alerta, velar, e cumprir o seu dever.[1] Segundo Boff, o termo *cura* era utilizado comumente no âmbito das relações amorosas e de amizade, "expressando a atitude de cuidado, de desvelo, de preocupação e de inquietação pela pessoa amada ou por um objeto de estimação".[2]

Origina-se, ainda, o vocábulo *cuidar* dos termos *cogitare/cogitatus* e das derivações impróprias *coydare* ou *coidar*, que significam pensar, conceber, refletir, ponderar, projetar, preparar, mostrar interesse e dar atenção. Além disso, ele implica o sentido de ter este ou aquele sentimento/sentido/pensamento a respeito de alguém.[3]

---

1 TORRINHA, Francisco. *Dicionário Latino Português*. 8. ed. Porto: Gráficos Reunidos, 1998; FARIA, Ernesto. *Dicionário escolar latino-português*. Rio de Janeiro: MEC, 1962.

2 BOFF, L. *Saber cuidar: Ética do humano – compaixão pela terra*. 20. ed. Rio de Janeiro: Vozes, 2014, p. 91

3 CUNHA, Antônio Geraldo da. *Dicionário etimológico da língua portuguesa*. 4. ed. Rio de Janeiro: Lexikon, 2010.

No grego, a expressão *epimeleia* é utilizada como sinônimo de cuidar e corresponde a uma ação e a uma atitude de consideração, que abarca tanto a ideia de conhecimento como de amor e que, sem intervir abruptamente sobre o mundo, permite seu cultivo e ampliação.[4] Em sua obra *A hermenêutica do sujeito*, Foucault alerta para o fato de que o termo *epiméleia heautoû*, "cuidado de si", possui relação direta com a expressão "conhece-te a ti mesmo" (*gnôthi seautón*), presente desde a prescrição délfica até o texto platônico sobre a apologia de Sócrates. A expressão *epiméleia heautoû* é uma orientação moral para uma justa medida, ou seja, para que a pessoa não se dedique a coisas supérfluas, ocupando-se das tarefas e dos bens, e se esqueça de cuidar/ocupar-se de si mesma. O *conhece-te a ti mesmo* só é possível a partir dessa orientação moral pela qual o homem deve ocupar-se consigo e com os outros. Assim, os sentidos de "conhecer" e de "cuidar" não apenas se aproximam, como também o conhecimento reivindica uma atitude moral (e de aperfeiçoamento) de ocupação consigo mesmo, e o cuidar envolve uma atitude racional reflexiva em torno daquilo que se faz e de quem se é (ante si mesmo e os demais).[5]

O léxico de palavras contempladas pela etimologia do cuidar e os diversos cenários pelos quais o cuidar se descortina já apontam para a complexidade do fenômeno do cuidar que consiste num ato espiritual e intencional próprio do ser pessoa, seja ele dirigido a um objeto, a si mesmo ou a uma outra pessoa. Sobre isso, diz Mortari:

> O cuidado se atualiza em modos diferentes, segundo a região contextual no qual acontece: na educação, na vida familiar, no âmbito da saúde, nas relações entre semelhantes etc. uma região fenomênica compreende todos aqueles atos concretos de cuidado que compartilham um grupo de qualidades: o cuidado materno, o cuidado amigo, o cuidado educativo, o cuidado medicinal...[6]

---

4 TORRALBA I ROSELLÓ, Francesc. *Antropologia do cuidar.* Rio de Janeiro: Vozes, 2009, p. 119.
5 FOUCAULT, M. *A hermenêutica do sujeito.* São Paulo: Martins Fontes, 2011.
É oportuno mencionar que não é objetivo de nosso estudo aprofundar o pensamento de Foucault sobre o "cuidado de si", mas apenas resgatar esse dado histórico relacionado à etimologia do cuidar junto às fontes gregas.
6 MORTARI, Luigina. *Filosofia do cuidado.* São Paulo: Paulus, 2018, p. 82.

O cuidar é sempre uma relação não apenas dirigida, mas de engajamento da pessoa com o mundo e com o outro. Portanto, é também um modo de ser, isto é, uma maneira de se expressar e de existir da pessoa. Torralba i Roselló, ao tratar de uma antropologia do cuidar, considera que:

> A ação de cuidar pode se referir à natureza, aos artefatos técnicos, ou aos animais, mas resulta filosoficamente distinto o cuidado referente a coisas e o cuidado referente a pessoas. Partindo da diferença abismal entre objeto e pessoa, deduz-se que a ação de cuidar das pessoas deve ser muito mais complexa, rica e árdua que a ação de cuidar de coisas, ainda que determinadas formas de exercer os cuidados sejam claramente objetivantes e, portanto, indignas das pessoas humanas.[7]

O cuidar faz parte da experiência do humano que alcança seu pleno sentido quando a ação de cuidar dirige-se a outra pessoa e não aos objetos do mundo. A vivência do cuidar envolve integralmente a pessoa, abarcando disposição de ânimo, sentimentos, valores, capacidade cognitiva (razão), querer e discernimento no fazer.

Assim, a pessoa, na ação de cuidar, liga-se ao próximo, empreende suas atitudes de zelo, de desvelo, de solicitude, de atenção e assume um senso de responsabilidade para com o outro, pois este desperta seu interesse, preocupação, e possui, por um lado, uma importância para aquele que cuida. Por outro lado, o cuidar precisa ser evidente e ter algo de necessário para a pessoa cuidada. Assim, de um modo ou de outro, o ser humano é sempre vulnerável em sua natureza, pois, tal como seu corpo está suscetível às doenças e à fragilidade de seu físico, ele precisa de apoio para formar sua identidade moral, sua personalidade, para aprimorar seu conhecimento sobre o mundo e aperfeiçoar sua maneira de ser. Recordando Aristófanes, personagem do diálogo platônico,[8] o homem precisa compreender-se como ser-com ("ser metade") para

---

7 TORRALBA I ROSELLÓ, 2009.

8 Refiro-me ao discurso de Aristófanes segundo o qual os homens foram cindidos em sua natureza e guardam consigo o desejo do outro e se empenham na constante busca por sua metade (PLATÃO, 2011b. §191D-192E).
Cf.: NUSSBAUM, 2009.

aprender a ser inteiro. Ademais, um requisito essencial ao cuidar é o engajamento, ou seja, ele deve sempre se revelar como ação.

4.1.1 O CUIDAR COMO AÇÃO

O cuidar é uma prática, uma atitude pessoal em prol do outro. Enquanto ato, ele se traduz como acolhida do próximo. O ato de cuidar pode, também, suscitar a reciprocidade e a harmonia entre dois sujeitos. Trata-se também de algo de difícil definição, pois existem inúmeras formas de cuidar,[9] e esta incomensurabilidade que lhe é própria reflete seus diversos modos de expressão. Ademais, é próprio do cuidar ser um ato espontâneo, pois envolve uma disposição de ânimo da pessoa. No fundamento do ato de cuidar está a consciência de o indivíduo poder fazer algo pelo outro de modo livre e espontâneo.

Com efeito, a liberdade é a condição irrevogável para o ato de cuidar. Nesse sentido, deve haver a liberdade para o cuidar e a livre permissão do ser cuidado. O cuidar, assim, preserva a liberdade do outro e promove o autodomínio da pessoa. A antítese do cuidar reside na ideia de posse ou no paternalismo, o qual conduz a uma despersonalização do próximo. Isso se faz representar, segundo Lacan, do seguinte modo: "o que quero é o bem dos outros à imagem do meu. [...] O que quero é o bem dos outros, contanto que permaneça à imagem do meu".[10] Assim, sem a liberdade própria ao ato de cuidar que acolhe o outro em seu ser livre, o outro inexiste perante a vontade do Eu.

É bem verdade que, no ato de cuidar, nem sempre é possível agir sem ferir a liberdade do outro ou atendê-lo em sua vontade. Assim, além da liberdade, o cuidar envolve a promoção do autodomínio da pessoa. Para tanto, tal ato requer a compreensão da liberdade do outro e de seu modo de ser. Dessa forma, segundo Torralba i Roselló, a palavra *cuidar*

---

9 Nessa perspectiva, contesta-se a ideia de que o cuidar possa ser compreendido a partir de uma concepção utilitarista do cuidar, posto que isto seria reduzir o ato e a pessoa à experiência, considerando a experiência como o único determinante para o cuidar.
10 LACAN, J. *O Seminário, livro 7: Ética da psicanálise*. Rio de Janeiro: Zahar, 2008, p. 224.

assume uma concepção de um cuidar que não se impõe ao outro, mas significa estar junto ao outro, respeitando seus limites, seus passos e a direção para onde deseja seguir.[11]

O cuidar, enquanto cultivo do autodomínio, implica em promover o autodesenvolvimento espiritual e respeitar sua maneira de ser. A tarefa de cuidar do outro consiste em reconhecer que, a cada experiência de vida, seu ser e o mundo se renovam, isto é, adquirem novos significados e sentidos. O cuidar revela-se como um ato *ad perfectum*, pois atinge todos os elementos da vivência (a pessoa, o ato e o outro) e visa o aprimoramento destes.

A qualidade do ato de cuidar como *ad perfectum* apenas é possível na compreensão de que é próprio do ser, enquanto pessoa finita, ser-com-o-outro, e, assim, ampliar seu ser em vista de sua integralidade e, finalmente, participar reciprocamente do modo de ser do outro. No entanto, para que tal reciprocidade aconteça, é necessário compreender que este outro não me é dado tal qual todos os objetos do mundo, posto que, enquanto pessoa, o outro possui autonomia própria e liberdade de ser, de modo que não posso ser nem constituir o mundo sem o outro.[12]

Desse modo, o cuidar exprime o princípio da solidariedade entre as pessoas, sendo contrário a toda motivação individualista. Ele seria uma forma de expressão da solidariedade. Sobre isso, diz Scheler:

> [...] na Ética do autor [Scheler] fica eliminado todo chamado "individualismo", com suas consequências errôneas e desafortunadas, em virtude da teoria da *corresponsabilidade* primitiva de cada pessoa para a salvação moral de todo que constitui o *"reino das pessoas"*

---

11 Em português, uma palavra que agrega, por sua etimologia, os sentidos de cuidar e de acompanhar é "enfermagem" que se refere a uma ciência e profissão de saúde. Enfermagem é uma palavra formada pelo radical *"enferm"* + o sufixo *"agem"*: O seu radical deriva do vocábulo latino *infermu* cujo significado é "aquele que não está firme"; já o sufixo "agem" designa uma "ação sobre". Enfermagem, por sua etimologia, é uma ação sobre aquele que não está firme, admitindo os sentidos de ajudar, acompanhar, cuidar e estar ao lado daquele que não está firme.

12 Essa lógica scheleriana do ser-com inverte a compreensão subjetivista cartesiana segundo a qual o outro e o mundo se constituem mediante a percepção de um Eu e do qual não se é responsável pelo agir do outro. Pela reciprocidade, a existência e a perspectiva do outro são tão originárias e dignas quanto as do próprio eu.

(princípio da solidariedade). Para o autor não é moralmente valiosa uma pessoa "isolada", senão unicamente a pessoa que se sabe originariamente vinculada com Deus, dirigida no amor para o mundo, e que se sente unida solidariamente com o todo do mundo do espírito e com a humanidade.[13]

A solidariedade entre as pessoas, tal como pensa Scheler, não está fundamentada sobre um contrato, uma promessa, uma relação de interesses ou em outras obrigações formais. Para o referido filósofo, à responsabilidade pessoal ou à autorresponsabilidade está unida uma corresponsabilidade por relação essencial entre as pessoas. Assim, as obrigações não fundam a responsabilidade para com o outro, mas é antes seu inverso.[14] A solidariedade moral pressupõe o vínculo essencial entre todas as pessoas tal como destaca Scheler em sua obra *Essência e formas de simpatia*:

> Este princípio [princípio da solidariedade de todos os entes morais] diz que todos são corresponsáveis do que valem moralmente todos; que 'todos são por um' e 'um por todos', enquanto se trata da responsabilidade total ante a ideia do ente moralmente perfeito; que todos são, pois, 'mensageiros' das culpas dos demais e todos têm originalmente parte nos valores morais positivos de todos os demais.[15]

Nesse sentido, o princípio da solidariedade une as pessoas promovendo o seu próprio crescimento moral, de modo que o progresso ou a decadência moral de cada pessoa finita reflete no ser pessoa de todos as outras. Essa compreensão da solidariedade, diz Scheler, deve ser aprendida através do viver e do conviver com os outros, a fim de que se possa perceber o modo como todos estamos conectados e somos responsáveis pelo mundo.[16] Segundo Barahona, a solidariedade é

---

13 SCHELER, 2001, p. 31.
14 SCHELER, 2001, p. 645. Ainda sobre isso, acrescenta Scheler: "A corresponsabilidade mesma é dada simplesmente como a autorresponsabilidade e radica na essência de uma *comunidade* moral de pessoas" (*Ibid.*, *loc. cit*).
15 *Id.*, 2004b, p. 213.
16 Em sua conferência, *O homem na era da conciliação*, de 1927, Scheler alertava que "o homem tem que aprender novamente a compreender a grande e invisível solidariedade de todos os seres vivos entre si na vida total, a solidariedade de todos

a tomada de consciência de que o outro faz parte de um mesmo, estabelecendo a compreensão do ser-com, ao mesmo tempo em que tal tomada de consciência origina o amor solidário entre as pessoas.[17]

Assim, retomando a reflexão sobre o ato de cuidar, pode-se compreender, com base no princípio da solidariedade, que a dedicação, a atenção e o zelo pelo outro, próprios do cuidar, para além de um gesto altruístico, implica no cultivo do valor positivo do ser pessoa presente em todo homem. Cuidar do outro significa, antes de tudo, saber-se com os outros e, quiçá, resgatar o outro de sua aparente solidão. Ressalte-se que a elevação ou decadência da estatura moral das pessoas finitas não resulta da soma dos atos valiosos de todas as pessoas finitas, mas encontra-se na essência do ser pessoal enraizada na pessoa divina, isto é, na pessoa das pessoas.[18] Vejamos, a seguir, em que consiste o cuidar como valor.

---

os espíritos no espírito eterno e, ao mesmo tempo, a solidariedade do processo do mundo com o destino da evolução do seu fundamento supremo e a solidariedade deste fundamento com o processo do mundo. E o homem deve aceitar esta inter-relação do mundo não como uma simples teoria, mas compreendê-la de uma forma viva e praticá-la e exercitá-la externa e internamente. Na sua essência, Deus é tão pouco o 'senhor' do mundo quanto o homem é o 'senhor e rei' da criação. Mas ambos são, antes de tudo, companheiros de destino, sofrendo e superando – um dia talvez vencendo" (*Id.*, 1989c, p. 120).

17 BARAHONA, Alberto Febrer. "Valor y amor según Max Scheler". *Revista de Filosofia*, 21 (44): 65-84, maio 2003 (Maracaibo).

18 "O princípio da solidariedade é, para nós, neste sentido, um elemento eterno e, assim, um artigo fundamental de um cosmo de pessoas morais finitas. Apenas em razão de validade, o mundo moral íntegro, por mais que se estenda no tempo e no espaço – sobre a terra como nas estrelas descobertas ou por descobrir –, e por mais que sem sua esfera possam ultrapassar esta forma de existência se converte em um todo grandioso que se eleva e decai, como 'todo', nas menores variações nelas acontecidas, e como todo possui em cada momento de seu ser um valor total moral único (um bem e um mal totais, uma culpa e um mérito totais), sem que jamais possa ser considerado como uma possível soma do bom e do mau nos indivíduos, como uma soma de sua culpa nem de seu mérito; porém nele participa quaisquer das pessoas – particular ou coletiva –, segundo a medida de sua peculiar posição como membro" (SCHELER, 2001, p. 688).

4.1.2 O CUIDAR COMO VALOR

O cuidar possui um valor positivo que visa à promoção do bem e o aperfeiçoamento moral do ser pessoal. Todo cuidar, então, é sempre uma ação concernente ao bem, porquanto não há cuidar que seja descuidar, isto é, que seja negligência, desatenção ou que prejudique intencionalmente o outro. Toda ação que não tenha a pessoa como um fim em si mesma não pode ser denominada de "cuidar". O cuidar como valor engendra motivações, desejos, assim como fundamenta deveres e decisões. A partir disso, o cuidar se constitui como guia para a descoberta de outros valores e, assim, descortinar novos significados. O valor-cuidar revela a moralidade de quem o pratica, por isso ele não é indiferente ao caráter da pessoa. Pode-se, então, afirmar que quanto mais exitosa for a ação de cuidar, mais virtuosa é a pessoa que o praticou? A resposta seria não.

Conforme a ordem dos valores proposta por Scheler em relação à pessoa (depositária de valor), o valor de êxito é inferior aos valores da disposição de ânimo e do ato (de cuidar), da mesma forma como o valor do cuidar está acima do modo, método ou técnica utilizada para cuidar e da própria satisfação do outro a quem ele se destina (valor de reação). A essência do cuidar exige da pessoa a disposição para o bem a fim de estabelecer o que é bom conforme seu agir numa relação transpessoal, um comprometimento que ultrapassa o vínculo intersubjetivo e alcança o ideal moral do ser pessoal.

Sendo assim, Jean Watson, cujos estudos tratam da fundamentação do cuidar em saúde, em especial na enfermagem, esclarece que:

> O cuidar requer envolvimento pessoal, social moral e espiritual do enfermeiro [cuidador] e o comprometimento para com o próprio e para com os outros humanos, a enfermagem oferece a promessa da preservação do humano na sociedade. O que eu sou como pessoa e enfermeiro que providencia cuidados, agora é e deverá estar ligado ao que eu serei por outro no futuro. A atualidade do cuidar e a sua forma modela o futuro e a ontologia do cuidar no tempo e no espaço. O cuidar não é, por conseguinte, apenas uma emoção, atitude ou um

simples desejo. Cuidar é o ideal moral da enfermagem, pelo que o seu objetivo é proteger, melhorar e preservar a dignidade humana.[19]

O cuidar, portanto, é capaz de moldar e estruturar um ideal moral. No entanto, há ações de cuidar que nem sempre estão marcadas pela espontaneidade da pessoa, mas se inserem num contexto social em que a obrigação de cuidar se afigura contrária à sua vontade. Mas, é possível um cuidar por dever?

Ora, para Scheler, a presença de valores na vivência independe da existência de um dever, pois são os deveres que se alicerçam sobre os valores e todos os valores positivos têm um caráter de dever-ser. Assim, o valor positivo do cuidar implica um dever-ser e daí se pode asseverar um dever de cuidar.

Entretanto, quando se questiona se é possível um cuidar ordenado por um dever, nesse caso o dever assume um caráter normativo e imperativo. Aqui a moralidade é determinada por uma norma que, se for seguida irrefletidamente, o cuidador se despersonaliza diante de si mesmo e desvirtua o cuidar e o ser cuidado. Noutros termos, o agir apenas pela obrigação de cuidar destrói o ato genuíno de cuidar.[20] Com efeito, o dever não substitui a consciência moral e a responsabilidade da pessoa, haja vista que o dever não é uma justificativa para um agir indiferente à pessoa do outro (o ser cuidado). Sobre isso, diz Noddings:

> Sou obrigada, então, a aceitar o *eu devo* inicial quando ele ocorre e até extraí-lo do sono obstinado, quando ele não desperta

---

19 WATSON, Jean. *Enfermagem: Ciência humana e cuidar – uma teoria de enfermagem*. Loures: Lusociência, 2000, p. 55. As ciências da saúde, principalmente a Enfermagem e a Medicina, consideraram que nas relações terapêuticas é necessário fundamentar as ações a partir da compreensão do fenômeno do cuidar, associando-se e desenvolvendo as chamadas éticas do cuidado.

20 No contexto fenomenológico não está em questão a necessidade que o outro possui de cuidados, pois, para que o cuidar exista, é preciso que a pessoa se reconheça reciprocamente no centro da ação moral. Numa linguagem mais próxima ao filósofo Lévinas, pode-se dizer que o rosto do Outro interpela o Eu de forma que não posso recusá-lo, ou seja, torno-me responsável por ele (LÉVINAS, E. *Ética e Infinito*. Lisboa: Edições 70, 2007).

espontaneamente. A fonte da minha obrigação é o valor que atribuo ao relacionamento do cuidado. Esse valor surge como um produto do cuidar e ser cuidado reais e da minha reflexão sobre a *bondade* dessas situações concretas de cuidado.[21]

Não obstante, o dever normativo pode servir de motivação pedagógica para despertar ou fazer a pessoa refletir sobre o valor da ação que praticar e decidir o modo como deseja empreender sua ação de cuidar ou se se considera incapaz de executá-la. Em todo o caso, será sempre a pessoa que decidirá sobre seu agir, pois é o sujeito moral que aprende, na dinâmica do cuidar, a encontrar valor em seu agir, isto é, a descobrir o significado naquilo que faz. Aqui, a norma torna-se a resistência pela qual o espírito da pessoa lança seu "olhar sobre o mundo" e faz renascer a verdadeira ação de cuidar a partir da reflexão. Desse modo, ainda que a prescrição do cuidar esteja associada, por exemplo, aos códigos deontológicos de profissões, como nas áreas da saúde, é preciso a consciência moral da pessoa para que o cuidar ganhe vida.

Assim, conceber o cuidar como um valor na perspectiva scheleriana significa também abandonar uma lógica estritamente racional e assumir a compreensão de que o ato de cuidar não pode estar desprovido ou dissociado das emoções. Nesse sentido, o cuidar do outro se defronta com diversas emoções, como a compaixão, a alegria, o amor, a empatia. Assim, para que haja o cuidar, é preciso uma conexão capaz de fazer a pessoa sentir a realidade (a experiência) do outro, colocar-se em seu lugar. Sobre isso, afirma Noddings:

> Quando reconheci o *eu devo* afetivo, devo pensar efetivamente sobre o que devo fazer em resposta ao outro. Não respondo por um sentimento cego, mas coloco o meu melhor pensar a serviço do afetivo ético. Se excluo a cognição, caio no sentimentalismo insípido e patético; se excluo o afeto – ou o reconheço apenas como um acompanhamento desse tipo –, corro o risco de cair no autosserviço ou na racionalização insensível.[22]

---

21 NODDINGS, Nell. *O cuidado: Uma abordagem feminina à ética e à educação moral*. São Leopoldo: Unisinos, 2003, p. 111.
22 NODDINGS, 2003, p. 217.

Sem levar em conta a sensibilidade, o caráter espiritual do cuidar se esvazia comprometendo uma compreensão integral da pessoa e a ação torna-se meramente circunstancial. Assim, considerando que o cuidar é uma constante na experiência de ser da pessoa humana, ele contribui para a maneira como o homem constitui seu mundo e estrutura sua própria personalidade. Com efeito, o cuidar orienta sua forma de pensar, de se conectar e de agir sobre o mundo e, desse modo, ele revela o ser do homem. O fenômeno do cuidado (*soerge*), apresenta-se, como indica Heidegger, como um modo-de-ser, uma forma de se expressar, de viver e de se relacionar com o mundo e com o outro.

4.1.3 O CUIDADO COMO MODO-DE-SER

Heidegger, em sua obra *Ser e Tempo* (1927), compreende o cuidado como o fenômeno originário presente em todas as ações humanas e que permite a compreensão da existência do próprio ser humano. Com base nesse argumento, examinaremos, *en passant*, a compreensão de Heidegger e de Scheler sobre o cuidado enquanto fenômeno originário, mostrando o fecundo diálogo entre estes dois filósofos na seção abaixo.

a) Cuidado e amor: Heidegger e Scheler

Em Heidegger, o cuidado/cura (*sorge*) assume uma condição ontológica, sendo compreendido como um fenômeno fundamental ou original do ser-aí (homem). O cuidado é a estrutura hermenêutica pela qual se torna possível compreender o ser-aí enquanto ser-no-mundo.[23] Inwood esclarece que Heidegger emprega o termo "cuidado/cura" como ocupação ou preocupação do ser, assentado em três palavras cognatas, como se descreve a seguir:

> 1. *Sorge*, 'cura (cuidado)', é 'propriamente a ansiedade, a preocupação que nasce de apreensões que concernem ao futuro e referem-se

---

23 HEIDEGGER, 2002, §39-46. Heidegger acredita que pode realizar uma analítica do ser baseada no cuidado sem precisar recorrer a conceitos prévios ou ideias inventadas, tais como *corpo* e *espírito*.

> tanto à causa externa quanto ao estado interno'. O verbo *sorgen* é 'cuidar' em dois sentidos: (a) *sich sorgen* um é 'preocupar-se, estar preocupado com' algo; (b) *sorgen für* é 'tomar conta de, cuidar de, fornecer (algo para)' alguém ou algo. 2. *Besorgen* possui três sentidos principais: (a) 'obter, adquirir, prover' algo para si mesmo ou para outra pessoa; (b) 'tratar de, cuidar de, tomar conta de' algo; (c) especialmente com o particípio passado, *besorgt*, 'estar ansioso, perturbado, preocupado' com algo. O infinitivo substantivado é *das Besorgen*, 'ocupação' no sentido de 'ocupar-se de ou com' algo. 3. *Fürsorgen*, 'preocupação', é 'cuidar ativamente de alguém que precisa de ajuda', portanto: (a) o 'bem-estar' organizado pelo estudo ou por corporações de caridade; (b) 'cuidado, preocupação'. [...] Os conceitos são distintos no sentido de que *Soerge* pertence ao próprio *Dasein*, *besorgen* às suas atividades no mundo, e *Fürsorge* ao seu ser-com-outros.[24]

O modo básico do ser é o cuidado, sendo por meio dele que o ser realiza e descobre o sentido da realidade, colocando em jogo seu próprio ser. Dessa forma, Heidegger afirma que "o ser-no-mundo é cura [cuidado]",[25] e que "o modo próprio de ser mesmo num mundo é o cuidado".[26]

Assim, enquanto ser-no-mundo, o ser-aí está lançado no mundo não como um objeto passivo e inerte, por isso, é próprio do cuidado estar assimilado na sua realização. É nesse sentido que Heidegger considera que a falta de cuidado gera a decadência, a situação pela qual o *Dasein* é absorvido pela cotidianidade e pelo "impessoal".[27] Sendo o cuidado o modo pelo qual temos acesso ao ser-aí em sua facticidade, Heidegger enfatiza a primazia da existência sobre a essência. Sobre isso, diz Gilles:

> A compreensão do Ser caracteriza a existência humana como o modo de ser que lhe é próprio. Determina não a essência e, sim, a própria existência do Ser-aí. Evidentemente, se consideramos o Ser-aí como ente, a compreensão do Ser faz a essência desse ente. Mais exatamente – e é essa uma das características fundamentais do pensamento heideggeriano –, a essência do Ser-aí é, ao mesmo tempo, sua existência.[28]

---

24 INWOOD, M. *Dicionário Heidegger.* Rio de Janeiro: Zahar, 2002, p. 26.

25 HEIDEGGER, *op. cit.*, p. 260.

26 *Id.*, 2012, p. 107.

27 RUSS, Jacqueline. *Filosofia: Os autores, as obras.* Rio de Janeiro: Vozes, 2015, p. 452.

28 GILLES, Thomas Ransom. *História do existencialismo e da fenomenologia.* São Paulo: EPU, 1989, p. 99.

O cuidado consiste ainda no conjunto das estruturas do *Dasein* e em sua temporalidade, já que é o "conjunto sempre à frente de si mesmo e antecipando-se a si mesmo. Unidade da existência, da facticidade e da decadência".[29] Desse modo, é a existência do cuidado no tempo, pois o ser-aí e o cuidado se realizam num *continumm*, numa unidade, e, nesse caso, o tempo se torna a categoria fundamental, ou seja, a própria essência do *Dasein*. Assim, para Dartigues, "o homem não está no tempo, ele é o tempo, de quem o *Cuidado* era apenas um outro nome".[30] Entretanto, se o cuidado é uma atitude do ser-aí que já o pressupõe lançado no mundo, como o cuidado, enquanto fenômeno originário, pode despertar o cuidado do ser-aí no mundo? Enfim, como o ser-no-mundo se abre para o cuidado e revela o ser-aí como ser-no-mundo que existe faticamente?

Ora, responder a tal questionamento exige a existência de um modo-de-ser originário que proporcione a abertura do ser para o ser-no-mundo. Essa abertura deve ser tal que permita ao ser-aí colocar-se diante de si mesmo, compreender a si próprio e revelar o sentido do ser. Diferentemente do ato de pensar, tal abertura apenas pode ser captada numa vivência específica de uma disposição afetiva: a angústia.

Segundo Heidegger, a angústia, cujo objeto é totalmente indeterminado, revela-se como o "não sentir-se em casa", isto é, uma inconformidade com o ser-em. Assim, diz ele:

> Naquilo com que a angústia se angustia revela-se o 'é nada e não está em lugar nenhum'. Fenomenalmente, a impertinência do nada e do 'em lugar nenhum' intramundanos significa que a angústia se angustia com o mundo como tal. A total insignificância que se anuncia no nada e no 'em lugar nenhum' não significa ausência de mundo. Significa que o ente intramundano em si mesmo tem tão pouca importância que, em razão dessa insignificância do intramundano, somente o mundo se impõe em sua mundanidade.[31]

Pela angústia, o ser-aí, que fora corrompido e assimilado pelo mundo, torna-se inerte, comparável a um objeto no mundo. O ser-aí, diante da possibilidade da impossibilidade de ser, experimenta a angústia que

---

29 RUSS, *op. cit.*, p. 452.
30 DARTIGUES, André. *O que é a Fenomenologia*? São Paulo: Centauro, 2008b, p. 119.
31 HEIDEGGER, 2002, p. 253.

abre, de maneira originária, o mundo e lança-o "novamente", convidando o ser-aí a assumir sua posição como ser-no-mundo.[32] A angústia faz com que o *Dasein* se recolha, se centre e se entregue a si mesmo como o único capaz de oferecer significado e sentido a si próprio e a esse nada. É, portanto, esse cuidado angustiado a condição ontológica da estrutura do *Dasein*.[33]

A partir dos fragmentos de 1927, intitulados *O problema emocional da realidade* e *Manuscritos menores sobre Ser e Tempo*, Scheler fez uma crítica da perspectiva hermenêutica do cuidar descrita por Heidegger em sua obra magna *Ser e Tempo*.[34]

Nesses escritos, Scheler assume uma posição diferente daquela de Heidegger para quem a angústia e o *phobos* seriam os propulsores essenciais do progresso cognoscitivo. Conforme indica Scheler, o amor antecede o conhecer e é o princípio do saber, sendo, portanto, o fundamento do ser e do mundo. E o amor suscita um conhecimento melhor, mais amplo, mais profundo e pleno em si mesmo.

Assim, também, a primeira atitude essencial do ser não é uma admiração frente ao nada, mas a certeza de que "antes há", de que "há

---

32 Segundo Dartigues, a angústia realiza uma redução fenomenológica existencial daquilo que não possui significado ou utilidade no mundo (DARTIGUES, 2008b, p. 116). Conferir também: "A angústia é uma maneira de ser em que a não-importância, a insignificância, o nada de todos os objetos intramundanos se torna acessível ao *Dasein*" (LÉVINAS, E. *Descobrindo a existência com Husserl e Heidegger*. Lisboa: Instituto Piaget, 1998, p. 93).

33 Essa compreensão do cuidado angustiado como fundamento ontológico se coaduna com a expressão de Heidegger de que o homem é um "fazedor de mundos", tal como indicamos no primeiro capítulo desta tese [HEIDEGGER, M. *Os conceitos fundamentais da metafísica: Mundo, finitude, solidão*. Rio de Janeiro: Forense Universitária, 2011, p. 228-231. (§42)].

34 No ano de 1927, após a publicação de *Ser e Tempo*, Heidegger encaminhou um exemplar a Scheler, o qual logo se dedicou ao estudo da obra e pretendia escrever um livro intitulado *Idealismo – Realismo*, que seria composto de cinco partes, sendo a última centrada no pensamento de Heidegger. O livro fora publicado apenas com os capítulos II e III. Postumamente, Manfred Frings encontrou, editou e publicou aquilo que seria o esboço do capítulo V voltado para o exame do pensamento de Heidegger em *Ser e Tempo*. Os textos referentes ao ano de 1927 são *O problema emocional da realidade* e *Manuscritos menores sobre Ser e Tempo*. Apesar das divergências de ideias entre esses dois pensadores, segundo Frings, Heidegger teria dito que Scheler fora uma das poucas personalidades que entenderam a nova perspectiva proposta por ele.

algo em geral e não o nada, não o *Dasein* do *solus ipse*".³⁵ Por um caminho diverso, Heidegger admite que o ser do ser-aí é um ser que afirma a si mesmo. Se o sentido do *Dasein* apenas surge no ser-no-mundo, só há ser-real possível quando em referência ao *Dasein* e que, em razão do *solus ipse*, não há sujeito ou mundo ou realidade sem ancoragem no *Dasein*. Scheler, que compreende o ser-pessoa como estando fora do mundo ainda que se realize num mundo, recorre a uma outra perspectiva para tratar da realidade.

> O ser-real, e por isso também a realidade das coisas, não é afetado pela supressão do *solus ipse*, nem, tampouco, pela supressão da essência do homem em geral. Porém, apenas porque há também um *Dasein* suprasingular (não supraindividual) que por impulso estabelece em si, em seu ocasional ser-aí, tudo o que me dá como resistência em um intenso esforço e o que como espírito suprasingular (porém, concreto e individual) encerra nos limites da essência, em um ato indivisível, aquele que pode idearem e com o *Dasein* suprasingular.³⁶

Toda realidade consiste numa resistência do mundo e está dada como acabada. Por isso, a pessoa, enquanto centro espiritual e individual, está para além de qualquer mera realidade e "o mundo mesmo é um fazer-se-real momento a momento, porém não pressupõe o ser-real". Este entendimento é semelhante ao de Heidegger quando este compreende o "estar-à-mão" como anterior ao "estar-aí".

Todavia, para Heidegger, como já indicamos, o ser-real se abre mediante o cuidado, e este se fundamenta na angústia de estar-no-mundo. Assim, "segundo Heidegger, o que leva o homem à imanência e a viver apenas no nós é a fuga de si mesmo, do *Dasein*, do estar-no-mundo, causada pela angústia".³⁷ De modo que "a essência da angústia é bloquear o angustioso naquilo ante-o-que se angustia alguém",³⁸ e, com isto, entende Scheler que fechando o ser-aí em si mesmo, a angústia não pode ser o princípio de progresso da participação do ser, do saber e do conhecer.

---

35 SCHELER, M. *El problema emocional de la realidad, seguido de Manuscritos menores sobre "Ser e Tempo"*. Madri: Encuentro, 2004a, p. 20.
36 SCHELER, 2004a, p. 28.
37 *Ibid.*, p. 38.
38 *Ibid.*, p. 40.

A angústia, porém, além de ser um elemento ontológico do ser-aí, é uma disposição afetiva fundamental do homem.[39] Entretanto, diferentemente da ontologia hermenêutica de Heidegger, Scheler considera que a angústia consiste no sentimento próprio do homem como ser vital, mas não acompanha o homem enquanto ser espiritual. A angústia não se direciona para o nada, mas para a possível resistência que se coloca no desconhecido, isto é, ela aparece como possibilidade de poder não ser ou de poder não viver.[40] Nesse sentido, oferece um "sim" para o viver e para a capacidade de o ser-aí se afirmar diante do mundo, posto que é próprio do *Dasein* renovar-se continuamente.

Em razão disso, Scheler considera que é o *Eros* platônico[41] o verdadeiro antagonista da angústia, posto que o homem já é *com* e *no*

---

39 Sobre o fato de a angústia ser uma disposição afetiva fundamental, ver também Freud em seu opúsculo *Além do princípio do prazer*. Cf.: FREUD, S. *Além do princípio do prazer*. São Paulo: L&PM, 2016.

40 Essa compreensão de Scheler sobre a angústia possui uma argumentação similar à descrição de Kierkegaard sobre a relação entre a morte e o desespero (tanto Kierkegaard e Scheler concordam que este é um sentimento espiritual) diante de uma doença mortal. Diz ele: "Morrer significa que tudo está acabado, mas morrer a morte significa viver a morte; e vivê-la um só instante, e vivê-la eternamente. Para que se morresse de desespero como de uma doença, o que há de eterno em nós, no eu, deveria poder morrer, como o corpo morre de doença. Ilusão! No desespero, o morrer continuamente se transforma em viver. Quem desespera não pode morrer; [...] assim, também o desespero, verme imortal, fogo inextinguível, não devora a eternidade do eu, que é seu próprio sustentáculo" (KIERKEGAARD, Søren. *O desespero humano*. São Paulo: Unesp, 2010, p. 31).

41 No diálogo *O Banquete*, Platão oferece, nas palavras de Sócrates comunicadas pela sacerdotisa Diotima, a seguinte compreensão sobre *Eros*: "*Eros* interpreta e leva para os deuses o que vai dos homens, e para os homens o que vem dos deuses: de um lado, preces e sacrifícios; do outro, ordens e as remunerações dos sacrifícios. Colocado entre ambos, ele preenche esse intervalo, permitindo que o Todo se ligue a si mesmo" (§202e). "O amor é o anseio de imortalidade" (207a). E da pergunta de como o amor pode conduzir à imortalidade, Diotima revela: "Ora, a geração é o único meio para atingir esse fim, com deixar sempre um ser novo no lugar do velho" (§207d-208b) (PLATÃO, 2011b). Dessas passagens pode-se depreender que *Eros* é o comunicador (aquele que torna acessível e possível a compreensão) entre as ideias divinas e humanas. Enquanto anseio de imortalidade, *Eros* torna-se, no homem, seu princípio cosmológico de renovação que o alcança no modo de viver, na sua expressão do corpo e da alma, assim como nos costumes, nas opiniões, nos sentimentos e nos próprios conhecimentos. Para alcançar a imortalidade, o homem precisa ser sempre um ser-aberto-a.

mundo, pois ele promove a integração e a participação do ser-aí neste mesmo mundo. Para ele, o *Eros* se sobrepõe à angústia e ao cuidado, pois o homem é um centro espiritual, além de ser também um centro vital. Por isso, diz Scheler, "A pessoa é o X que é capaz de pôr-se acima de todo estado de historicidade; que pode começar de novo, eternamente jovem, novo e virginal seu *Dasein*. Sempre pode também, de novo, desendeusar-se a si mesmo – morta – sua história: arrepender-se".[42]

O cuidado, então, para Scheler, não é um fenômeno originário, mas um estado intermediário do viver e do ser-homem que, dialeticamente, harmoniza o homem entre suas faces vital e espiritual, ou seja, entre sua liberdade para além da realidade e sua impulsividade vital ligada à realidade, ou, ainda, entre seu ser-pessoal e seu destino vital. *Eros* é o princípio que faz do homem uma *bestia cupidissima rerum novarum* (um ser sempre ávido por coisas novas) e, junto a essa característica, é igualmente o *Eros* que faz do homem "aquele que protesta eternamente contra toda mera realidade".[43]

Após a análise da posição ontológica do cuidado frente à questão do ser na fenomenologia de Scheler, retomaremos, a seguir, a perspectiva ôntica e prática do cuidar a fim de refletir sobre suas formas de expressão.

4.2 DAS FORMAS DE CUIDAR

A relação de cuidar se revela de diversas formas, a exemplo do cuidar instintivo na relação primitiva entre pais e filhos, o cuidar da pessoa amada, o cuidar de uma amizade e o cuidar da fragilidade do outro pelo profissional de saúde. A esta forma de cuidar, daremos um maior destaque a seguir.

---

42 SCHELER, 2004a, p. 86.
43 SCHELER, 2003a, p. 53.

4.2.1 CUIDAR COMO SABER E TRATAMENTO HUMANIZADO DO OUTRO

Primeiramente, é preciso compreender que, mesmo sendo a ação de cuidar marcada pela atenção, solicitude e pelo zelo, e por sentimentos como a compaixão, o amor e a alegria, isso não significa reduzir a ação de cuidar a um sentimentalismo pelo qual o cuidar só poderia ser despertado por estados sentimentais, como se ele fosse desprovido de razão (*ratio*) ou estivesse dissociado de um processo racional.

Mesmo o cuidar que envolve a relação mãe-filho, o qual implica impulsos reprodutivos e de proteção decorrentes do instinto, estes não são suficientes para assegurar a sua efetivação, já que o mesmo se realiza mediante um ato espiritual, sendo isto que possibilita a mãe compreender as necessidades, ou melhor, os cuidados que o filho precisa. O instinto natural materno a desperta, por exemplo, para a maneira como amamentar a criança em seu seio. Entretanto, a maternidade (relação) se move também, em especial, pelo amor espiritual e pela liberdade da mãe. Com base no amor espiritual, a mãe não apenas compreende o filho como sua descendência, mas também como um ser pessoal que precisa sobreviver e se desenvolve, o que fortalece ainda mais seu vínculo.

O ato de cuidar se baseia na reciprocidade e na compreensão do outro como um igual em sua dignidade, independentemente do modo como está circunscrita em sua vivência. No cuidar, a pessoa se abre ao mundo e acolhe o outro a partir de um modo de ser-com.

Entretanto, o cuidar pautado numa relação marcada por um interesse prévio, como ocorre nas relações entre o mestre e o aprendiz ou entre o profissional de saúde e o paciente, envolve relações interpessoais impróprias, pois o objetivo prévio da relação não reside num encontro interpessoal, mas na satisfação própria do interesse de cada integrante da relação, isto é, de quem cuida e de quem é cuidado. Igualmente, essa relação de cuidar é faticamente assimétrica, posto que se acredita que a pessoa cuidada está mais vulnerável do que o cuidador. Isso indica que, embora a relação que vincula as pessoas esteja previamente dada, a interpessoalidade ainda precisa ser construída na vivência.

Nesse sentido, fora da relação interpessoal, o cuidar se despersonaliza e desconsidera o valor, a história, a individualidade, a liberdade e o modo de ser do outro.[44] Nesse tipo de relação mecanizada, o outro perde sua identidade pessoal, a começar por seu próprio nome. A pessoa humana é definida por sua patologia, e, tratada de forma genérica, passa a ser manipulada como uma coisa, perde a sua privacidade e a sua autonomia. Nesse sentido, ocorre aqui, como diz Scheler, "um esquecimento dos fins e uma idolatria dos meios. Exatamente isto é a decadência!".[45]

No contexto da saúde, os autores Bettinelli, Waskievicz e Erdmann testemunham a decadência das ações e relações de cuidar ao afirmar que:

> Convivemos, com frequência, em ambientes pouco humanizados, cujo funcionamento é quase perfeito quanto à técnica, porém, desacompanhado, muitas vezes, de afeto, atenção e solidariedade. As pessoas deixam de ser o centro de atenções, com facilidade, transformadas em 'objeto' do cuidado e fonte de lucro, perdendo sua identidade pessoal, e ficando dependentes e passivas, à espera do poder científico que os profissionais julgam ter. Isso repercute no ambiente hospitalar, transformando-o num centro tecnológico onde os equipamentos são facilmente reverenciados e adquirem vida, enquanto as pessoas são, por isso, coisificadas.[46]

O modo despersonalizado (desumanizado) de tratar o outro prejudica a percepção do outro como um valor em si mesmo, mas também inferioriza aquela pessoa que se propõe a cuidar, consumindo-a entre a rotina, os deveres, o racionalismo e a impessoalidade próprios do saber científico que obstam o vínculo e a compreensão dos sentimentos.

Dessa forma, aquele que trata é tomado como parte de uma visão mecanicista e que se pauta pelo valor de utilidade do mundo. A isso, Scheler chama de "veneno vinculado ao processo técnico", e que, em razão da

---

44 Os profissionais de saúde denominam esse tipo de relação como um tratamento desumanizado, no qual o outro é tido por um objeto ou coisa.

45 SCHELER, 2012b, p. 184.

46 BETTINELLI, L. A.; WASKIEVICZ, J.; ERDMANN, A. L. "Humanização do cuidado no ambiente hospitalar". In: PESSINI, L.; BERTACHINI, L. (Orgs.). *Humanização e cuidados paliativos*. São Paulo: Loyola, 2004, p. 91.

especialização da atividade técnica do homem, se torna "um mero carretel" ligado a um mecanismo.[47] Por isso, Scheler é contundente ao afirmar:

> Não há talvez nenhuma opinião sobre a qual concordem mais plenamente os pontos de vista e as boas intenções de nosso tempo, do que sobre o fato de que com a expansão da civilização moderna as coisas – do homem, a máquina da vida, a natureza, que o homem quer dominar, e que busca por isso reconduzir à ordem mecânica – tornaram-se senhoras e mestras dele mesmo; que as coisas foram se tornando cada vez mais inteligentes e vigorosas, belas e grandiosas – e o homem, que as criou, porém, sempre mais uma engrenagem de sua própria máquina.[48]

Nesse contexto, a ciência assume um papel preponderante nas relações interpessoais, assim como os valores do trabalho e da eficiência tornam-se mais elevados do que o valor da virtude moral. Por isso, diz Scheler, em seu artigo intitulado "Para reabilitação da virtude (1911-1914)": "é hora de advertir à ciência que ela não atinge tão imediatamente a morada do espírito diante do universo, nisto a que Schopenhauer, não sem razão, negou a *verecundia*, dizendo com ela: 'O mundo? É um artifício' (*Kunststueck*)!".[49]

Isso não significa que, para cuidar do outro, devemos desconsiderar o saber científico, como se o cuidar se pautasse num sentimentalismo ou no exercício de piedade. De acordo com Mayeroff, o cuidar é uma forma de saber:

---

47 SCHELER, *op. cit.*, p. 181.
48 SCHELER, 2012b, p. 180.
Para compreensão da amplitude de como a despersonalização alcançou os cuidados em saúde, recomenda-se a leitura das obras de Foucault, o qual, por seu próprio método investigativo, mostra como as normas institucionais que regem desde a arquitetura do ambiente (hospital) até as regras de como se comportar nesses ambientes salubres em que as pessoas são agrupadas, observadas, tratadas e supervisionadas conforme suas patologias. Cf.: FOUCAULT, M. "O nascimento do hospital". *Microfísica do Poder*. Rio de Janeiro: Graal, 2009; *Id. História da loucura: Na idade clássica*. São Paulo: Perspectiva, 2008; *Id. O poder psiquiátrico*. São Paulo: Martins Fontes, 2006.
49 SCHELER, M. "Para a reabilitação da virtude" (1914). *Da reviravolta dos valores*. Rio de Janeiro: Vozes, 2012c, p. 42.

> Nós, algumas vezes, falamos como se cuidar não requeresse conhecimentos, como se cuidar de alguém, por exemplo, fosse simplesmente uma questão de boas intenções ou atenção calorosa. [...] Para cuidar de alguém, tenho de saber muitas coisas. Tenho que saber, por exemplo, quem é o outro, quais os seus poderes e limitações, quais as suas necessidades e o que é que contribui para o seu crescimento; tenho que saber responder às suas necessidades e quais são os meus próprios poderes e limitações. Tal conhecimento é simultaneamente geral e específico.[50]

Diante do exposto, procurou-se distinguir os modos de "cuidar" e de "tratar" e como estes afetam a relação interpessoal. Todavia, como é possível cuidar do outro de modo autêntico? Quais os requisitos essenciais para que a relação de cuidar aconteça?

A relação que se estabelece no cuidado se dá de modo interpessoal. Ela, por isso, se baseia "no aproximar-se (ir na direção) do outro com delicadeza e no saber dar hospitalidade à subjetividade do outro (acolher), o respeito é hospitalidade: é deixar que o ser do outro me comunique algo e adentre os modos do meu pensar".[51]

Esse espaço interpessoal é próprio da pessoa em seu ser-com, e, ao mesmo tempo, ela se torna uma relação transpessoal, pois revela uma faceta da pessoa divina (pessoa das pessoas). Essa relação transpessoal permite que cada pessoa nela envolvida "transcenda a si mesma, ao espaço e ao tempo e à história das suas vidas".[52]

Assim, mesmo numa relação entre um profissional de saúde e um paciente, tal relação de cuidado é possível quando ambas as pessoas se colocam abertas ao outro e ao seu mundo. Scheler considera duas atitudes ou virtudes que podem ser compreendidas como necessárias ao cuidar: a humildade e a veneração.

A humildade (*humilitas*) diz respeito à disposição da pessoa para servir. Trata-se de uma forma de amor que se coloca como abertura ao mundo, que amplia a sensibilidade da pessoa diante do mundo e que "abre o olhar do espírito para todos os valores do mundo. Ela, que

---

50 MAYEROFF, Milton. *On caring*. Nova Iorque: Harper & Row, 1971, p. 9.
51 MORTARI, 2018, p. 187.
52 WATSON, 2000, p. 117.

primeiramente parte do fato de não ser nenhum ganho, mas toda doação e maravilhamento, faz com que tudo ganhe!".⁵³ Para tanto, a humildade requer da pessoa a atitude de desprendimento. Sobre isso, diz Scheler:

> A humildade é uma modalidade de amor que, como o poderoso sal, desfaz sozinho o rígido gelo, que cinge o orgulho pleno de dor ao eu sempre mais vazio. Nada mais encantador do que o momento em que o amor toca magicamente o interior dos corações orgulhosos, suavemente, com a humildade, e o coração se abre, fazendo com que ela passe a fluir a partir dele. Mesmo o homem e a mulher mais orgulhosos se tornam humildes e prontos para servir em todas as coisas, quando amam.⁵⁴

Entretanto, a humildade é incomparável com a servidão. O servil se nutre do saber-se útil ao Senhor e age em razão de encômios e honrarias. A humildade é uma virtude de autorrebaixamento, pois abdica desses "valores terrenos" e se coloca à disposição para servir. Assim, um profissional de saúde pode ter um exímio domínio científico e técnico, mas não ser capaz de cuidar, pois se ocupa apenas dos males que afetam o outro e não com o outro em si. A relação de cuidar pela humildade dá espaço ao outro para que ele se afirme como pessoa, para que tenha confiança, segurança e coragem de expressar francamente seus sentimentos, pensamentos e comunicar sua vontade sem o receio de ser criticado ou diminuído.⁵⁵

A outra virtude ressaltada por Scheler é a veneração (*die ehrfurcht*⁵⁶), que ele define como "a atitude na qual ainda se percebe algo

---

53 SCHELER, 2012c, p. 30.

54 *Ibid., loc. cit.*

55 Esclarece ainda a filósofa do cuidado que "ter consideração pelos pensamentos do outro, pela sua vivência – sem julgar antes de dar espaço ao seu ser – não deve ser entendido como um ceder diante de questões percebidas como insensatas ou, até mesmo, injustas. Ao contrário, deve ser concebido como um dar espaço ao outro, como ato de respeito primário e imprescindível. Antes de qualquer ação, o outro deve ser escutado e compreendido a partir do seu modo de estar na realidade" (MORTARI, 2018, p. 188).

56 O tradutor da obra *Da reviravolta dos valores* para o português, Marcos Antônio Casa Nova, faz a seguinte observação: "*Die Ehrfurcht* – a veneração: o vocábulo *Ehrfurcht* é composto por duas palavras, *Ehr-*, que diz honra, respeito, e a palavras *–furcht*, que vem do verbo *fuerchten*, que significa temer, recear. O sentido da palavra, no

para além disto que o sem veneração vê, e para o que ele é imediatamente cego: o mistério das coisas e a profundidade de suas existências".[57] Nesse sentido, a certeza do mistério, fruto dessa contemplação virtuosa (veneração), é uma forma de saber e um reconhecimento da impotência espiritual do homem, pois o conhecimento das essências é, por si mesmo, inesgotável. Sobre isso, diz Scheler: "a virtude da veneração é um saber concomitante sentimental sobre a insuficiência essencial de nosso saber evidente de nosso parcial não-poder-saber".[58]

A veneração orienta a pessoa para a profundeza das existências das coisas e coloca o outro e o mundo no horizonte e na perspectiva dos valores, de modo que ambos adquirem plenitude de sentido. O modo de pensar próprio da veneração, ou seja, da reverência ao outro, assume uma nova concepção gnosiológica diante do mundo, tal como esclarece Mortari:

> O pensar que nos coloca em contato com o outro é diverso daquele ordinário porque se aproxima da contemplação – a qual evita qualquer ânsia de posse – e que, por isso, interpreta o conhecer não como possuir o outro, mas como receber os dados que o outro quer comunicar; trata-se do pensamento que coloca em contato com a intangibilidade do outro, sem jamais comprometer o seu ser intangível.[59]

A veneração promove uma renovação espiritual do mundo e torna os valores sempre novos e atuais.[60] Scheler afirma que a própria ciência também pode conduzir ao espírito quando o conhecimento torna-se impulsionador de novos e diferentes saberes e porquês. Portanto, a ciência não macula o encantamento e a atitude de veneração do mundo, mas sim a ávida perseguição do investigador por elaborar padrões e organizar sistemas universais destinados a abarcar a totalidade do mundo.[61]

---

entanto, não é composto, e pode ser traduzido por veneração por este sentimento que traduz respeito e percepção de poder e potência" (SCHELER, 2012c, p. 36).

57 Ibid., loc. cit.

58 SCHELER, 2015b, p. 245.

59 MORTARI, 2018, p. 198.

60 SCHELER, 2012c, p. 38.

61 Sobre a incomensurabilidade do conhecimento, Popper faz uma precisa observação que corrobora o pensamento de Scheler. Diz Popper: "cada passo que damos

Assim, enquanto a humildade nos abre a possibilidade do encontro com outro, a veneração se centra na contemplação da incomensurabilidade do mundo e do outro, redescobrindo neles seus valores mais excelsos. No cuidar, a veneração orienta-se para a "sacralidade" da pessoa,[62] tal como diz Mortari: "Cuidado é participação do sagrado que existe no outro".[63] Desse modo, o ato de cuidar deve estar acompanhado dessas duas virtudes para o estabelecimento de uma relação autêntica, *locus* do ato de cuidar e que não é destituída pelo fato de ser uma relação mediada também por um saber científico, antes bem, a ciência no cuidar pode aumentar a acurácia da percepção e a virtude da veneração.

Ao respeitar a integralidade da pessoa, o cuidar toca-lhe o corpo e o espírito, acolhendo, na relação com o outro, pensamentos e emoções. Portanto, o cuidar do outro não pode ser apenas uma tarefa lógico-racional, mas exige o reconhecimento de que as emoções fazem parte do outro e da relação de cuidar. Assim, por exemplo, um profissional de saúde precisa não apenas compreender as emoções do outro, ele deve também sentir pelo outro afeto ou compaixão e ser capaz de gerenciar as emoções presentes na relação de cuidar. Ademais, a comunicação no espírito entre a razão e as emoções é algo constante e, ainda que atuem por mecanismos diversos e possam divergir em suas informações sobre o mundo, ambas influenciam-se mutuamente,[64] isto porque estas faculdades encontram sua unidade no espírito do homem. Ademais, Mortari

---

adiante com cada problema que solucionamos, não só descobrimos problemas novos e não solucionados, como também descobrimos que, onde acreditávamos estar sobre solo firme e seguro, tudo é, na realidade, inseguro e instável" (POPPER, K. *Em busca de um mundo melhor.* São Paulo: Martins Fontes, 2006, p. 93). Igualmente, Richard Dawkins procura mostrar em seu livro *Desvendando o arco-íris* como a ciência, apesar de seu método racionalista, não limita o espírito humano, antes o inflama e estimula aquilo que consideramos como contemplação virtuosa, o sentimento de imensidão e de bem-aventurança (DAWKINS, Richard. *Desvendando o arco-íris: Ciência, ilusão e encantamento.* São Paulo: Companhia das Letras, 2009).

62 Por sacralidade da pessoa nos referimos à ideia da pessoa enquanto um valor absoluto e mais elevado na hierarquia axiológica, um valor em si mesmo e que, enquanto ser pessoa, é indefinível e sempre atual.

63 MORTARI, 2018, p. 197.

64 Assim, a razão pode encontrar maiores justificativas nas emoções, bem como as emoções podem encontrar na razão motivos para sua intensidade.

> Sustenta que o cuidar presume certo modo de sentir o outro, e que esse sentir é intimamente ligado a certo modo de pensar o outro – um sentir que, portanto, não é redutível a sentimentalismos vazios, mas, ao contrário, é uma fonte de energia capaz de colocar o ser-aí em movimento –, não significa cair em uma forma de racionalismo (isto é, na abstração do conceito que cancela as diferenças individuais e, assim, a própria possibilidade de sentir o outro). O tipo de pensamento que está na base do agir responsável não é um pensamento racionalizante, que retém somente aquilo da realidade que se adapta à estrutura do conceito, mas é como um horizonte, uma lente que permite determinada visão: possibilita considerar o outro, não apenas conservando a sua alteridade singular, como também de modo a ativar a capacidade de cossentir a sua condição e a sua vivência. Se pensar e sentir o outro são uma coisa só, então, para sentir o outro, é preciso certo modo de pensar o outro.[65]

Para cuidar, é preciso, portanto, que a pessoa compreenda a si mesma, saiba como melhor integrar harmonicamente as faculdades do espírito e conheça formas de lidar com o outro. Por este motivo, a união e equilíbrio dessas duas faculdades no espírito pode ser realizada a partir do modo-de-ser da pessoa diante do mundo, por meio da reflexão e da atenção.

A reflexão, como abordamos nos capítulos anteriores, consiste em um ato que permite a pessoa compreender sua atualidade e suas vivências. A atenção, por sua vez, é uma modo de concentração da pessoa em seus atos espirituais mais elevados, permitindo que, por exemplo, a pessoa consiga tomar decisões. A atenção permite, por exemplo, que uma pessoa que sente uma dor intensa consiga distrair-se ou entregar-se a outros projetos concentrando-se neles.[66] Isso é possível porque o sentir é uma função separada da atenção. Sobre isso, diz Scheler:

> A atenção como tal não faz que os sentimentos sejam mais ricos e mais vivos, diferentemente dos conteúdos de representação, senão que os destrói. Por esta razão, a excitabilidade incrementada dos sentimentos, por exemplo, em estados histéricos, tampouco pode basear-se na atenção incrementada sobre os próprios sentimentos.[67]

---

65 *Ibid.*, p. 150.
66 SCHELER, 2001, p. 453.
67 *Id.*, 2004c, p. 96.

O fenômeno da atenção permite que a pessoa possa gerir e direcionar suas emoções e sua razão. A atenção fortalece a serenidade do espírito no contexto da vivência. Assim, o ato de cuidar autêntico costuma estar acompanhado de atenção e reflexão. Com efeito, o cuidar ou tratamento humanizado do outro envolve "a conjugação do conhecimento, das habilidades manuais, da intuição, da experiência e da expressão da sensibilidade".[68]

Ciente de que as emoções fazem parte do humano, convém indagar: as estruturas emocionais interpessoais podem constituir-se como fundamentos essenciais para o cuidar? Ou ainda, de que modo elas podem contribuir para um cuidar humanizado do outro? A fim de responder a tais questões, iremos examinar o papel da simpatia e do amor no âmbito do cuidar.[69]

4.2.2 Simpatia e amor no cuidar do outro

A simpatia é a estrutura emocional pela qual temos acesso ao mundo do outro, é o salto do ser pessoa para a alteridade, pois leva o sujeito do cuidar a sentir algo a partir da experiência do outro. A simpatia torna-se fonte de valores ao nos permitir alcançar o mundo do outro e seu sentir. A partir da simpatia, não apenas é comunicado aquilo que o outro sente, mas também aquilo que ele deseja que saibamos sobre seu estado. O ser cuidado pode tornar evidente suas dores, suas angústias e seu sofrimento, de modo que, no âmbito da saúde, quanto mais intensa for a forma de simpatia, mais terapêutica será tal atitude, pois a dor compartilhada permite o seu arrefecimento e a capacidade do outro de lidar com ela.[70]

---

68 WALDOW, V. R. *Cuidado humano: O resgate necessário*. 3. ed. Porto Alegre: Sagra Luzato, 2001, p. 144.

69 A simpatia e o amor são estruturas emocionais importantes para Scheler, como vimos no terceiro capítulo deste estudo. Elas permitem o acesso a diversos sentimentos na totalidade da experiência e da compreensão do ser pessoa.

70 Essa compreensão é notória num tratamento psicológico, cuja função do terapeuta é permitir que o outro encontre nele um suporte emocional, capaz de compreendê-lo

A simpatia é um estado reativo à experiência do outro, a qual exige a sensibilidade natural e social do cuidador, pois, enquanto comportamento social, a simpatia pode ser estimulada e sofrer influência de um processo educativo capaz de despertar o olhar da sensibilidade da pessoa para determinadas vivências do outro e de sua própria experiência de ser humano.

Na vida social, cada pessoa aprimora seu modo de conhecer e interpretar os sentimentos próprios e do outro. Entretanto, não é possível instituir um dever de simpatizar com algo ou alguém. A simpatia surge no encontro com o outro. Portanto, ainda que útil ao cuidar, a simpatia não pode ser seu fundamento. Apesar disso, ela faz parte da inteligência emocional, pois é uma habilidade dos sentimentos que contribui para uma maior gestão emocional do profissional diante do sofrimento alheio e pode ser uma eficaz estratégia terapêutica. Logo, ela pode ser um comportamento social a ser incentivado e submetido a um processo educativo.[71]

Portanto, as vivências simpáticas dão a certeza de que cada ser cuidado é uma pessoa única numa vivência única, sendo, pois, impossível de ser plenamente codificada num tratado noosológico, ainda que a simpatia, ao fornecer o contato com a vivência do outro, permita ao cuidador decompor a vivência em atos menores, como a expressão facial (um rubor, uma forma de olhar), o movimento corporal, etc. Com isso, podemos ter uma compreensão mais precisa daquilo que causa o convalescer do outro. Sobre isso, diz Mortari:

---

e ajudá-lo a clarificar suas dificuldades e proporcioná-lo o tempo necessário para que ele possa seguir seu próprio caminho. Não é função do psicólogo estabelecer os caminhos ou tomar as decisões pelo paciente, como bem observou Scheler: "O psicoterapeuta, em último caso, não exercerá nem pode exercer jamais uma crítica ao conteúdo da vida de seu paciente, sem que esta já seja uma crítica moral ou de outro tipo. Não tentará modificá-la, diferentemente do importuno médico de almas e o predicador cínico, nem tentará dar-lhe outra direção que aquela que brota de sua própria fonte. Sua única finalidade é que o paciente veja e abarque o conteúdo de sua vida tão completa e claramente quanto seja possível. O que com isso é assunto dele, e não do médico. O que em sua vida há de conteúdo, também de conteúdo de valor, não pode ser modificado por nenhuma psicoterapia" (SCHELER, 2004c, p. 28).

71 Um processo educativo pode desenvolver a competência emocional da pessoa, isto é, a articulação de conhecimentos, técnicas e habilidades que culminam num modo de saber-fazer algo.

> O pensar com o coração é um pensar que se deixa tocar pelo ser do outro. É aquele voltar-se ao outro que se realiza na forma de uma atenção intensamente receptiva, a atenção da qual não escapam nem mesmo os mínimos detalhes da experiência do outro. É, portanto, um pensamento que sente o sentir do outro, o que torna possível a compreensão.[72]

Assim como a simpatia, o amor também está associado ao cuidar do outro. Para Scheler, o amor não pode ser reduzido a um gostar ou a um "estar apaixonado por algo ou alguém", pois o amor, em Scheler, não é um sentimento (no sentido de uma função). O amor é o princípio onto-epistemológico e axiológico de compreensão do mundo e da pessoa, sendo também o princípio de movimento do cosmos (Santo Agostinho) e, por isso, é "a ação edificante e edificadora em e sobre o mundo".[73]

Desse modo, no plano ontológico, a pessoa é um *ens amans*, o que significa que ela apenas pode ser no mundo por amor, com amor e no amor, ou, parafraseando a cosmologia cristã, "*In ipso enim vivimus et movemur et sumus*".[74] Somente nesse cosmos amoroso a pessoa encontra seu próprio sentido de ser na execução de seus atos (ser-ato). Todavia, é no plano prático do cotidiano que o amor nos interessa a fim de que possamos compreender o fenômeno do cuidar.[75] Assim, podemos também distinguir melhor os fenômenos do tratar e do cuidar do outro. Como descrito no capítulo anterior, o amor, tal como concebe Scheler, não pode ser considerado um mero sentir, já que, antes de tudo, é um ato espiritual e um movimento anímico. Ele não se refere a um Eu, mas direciona-se ao centro espiritual da pessoa. Sobre isso, diz Buber:

> Os sentimentos, nós os possuímos, o amor acontece. Os sentimentos residem no homem, mas o homem habita em seu amor. Isto não é simples metáfora, mas realidade. O amor não está ligado ao Eu de tal modo que o Tu fosse considerado um conteúdo, um objeto: ele se

---

72 MORTARI, 2018, p. 234. A expressão "pensar com o coração", é utilizada por Mortari com base no pensamento de Edith Stein na obra *Ser finito e ser eterno* (1950).

73 SCHELER, 1998b, p. 43.

74 At. 17: 28 – "É nele próprio que vivemos, nos movemos e somos".

75 Torna-se necessário, para a compreensão do cuidar, analisá-lo decaindo de uma ontologia hermenêutica da pessoa para fazer surgir a reflexão com base numa fenomenologia do amor e do ódio.

realiza, *entre* o Eu e o Tu. Aquele que desconhece isso, e o desconhece na totalidade de seu ser, não conhece o amor, mesmo que atribua ao amor os sentimentos que vivencia, experimenta, percebe, exprime. O amor é uma força cósmica. Àquele que habita e contempla no amor, os homens se desligam do seu emaranhado confuso próprio das coisas; bons e maus, sábios e tolos, belos e feios, uns após outros, tornam-se para ele atuais, tornam-se tu, isto é, seres desprendidos, livres, únicos, ele os encontra cada um face a face. A exclusividade ressurge sempre de um modo maravilhoso; e então ele pode agir, ajudar, curar, educar, elevar, salvar. Amor é responsabilidade de um Eu para com um Tu: nisto consiste a igualdade daqueles que ama, igualdade que não pode consistir em um sentimento qualquer, igualdade que vai do menor, ao maior do mais feliz e seguro, daquele cuja vida está encerrada na vida de um ser amado, até aquele crucificado durante sua vida na cruz do mundo por ter podido e ousado algo inacreditável: amar os *homens*.[76]

É o amor que confere direção e sentido ao outro e aos conteúdos do mundo, bem como se coloca como um compromisso, uma responsabilidade para com este outro.[77] Dito isso, pode-se estabelecer uma similaridade entre cuidar e amar, assim como existe entre o amor e a simpatia, como indica Scheler em sua obra *Essência e formas de simpatia*.

Por conseguinte, todo cuidar pressupõe uma forma de amar, e, por essa razão, sem o amor cessa o cuidar. Assim, a profundidade e a profusão do cuidar dependem da profundidade do amor que o fundamenta e o delimita. É certo que, na realidade prática, nem sempre se ama a pessoa da qual se cuida. Entretanto, o ato de cuidar continua a ser fundamentado pelo amor à pessoa enquanto membro da humanidade. Assim, é possível cuidar por quem não se tem um apreço por meio do reconhecimento do seu valor absoluto de ser pessoal.[78]

---

76 BUBER, M. *Eu e Tu*. São Paulo: Centauro, 2010, p. 59.
77 SCHELER, 1998b.
78 "Tenhamos a princípio simpatia por uma pessoa a que não amamos. No lamentar o acontecido a uma pessoa, por exemplo, sem nenhum traço de amor por ela; no habitual compadecer-se 'dela', tampouco. Porém ainda nesse caso estão os movimentos da simpatia fundados no amor; o amor que os fundamentam se endereçam a um todo do qual a pessoa é parte e membro (família, povo, gênero humano), ou a um objeto geral do qual ela é um exemplar para nós (por exemplo, compatriota, parente, membro da Humanidade, inclusive um ser vivo); isto é, o objeto ao que se

Todavia, quando o cuidar autêntico se desenvolve coadunando-se ao amor à pessoa, tal ato se orienta pelo valor da pessoa e busca nela os valores mais elevados, afinal tanto quem ama como quem cuida quer o melhor para o outro. "O amor não se dirige ao padecer do que padece, senão aos valores positivos de que está investido e apenas por consequência está o fato de socorrê-lo do padecer."[79] No amor que engendra o cuidar já não há mais um outro, mas um próximo. Pelo amor, o cuidar permite a plena comunicação entre as pessoas e sua vinculação sensorial. O amor presente no ato de cuidar, portanto, amplia o sentimento de valor de quem cuida, do ato em si e de quem é cuidado. Nesse sentido, o amor não apenas confere novos significados a tal experiência, como permite a plenitude do viver desde as pequenas ações até as grandes lições. O ato de cuidar autêntico concretiza sua reciprocidade e solidariedade quando permite o aumento da dignidade e do crescimento moral de cada pessoa. Esse empreendimento do ser pessoa pode ser descrito pelas palavras da psiquiatra Elisabeth Kübler-Ross que, ao cuidar de pessoas em situação-limite, diz:

> Ao trabalhar tanto com os que estão à beira da morte quanto com os vivos, torna-se claro que quase todos nós enfrentamos os mesmos desafios: a lição do medo, a lição da culpa, a lição da raiva, a lição do perdão, a lição da entrega, a lição do tempo, a lição da paciência, a lição do amor, a lição dos relacionamentos, a lição do divertimento, a lição da perda, a lição do poder, a lição da autenticidade e a lição da felicidade. Aprender as lições é como alcançar a maturidade. Não ficamos de repente mais felizes, ricos ou poderosos, mas passamos a entender melhor o mundo que nos cerca e nos sentimos em paz com nós mesmos. Aprender as lições da vida não significa tornar a vida perfeita, e sim ver a vida tal como ela é. Como disse alguém: 'Hoje eu sou capaz de me deleitar com as imperfeições da vida'.[80]

---

endereça o amor no fenômeno não necessita ser intencionalmente o mesmo que o objeto da simpatia" *(Id.*, 2004b, p. 179).
79 *Ibid.*, p. 181.
80 KÜBLER-ROSS, E.; KESSLER, D. *Os segredos da vida*. Rio de Janeiro: Sextante, 2004, p. 54.
A psiquiatra Elisabeth Kübler-Ross (1926-2004) é uma das teóricas pioneiras no cuidado a pacientes com alguma enfermidade terminal, isto é, sem possibilidade terapêutica médica de cura, contrária à internação hospitalar desnecessária e ao

Apenas o ato de cuidar autêntico, regido pelo amor, é capaz de compreender esse processo de transformação da pessoa decorrente do cuidar, pois apenas o amor pode dar acesso ao *ordo amoris* como sujeito moral e evidenciar a conexão essencial existente entre o caráter da pessoa e seu agir. Portanto, ao cuidar do outro, a pessoa pode compreender suas dores, sua fadiga, o modo como o sofrimento a aprisiona, como ela julga seu sofrimento e como ela dá sentido àquela experiência. E, ao fazê-lo, pelo *ordo amoris*, percebe-se como o sofrimento afeta a sua dignidade enquanto ser pessoal.

O cuidar autêntico consiste num exercício de contemplação do outro, do autodomínio, do conhecimento de si e da promoção da liberdade do próximo. Aquele que cuida visa primeiramente a integralidade da pessoa, não procura impor-se ao outro com seu modo de cuidar, orgulha-se quando sua ajuda não é mais necessária, posto que o amor não quer tomar posse do outro, e congratula-se com cada melhora da pessoa cuidada. No curso desse processo terapêutico, o cuidar autêntico é uma forma de participação ôntica do ser que cuida no ser cuidado e vice-versa, de tal maneira que, no plano moral, ambos são seres humanos que, a partir do encontro-cuidado, ajudam-se a se curar mutuamente tanto física quanto espiritualmente.

Assim, por exemplo, o profissional de saúde que cuida é convidado a refletir sobre seu labor e compreender a si mesmo para além do valor do útil, superando a mera assistência mecânica e automática. Com efeito, a reflexão do cuidador sobre seu trabalho significa que ele é um meio para a sua realização pessoal, pois, como afirma Lévinas, "as coisas são assim sempre mais do que o estritamente necessário, fazem a graça da vida. Vivemos do nosso trabalho, porque ele assegura a nossa subsistência; mas também se vive do trabalho, porque ele preenche (alegra ou entristece) a vida".[81]

---

paternalismo dos profissionais de saúde. Ela promoveu o que se entende hoje por *cuidados paliativos* que enfocam o processo de morte e do morrer dos pacientes visando o maior alívio da dor e do sofrimento. Seus livros se destacam pela linguagem simples, por sua sensibilidade, pelo resgate de suas histórias junto aos pacientes e por seu modo de compreender com certa beleza a finitude humana.

81 LÉVINAS, E. *Totalidade e infinito*. Lisboa: Edições 70, 2008, p. 102.

O cuidar autêntico do outro, sob a égide do amor, mesmo que tenha a pessoa como sua origem e fim, pode se decompor em atos menores, como já afirmamos. Essa fragmentação do ato não consiste em algo espontâneo, mas implica em algo que depende da experiência e das tomadas de decisões da pessoa. É disso que trataremos no tópico seguinte.

4.3 DO VALOR ÉTICO DO CUIDAR

O valor ético do cuidar abarca a compreensão de como este pode subsidiar a formação de juízos morais que contribuam para o entendimento sobre o cuidar do outro no contexto das relações humanas e, assim, delinear o significado e o sentido das ações dos cuidadores. Mas ele também contempla a possibilidade de se constituir uma ética do cuidar capaz de solucionar problemas morais que integram o cotidiano dos indivíduos.

Nesse sentido, veremos como os valores podem estar associados à vivência do cuidar construindo significados e sentidos a partir de cada ato e introduzindo um processo de aperfeiçoamento moral da pessoa.

4.3.1. O CUIDAR DO OUTRO: UMA ABORDAGEM ONTO-AXIOLÓGICA DA PESSOA

A fim de analisar e compreender o agir da pessoa no âmbito da vivência do cuidar, tomaremos como base a hierarquia material e *a priori* dos valores. A arquitetura material dos valores proposta por Scheler tem a seguinte estrutura hierárquica descendente: a) valores do santo e do profano; b) valores espirituais; c) valores vitais; e d) valores do agradável.

Os valores mais elevados são os valores pessoais do santo e do profano relacionados ao amor espiritual devotado à pessoa e na atitude de veneração à mesma. Tais valores tomam a pessoa como um fim em si mesma, de modo que o valor de todas as ações menores que podem compor o ato de cuidar deve estar a ele referenciado, pois diz respeito à sacralidade do ser pessoa.

Ora, vimos que o cuidar autêntico apenas é possível tendo como centro o ser pessoal do outro, o que também favorece a descoberta de novos valores na vivência com o próximo. Cuidar significa, portanto, atentar para os aspectos espirituais do ser cuidado – e aqui reside sua capacidade de transcendência – e promover o seu cultivo do espírito. Vejamos como isso pode se dar no âmbito das práticas de saúde.

O cuidar respaldado pelos valores pessoais, ou seja, pela promoção da dignidade da pessoa humana, implica uma "humanização"[82] das práticas e serviços de saúde, possibilitando uma compreensão mais profunda e mais íntima do ser cuidado, de suas necessidades e seus anseios. Entretanto, a eficiência do tratamento terapêutico, como vimos, não é medida pela competência científica ou técnica do ato de cuidar. Nesse caso, há uma inversão axiológica dos valores: o valor do conhecimento procura compreender a pessoa em sua situação biológica, psicológica, social e espiritual, não pode estar dissociado da empatia ou da sensibilidade do cuidador. O cuidar, então, convida a um equilíbrio entre o saber científico, a habilidade técnica e a sensibilidade humana. No âmbito da saúde, o ato de cuidar deve estar balizado pelos valores vitais, associados aos valores da sensibilidade (do agradável), vinculados ao corpo, à dor e ao sofrimento.

Assim, por exemplo, assistir o outro em seus aspectos biológicos significa dar condições para que ele recupere sua autonomia ou independência existencial. Para tanto, é preciso compreender como a saúde, a doença e o comportamento humano estão relacionados. Para o cuidador, a atenção às necessidades prementes são meios para se alcançar o verdadeiro fim: o cuidar da pessoa em seus aspectos vitais. Ademais, ao cuidar da esfera vital, reconhece-se que o corpo (valor relativo) faz parte da consciência de si e do modo-de-ser da pessoa em sua intimidade ou privacidade. Quando isso é realizado, evita-se, por exemplo, o sentimento de vergonha. Sobre isso, diz Scheler: "a vergonha é um sentimento que contém em si ou que pressupõe um sentir a si mesmo

---

82 Por "humanização" entende-se o movimento na assistência à saúde que se volta para um cuidar pessoal, que valoriza a dignidade e a autonomia da pessoa, resgatando a sensibilidade para com o outro, sem reduzi-lo a um objeto.

como um objeto. Este sentir de si mesmo se denomina 'imagem de valor'. Esta imagem de valor pode ser uma imagem que fazemos de nós mesmos ou que os outros fazem de nós".[83]

Portanto, toda exposição ou manuseio indevido do corpo pode ser compreendido como uma ofensa ao valor próprio do ser pessoa, pois aqui ela se percebe como um objeto inerte e incapaz de reagir. Eis por que a palavra, o gesto, o olhar de conforto são tão importantes quanto um diagnóstico preciso. Mortari assim resume a dinâmica do cuidar do outro:

> Aproximar-se do outro sem dominá-lo; comunicar-se o próprio pensamento, a própria visão das coisas, sem impor-lhe o próprio discurso de verdade: agir segundo o princípio da delicadeza é tomar tempo para encontrar a palavra justa e, quando necessário, saber estar em silêncio, sem que este se torne distância, comunicando ao outro que o silêncio é um momento passageiro para encontrar a palavra viva, que abra redes dialógicas com o outro. As palavras que respondem às necessidades de obter informações, ou de nutrir aberturas existenciais, ou de suavizar as feridas da vivência do outro devem ser, sempre, procuradas com cuidado, pois o dizer que cuida é diverso do dizer que repete o já dito e que faz com que as possibilidades de sentido se percam. O respeito se mede também através da busca de uma palavra viva e não consumada.[84]

Tomada em seu conjunto, a hierarquia material dos valores aplicadas ao fenômeno do cuidar, conforme indica Scheler, revela a impossibilidade da igualdade - assimetria - na forma de tratar o outro em sua integralidade (*holismo*) e individualidade, a fim de possibilitar à pessoa ressignificar suas experiências e sofreguidões.

O sofrimento e a dor, como sabemos, são experiências que fazem parte do ser humano vulnerável e podem ser vividos de várias formas e em intensidades diversas. O sofrimento e a dor provocam uma transvaloração na hierarquia axiológica fazendo com que "valores inferiores" passem a ter maior significado dentro da experiência existencial e sejam considerados mais elevados. Por isso, a experiência que consome o sofrimento, sem necessariamente extingui-lo, é, segundo Scheler, justamente o *sacrifício*. Sobre isso, diz ele:

---

83 SCHELER, M. *Sobre el pudor y el sentimiento de vergüenza* (1913). Salamanca: Sígueme, 2004e, p. 148.
84 MORTARI, 2018, p. 250.

> O conceito mais formal e universal que subsume todos os sofrimentos, da sensação da dor até a desesperança metafísico-religiosa, é, segundo meu parecer, o do sacrifício. [...] Todo sofrimento e toda dor é, em seu sentido metafísico mais formal, a vivência do sacrifício da parte pelo todo, do menos valioso para o mais valioso.[85]

O sofrimento surge no conflito decorrente da fragmentação do ser ou do rebaixamento do valor de si ou dos objetos do mundo.[86] Scheler considera que o sacrifício revela que a dor possui duas facetas: uma traduz impotência e a outra crescimento moral, de modo que estas também integram o *modus essendi* do amor. Por isso, conclui o filósofo que o amor é também sacrifício,[87] pois, ao mesmo tempo em que o amor é expansivo, inovador e conquistador dos valores mais elevados, ele também precisa abrir mão de algo. Isso não significa extirpar a vivência inferior da pessoa, mas vencê-la, ultrapassá-la, ou seja, não deixar-se guiar mais por ela.

Por isso, Scheler ilustra que o fenômeno do sacrifício é como a "cabeça de Jano" que possui duas faces em lados opostos, uma que sorri e a outra que chora.[88] O trágico da relação amor-sacrifício consiste nisso: não há um sem o outro.[89] Dentre as visões de mundo e suas formas de lidar com o sofrimento, o cristianismo, para Scheler, foi a doutrina que mais bem compreendeu a vivência do sofrimento.[90]

---

85 SCHELER, M. "El sentido del sufrimiento (1916/1923)". *Amor y conocimiento y otros escritos*. Madri: Palabra, 2010, p. 57.

86 Por exemplo, quando uma pessoa sofre uma lesão em um de seus membros inferiores (parte) que a impede (todo) de caminhar, isso gera uma dor sensível em razão da lesão, mas também o sofrimento decorrente da incapacidade de não poder realizar as mesmas atividades de antes.

87 O sacrifício carrega consigo sempre um "por algo", diz Scheler, que é o bem ou o valor de uma instância superior pelo qual se faz jus ao sacrifício (*Ibid.*, p. 61).

88 *Ibid.*, p. 68.
Prossegue o filósofo afirmando que "o sacrifício compreende ambas as coisas: a alegria do amor e a dor da entrega da vida pelo que se ama" (*Ibid., loc. cit*).

89 *Ibid.*, p. 60.

90 Scheler cita quatro formas de lidar com o sofrimento: 1) A técnica budista, segundo a qual o sofrimento possui um sentido positivo e de supressão do sofrimento; 2)

No cristianismo, o sofrimento alcança algo de nobre porque se torna "amigo da alma", ele é um elemento purificador da vivência que conduz ao valioso, ao essencial. Nesse sentido, o sofrimento "não implica na criação de uma qualidade ética ou religiosa, senão na depuração e na separação do autêntico e inautêntico, no lento desprendimento do inferior do superior no centro de nossa alma".[91] Eis por que o sofrimento se subordina ao amor.

Com efeito, mais do que suportar, o sofrimento comporta-se como uma oportunidade de a pessoa superar, por amor, aquilo que, na experiência fática, visa diminuir a sua essência pessoal. O sofrimento, portanto, possibilita também um exercício de cuidar, de aprendizado, de ampliação da consciência de poder (de virtude), de cultivo do ser e de gestão das emoções. Por isso, quanto mais bem-aventurada é a pessoa, mais ela é capaz de acolher e lidar com o sofrimento.[92]

Na experiência do cuidar, tanto a pessoa que cuida como a que é cuidada pode, em tal vivência marcada pelo sofrimento, (re)descobrir o que é essencial, valioso e, então, crescer moralmente: aprender a maturidade do bem-viver.[93] Por isso, diz Scheler, "viver significa ser movido, afetado, seduzido incessantemente desde a independência de seu ser".[94]

A técnica estoica de negação do sofrimento; 3) A técnica judaica que emprega um sentido negativo e punitivo como justificativa ao sofrimento; 4°) A técnica cristã na qual o sofrimento possui um sentido positivo de purificação pelo amor misericordioso de Deus.

91 SCHELER, 2010, p. 109.

92 Com base numa obra clássica de espiritualidade cristã do século XV, a *Imitação de Cristo*, de Tomás de Kempis, Scheler conclui seu argumento sobre a maturidade no sofrimento: "Estarás plenamente reconciliado contigo e terás encontrado o paraíso na terra quando sofrer pelo Cristo te parecer doce e suave. Ao contrário, quando te for penoso sofrer e procurares evitá-lo, é que estás mal contigo e à mercê da tribulação" (KEMPIS, Tomás de. *Imitação de Cristo*. São Paulo: Paulinas, 2014, p. 206).

93 Não apenas o sofrimento, mas também o ressentimento e o arrependimento são, *exempli gratia*, caminhos pelos quais a pessoa pode ascender espiritual e moralmente, aprendendo com suas próprias ações e ressignificando suas vivências. Para tanto, recomenda-se o aprofundamento em: SCHELER, 2012a; Id. *Arrepentimiento y nuevo nacimiento* (1916). Madri: Encuentro, 2007a.

94 *Id.*, 2004a, p. 82.

A abordagem onto-axiológica da pessoa desenvolvida por Scheler permite uma compreensão do fenômeno do cuidar, de suas características essenciais e do modo como se estabelecem as relações entre as pessoas. Porém, deve-se indagar: é possível estabelecer, com base nos pressupostos schelerianos, uma ética do cuidar capaz de dirimir os conflitos existentes no âmbito da saúde? Sobre isso trataremos no tópico a seguir.

4.3.2 DA POSSIBILIDADE DE UMA ÉTICA DO CUIDAR

Em sua *Ética a Nicômaco*, Aristóteles ressalta que uma teoria da conduta se impõe como forma de delineamento da ação e não como um sistema fechado e preciso de regras. E tomando como exemplo o ato de cuidar em saúde, diz o estagirita:

> Não há nada de estável ou invariável em torno das matérias relativas à conduta e à conveniência, não mais do que em torno de matérias de saúde. E se isso for verdadeiro no que tange à teoria geral da ética, ainda menos possível será a precisão rigorosa ao se tratar casos particulares de conduta, visto que estes não se enquadram em nenhum conjunto de preceitos de ciência, ou [mesmo] de uma tradição profissional, tendo os próprios agentes que julgar o que se ajusta às circunstâncias de cada oportunidade, tal como é o caso da arte da medicina ou da navegação.[95]

Este pensamento de Aristóteles parece se coadunar com os pressupostos de Scheler para quem é insuficiente uma ética universal e deontológica para atender às situações da vida prática. De outra parte,

---

95 ARISTÓTELES, 2008, p. 69 (Livro II, §1104a1).
Na compreensão de Werner: "O médico aparece aqui como representante de uma cultura especial do mais alto grau metodológico e é, ao mesmo tempo, pela projeção do saber num fim ético de caráter prático, a personificação de uma ética profissional exemplar, a qual por isso é constantemente invocada para inspirar confiança na fecundidade criadora do saber teórico para a edificação da vida humana. Pode-se afirmar sem exagero que sem o modelo da Medicina seria inconcebível a ciência ética de Sócrates, a qual ocupa o lugar central nos diálogos de Platão. De todas as ciências humanas então conhecidas, incluindo a Matemática e a Física, é a Medicina a mais afim da ciência ética de Sócrates" (WERNER, Jaeger. *Paideia: A formação do homem grego*. São Paulo: Martins Fontes, 2013, p. 1011).

mostramos que os postulados científicos não servem para orientar o cuidar em saúde. Por isso, uma ética do cuidar foi incorporada às discussões inerentes a disciplinas como a Bioética, a qual se preocupa com os dilemas éticos envolvendo o saber científico e tecnológico e a dignidade da pessoa humana.[96]

Não obstante, na década de 1970, também adquiriram notoriedade as denominadas "éticas do cuidar" como oposição às éticas da justiça de natureza deontológica e prescritiva. Eis por que as éticas do cuidar dedicam uma atenção maior às emoções e às relações sensoriais que animam a vida das pessoas.[97]

Dentre os teóricos que se dedicaram a uma "ética do cuidar", destaca-se Carol Gilligan que, em sua obra *Uma voz diferente*, considera que a moral feminina possui padrões diferentes em relação à dos homens e que isso decorre tanto de aspectos biológicos como sociais: a constituição biológica as orientou para a reprodução, o cuidar dos filhos e da família; enquanto os homens foram orientados à defesa e provisão do lar e da competição. Assim, as mulheres socialmente se desenvolvem e são educadas para a esfera privada e para o exercício de uma moral

---

[96] A bioética é um campo do saber que se desenvolve a partir de 1970 com as contribuições do pesquisador em oncologia Van Rensselaer Potter e do médico André Hellegers. Segundo Sgreccia, a bioética se dedica à reflexão sobre: "a) problemas éticos das situações sanitárias; b) problemas éticos emergentes no âmbito das pesquisas sobre o homem, ainda que não diretamente terapêuticas; c) problemas sociais relacionados com as políticas sanitárias (nacionais e internacionais), com a medicina ocupacional e com políticas de planejamento familiar e de controle demográfico; d) problemas relativos à intervenção sobre a vida dos outros seres vivos (plantas, microorganismo e animais) e em geral sobre o que se refere ao equilíbrio do ecossistema (SGRECCIA, E. *Manual de bioética*. Vol. 1. São Paulo: Loyola, 2009, p. 44). São ainda muito diversos os temas de interesse da bioética e que envolvem uma perspectiva multi e interdisciplinar, progresso tecnocientífico, medicina e humanização, técnicas de reprodução assistida, saúde reprodutiva, engenharia genética, paciente terminal, a morte e o morrer, eutanásia, distanásia, transplantes e doação de órgãos, desigualdades devidas ao gênero, à raça e à idade, direitos do paciente, distribuição de recursos, saúde mental, qualidade de vida, meio ambiente, entre outros (PESSINI, L.; BARCHIFONTAINE, C. P. *Problemas atuais de bioética*. São Paulo: Loyola, 2005).

[97] GRACIA, D. *Pensar a bioética: Metas e desafios*. São Paulo: Loyola, 2010.

mais afetiva, enquanto os homens para a esfera pública e uma moral da justiça, imparcial e objetiva.[98]

Um outra autora que se destaca nessa discussão é Nell Noddings, particularmente em sua obra *O cuidado: Uma abordagem feminina à ética e à educação moral*, na qual ela trata do modo como se estabelecem as relações entre as pessoas e o interesse em atender às necessidades do outro. Assim, tal como Gilligan, que havia partido de um olhar "feminino" sobre a ética, Noddings descreve dois comportamentos próprios ao cuidar: o "cuidado natural" que, a exemplo do cuidado materno, é espontâneo e se preocupa predominantemente em solucionar a carência ou necessidade do filho (o outro), sem refletir ou questionar seus deveres maternos; e o "cuidado ético" que envolve o cuidado natural no sentido de ser um sentimento de base.[99]

As éticas do cuidar podem proporcionar uma reviravolta nas teorias éticas tradicionais, ao considerar fenômenos como a simpatia, a amizade, a compaixão e a confiança que se associam à preocupação e ao zelo para com o outro, fenômenos estes que são próximos ao pensar e ao sentir nas relações de cuidado em saúde. Tais éticas são capazes de enfatizar, para além dos códigos deontológicos dos profissionais de saúde, os compromissos de cuidado e de proteção ampliando o horizonte de responsabilidade de tais profissionais.[100]

Ademais, as éticas do cuidar podem conduzir ao seu oposto: a obstinação terapêutica na qual o profissional de saúde, o cuidador, torna-se aquele que possui a autoridade e que pode estabelecer os limites e a autonomia do outro no cuidar.[101] Por isso, dizem Ferrer e Álvarez:

---

98 GILLIGAN, C. *Uma voz diferente: Psicologia da diferença entre homens e mulheres da infância à idade adulta*. Rio de Janeiro: Rosa dos Tempos, 1982.

99 NODDINGS, 2003.

100 BEAUCHAMP, T. L.; CHILDRESS, J. F. *Princípios de ética biomédica*. São Paulo: Loyola, 2002, p. 113. Dizem ainda os autores citados: "Cuidar envolve uma sensibilidade para perceber as necessidades do outro da forma como os outros as veem, e portanto vai de encontro à suposição de que o bem médico estabelecido irá satisfazer essas necessidades" (BEAUCHAMP; CHILDRESS, 2002, p. 114).

101 GRACIA, 2010.

> A solicitude – o cuidado – esteve muitas vezes ligada a relações de opressão e a padrões de domínio e submissão. A solicitude da mãe pode sufocar o filho e igualmente a do pai pode sufocar a mulher. Não é possível falar da solicitude e do cuidado se não falamos também dos bens que se devem salvaguardar e promover.[102]

As éticas do cuidar podem, então, se tornar arbitrárias se não estiverem associadas a uma estrutura axiológica mais ampla do que apenas princípios genéricos, casuais ou parciais. Assim, elas "são extremamente perigosas por seu subjetivismo e relativismo radicais, os quais as tornam incapazes de garantir os direitos humanos fundamentais nas relações entre estranhos e até nas próprias relações entre amigos e familiares que o paradigma ético pretende privilegiar".[103]

Tecidas todas essas considerações, pode-se afirmar que as éticas do cuidar não são capazes de realizar uma ação autenticamente virtuosa, posto que visam, tão somente, à eficiência do cuidar, e não do aperfeiçoamento moral da relação e das pessoas envolvidas no cuidar. Apesar de atrativas, as éticas do cuidar carecem de fundamentos teóricos que possam subsidiar uma prática eficiente e que deem segurança a um agir ético.

Entretanto, independentemente disso, persiste uma relação entre a ética e o cuidar que não pode ser rechaçada, haja vista que o cuidar do outro é um dos princípios fundamentais das relações em saúde. Sobre isso, diz Mortari:

> O cuidado, na sua essência, é ético, pois é constituído pela procura daquilo que é bem, ou seja, daquilo que torna possível dar forma a uma vida boa. Se a ética é um produto no pensamento, gerado pela interrogação sobre a qualidade de vida boa, o cuidado é uma prática orientada pelo desejo de promover uma vida boa. Do ponto de vista de quem cuida, agir segundo a ordem do bem significa agir para promover o bem-estar-aí do outro e, no cuidado de si, o próprio bem-estar-aí; por isso, pode-se afirmar que o bem-querer é a direção do ser-aí que qualifica o cuidado. A análise fenomenológica

---

102 FERRER, J. J.; ÁLVAREZ, J. C. *Para fundamentar a bioética: Teorias e paradigmas teóricos na bioética contemporânea*. São Paulo: Loyola, 2005, p. 277.

103 *Ibid.*, p. 279.

da experiência do cuidado evidencia que responder de forma prática a tal paixão pelo bem leva a pessoa a desenvolver posturas do ser-aí precisas, nas quais se condensa a essência ética do cuidado: *sentir-se responsável, compartilhar o essencial com o outro, ter uma consideração reverencial pelo outro, ter coragem.*[104]

Portanto, um cuidado ético, nesse caso, torna-se mais importante do que uma ética do cuidar. Nesse sentido, a ética ou o personalismo ético, baseado na compreensão fenomenológica de Scheler, não pode se reduzir, no âmbito da saúde, a uma ética **do** cuidar. Contudo, ela pode fornecer os caminhos para a compreensão dos dilemas éticos vivenciados pelos profissionais de saúde e oferecer uma direção para o seu agir, por meio de uma relação respeitosa com o outro. Assim, a ética de Scheler permite a reflexão sobre um cuidar autêntico, compreendendo o ato de cuidar na perspectiva de uma estrutura axiológica da pessoa e do mundo, oferecendo, com isso, subsídios para a constituição de uma ética **para** o cuidar.

---

104 MORTARI, 2018, p. 134.

CONCLUSÃO

Scheler foi considerado um dos pensadores de maior destaque da Europa no início do século XX, mas ainda é pouco estudado no Brasil. Versátil em seu pensamento, ele percorreu diferentes universos teóricos, tais como a ética, a psicologia, a antropologia, a sociologia, a filosofia da religião e a teologia moral. O seu diálogo constante com estes outros saberes ofereceu contribuições importantes para tais disciplinas.

Scheler se impõe como um arguto pensador que também sabia reconhecer a contribuição de outras correntes ou regiões do saber. Assim, por exemplo, seu encontro com a fenomenologia de Husserl o permitiu avançar em sua crítica ao racionalismo kantiano, elaborando, então, uma nova fundamentação para a ética. No entanto, a preocupação inicial já lhe era evidente: o que é o homem? Questionamento este que o fez ir da ética a uma fenomenologia das emoções e desta a uma antropologia da pessoa.

Centrando-se, assim, nos conceitos de *pessoa*, *valor* e *emoção*, discutimos as principais ideias e a organização do sistema ético-filosófico de Scheler. Cada um desses conceitos possui uma conexão essencial com os demais, já que estão sistematicamente ligados ao longo das construções filosóficas de Scheler.

Desse modo, vimos no primeiro capítulo, ao tratar dos fundamentos antropológicos do ser pessoa, que a mesma está incorporada à natureza que a faz homem e o torna a medida do cosmos, por ser ele o único ser capaz de reconciliar em si todas as formas de progresso da natureza e da história. Assim, no homem, enquanto ser pessoa, estão conjugados o impulso afetivo, o instinto, a memória e a inteligência prática, próprio das formas de vida mais elementares. Contudo, surge no homem um instituto novo, responsável pela atitude conciliatória dele com o mundo que se chama *espírito*, sendo este o princípio que o torna capaz de sobrelevar-se a toda vida e mesmo para além da vida mesma.

O espírito congrega no homem as faculdades *razão* e *coração* (centro emocional), de modo que ele é compreendido como ser racional e ser emocional, destacando-se que ambas as faculdades constituem a sua individualidade e dignidade. Com isso, as emoções alcançam uma nobreza nem sempre encontrada na história da filosofia. Ser homem é ser capaz de sentir, de amar ou odiar tanto quanto de raciocinar. Por força de seu espírito, o homem pode se colocar acima de seu estado natural, biológico, propondo sentidos ao seu viver. Isso faz de cada homem um ser único, uma essencialidade própria: ser pessoa.

A pessoa é um ser de atos, ou melhor, um ser-ato, que, todavia, não está no mundo como produto de uma natureza irracional ou cerceado pelas circunstâncias do momento ou ainda como um objeto inerte. A pessoa, por meio dos seus atos, determina seu próprio caminho, toma suas próprias decisões, guia e constrói seu próprio destino pautado no pressuposto de sua liberdade. Com isso, ele é capaz de "tornar-se pessoa", isto é, de descobrir-se enquanto valor em si mesma e de aperfeiçoar-se moralmente, enfim, tornar-se um ser melhor para si mesmo (autorrealização) e para o outro.

Nesse sentido, a relação entre pessoa e valor torna-se imprescindível no pensamento de Scheler. Eis por que, no segundo capítulo, ao tratar do papel dos valores, mostramos que a pessoa assume a posição axiológica mais elevada e, por isso, ela é quem define, apreende, compreende e interpreta o valor das coisas, dos bens e das ações, avaliando, por fim, o que é moralmente bom ou mau.

Scheler considera que a intencionalidade vincula a pessoa ao mundo, consistindo num ato moral pelo qual o mundo é dado como valor por meio de um perceber sentimental ou um ato de amor. Desse apriorismo emocional dos valores decorre o postulado segundo o qual toda posição moral da pessoa sobre o mundo implica uma experiência moral. Portanto, é agindo sobre o mundo que a pessoa o descobre como valor e pode estabelecer as conexões e distâncias axiológicas entre os objetos do mundo.

Desse modo, a esfera do dever surge como uma experiência moral secundária ante a evidência do valor, pois não substitui a consciência moral da pessoa. Assim, o progresso moral da pessoa e da sociedade está vinculado ao reino dos valores (e não à uma esfera deontológica do agir), em consonância com uma estrutura hierárquica material dos valores e com uma gestão espiritual das emoções.

Scheler acredita que as pessoas que alcançaram uma instância moral mais elevada são aquelas vinculadas aos valores do santo, aos sentimentos espirituais de bem-aventurança, bem como a comunidade mais elevada é a comunidade de amor, ou seja, é aquela na qual as pessoas conseguem se compreender efetivamente para além de contratos e relações de interesses e que aprenderam a conviver por meio do amor, do respeito e da tolerância. Para o filósofo, isto mais do que uma utopia, é uma tendência do ser-pessoa.

No terceiro capítulo, após traçar a conexão entre a pessoa e o valor, ampliamos a discussão para a relação pessoa-valor-emoção, isto é, para a descrição do papel das emoções no personalismo ético scheleriano. As emoções podem determinar caminhos e orientar escolhas no campo moral, ainda que, em certas situações, possam confundir juízos e hipertrofiar crenças. A vida emocional, todavia, jamais pode estar desvinculada das decisões morais levadas a efeito pelo ser-pessoa.

As emoções dão acesso ao mundo dos valores, ainda que estes sejam independentes delas. Todavia, o referido autor considera que há no homem uma gramática universal das emoções. A esta gramática corresponde uma linguagem moral das vivências, revelando que as emoções não são experiências anteriores ou concomitantes aos valores, posto que se trata justamente do inverso: é pelo fato de a pessoa ser capaz de valorar o mundo que ela é capaz de guiar suas próprias emoções no âmbito de suas vivências. Assim, são aos valores que correspondem determinadas emoções.

As emoções são modos de expressão do mundo dos valores e do modo-de-ser da pessoa, servindo à compreensão do outro e da constituição moral da pessoa. Enquanto os objetos do mundo são apreendidos em seu valor, por meio da percepção sentimental, o outro apenas pode ser compreendido em sua individualidade e integralidade através de um ato de amor. Este é também o fundamento de toda tessitura emocional da pessoa. O amor permite um autêntico *con-viver*, o que significa ser capaz de reconhecer a dignidade do outro, compreender o seu modo de ser, a forma como ele julga o mundo e ordena o universo dos bens. O amor é o ato gnosiológico que possibilita a participação da pessoa no ser do outro.

Nesse sentido, o amor possui um papel relevante para o desenvolvimento moral da pessoa para a constituição de seu *ordo amoris*, segundo o qual a pessoa se afirma irrevogavelmente como um *ens amans*, o que significa dizer que, no viver e no con-viver, ela aprende a gerir suas emoções e a estruturar as direções de seu amor para o mundo, ao mesmo tempo em que, amando, a pessoa descobre e aprende o que é essencial e significativo no viver.

Por fim, no quarto capítulo, demonstramos como o fenômeno do cuidar do outro nos fornece um solo fértil para revelar como as ideias de Scheler permanecem atuais e são capazes de lançar luzes sobre o nosso mundo moral. O fenômeno do cuidar do outro contém os elementos necessários para tratar das relações interpessoais que envolvem valores, deveres e responsabilidades para com o outro. Trata-se de experiências marcadas pela razão e pelas emoções, por atos e palavras, os quais marcam a história de vida de quem cuida e de quem é cuidado.

Assim, com base nos postulados de Scheler, evidenciou-se que o cuidar é um ato que deve levar em conta a dignidade do ser cuidado. Redimensionamos essa ideia para o âmbito do cuidar em saúde a fim de indicar que este requer um tratamento no qual a pessoa não seja considerada como uma coisa ou um objeto. O cuidar é uma relação de reciprocidade e de solicitude para com o outro. Reconhecer a dignidade do outro no ato de cuidar exige do cuidador a decisão de tomar o outro como um valor em si mesmo, ou seja, olhá-lo além de sua dimensão biológica a fim de preservar ou promover a sua humanidade.

O cuidar não objetiva necessariamente a conservação da vida, mas sim permitir que a pessoa tenha qualidade, dignidade em seu viver e ser capaz de cultivar seu próprio ser. Por isso, partindo da hierarquia material dos valores de Scheler, mostramos como os valores podem servir de guia e estabelecer parâmetros, por exemplo, para a compreensão do agir ético do profissional de saúde no cuidar.

Ademais, o ato de cuidar não deve ser determinado por dever ou sem amor, pois, em ambos os casos, o cuidar se despersonaliza, se torna inumano. Quando isso ocorre, o vínculo empático com o outro desaparece e a pessoa do cuidador transforma-se em um mero instrumento de uma ação terapêutica; no segundo caso, a pessoa do outro perde seu valor frente ao outro, tornando o cuidar frio e impessoal.

O ato de cuidar genuíno deve, portanto, fazer com que o cuidador torne-se próximo da pessoa cuidada e compartilhe da sua vivência de sofrimento, ajudando-a a suportá-lo e superá-lo. O cuidar autêntico envolve a atenção e o zelo, visando à pessoa como um todo, incluindo a história de cada um, seus valores, seus sentimentos e necessidades, sem jamais negligenciar sua autonomia. A vivência do cuidar não tem por fundamento a igualdade formal entre as pessoas, mas a certeza de que cada pessoa é um ser único e, como tal, deve ser cuidada.

O cuidar torna-se, então, um ato de aperfeiçoamento moral da pessoa, tanto do cuidador quanto do ser cuidado que precisam aprender a lidar com o sofrimento e ressignificar suas experiências para além da dor. A verdadeira forma de cuidar consiste em recordar ao homem que ele é o asceta da vida, que é capaz de superar toda realidade, inclusive da doença e do sofrimento. Com efeito, nem sempre é possível, por meio da ação terapêutica do cuidar, extirpar ou aniquilar o sofrimento, mas é sempre possível crescer moralmente a partir dele, aprendendo aquilo que possui um valor maior no viver, e que um ato de amor pode ser capaz de dissipar todo sofrimento.

Scheler nos oferece os pressupostos de uma ética para o cuidar, enquanto caminho de reflexão dos problemas morais, em especial, para os profissionais de saúde que cuidam por missão e "vocação", orientando-os a adotar uma visão mais ampla de suas ações para além da rigidez das prescrições deontológicas do seu ofício. Afinal, as emoções, o amor, os bons afetos parecem ser mais decisivos ao ato de cuidar do que quaisquer prescrições éticas. O sentimento pode, pois, orientar nossas ações para a prática do bem e, sobretudo, para realizar genuinamente o ato de cuidar em favor do que o outro necessita. Eis por que a filosofia de Scheler pode nos oferecer os subsídios teóricos necessários à constituição de uma ética **do** e **para** o cuidar.

REFERÊNCIAS

OBRAS DE MAX SCHELER

SCHELER, M. *A posição do homem no cosmos* (1929). Rio de Janeiro: Forense Universitária, 2003a.

_____. *Amor y conocimiento*. Buenos Aires: SUR, 1960a, p. 9-42.

_____. *Arrepentimiento y nuevo nacimiento* (1916). Madri: Encuentro, 2007a.

_____. "As formas do saber e a cultura". *A visão filosófica do mundo*. São Paulo: Perspectiva, 1989a, p. 19-58.

_____. *Da reviravolta dos valores*. Rio de Janeiro: Vozes, 2012a.

_____. *Die Darstellung des Menschen im Kosmos*. Bonn: Bouvier Verlag, 1991a.

_____. *De lo eterno em el hombre* (1921). Madri: Encuentro, 2007b.

_____. *Der formalismus in der ethik und die materiale wertethik* (1921). Lexington (USA): Elibron Classics, 2009.

_____. *Der Formalismus in der Ethik und die materiale Wertethik*. Bonn: Bouvier Verlag, 2000.

_____. *Do eterno no homem*. Rio de Janeiro: Vozes, 2015a.

_____. "El porvenir del hombre" (1927). *Metafísica de la libertad*. Buenos Aires: Nova, 1960b, p. 109-132.

SCHELER, M. *El problema emocional de la realidad, seguido de Manuscritos menores sobre "Ser e Tempo"*. Madri: Encuentro, 2004a.

_____. "El sentido del sufrimiento" (1916/1923). *Amor y conocimiento y otros escritos*. Madri: Palabra, 2010, p. 49-114.

_____. "Ensayos de una filosofía de la vida (Nietzche, Dilthey, Bergson)". *Metafísica de la libertad*. Buenos Aires: Nova, 1960c, p. 235-276.

_____. *Esencia y formas de la simpatía* (1913-1922). Buenos Aires: Losada, 2004b.

_____. *Ética: Nuevo ensayo de fundamentación de un personalismo ético*. Madri: Caparrós, 2001.

_____. "Fenomenología y metafísica de la libertad". *Metafísica de la libertad*. Buenos Aires: Nova, 1960d, p. 7-36.

_____. "Fenomenología y gnoseología". *La esencia de La filosofía y la condición moral del conocer filosófico*. Buenos Aires: Nova, 1958a, p. 60-136.

_____. *Idealismo – Realismo* (1927). Buenos Aires: Nova, 1962.

_____. *La idea de paz y el pacifismo* (1926). Buenos Aires: Ediciones Populares Argentinas, 1955.

_____. *Los ídolos del autoconocimiento* (1912). Salamanca: Sígueme, 2004c.

_____. *Metafísica de la libertad*. Buenos Aires: Nova, 1960e.

_____. *Metafísica y axiología, em particular, ética* (1923). Madri: Encuentro, 2013.

_____. *Modelos e líderes*. Curitiba: Champagnat, 1998a.

_____. *Morte e sobrevivência*. Lisboa: Edições 70, 1993.

_____. "O homem e a história" (1926). *Visão filosófica do mundo*. São Paulo: Perspectiva, 1989b, p. 73-100.

_____. "O homem na era da conciliação" (1927). *Visão filosófica do mundo*. São Paulo: Perspectiva, 1989c, p. 101-129.

_____. "O ressentimento na construção das morais". *Da reviravolta dos valores*. Rio de Janeiro: Vozes, 2012b, p. 43-184.

_____. *Ordo Amoris* (1916). Madri: Caparrós, 1998b.

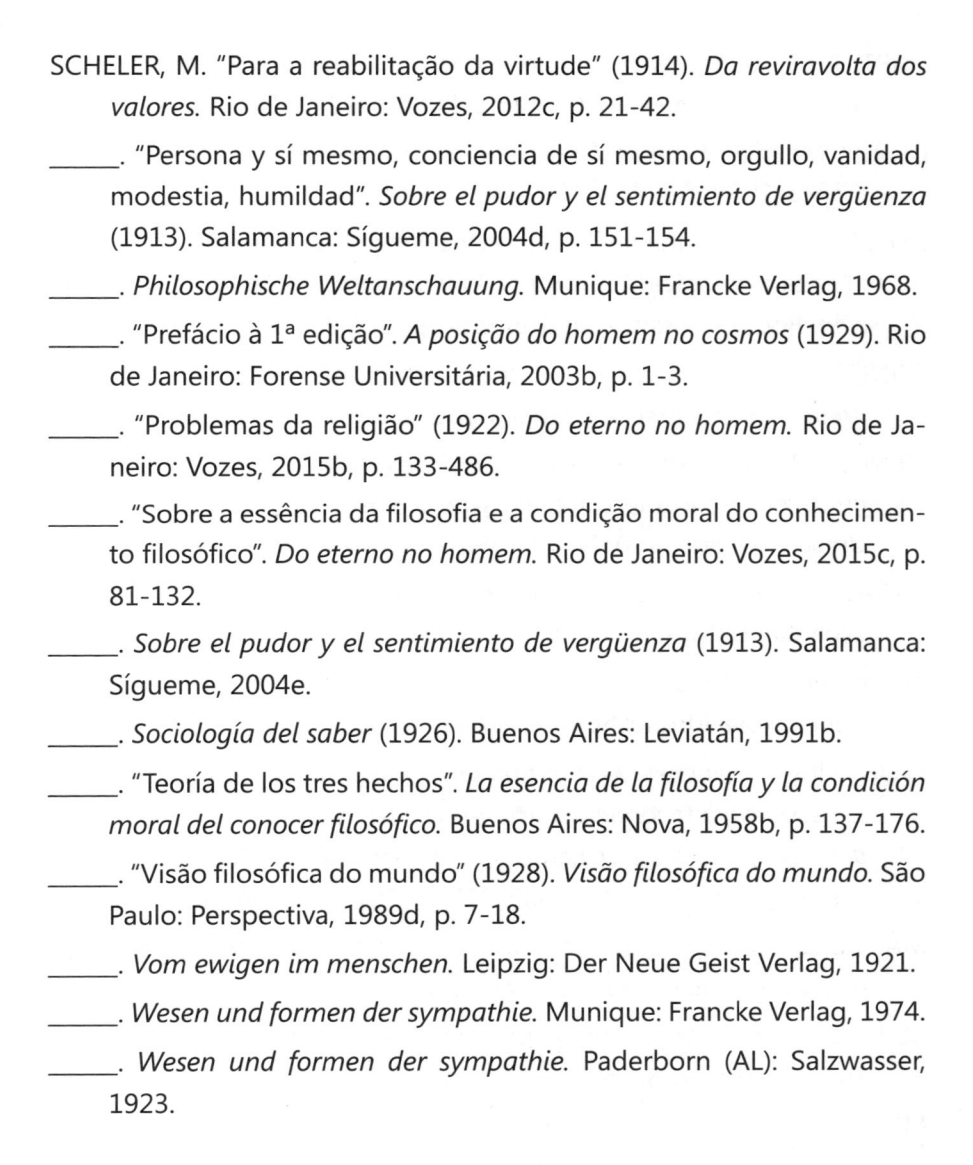

SCHELER, M. "Para a reabilitação da virtude" (1914). *Da reviravolta dos valores*. Rio de Janeiro: Vozes, 2012c, p. 21-42.

_____. "Persona y sí mesmo, conciencia de sí mesmo, orgullo, vanidad, modestia, humildad". *Sobre el pudor y el sentimiento de vergüenza* (1913). Salamanca: Sígueme, 2004d, p. 151-154.

_____. *Philosophische Weltanschauung*. Munique: Francke Verlag, 1968.

_____. "Prefácio à 1ª edição". *A posição do homem no cosmos* (1929). Rio de Janeiro: Forense Universitária, 2003b, p. 1-3.

_____. "Problemas da religião" (1922). *Do eterno no homem*. Rio de Janeiro: Vozes, 2015b, p. 133-486.

_____. "Sobre a essência da filosofia e a condição moral do conhecimento filosófico". *Do eterno no homem*. Rio de Janeiro: Vozes, 2015c, p. 81-132.

_____. *Sobre el pudor y el sentimiento de vergüenza* (1913). Salamanca: Sígueme, 2004e.

_____. *Sociología del saber* (1926). Buenos Aires: Leviatán, 1991b.

_____. "Teoría de los tres hechos". *La esencia de la filosofía y la condición moral del conocer filosófico*. Buenos Aires: Nova, 1958b, p. 137-176.

_____. "Visão filosófica do mundo" (1928). *Visão filosófica do mundo*. São Paulo: Perspectiva, 1989d, p. 7-18.

_____. *Vom ewigen im menschen*. Leipzig: Der Neue Geist Verlag, 1921.

_____. *Wesen und formen der sympathie*. Munique: Francke Verlag, 1974.

_____. *Wesen und formen der sympathie*. Paderborn (AL): Salzwasser, 1923.

Livros e capítulos sobre Max Scheler

BARBER, Michael D. *Guardian of dialogue: Max Scheler's phenomenology, sociology of knowledge and philosophy of love*. Pensilvânia (EUA): Universidade de Bucknell, 1993.

COSTA, José Silveira da. *Max Scheler: O personalismo ético*. São Paulo: Moderna, 1996.

DARTIGUES, André. "O cosmos ético de Max Scheler". *O que é a Fenomenologia?* São Paulo: Centauro, 2008a, p. 123-133.

DUPUY, Maurice. *La philosophie de Max Scheler.* Paris: Universidade da França, 1959.

DUSSEL, E. "La doctrina del fin em Max Scheler: Hacia una superación de la ética axiológica". *Historia de la filosofía y la filosofía de la liberación.* Bogotá: Nueva America, 1994, p. 253-278.

FRINGS, M. S. *Max Scheler: A concise introduction into the world of a great thinker.* Pittsburg (EUA): Duquesne University, 1965.

FRINGS, Manfred. *The mind of Max Scheler: The first comprehensive guide based on the complete works.* Wisconsin (EUA): Marquette University Press, 2001.

GARAI, M. G. S. *Acción, persona, libertad: Max Scheler – Tomás de Aquino.* Espanha: EUNSA, 2002.

KELLY, Eugene. *Material Ethics of Value: Max Scheler and Nicolai Hartmann.* Nova Iorque: Springer, 2011.

LÉON, Alberto Sánches. *Acción humana y "disposición de ánimo" desde la perspectiva fenomenológica: Alexander Pfänder, Dietrich Von Hildebrand y Max Scheler.* Pamplona, Universidad de Navarra, Facultad Eclesiástica de Filosofía, 2009, 315 p. (Tese de Doutorado).

MÁRQUEZ, Marta María Albert. *Derecho y valor: Una filosofía jurídica fenomenológica.* Madri: Encuentro, 2004.

MAURI, Margarita. *El conocimiento moral: Shaftesbury, Hutcheson, Hume, Smith, Brentano, Scheler, Santo Tomás.* Madri: Rialp, 2005.

MELLO, Michell Alves Ferreira de. *O fenômeno da simpatia segundo Max Scheler: Uma pergunta sobre o fundamento filosófico desse fenômeno.* Rio de Janeiro, Pontifícia Universidade Católica do Rio de Janeiro, Centro de Teologia e Ciências Humanas, 2007, 106 p. (Dissertação de Mestrado).

MIGALLÓN, S. S. *La persona humana y su formación en Max Scheler.* Pamplona: EUNSA, 2006.

MIGALLÓN, S. S. "Presentación". *In*: SCHELER, M. *Modelos y líderes*. Salamanca: Sígueme, 2018, p. 9-12.

PALACIOS, Juan Miguel. "Prólogo". *In*: SCHELER, M. *Ordo Amoris* (1916). Madri: Caparrós, 1998.

PENNA, A. G. "A antropologia filosófica e a contribuição de Max Scheler". *Introdução à antropologia filosófica*. Rio de Janeiro: Imago, 2004, p. 33-42.

PEREIRA, R. M. B. *O sistema ético-filosófico dos valores de Max Scheler*. Porto Alegre: EST, 2000.

RAMOS, A. P. *Scheler*. Madri: Ediciones del Orto, 1997.

RAMOS, Antonio Pintor. *El humanismo de Max Scheler: Estudio de su antropologia filosófica*. Madri: Editorial Catolica, 1978.

REIS, F. F.; RODRIGUES, V. M. C. P. *A axiologia dos valores e a sua comunicação no ensino de enfermagem*. Lisboa: Climepsi, 2002.

SPADER, P. H. *Scheler's ethical personalism*. Nova Iorque: Fordham University, 2002.

VEGAS, J. M. *Introducción al pensamento de Max Scheler*. Salamanca: Fundación Emmanuel Mounier, 2014.

WOJTYLA, Karol. *Max Scheler e a ética cristã*. Curitiba: Champagnat, 1993.

Artigos sobre Scheler

ALBUQUERQUE, Francisco Deusimar Andrade. "A Ética Personalista de Karol Wojtyla: Uma tensão entre Scheler e Kant. *Mimesis*, 37 (1): 7-20, 2016 (Bauru).

BARAHONA, Alberto Febrer. "Valor y amor según Max Scheler". *Revista de Filosofía*, 21 (44): 65-84, maio 2003 (Maracaibo).

CALDERÓN, L. L. "Trabajo y conocimiento en la obra de Max Scheler". *Línea Imaginaria*, 3 (5): 79-102, jun. 2008 (Venezuela).

GARCÍA, Mariana Chu. "Universalismo vs. Relativismo: La fundamentación fenomenológica de la ética según Scheler. *Areté*, 26 (2): 295--312, 2014 (Lima).

KELLY, Eugene. "Max Scheler's phenomenology of moral action". *Cogito Open Acess Journal*, 1 (1): 1-5, 2010 (Bucaresti).

LÉON, Alberto Sánchez. "El amor como acceso a la persona: Un enfoque scheleriano del amor". *Veritas*, 25: 93-103, set. 2011 (Valparaíso).

MARCOS, Manuel Suances. "Relación entre vida y espíritu en la antropología de Max Scheler". *Endoxa: series filosóficas*, (16): 31-64, 2002 (Madri).

MIGALLÓN, S. S. "Max Scheler". *Philosophica: Enciclopedia filosófica*. (*on-line*) 2007. Disponível em: http://www.philosophica.info/voces/scheler/Scheler.html. Acesso em: 15 jan. 2008.

MIGALLÓN, Sergio Sánchez. "La intención y el corazón en la estructura de la moralidad de la persona: Una contribución desde la fenomenología". *El Primado de la persona en la moral contemporánea: XVII Simposio Internacional de Teología de la Universidad de Navarra*. Edição dirigida por Augusto Sarmiento *et al.*, Servicio de Publicaciones de la Universidad de Navarra, 1997, p. 309-319. Disponível em: http://hdl.handle.net/10171/5580. Acesso em: 20 abr. 2010.

MONTIEL, René Pérez. "'La disposición de ánimo (o de espíritu)' em Max Scheler: Elementos para la orientación filosófica". *HASER: Revista Internacional de Filosofía Aplicada*, (1): 67-89, 2010 (Sevilla).

MUNARRIZ, Luis Alvarez. "Persona y substancia en la filosofía de Max Scheler". *Anuário Filosófico: Revista da Universidade de Navarra*, 10 (1): 9-26, 1977 (Pamplona).

PEREIRA SOBRINHO, Omar. *A teoria dos valores de Max Scheler: Fenomenologia, concepção e ética*. Belo Horizonte, Faculdade Jesuíta de Filosofia e Teologia, Departamento de Filosofia, 2017, 106 p. (Dissertação de Mestrado).

PEREZ, Enrique Muñoz. "El concepto de empatía (Einfühlung) en Max Scheler y Edith Stein: Sus alcances religiosos y políticos". *Veritas*, (38): 77-95, dez. 2017 (Valparaíso).

PEREZ, Enrique Muñoz. "El rol del amor en la construcción de una ética fenomenológica". *Veritas*, (23): 9-22, set. 2010 (Valparaíso).

RODRIGUEZ, J. S. B. "Esquela a la antropología fenomenológica de Max Scheler". *Universitas philosophica*, 54: 55-84, jun. 2010 (Bogotá).

ROVALETTI, María Lucrecia. "La importancia de Max Scheler en la psicopatología de Kurt Schneider". *Revista de Neuro-Psiquiatría del Perú*, tomo LXIV (3), set. 2001. Disponível em: http://sisbib.unmsm.edu.pe/bvrevistas/neuro_psiquiatria/v64_n3/Maxscheler.htm. Acesso em: 05 dez. 2013.

SOUZA NETO, Cézar Cardoso de. "A pessoa e os valores, aspectos do pensamento de Max Scheler". *Revista Reflexão*, (85/86): 41-55, jan.--dez. 2004 (Campinas).

VANDENBERGHE, Frédéric. "Sociology of heart: Max Scheler's epistemology of Love". *Theory, Culture & Society.* 25 (3): 16-51, 2008.

VEAS, Marcelo Chaparro. "El problema del deber en la ética de los valores de Max Scheler". *Revista de filosofía*, 12 (1): 11-30, 2013 (Chile).

Obras sobre Fenomenologia

ALFIERI, F. *Pessoa humana e singularidade em Edith Stein.* São Paulo: Perspectiva, 2014.

BERGSON, H. "Diferenciação e teoria da evolução". *Memória e vida: Textos escolhidos por Gilles Deleuze.* São Paulo: Martins Fontes, 2006, p. 133-135.

_____. *Aulas de psicologia e de metafísica.* São Paulo: Martins Fontes, 2014.

_____. "Vida, consciência, humanidade". *Memória e vida: Textos escolhidos por Gilles Deleuze.* São Paulo: Martins Fontes, 2006, p. 103-107.

BERGSON, H. *Memória e vida: Textos escolhidos por Gilles Deleuze.* São Paulo: Martins Fontes, 2006.

BLOSSER, Philip. *Scheler's critique of Kant's ethics.* Ohio (EUA): Ohio University, 1999.

BRENTANO, F. *El origen del conocimiento moral.* Madri: Tecnos, 2002.

BUBER, M. *Eu e Tu.* São Paulo: Centauro, 2010.

DARTIGUES, André. *O que é a Fenomenologia?* São Paulo: Centauro, 2008b.

GILLES, Thomas Ransom. *História do existencialismo e da fenomenologia.* São Paulo: EPU, 1989.

GUIMARÃES, A. C. *Lições de fenomenologia jurídica.* Rio de janeiro: Forense Universitária, 2013.

HEIDEGGER, M. *Carta sobre o humanismo.* 2. ed. São Paulo: Centauro, 2005.

_____. *Ontologia (hermenêutica da facticidade).* Rio de Janeiro: Vozes, 2012.

_____. *Os conceitos fundamentais da metafísica: Mundo, Finitude, Solidão.* Rio de Janeiro: Forense Universitária, 2011.

_____. *Prolegómenos para una historia del concepto de tempo.* Madri: Alianza, 2007.

_____. *Ser e tempo.* Rio de Janeiro: Vozes, 2002.

INWOOD, M. *Dicionário Heidegger.* Rio de Janeiro: Zahar, 2002.

KIERKEGAARD, Søren. *O desespero humano.* São Paulo: Unesp, 2010.

LÉVINAS E. *Ética e Infinito.* Lisboa: Edições 70, 2007.

_____. *Descobrindo a existência com Husserl e Heidegger.* Lisboa: Instituto Piaget, 1998.

_____. *Totalidade e infinito.* Lisboa: Edições 70, 2008.

HENRY, Michel. *Filosofia e fenomenologia do corpo.* São Paulo: É Realizações, 2012.

HUSSERL, E. *A crise das ciências europeias e a fenomenologia transcendental: Uma introdução à filosofia fenomenológica* (1936). Rio de Janeiro: Forense Universitária, 2012.

_____. *Ideias para uma fenomenologia pura e para uma filosofia fenomenológica* (1913). Aparecida: Ideias & Letras, 2006.

HUSSERL, E. *Investigações lógicas (1900-1901): Investigações para a Fenomenologia e a Teoria do Conhecimento*. Tomo II, parte I. Lisboa: Centro de Filosofia da Universidade de Lisboa, 2007.

_____. "Renovação como problema ético-individual". *Europa: Crise e renovação*. Rio de Janeiro: Forense Universitária, 2014.

MERLEAU-PONTY, M. *Fenomenologia da percepção*. São Paulo: Martins Fontes, 2006.

SARTRE, J.-P. *Esboço para uma teoria das emoções*. Porto Alegre: L&PM, 2009.

_____. *O ser e o nada: Ensaio de ontologia fenomenológica*. Rio de Janeiro: Vozes, 2003.

SBERGA, A. A. *A formação da pessoa em Edith Stein*. São Paulo: Paulus, 2014.

SCHUTZ. A. *Sobre fenomenologia e relações sociais*. Rio de Janeiro: Vozes, 2012.

SOLOMON, Robert C. "Emoções na fenomenologia e no existencialismo". *In*: DREYFUS, Hubert L.; WRATHALL, Mark A. (Orgs.). *Fenomenologia e existencialismo*. São Paulo: Loyola, 2012, p. 271-287.

STEIN, E. *A ciência da cruz*. São Paulo: Loyola, 2014.

_____. *El problema de la empatía*. Madri: Trotta, 2004.

_____. *Teu coração deseja mais: Reflexões e orações*. Rio de Janeiro: Vozes, 2012.

XIRAU, Joaquín. *Introdução a Husserl*. Rio de Janeiro: Contraponto, 2015.

Textos complementares: Filosofia dos Valores e Antropologia

AQUINO, Sto. Tomás. *Suma Teológica*. Vol. 3. São Paulo: Loyola, 2009.

ARISTÓTELES. *Ética a Nicômaco*. São Paulo: Edipro, 2008.

BRAZIL, Luciano Gomes. "Do 'conhece-te a ti mesmo' ao 'torna-te o que tu és': Nietzsche contra Sócrates em Ecce Homo". *Revista Trágica: Estudos sobre Nietzsche*, 5 (2): 30-45, jul.-dez. 2012 (Rio de Janeiro).

CHAUÍ, Marilena. *Desejo, paixão e ação na ética de Espinosa*. São Paulo: Companhia das Letras, 2011.

COMTE-SPONVILLE, André. *Pequeno tratado das grandes virtudes*. São Paulo: Martins Fontes, 2007.

FRONDIZI, R. *Qué son los valores? Introducción a la axiología*. 3. ed. México: FCE, 2007.

HABERMAS, Jürgen. *O futuro da natureza humana*. São Paulo: Martins Fontes, 2004.

HADOT, P. *O véu de Ísis: Ensaio sobre a ideia de natureza*. São Paulo: Loyola, 2006.

HESSEN, J. *Filosofia dos valores*. 3. ed. Coimbra: Arménio Amado, 1967.

HILDEBRAND, Dietrich von. *Moralidad y conocimiento ético de los valores*. Madri: Cristandad, 2006.

_____. *La idea de la acción moral*. Madri: Encuentro, 2014.

HUME, D. *Investigações sobre o entendimento humano e sobre os princípios da moral*. São Paulo: Unesp, 2004.

_____. *Tratado da natureza humana*. São Paulo: Unesp, 2001.

KANT, I. *Crítica da Razão Prática*. São Paulo: Martins Fontes, 2002.

_____. *Fundamentação da Metafísica dos Costumes*. Lisboa: Edições 70, 2010.

LIPOVETSKY, G. *A sociedade pós-moralista: O crepúsculo do dever e a ética indolor dos novos tempos democráticos*. São Paulo: Manole, 2005.

MONDIN, B. *Os valores fundamentais*. São Paulo: Edusc, 2005.

MOUNIER, E. *O personalismo* (1950). São Paulo: Martins Fontes, 1964.

NIETZSCHE, F. *A vontade de poder*. Rio de Janeiro: Contraponto, 2008.

_____. *Crepúsculo dos ídolos*. São Paulo: Companhia das Letras, 2006.

_____. *Ecce Homo: Como alguém se torna o que é*. São Paulo: Companhia das Letras, 2009.

NUSSBAUM, M. C. *A fragilidade da bondade*. São Paulo: Martins Fontes, 2009.

Referências

ORTEGA Y GASSET, José. *A rebelião das massas*. Campinas: Vide, 2016.

_____. *Estudios sobre el amor*. 10. ed. Madri: EDAF, 2009.

_____. *Introducción a una estimativa: ¿Qué son los valores?* (1923/1947). Madri: Encuentro, 2004.

PEQUENO, Marconi. *A moral e as emoções*. Curitiba: CRV, 2017.

PLATÃO. *A República*. São Paulo: Martins Fontes, 2009.

_____. *Fédon*. Trad. Carlos Alberto Nunes. 3. ed. Belém: Ed. UFPA, 2011a.

_____. *O Banquete*. Belém: Ed. UFPA, 2011b.

RESWEBER, J. P. *A filosofia dos valores*. Coimbra: Almedina, 2002.

SANTOS, J. G. T. *Platão: A construção do conhecimento*. São Paulo: Paulus, 2012.

SINGER, P. *Ética prática*. São Paulo: Martins Fontes, 2008.

SPINOZA, Benedictus de. *Ética*. Belo Horizonte: Autêntica, 2008. (Edição bilíngue Latim-Português).

STOCKER, M.; HEGEMAN, E. *O valor das emoções*. São Paulo: Palas Athena, 2002.

STORK, Ricardo Yepes; ECHEVARRÍA, Javier Aranguren. *Fundamentos de antropologia: Um ideal de excelência humana*. São Paulo: Instituto Brasileiro de Filosofia e Ciência Raimundo Lúlio, 2005.

VAZ, Henrique Claudio de Lima. *Antropologia filosófica*. Vol. 1. São Paulo: Loyola, 2014.

_____. *Antropologia filosófica*. Vol. 2. São Paulo: Loyola, 2013.

VÁZQUEZ, Adolf Sánchez. *Ética*. Rio de Janeiro: Civilização Brasileira, 2012.

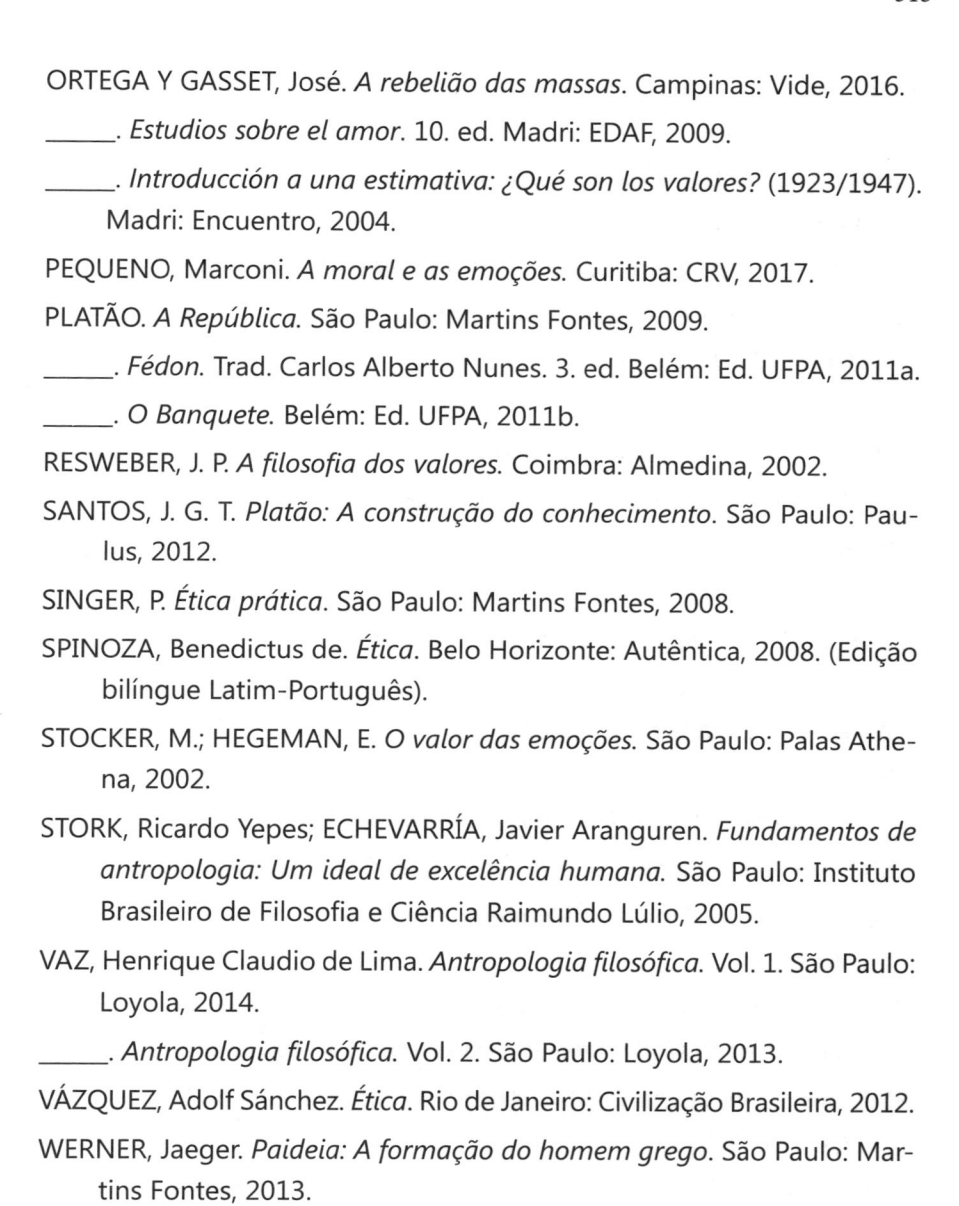

WERNER, Jaeger. *Paideia: A formação do homem grego*. São Paulo: Martins Fontes, 2013.

Textos complementares: Emoções e outros

ABBAGNANO, Nicola. *Dicionário de Filosofia*. São Paulo: Martins Fontes, 2003.

AGOSTINHO. *Confissões*. São Paulo: Vozes, 2012.

BORDELOIS, Ivonne. *Etimologia das paixões.* Rio de Janeiro: Odisseia, 2007.

BRETON, David Le. *Adeus ao corpo.* São Paulo: Papirus, 2009.

DAMÁSIO, A. *Em busca de Espinosa: Prazer e dor na ciência dos sentimentos.* São Paulo: Companhia das Letras, 2013.

DAMÁSIO, A. R. *E o cérebro criou o homem.* São Paulo: Companhia das Letras, 2011.

_____. *O erro de Descartes.* São Paulo: Companhia das Letras, 2009.

DESCARTES, René. *Discurso do método.* São Paulo: Martins Fontes, 2009.

FREUD, S. *Além do princípio do prazer.* São Paulo: L&PM, 2016.

GILSON, E. *Introdução ao estudo de Santo Agostinho.* 2. ed. São Paulo: Paulus, 2010.

GOLEMAN, D. *Inteligência emocional.* Rio de Janeiro: Objetiva, 2005.

JAPIASSÚ, Hilton; MARCONDES, Danilo. *Dicionário Básico de Filosofia.* 5. ed. Rio de Janeiro: Zahar, 2008.

JORGE, Ana Maria Guimarães. *Introdução à percepção: Entre os sentidos e o conhecimento.* São Paulo: Paulus, 2011.

KEMP, Kênia. *Corpo modificado, corpo livre?* São Paulo: Paulus, 2005.

MAY, Rollo. *A arte do aconselhamento psicológico* (1939). Rio de Janeiro: Vozes, 2013.

ORTEGA, Francisco; ZORZANELLI, Rafaela. *Corpo em evidência: A ciência e a redefinição do humano.* Rio de Janeiro: Civilização Brasileira, 2010.

REZENDE, C. B.; COELHO, M. C. *Antropologia das emoções.* Rio de Janeiro: FGV, 2010.

SOLOMON, R. C. *Fiéis às nossas emoções: O que elas realmente nos dizem.* Rio de Janeiro: Civilização Brasileira, 2015.

WITTGENSTEIN, Ludwig. *Observações sobre a filosofia da psicologia.* São Paulo: Ideias & Letras, 2010.

_____. *Uma conferência sobre ética.* Coimbra: Universidade de Coimbra, 2015.

ZILLES, U. *Teoria do conhecimento.* Rio Grande do Sul: EDIPUCRS, 2010.

Textos complementares: Sobre cuidar, ciência e outros

BEAUCHAMP, T. L.; CHILDRESS, J. F. *Princípios de ética biomédica*. São Paulo: Loyola, 2002.

BETTINELLI, I. L. A.; WASKIEVICZ, J.; ERDMANN, A. L. "Humanização do cuidado no ambiente hospitalar". *In*: PESSINI, L.; BERTACHINI, L. (Orgs.). *Humanização e cuidados paliativos*. São Paulo: Loyola, 2004.

BOFF, L. *Saber cuidar: Ética do humano – compaixão pela terra*. 20. ed. Rio de Janeiro: Vozes, 2014.

CUNHA, Antônio Geraldo da. *Dicionário etimológico da língua portuguesa*. 4. ed. Rio de Janeiro: Lexikon, 2010.

DAWKINS, Richard. *Desvendando o arco-íris: Ciência, ilusão e encantamento*. São Paulo: Companhia das Letras, 2009.

FARIA, Ernesto. *Dicionário escolar latino-português*. Rio de Janeiro: MEC, 1962.

FERRER, J. J.; ÁLVAREZ, J. C. *Para fundamentar a bioética: Teorias e paradigmas teóricos na bioética contemporânea*. São Paulo: Loyola, 2005.

FOUCAULT, M. *A hermenêutica do sujeito*. São Paulo: Martins Fontes, 2011.

_____. *História da loucura: Na idade clássica*. São Paulo: Perspectiva, 2008.

_____. "O nascimento do hospital". *Microfísica do Poder*. Rio de Janeiro: Graal, 2009.

_____. *O poder psiquiátrico*. São Paulo: Martins Fontes, 2006.

GILLIGAN, C. *Uma voz diferente: Psicologia da diferença entre homens e mulheres da infância à idade adulta*. Rio de Janeiro: Rosa dos Tempos, 1982.

GRACIA, D. *Pensar a bioética: Metas e desafios*. São Paulo: Loyola, 2010.

KEMPIS, Tomás de. *Imitação de Cristo*. São Paulo: Paulinas, 2014.

KÜBLER-ROSS, E.; KESSLER, D. *Os segredos da vida*. Rio de Janeiro: Sextante, 2004.

JESUS, Teresa de. "Castelo interior". *Obras completas*. São Paulo: Loyola, 2015, p. 433-588.

LACAN, J. *O Seminário, livro 7: Ética da psicanálise*. Rio de Janeiro: Zahar, 2008.

MAYEROFF, Milton. *On caring*. Nova Iorque: Harper & Row, 1971.

MORTARI, Luigina. *Filosofia do cuidado*. São Paulo: Paulus, 2018.

NODDINGS, Nell. *O cuidado: Uma abordagem feminina à ética e à educação moral*. São Leopoldo: Unisinos, 2003.

PESSINI, L.; BARCHIFONTAINE, C. P. *Problemas atuais de bioética*. São Paulo: Loyola, 2005.

POPPER, K. *Em busca de um mundo melhor*. São Paulo: Martins Fontes, 2006.

RUSS, Jacqueline. *Filosofia: Os autores, as obras*. Rio de Janeiro: Vozes, 2015.

SGRECCIA, E. *Manual de bioética*. Vol. 1. São Paulo: Loyola, 2009.

TORRALBA I ROSELLÓ, Francesc. *Antropologia do cuidar*. Rio de Janeiro: Vozes, 2009.

TORRINHA, Francisco. *Dicionário Latino Português*. 8. ed. Porto: Gráficos Reunidos, 1998.

WALDOW, V. R. *Cuidado humano: O resgate necessário*. 3. ed. Porto Alegre: Sagra Luzato, 2001.

WATSON, Jean. *Enfermagem: Ciência humana e cuidar – uma teoria de enfermagem*. Loures: Lusociência, 2000.

Esta obra foi composta em sistema CTcP
Capa: Supremo 250 g – Miolo: Pólen Soft 70 g
Impressão e acabamento
Gráfica e Editora Santuário